中国现代文学经典必读

主编 吴义勤
编选者 胡建玲 张元珂

梅岭之春

——张资平经典必读

中国现代文学馆
馆藏初版本经典

文化艺术出版社
Culture and Art Publishing House

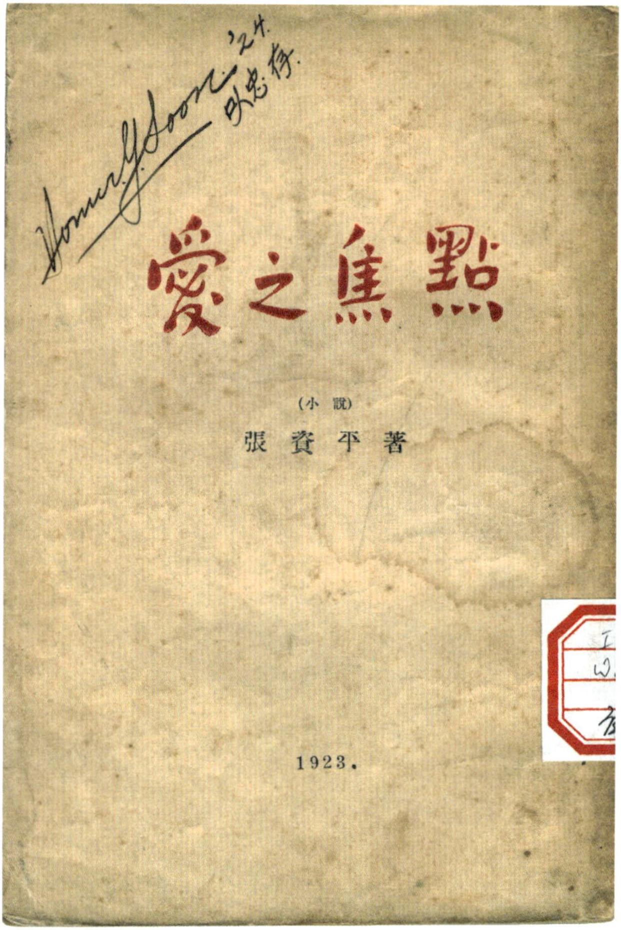

小说集。张资平著。民国十二年（1923）十二月十日初版。上海泰东图书局印行。《创造社丛书》之七。

初版本无序跋。内收《双曲线与渐近线》、《爱之焦点》、《一班冗员的生活》、《木马》、《她怅望着祖国的天野》、《约檀河之水》、《写给谁的信？》、《白滨的灯塔》、《一群鹅》共9篇。

爱之焦点

初版本封面

18.6 cm×12.7 cm

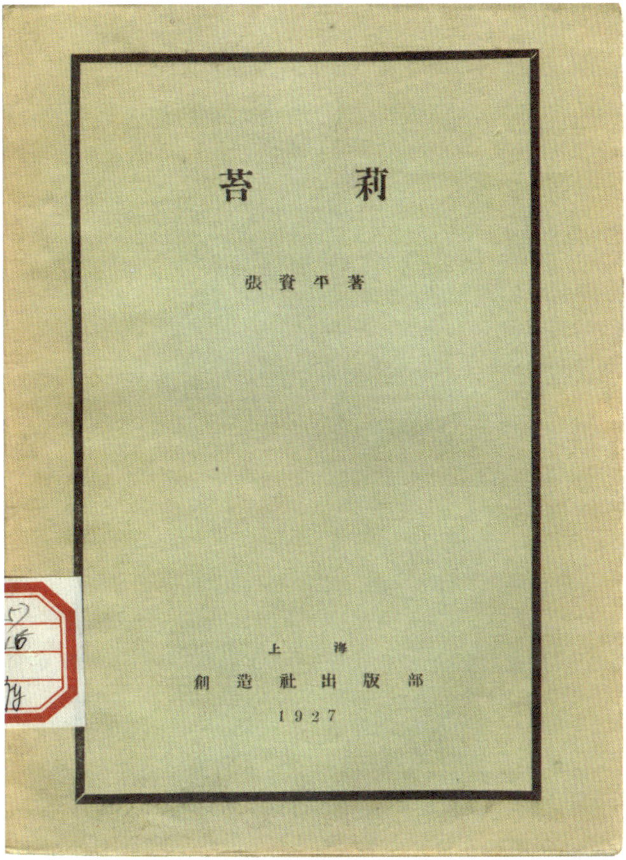

苔莉

初版本封面

18 cm×13.4 cm

长篇小说。张资平著。1926年12月1日付排，1927年3月1日初版，印3000册。上海创造社出版部出版。《创造社丛书》之一种。

初版本无序跋。作品共有43节。

总序

吴义勤

随着全球电子化时代的到来，文学阅读面临着前所未有的挑战。文学经典的被冷落和遗忘，既是商业化时代带来的阵痛，又是当代人精神危机和人文情怀流失的标志。如何让今天的人们，尤其是广大青少年，热爱阅读、亲近经典是中国当代社会人文建设的重要课题。

中国现代文学馆是集文学展览馆、文学图书馆、文学档案馆以及文学理论研究、文学交流功能于一身的综合性文学博物馆，也是中国现当代文学的资料中心、展览中心、交流中心和研究中心。建馆20多年以来，经过一代代文学馆人的共同努力，中国现代文学馆的事业不断发展壮大，已经珍藏了百年中国文学的一大批珍贵资料，计有手稿、书信、字画、照片、书刊等70余万件文物，并设有“唐弢文库”等作家书库86个，是中国现代文学的作家之家、经典之家、人文精神之家。中国现代文学馆馆藏文物可以说是中国现当代文学的宝贵精神财富，堪称中国现代文学史的活化石，具有不可替代的文学价值、思想价值和精神价值，也是人文教育和精神传承的宝贵教材。为了更好地发挥中国现代文学馆珍藏文物的社会效应和精神效应，为了让大众更好地了解经典、认识经典、阅读经典，为了让经典更好地走向公众、服务社会、满足人民的精神需要，也为了更好地为中国文化的大发展、大繁荣作贡献，中国现代文学馆拟出版这套“中国现代文学经典必读”丛书，期望通过这套丛书展现文学大师、文学经典的风采，在文学大师、文学经典与当代人的心灵之间搭建一座精神的桥梁，重建文学理想，重唤文学激情，为当今社会的精神重建与心灵重建奉献最美的精神营养。

是为序。

2012年夏于北京

目 录

中短篇小说

长篇小说

中短篇小说

中国现代文学馆
馆藏初版本经典

约檀河之水

一

他除了头上的一条毛巾，和腰间的一条短裤之外，要算是一丝不挂。不单是他，在沙汀上坐的，眠的，站的，走的一群学生个个都像他一样的装扮。所差异的，不过毛巾和短裤的颜色。

他侧身倒在沙汀上，因为太阳正在沿直线上，不准他睁开眼睛仰望天空。汀上的砂热得要烁人。但他才从海水里爬出来，倒不觉得砂热得厉害。从砂里面发出一种阳炎（*Gassamer*），像流动的玻璃，又像会振动的白云母，闪得他头昏目眩。他只得再坐起来。

他左侧右面的一群学生，都三三两两聚起来谈笑。只有他一个不开口，好像正在思索学校的微积分难问题似的，他只望着岸前几块被水蚀作用侵毁了的礁岩，和对面的天涯海角。天空没有一片云；若不是远远望见一条黛色山脉线，和天空海角之间几点满孕南风向北行的白帆，他真分不出水天界线来。

他一个人痴坐在沙汀上，并不是为别的事，不过他此时望见湾内碇泊着一只小汽轮——那烟囱还微微吐出黑烟来的小汽轮——他便联想到他的家里。思念到家里，良心即刻跑出来责备他，骂他不应当为一个女子——并且不是真心爱他的女子——不回家；不应当父亲死了两年，还没有回家去看一看。

他梦见他父亲坟前的草有丈多高，没有人剪除，站在坟前，望不见那块用很粗糙的石英粗面岩做的，上面凿有“故〇〇〇公之墓”七个隶体字的墓。他梦见他族人骂他不懂古礼孝道，父亲死了两年多，还不做道场超度，忍心看父亲的幽魂在阴司受罪。

良心责备得他很厉害，逼得他二年来没有一晚不发噩梦，没有一晚得安睡。但没有神的良心总靠不住！他精神涣散，神经中心点疲倦，良心没有表现的时候，他还是思念那女子时候多，思念他的死父时候少。

他受了良心的苛责，近来又新尝失恋的痛苦，所以他亡魂失魄似的跑到这海滨来。他到这有名的海水浴场，已经一个多礼拜了，他的精神还没找到集中的地点，他的灵魂也还没有落着。

他犯罪！他的确犯了罪！他不明白悔罪的方法，所以他只管把责任推给社会，他只说他犯的罪是社会叫他做的。他不知他是一个罪人。他只知他身体疲劳，灵魂软弱，境遇险恶。他只说他是一个可怜人。

他实在也可怜！他是苦海中激浪狂潮里的一根浮萍，东飘西泊。他觉得这茫茫苦海虽然宽广，只少了一块能使他安身立命的地点。因为他是淡水植物，漂流到这苦海里，冷浸浸的氯卤盐水，不能养活他。他的形骸没有寄托的地方还不要紧，只有他胸坎里的心——凄凉寂寞到十二分的心，好像找不出安慰他（心）抚爱他（心）的人，始终不能安静似的。

二

他没听过他母亲唱哄小孩子睡觉的歌儿。他梦中哭的时候，也没听过“孩儿呀！你不要哭了！你不要惊怕！妈妈坐在你旁边看护你，你安心睡吧！”这些话。但他也不希罕这些话。因为他没有受过慈母的抚爱，不明白这些话的真价。可怜他才生下来，他的母亲就离开了他！

前年他在日本南边海岛上一家客栈里，接了他爹的痛报，哭倦了，睡在一间小房子里，半夜醒来，思念到他以后再没资格写“父亲大人膝下敬禀者……”几个字的信札公式，他没眼泪再流，他只觉得像饮了许多硫酸硝酸等镪水，五脏六腑都焦烂了。他爹一死，他的心像在大海上惊涛骇浪里，失了指南针的轮船，飘来飘去，不知进退。

他未尝没有朋友，他也有几位泛泛然不关痛痒的朋友——要向他借书籍，借金钱，或有什么事要向他商量的时候，才去探望他的朋友。——索性说明白些，他们或许把他当做朋友，他却不把他们当做朋友。他不是不知道他们不是他的真朋友，不是真心探望他，但他还是很欢迎他们。因为他寂寞到极点了！

他寂寞到万分的时候，听见她的几句安慰话，真像行大沙漠中，发见了清泉。他时时对他亡父的遗像，和生前寄给他的书信咽泪，只有她一个人知道，也只有她一个人能够安慰他，揩干他的眼泪。她实在是由苦境里救出他来的安琪儿。他也像爱安琪儿一样的爱她，他自信终身决不会忘记她，怎料她后日竟离开了他，辜负了他……

不论行到沙汀上，或回来客栈里，他昼也偏着头想她的事，夜也偏着头想她的事。没奈何的时候，还是取出她从前写给他的信——可怜他没有把这些烧毁，还当做一种情书，珍藏着来咀嚼。并且倒在席上，追索他和她没分手以前她对他的好处。他读到她信里的，“我愿做你的金表儿，你得时时刻刻瞅着她（金表儿）。我愿做你的金指环，你得天天戴在指头上。”他也曾跳起来恨恨的骂道：“果然是没有思想的女孩儿！什么东西不可拿来比喻！总离不了灿灿的黄金！”但他再读到“太平洋也有干涸的时候，地球也有破碎的日子，只有我对你的爱情，是天长地久的！”他又不禁泪眼婆娑的自言自语道：“她对我的爱情实在不坏！她是一个天真烂漫的女孩儿！她不懂好坏，所以给人骗了！”他那早要滚下来的泪珠儿，此时也再止不住了！

他真痴到极点了！他再翻开旧时的日记，把他和她的恋爱史，从头再温习一番。

前年的今天他住在她家里差不多要半年了。他记得初到她家里的气候，是寒风凛烈，雨雪霏霏。早晨替他送火到房里来的是她，替他开纸屏和窗扉的也是她。替他收拾铺盖的是她，送茶送饭给他吃的也是她。替他打扫房间的是她，替他整理书籍的也是她。她的妈只管理厨房的事。她的妹妹只喜欢淘气，不会帮忙。

他们两个既然接触得这样亲密，他们中间的恋爱自由花，没半年功夫，也就由萌芽时代到成熟时代了。他们相爱的热度，达到了沸腾点，不过还没有行为的表现。但他们彼此都很望有表现行为的机会。彼此都满贮了电气量，一有机会，就要放电。他们中间寻常空气早都没有了，只有电子飞来飞去！

三

有一天晚饭后，他从市里买书回来，还没有到家里，突然下了一阵骤雨。他没带伞，只好呆呆的站在一家店檐下避雨。在他面前来来往往过了无数的人，有带雨伞的，有穿雨衣的，有乘人力车的，有乘马车的，有乘汽车的。汽车前头两道很亮的白电光，使他看见空中的雨丝更下得大了。

“韦先生！没带伞？我的伞是小点儿，总比没有好。我们同走吗！”她一手撑一把伞，一手抱一个包袱，好像也是从市里买什么东西回来似的，笑吟吟的跑到他面前。他也望她笑了一笑，“多谢了！你是救苦救难的观世音菩萨！”

“是吗！你从来都没好话说的，讨厌的……那么我一个人回去。你淋湿一身，与我什么相干！”

“芳妹儿！饶我这一回。”他从她手里夺过那柄雨伞，一手搭在她肩膀上，有意叫她凑近些同走。

“谁是你的妹儿！羞也不羞！快放下你的手！这样勾搭着，谁走得动？”

“伞不够大，我们应当凑近些。”

“前面来的人注意我们呢！”她凑近他的耳朵，低声的说。

她一呼一吸吹到他的鼻孔里，好像弱醇性的酵母。他感受了她微微的呼吸，觉得全身发了酵似的，胀热起来。

他们转了几个弯，过了几条街道，到了一条比较僻静的路上。雨丝也渐渐疏了。他再也忍耐不住，他不能前进了。

“做什么？发什么呆？”她推了他一下，叫他向前走。他此刻学她的样子凑近她的耳朵笑着说了几句话。她不禁失声笑了，摇头抿嘴的说道：

“不行不行！妈在家里望我呢！”

“不要紧！要不到半点钟。芳妹！你依了我吧！……”

“我就跟你去，可是要快些。”她像有什么信他不过的，踌躇了一会，才表示决意的态度。

“是的，是的，但有一句要求你的话，到里面去切不要韦先生韦先生的叫，还是叫我哥哥好听些。”

“我就依了你罢！”她不禁伏在他的肩上笑了一笑。

……

从此后他喜欢听她唱“来！我爱！来！我爱！你不要管我的膀儿酸！我只望你安心睡！”她唱得很凄切。他常常听了就下泪。

他和她如胶似漆的，做了两个月有实无名的一对小夫妻！

四

凉秋九月，他和同级学生要跟学校教授到矿山里实习两个月。他此时真尝到了别离滋味。他在矿山工场寄宿所，每天晚上不写封信也要寄张明片给她。她天天也有信来——可怜只继续得一个星期——说些孩子话，叫他开心。

她信里说，他为什么把她的灵魂带了去，若不然，她为什么晚晚梦见她和他在矿山里相会。她信里又说，她情愿缠一块白头巾儿，到矿山工场里当选矿的女工去，得天天和他相见。她信里又说，他走了才两三天，她为他哭了好几次了。她信里又说，留级一年不要紧，他今年不实习也罢了，早些回来看她，安慰她才正经。她信里又说，她近来很想唱“来！我爱！”的歌引他哭。他哭了之后，她好替他揩眼泪。最后她还说她很望她能够快做他的儿子的母亲。并且问他同意不同意。

他每得她来的信，至少要重读十几遍。读了之后，不是哭就是笑。哭够了，笑够了，才得安睡。

可惜她对他的亲和力——在书信里表现的亲和力——像得了负的加速度，渐渐的弱下来了。

她离开了他一星期后寄给他的信：

韦先生！我不知道叫你什么，才能表示我的爱！所以我信里还是用平时对你的称呼。你答应我叫你亲爱的韦郎么？我也几回想写这可宝贵的称呼。但我到底还没有这个勇气。我也不明白什么缘故，其实写也不要紧，是不是？

韦先生！你不觉得？你在那边昨晚上没梦见么？昨晚我梦见睡在你胸怀里，你向我说了许多甜蜜蜜的话。我恨了，在你臂膀上捏了一下，你在那边不觉得臂痛么？

我在梦中不知不觉的把那晚上——下雨的那晚上，我们的生涯中最要紧的那晚上——骂你的话：“讨厌的韦先生！不行不行！怎的？没有那样随便！”说出来了。妈妈睡在我旁边，听见了，叫醒了我，骂我不要脸，不识羞。韦先生！你当真不回来么？那么我真不知到什么时候才得安睡……

她第二星期的信：

……我想告诉你，我又不能告诉你。不是我不愿告诉你，我实在不好意思告诉你。韦先生！我真不好意思。我写到这里，我还一面发热呢！我和你还有什么客气？对你说也不要紧——不单不要紧，实在应当告诉你的。这不好意思的事，你也得分担一半责任。——对你说了罢！可是我还觉得很羞人似的。怎么说法呢？怎么开口说呢？韦先生！我想到这件不好意思的事——别人或者要说丑事。不要说别人，恐怕妈妈也是这般想——不知是伤心，还是欢喜过度，我的眼泪就像自来水泉，流个不住。有时还要痛哭！——我此刻正在流泪。韦先生！你可知道？——一直哭到半夜。哭倦了才睡下去。前时我也对你说过，我很盼望我们俩的恋爱花能够早日结果。但我现在又觉得她（恋爱花）不结果也罢了！因为妈妈天天骂我不该吃怪酸的干梅子……

这封信明明疑他没有能力负责任，并且微微的露出她有点后悔。

五

她写了前一封信之后，七八天没有信寄给他。他在矿山里每天做工回来，就问寄宿所的婢女，K市可有信来？一连几天都回说没有。他急了。他有点担心。因为他一半是真的思念她心切，一半是他对名誉的卑怯心发出来的。他怕她信里说的不好意思的事闹出来，他在留学生社会中的信用，马上要陷于破产的悲运。到第十天才接到她一封信：

你真恼了么？你不能恕我么？我许久没有信寄给你，也有个理由。我说给你听，你听了之后，一定恕我的。因为我是你最爱的人里面的一个。错了，不是这样说。要说我是你独一无二的爱人！

姨妈来了。她老远的由东京跑来看我妈和我和妹妹。她是我从前对你说过，在东京开一家很大的旅馆的姨妈。她没有儿女，我小的时候，她要妈妈把我给她做养女，妈妈不答应，她就好几年没来往了。这次还是妈妈叫她来的，她说下星期带我到东京看热闹去，半个月就送我回来。我起初不情愿，因为我舍不得你。但我没到过东京，我又很想去看看。我想你还要一个多月才得回来，所以我后来又答应了她。我去只要半个月，你不要心焦，恐怕我还比你先回来K市呢！

我因为姨妈来了，天天不得空，要陪她到各处去耍。我昨天陪她到你学校里看植物园的花，和运动场。我还把你的实验教室指给她看。但我看她不像我一样的喜欢望见你的实验室。

这是我好几天没有信寄给你的理由。你不能恕我么？那么我要发恼的。我说错了，我拼命爱的韦先生！你若不原谅我，我是要哭的……

她这封信里表示的亲密话，比从前几封不自然得多了，也不及从前的天真烂漫了。

再过几天他又接到她一封信：

我今天搭急行车和姨妈上东京去。我今天带的压发花儿，是你买给我的。我穿的金碧色夹䌷衣和紫红裙，也是你做给我的。我穿的靴儿，也是我去年生日你买给我做礼物的。我一身穿带你的东西上东京去，是因为纪念你的。

你的小相片，我贴身放在胸前，不给妈和姨妈晓得。你和我共照的大张相片我用我的衬衣包着，叠在小衣箱里，也不给妈和姨妈看见。韦先生！我临去我要叫你一声亲爱的韦郎！你要知道一天不对你的影子，我心上过不去！

这封信我昨晚半夜起来写好的，打算今早偷偷的投在停车场前邮筒里。我写到这里，钟敲了三下。天快亮了，我便停了笔。我只在信笺上接了几个吻寄给你！

她对他不是绝无留恋，不过好像受了一种压逼。她的错处，就是借受一种家族压逼做口实，离开了他，成了她和他的罪恶！

他陆陆续续还接到几张她在长途火车里写的，安慰他的明信片。但他的悲痛，却和她的安慰话成反比例。

六

他实习将要完的时候，接到她由东京来的一封信：

韦郎！你差不多要回K市了吧。姨妈不愿意我再回K市。我想到我以后不能再替你收拾房子，整理书籍，我就下泪。

韦郎！我望你不要多思念我。你的责任很重，你将来回国去做的事业，也很大。不要为我一个女子，不值什么的外国女子，——牺牲了你的前程。我总望你还是照旧的用功。——像我还在你身旁的时候一样的用功，这是我对你的一个最后要求。也是你对我的一个最后安慰！

我以后虽不能伺候你，但我的心的振动数和你的相同。你切莫悲伤。你若悲伤，我的心也跟着你的心振动波，响应起来，共同振动，一直振到破碎！你若欢喜，我的心也和你共鸣！

我好久不读你的信了。我想是妈不把你的信寄来给我。我望你也不必寄信到这里来。我在这里再没有自由读你的信了！我们只好等再会的日子！梦想吧！没有再会的希望了吧！没有再会的希望了吧！

韦郎！我寂寞得怕起来了！姨妈介绍一位住在她旅馆里的大学生和我来往。他常常请我同乘汽车到帝国剧场去。我前天看的演剧，是托尔斯泰的《复活》。我才想起我身上有一桩事，很放心不下！

我下个月也不能再住东京了。韦郎！你应当知道我要到乡下一个女医家里替你受罪！这是妈叫姨妈托她（女医）的。我总望有机会，把你那块托给我的结晶体交回你，不过我恐怕到那时我完全没得勇气，由不得我自己做主！

韦郎！韦郎！我们在这人间，虽没有再会的机会，将来无论上天下地，我和你一定有相会的日子！

他回到她家里，住了一个星期，就搬了出来，并不是她的妈待他不像从前，他实在再住不下了。因为她每天替他开闭的纸屏，拂拭的台椅，收拾的书籍，和她编给他的书夹子，并绣的一个承肘小蒲团，没有一件不是催泪符。他还有一枝她平日喜欢吹的西洋玲珑笛。他常常取出来看。那枝玲珑笛好像对他说："她怎的许久不来看我了！不来和我亲吻了！把我搁在这样冷静的地方！

她应当早些回来，拭去我一身的尘垢！”

他描想到这点，他眼里一颗一颗的泪珠，滴在这枝曾经她无数次接吻的玲珑笛上！

以上是她和他的过去恋爱史。他在海岸一天至少要温习几回。他并不是没有清醒的时候，他有时也会说：“我那破碎的心再没有恢复的希望么？我醉眠状态中的灵魂什么时候才得醒呢？她真的把我的运命践踏了，我的前途毁坏了么？为什么她的影儿，总不离开我的神经中心点呢？”

他还是昏迷的日子多。他实在禁不得思念她。不单思念她，还思念她信里说的他们中间的结晶体。这是他良心上的不安，他犯了罪！

七

快晴了十几天。太阳没有一天不把华氏寒暑表蒸热到九十余度。今天她（太阳）懒了，不见出来。但天气还是一样的酷热，还要蒸郁。傍晚的时候，海风比平日吹得厉害，天空渐黑渐罩下来。

他在房里，把窗门打开。烧了一炷线香，把呜呜的一群蚊蚋赶了出去。但飞蛾和水蜉却不怕香烟，一阵一阵奔进来，绕着电灯，飞来飞去，他闷闷的坐在案前电光下，取了一张才由东京寄来的新闻想要读，又搁下了。

“韦先生！有信，是挂号信。”馆主人的小女儿，跑上楼来，跪在房门口，打开纸屏，把信送进来。

封面的字虽然歪斜潦草，但他还认得是她的笔迹。那时候，他像感受了电气，全身麻木。又像从头上浇了一盆冷水，全身打抖。他想马上拆开来读，好知道她近来的消息，恐怕再迟一刻，那封信要飞了去似的。可怜他双手没有半点气力，去开拆信封，双目也闪眩得厉害，再认不清白封面的字。他只觉得封面上“K市工科大学校采矿科韦……”几个字在他眼前，动摇不定。

她这封信，是由学校转寄给他的。她信里告诉他，她在东京市外一个小村落里过了半年农村生活了。看护她的女医，是一位基督教徒，为人很慈和，很恳切，常常安慰她。每星期带她到村中一个小礼拜堂里去听说教。她又告诉他，她听了说教，读了圣经，才晓得自己是一个犯了罪的女子。她爱他，不算罪；她读到圣徒保罗寄罗马教会书，第七章第三节，她才知罪。她又告诉他，她近来认识了一个人。——能够代人类担负一切罪恶的人。只要我们相信他……——她负担不起的罪恶，她都交托那个人担负了。她又告诉他，她望他——不单望他，并且劝他——也跟那个人走的那条路走，好打算将来在清虚上界的会合。她最后告诉他，她前月轻了身。女医说婴孩在母体中，受悲痛的刺激过度，不能发育，生下来三天，就在礼拜堂后墓地下长眠了。

“礼拜堂！礼拜堂！”他读完了她的信痴坐了一会，只说出这“礼拜堂”三个字。外边风吹得更厉害，窗外松涛，像要奔进他房里来。忽然一阵又悲壮，又慈和的歌声，跟窗外松风，吹进他的耳鼓。他知道这海岸也有一个小礼拜堂，正在松林后面。过了一刻，他又听见“铿！铿！铿！”的钟声。他望着柱上挂的壁历，他才知道今天是礼拜日！

他心烦意乱，很不安似的。他再也坐不住了。他赶下楼来，急急的往松林里奔。松林里一片黑暗，伸手看不见五指。只有一道灯光从礼拜堂射进来，照着他向光的那条路走。他并不回顾，他只向礼拜堂前奔。不知道他的，要说他是发狂！

他站在礼拜堂门口，不敢进去。他实在不好意思进去。因为他还疑心，他的罪，那个人未必肯代他负担。他只呆呆的站在门口听里面的歌声，更加嘹亮，一字一句，都听得很清楚。

救……主……离加利利，

到……约……檀河。

不……远……路长百里，

其……志……为何？

他不知不觉地跑进礼拜堂里面去了。他才进去，外边就淅淅沥沥的下起雨来。他没听见雨声，他只留心听唱的歌最后那一节：

信……赖……救主慈爱，

卸……却罪恶重荷！

他信了那个人！——能够代我们负担罪恶的那个人！——那人拭干了他的眼泪。那个人告诉他，上帝赦免了他从前一切罪过。他从礼拜堂回来那晚上，他的亡父跑来对他说，他（父）赦了他（子）的罪。她也跑去对他说，她恕了他。并且要他也和她一样的恕她。因为上帝尚且赦免我们的罪恶，我们人类哪有彼此不能宽恕的道理？只要我们能悔罪，能改过！

一九二〇年六月中旬

她怅望着祖国的天野

一

八分满的月轮，跑出松林上面来了。她照在沿海岸线一带沙汀上，和雪一样的白。她照在海面上，潋潋滟滟的反射出万道银光。晚潮好像欢迎她，一阵一阵赶上沙汀上来。

一群渔家的小女儿，跑到沙汀尽处，嘻嘻哈哈的和晚潮竞走。

“姊姊！我的草鞋儿湿透了！”

“谁叫你不听我的话！草鞋儿湿透了我不管。叫妈妈捶你！”

小女孩儿哭了，她姊姊却笑着说：

“看你还跑到那边去么！”

小女孩儿揉着眼睛，懒懒的跑到她姊姊跟前。一群小女孩子也跟着她，离开了沙汀和潮水的接合线。

几片浮云被月色冲开了，月色更加明亮。不安定的海面，给月色拥抱着渐渐的睡下去了。她们只听见晚潮一呼一吸的声息，和松林里唧唧的虫声。

“我们唱歌吧。”

“还是捉迷藏好。”

“我们猜拳，看谁赢了，我们就照她说的做。”

她们猜了一会拳，终归唱歌的赢了。

“唱什么好呢？”

“《君之代》。”

“《君之代》不好听，我懒唱它。”

“唱《飞萤》。”

“我喜欢《铁道歌》。”

她们胡乱唱了一阵。

“叫静儿唱《贾秋霞雪中送别歌》，她唱得最好。”

“我要听秋姊独唱！”

名叫秋儿的，站在中间，她们彼此拉着手，做一个圈儿围着她慢慢的旋转。潮浪打着沙汀的音调很能够和她们的步踏一致。

Come! Come!

I love you only, my heart is true!

Come! Come!

I am very lonely, I long for you!

Come! Come! my darling,

Naught can efface you,

My arms are aching,

Now to embrace you!

“现在是我们一齐唱。”

“阿呀！秋姊姊哭了！”

“谁哭！你们唱，莫理我！”

二

吃中饭的时候，太阳还晒得很厉害，吃过了饭之后，不到二十分钟，忽然起了一阵狂风，天色阴暗起来，再过一刻，下起雨来了。傍晚的时候，雨下得更大。坐在近海岸的松林里一间茅屋里面，只听见波涛怒号，分别不出那一种声浪是松涛，那一种声浪是狂潮，霹雳的由那小小的窗口闪进一道青光，把茅屋里黄豆大的灯光吹灭了，茅屋里的女主人——一个年约四五十岁的妇人，忙由灶炉旁边的小椅子站起来，跑到窗前，把窗门关上，重新点着那和磷火一样的灯光。

"秋儿！你还在哭么？仔细爷回来要捶你！他今晚上回得这样迟，敢是又吃醉了。"

"我怕他么？我又不是他的女儿。"秋儿抬起头来，睁开肿得像扁豆大的眼睛，似怒非怒的，望一望她的母亲，再伏下去。

"你还说么？不怕他撕烂你的嘴！"老妇人说完了之后，还叹了几口气。

"他哪里当我是养女看待？你们逼我去挣那不应当挣的冤枉钱！我挣了回来，还要虐待我。你也没说一句公平话，今天又帮着他逼我……"秋儿说到这里，声音早咽住了，说不下去，呜呜的痛哭。屋外的松风和潮音，像可怜她，和她的哭音共鸣起来！

"我说了多少话了，你还不懂么？真是不明白道理的女儿！你还在梦想他回来么？他不过一时的把你当玩物呢？你还不明白么？你想守他到什么时候！"

"当妾，我情愿；当一个男子的玩物，我也情愿。我只不愿当多数人的玩物！无论如何，我总不喜欢那个屠户！"

那老妇人坐在炉火旁，连叹了几口气，只管摇头。炉里的火，照见她两个生了皱纹的颊上，泪珠儿一阵一阵的滚下来，她也觉得这个女儿——混血儿可怜。

三

日本有名的商埠，要算是横滨、神户、长崎。这三个地方，都有华侨寄留。在长崎华侨里头，有一个豪商姓林就是秋儿的亲生爹爹。

林妈——秋儿的生母，明晓得林商在中国内地有了家眷，还跟了他，替他生了四五个儿子和秋儿，秋儿是最小的一个。

林商内地的家眷王氏，也有三个儿子，和五个女儿。两头家眷都依靠林商一个人。林商的半生事业，也消磨在生育子女上面，林商要满五十岁的时候，精神忽的衰颓下来，繁重的商务，自己一个人再坚持不住了。王氏生的大儿子名叫寿山，由内地出来，接着做他爹爹交下来的生意。

寿山出来日本那年，已二十七岁了。他二十八岁的那年，林商由日本寄回几百块大洋，替他成了婚。寿山成婚一年之后，就替他爹生下了一个孙女儿，过了几年，又连网接缝的，生了几个孙儿。林商虽然喜欢他膝下子孙满堂，但他背过脸去，不能不咬着牙根叫苦，叹他负担太重。因为寿山做了几个儿女的父亲，还要林商每月寄几十块白洋给他，在北京城里混，说他进了一间中国特有的，四不像的专门学校。

王氏在内地，一天到黑，一年到冬，所操心的，就是林商在日本的生意。她怕林妈把这副资本夺了去，所以她常对她的亲近，说日本女人淫贱，日本女人不要脸，专跟中国人。她要寿山快把书本丢开，出日本去。把家产争回来，寿山是“读古人书，做古人事”的一个书生，他很能够守“亲命不违”的古训。他接到林商叫他出日本来帮做生意的信，就立刻出了学界进商界了。

四

寿山经手做了两年生意，不见起色。第二年冬，林商染了流行感冒症，一病死了，他临终，晓得王氏和林妈中间，绝对没有调和的希望，所以遗嘱将家财五分之三归内地家族，其余五分之二给日本家族，他又恳嘱了寿山几句，寿山也居然下几点痛泪答应了。

不知道是寿山忘记了父亲临终的遗嘱呢，还是绝对的服从了母亲的命令？他对林妈说，他是长子，庶母一家的生活费，他应当须负完全责任，家财不必照遗嘱分剖，还是合凑着做生意好些，并劝林妈带弟妹们回内地去。林妈深知道寿山并不是能够孝养庶母，抚爱庶弟庶妹的人，不过想掌林妈的财政全权罢了；况且日本女人，是不情愿像木偶一样，等人家给饭吃的，寿山竟料不到林妈会提出抗议。

日本是法治国，不像中国有许多曲折微妙的，糊涂了事的折衷办法。在日本不要什么乡绅来调停，也不要什么族人来排解；寿山只有恨得咬牙切齿，照遗嘱办了。但他总想在遗嘱之外，多争几个钱回来。到后来，他妙想天开，想出一条妙计。他提议家财未分之先，要扣下三千两，替林商觅一穴生龙口好风水的坟墓，其次还扣下一千两，替林商做一个七天八夜的大幽魂超度道场，林妈说；这是出乎寿山一片孝心的提议，马上答应了，寿山真喜出望外！

林商死的那年林妈的大儿子，不过七岁，秋儿才生下来四个月。日本的生活程度，比中国的内地的要高十多倍。林妈生的几个儿子，在华侨学校不完全的中学初级卒业后，就各自寻生活去了。大的在一家杂货店管账，次的在一家中国酒店当厨房，第三的在一家洋行里当侍仆，第四的给了林妈的哥哥做养子，只有秋儿跟着她妈妈，再嫁到日本西海岸

S村上一间小礼拜堂的老牧师家里。

五

秋儿初到这牧师的茅屋里，才十四岁。她在这渔村帮渔家摇橹和晒网，劳动了两年。她的虚荣心，跟着她的女性美，一天一天的发达，这荒凉寂寞的渔村中，她再住不下去了。她一个人搭了数百里的长途火车，漂流到东京人海中来，她在东京，没有亲故，也没有知友，她只跑到一家介绍职业所去，报了一个名。她的志望是想到一家高贵的家庭里，当侍婢，吃碗比较清闲的饭，习一些高尚的礼节应对，她自信她天生丽质，绝不会使她志望失败。

过了三天，那家介绍职业所的主人，写张信片叫她去。

“对不起得很，我这里照你所志望的，打听了几处平日有信用的家庭，都回说现在没得缺员。若专等上流家庭的服务，怕一时难得出缺。只有……”

“还有什么地方可以去呢？”

“旅馆，酒楼，茶店这些地方，比较容易找些。”

“没奈何的时候，就进这些地方也使得。”

“有是有一个比较清闲的地位，不知道好姑娘愿意去不愿意去？”介绍职业所主人，露出两列青黄色的牙齿给秋儿看，并且眯缝起他的一对鼠眼望秋儿。秋儿听见他称她做好姑娘，心房像受了一种刺激，她心房的血，登时逃到她的双颊上。

“什么职业？”

“我想姑娘早懂得我的话了。这个位置只要夜间劳动三两点钟，此外一点事儿并没有，由得姑娘自由，月薪有五十多元。得主人欢喜了吗？哈哈哈！那就由姑娘要多少就有多少了。”

秋儿虽然没受完全的教育，没有高尚的思想，但她知道处女的真价是很宝贵的，断不是一个月五十元白洋便可卖掉的。

六

秋儿没有到中流以上的家庭去当侍婢，也没有到酒楼旅馆去服役，到后来，她由自己的自由志望，进了东京近郊的一个工场当女工去了。她的美貌很能打动工场监督的心。她会见他的时候，他表示一种很欢迎她的态度。

监督会弹四弦琴（*Vilin*），监督夫人的钢丝琴（*Pioano*）也很巧妙。工场定例，每月第三个星期六晚，要在工场附设的俱乐部开慰劳会，男工固然个个到会，女工也差不多全部出席。监督和他的夫人，也到会演奏他们得意的乐器，监督的四弦琴音，和夫人的歌声几次能够叫秋儿下泪。秋儿的社交是在这工场俱乐部开始，秋儿初次知道艺术上的一种寂寞的悲调，也是在这工场俱乐部。

她在会合室的一隅，拣一个没有人注意得到的席位坐下。没有人去理她，她也不找谁谈话。她只旁观她的同僚，男和女，拍着掌合唱野合男女常唱的情歌。她在这慰劳会场里不觉得有什么安慰，她只觉得有一种悲哀的氛围气，围绕着她。她在这会场里，新得了一种感想，就是这会场中司会的女王，是日夜不劳动的监督夫人。她又常拿自己和监督夫人比较，觉得两人间的劳力和报酬，很不平等。她会唱“*Come!Come!*……”的情歌，是监督夫人教她的。监督夫人唱完这情歌，她定很快乐的笑着，但她唱完之后，她的态度，全然和夫人的相反。她出席过两三次后，她再不到这慰劳会了。

一班男女工正在拍着掌，唱歌，喝酒和吃茶点的时候，她只在工场附近老农妇家里一间小房子里——她一个月出三块钱租借来住的小房子——闷闷的读一册《妇女世界》杂志。

七

监督很爱她，监督夫人比她的丈夫还要爱她。

有一晚，监督夫妇专请她到他们家里去。她到监督家里的时候，差不多快到八点钟了。监督夫人引她到后面楼露台上去。月色很亮，要不着灯火。露台中心摆一张圆台，周围有几张藤椅。

监督之外，还有一个男子在座，秋儿认得他是前月才到任的工场理事莜桥五郎，是明治大学专门科出身的秀才，两颊红得发亮，但不是健康的表象，鼻孔下蓄有几根黄胡子，看见她，忙站起来，鞠了一鞠躬。

他们四个人——两个男子和两个女子，围着圆台，谈笑了几十分钟，监督说，还有客在楼下客厅里会他，和他的夫人告辞先下楼去了。只剩下莜桥和秋儿两个，靠着露台的栏杆，望天空的碧月。秋儿才知道监督夫妇请她到他们家里来的用意。

过了几天，监督夫人自己到秋儿那边来说，要替她作媒，劝她嫁莜桥五郎。监督夫人没有替她作媒以前，她还不见得很讨厌莜桥，自监督夫人来访之后，她在工场里遇见莜桥再不睬他，也不和他说话。

秋儿的心地，日见日烦恼，她的脸儿。也日见日清瘦。有一天响了十二点钟，放了工，有一点多钟的休息，她在工场后溪旁边，拣一块僻静的草地坐下，打开带来的饭盒子。刚吃完饭，一对生有许多黄毛的手，从她的肩膀后伸了过来，她待抵抗，已来不及，她觉得有一种能使她心房破裂的重力，压在她的乳房上面。她到底是年轻的女子，体力和灵魂一样的脆弱，她从此不是处女了。

自后她一个多月，并不到工场里，但她的薪金，还是一样的寄来。同僚的女工，有羡妒她的，也有轻笑她的，但她对身外的褒奖，一点儿没有感觉。监督夫人请了她几回，她一概拒绝了；筱桥探问了几次，她也不情愿会面。到后来，监督夫人也懒请她了，筱桥也懒探望她了。

八

她虽然恨莜桥五郎入骨，但过了两个多月，她觉得有一件事很放心不下，非找莜桥五郎不可。

她渐觉一个人的生活，太过于单调寂寥。有一天晚上，月色还是和前两个月在监督家里露台上那晚的月色一样，她一个人冒着晚露出去散步。她在监督的露台下经过，她忽然听见一阵喧笑。随后又听见监督和他的夫人的乐具演奏，随后又听见许多男和女的谈笑声，莜桥的声浪——像破锣一样的声浪，也混在里头。她觉得这些声浪没有一种不是讥诮她的，没有一种不是揶揄她的，她听得哭了，她双手掩着脸，急急的跑回寓里去。

她静静的想了一晚上，第二天早早的跑到监督夫人的家里去。

“秋姑娘好一阵风把你送来了？”

秋儿悲不可抑，但她极力的忍耐着，勉强笑颜去答应夫人。

“夫人！你以前劝我的话，我现在决定答应他了。夫人可以代我告诉他？”

莜桥五郎对监督不能不保持他的信用，马上答应和秋儿同居，但他早已不像从前热爱秋儿了。

他们同居了两三个月，公司本部要调莜桥到大阪支工场去。秋儿要同行，莜桥不答应，说他到大阪找定了地方，再来接她。他给了她几十块钱，叫她暂回日本西海岸S村去。

秋儿回到S村里，有点钱在身边，她的继父老牧师待她还不错，到后来秋儿的私蓄渐减，老牧师对待她，也渐渐变了。莜桥去了一个月不见一封信来，她去信催他，也不见答复。

九

做母亲的受悲痛的刺激过度，胎儿也不能发育，她流产了。她经了这样伤心的痛苦，觉得她应受的罚已经够了，她的责任也轻了，她渐渐的忘记有莜桥五郎这个人了。

秋儿从前是看金钱比看她的身子轻，现在她觉得金钱比她的身子重了，肉体的受蹂躏事小，精神上的受虐待事大，所以秋儿牺牲了她的身子，去博金钱，来解除精神上的虐待。

她流产后静养一个月就进这S海岸第一家旅馆招待旅客了。

秋儿到底赋有点“从一而终”的遗传性，她受了莜桥五郎的污辱，不但不图雪耻，还想将错就错去成全“从一而终”的美德。到了现在，她绝望了。她在这旅馆服役期内，她身边的男子，和从前莜桥身边的女工要同数样多了。不但她自己愿意，她的养父——做牧师的养父，也默认她做这种卖身生活，多挣几个酒钱给他。

今年暑假有一个姓H的中国留学生，避暑到这S海岸，在她的旅馆里住了一个月，她为这位中国留学生抛弃了仇视中国人主义，——因为她当中国人个个都像她寿山哥哥一样——渐渐的思慕起来她亡父的祖国！

照国籍法讲起来，她本是中国人，她亡父的故乡，是岭南严冬不见雪的地方，她在日本列岛西南部一个孤岛上生长，她十四岁上跟她妈妈来这雪深二三尺的S海岸求生活，后来她又漂泊到东京去，向一班残酷无情的人讨饭吃。但她所历旅途之苦，赶不上她所受精神上之苦百分之一。她此刻遇见了H。H对她说，他能够洗去她以前一切的耻辱。他又对她说，他能够安慰她将来的悲寂。他又对她说，他能够带她回她亡父的故乡去，他又对她说，他能够像她离开日本列岛一样的，带她离开她现在所处的精神上的悲境。她半信半疑的，对他的要求，还没有肯定过答复。她只问他一句：

“我能够回中国去？我真欢喜不尽！”

十

赤热的火球渐渐的沉没在远山后面，H忙把面西的一扇纸屏打开，放点儿凉风进来。秋儿也放下端进来的膳具，忙跑过去替他把挂在檐前的纱帘卷起。他回到房里，盘腿在一张蒲团上坐下。秋儿跪在他旁边，把膳具在他面前摆开，盛了一碗饭，放在一个黑漆茶盘上，送过来给他吃。

“秋姊儿……”

“……”秋儿并不望他，背过脸去。一手按在一个小饭桶盖上，一手按着一张新闻纸，翻看衣服首饰店的广告。

“秋姊儿……”

“不快点儿吃么？姊儿姊儿的叫什么！快点儿吃哟！我还要伺候几个客吃饭呢！”秋儿回过脸来，半笑半恼的，向着他发嗔，他倒笑了。

“秋姊儿！你真的想精神的把我杀死么？”

“不要脸的！花言巧语，谁会信你！”秋儿也笑了。

“我就是不会花言巧语，所以秋姊儿不……”

“不……不……什么？”秋儿正色的问。

“不高兴和我交际。”

这几句问答，像专对秋儿的弱点下了一个刺激，她忙低下头去。她觉得她所遇见过的男子，要算H最诚恳，最不会用能得女人喜欢的饰词，去称赞她，阿谀她，H也将饭碗搁下，偏着头望纸屏外的黄昏景色，拇指和食指间夹着筷子的手，按在右颊上，手拐却在膝盖上支着。两个人都沉默了一刻。H回过脸来，微微的叹了口气，秋儿的心给H这一叹羁绊着，对H的要求，再没有勇气去拒绝了。

“你要我再到东京去做什么呢？”

“学校的寄宿舍，我再不愿意住了，下宿馆子生活我也厌了。这两年来，不知道为什么缘故，无论迁到什么地方，总觉得没有地方安置我的心。现在我找到能够看护我的心，安慰我的心的人了。秋姊儿！你不要使我失望，不要叫我亡魂失魄的，一个人会回东京去！”

“今晚上九点多钟你有空么？”

“有空怎么呢？”

“我们今晚上，到海边六角茅亭里，慢慢的商量吧。”

十一

秋儿在S海岸，接到H由距S海岸七里多远的温泉地方，寄来给她的一封信。第二天，她就向旅馆的主人请了两天假，搭乘这村间常用的交通机关——前两轮小，后两轮大的六个人合乘的马车，到温泉地方一家小旅馆去。

“我的信你读过了么？”H见到她，最先问她一句。

“读过了。”

“你决意了么？”

“我没有什么不决意，只怕你没有真心的决意。你将来怕要后悔！”

“为什么？”

“我不是处女了，你也早明白了的。我的身份比‘新平民’还要卑贱，我又经过很耻辱的生活，我不相信你真看得起我这样的女人！”（日本国民阶级，可分六等：一皇族，二贵族，三华族，四士族，五平民，六新平民。新平民是朝鲜或台湾人，改用日本式姓名，与日本内地平民混居，数代之后，得有做日本平民之资格。日本人间多轻贱之。）

H身上，给由跪在他面前的秋儿身上发射出来的一种女性的力，引起了一种热焰。他只目不转睛地望着秋儿，并没有听出她说些什么。秋儿知道H呆鸟一样的望着她，忙低下头去，用口咬着手帕的一端，他一端用手拉着，无意识的尽望下拖，也不再说话。

过了一会，还是女人那方面，总有点不放心，先破了两人间的沉默。

“从今晚起，你真的做我的永久保护者么？”

“你现在没有别的关系了么？”

“是的，没有。我只一个人！你真能够不问我过去的罪过么？像我这样不幸的女子，受过奇耻大辱的女子——说明白，受过强奸和经过秘密生涯的女子，也还有人真心的爱我么？我不是在作梦么？你不是出于一时的性的冲动，当我做玩物么?”

“胡说些什么，秋儿你还不相信我么？谁把你当玩物？”

“当我是玩物，有什么要紧？我巴不得你永久当我是你喜欢的玩物，把我带回去，不中途抛弃！”

H爱秋儿，是一时对秋儿求性的安慰。秋儿满足了他的要求之后，他对她的爱，即消灭了。H堕落的第一晚上，在电光下望着秋儿的睡颜，便联想到《旧约》的《撒母耳》下篇（*II.Summuel*）第十三章第十五节。

十二

秋儿和H在温泉地方七晚六天的生活不过是湿润的热烈的红唇的接吻，丰腴温柔肉体的拥抱，和华氏六十度的温泉池中的鸳鸯戏水。

到了最后那一天，H爱秋儿的热情既过了抛物线的顶点（*Vertex*）渐渐的下降，秋儿对他的恋爱力，受了H一星期间的放电作用，像新加了速度，和日数成几何的比例，反一天一天热烈起来。但H不能再在温泉羁留了，要乘今天的火车回东京去。

讨厌的秋儿在旅馆里，不饱哭一番，她偏偏在停车场月台上，听见轰轰的车轮和呜呜的汽笛无缘无故的，拿手帕掩着脸，呜咽的哭起来。

“你到东京，找定了地方，要即刻打个电报来接我，……我总忍耐着等你，无论到什么时候！”

她由腰间的衣带里，取出一个小纸包儿，从火车窗口交给坐在车内的H。

“回到东京后打开来看吧。”

H马上想打开来看里面包些什么东西，急得秋儿满脸发红，出了几点不好意思的急汗。

“你要在这里开，我即刻回去！”

“为什么此刻看不得？”

“……”

火车蠕动了。秋儿在月台上，拼命跟着火车跑，H在车里只见她往后退。H望不见秋儿的时候，忙把她给他的小纸包儿拆开来看。里面有一张用很淡的墨水涂的一封信，用日本注音字母草字体（平假名）写的，字写得很拙，也很潦草难看。她信里的意思是：

他们——妈妈和养父和村里人——说什么，我都不理，也不怕了。我只跟你一个人去，我以后只爱你一个人。你当我做什么都可以，玩物也好，奴隶也好，只不要再爱上第二个人，来厌弃我。你不要我的时候，宁可把我杀掉，我总不愿生着看你睡在第二个爱人的腕上。你要知道我的性质和蛇一样的固执。我能够爱人，也能够同程度的恨人！

另外一个小包是我的头发，是我的身体的一部，我以后还要绣一个红绸三角袋子寄给你，把我的头发封在里面，你带在身上，好做你的护身符。

我想抱着接吻至唇破都不情愿放手的H郎！这是很寂寞很可怜的秋儿寄给你的信！

秋儿这封浅近粗陋的信，先使H发笑，其次叫H发生一种悲哀，最后使他怀了一种恐怖！

十三

秋儿在S海岸，等了一个多月，才接到H平安到东京的一封信——写了许多甜蜜蜜的话安慰她，叫她格外保重身体的信之外，再不见H来信叫她到东京去。她写了几封信去问，也不见答复。最近寄去的两封信，没有开拆，原封打了回来，封面贴有一张条子写有“受信人不在，无法递交，原函交还”的几个字，还盖有邮局检查人的印。秋儿恨得差不多要发狂，每日哭笑无常。她只说要到东京去，但她的妈妈和养父不允许。她妈妈是怕她到东京去再吃亏，她的养父——做牧师的养父，吃酒的时候，说新旧约圣经里面，并没有戒酒的文字的养父，在礼拜堂里，恭恭敬敬的跪在写有“以玛讷利*Emmuel*”的，红缎子做的匾额前，高声叫“阿门”的养父，是要叫她每礼拜日，在小教堂里，按按风琴，向礼拜堂听众多捐几个钱；夜间还要叫她到一家教琵琶和跳舞的司匠家里去准备……

恰好这个时候，东京警视厅发了一道命令，通告日本全国各警署严重的取缔不良少年男女，并警告做父母的不得轻许儿女单身出都会去。秋儿是S村中的一个人物，常受巡警的监视，所以她一到停车场，就有巡警去盘问她。她很悲切，她抑郁无聊的时候，只和几个渔家女儿，在海岸散闷，她看见那六角茅亭，她就联想到H说她的亡父的故乡——在大庾岭南的深山里，景色和这海岸全然不一样的故乡，她不单没看见过，连梦中也不曾梦见过，她只能够按着H描说给她听的话去幻想她的故乡！

秋儿是中国人，她爹爹林商死后，她虽然恨中国人，但她不恨中国。她不单不恨中国，并且很思慕中国。她很想回中国去看她（中国）特有的伟大的壮丽山河！现在她绝望了！她的异母哥哥不爱她！她思慕的中国人也不爱她！她还思念她有几个同胞哥哥，在日本西南端的孤岛上，"颜色憔悴，形容枯槁"的劳苦着，也和她一样的不能恢复中国的国籍！她想到这里，她只好在这寂寞的渔村里做一个贪鄙的牧师的养女！她只好改属日本的国籍！她只好重新恢复她从前所怀的恨恶中国人的心！

一九二一年四月樱花落后，脱稿于日本浅间火山麓旅次

木马

一

C今年六月里在K市高等学校毕业了。前星期他到了东京，在友人家里寄寓了两个星期，准备投考理科大学。现在他考进了大学，此后他就要在东京长住了，很想找一个幽静清洁的能够沉心用功的寓所。

欧洲大战没有发生之前，在日本的留学生大都比日本学生多钱，很能满足下宿旅馆主人的欲望，所以中国学生想找地方住也比较容易。现在的现象和从前相反了，住馆子的留学生十个有九个欠馆账，都比日本学生还要吝啬了。日本人见钱眼开，对留学生既无所贪，自然不愿收容中国人了。并且留学生也有许多不能叫外国人喜欢的恶习惯，更把收容中国人的容积缩小了。中国人随地吐痰吐口水的恶习惯差不多全世界的人都晓得了。

去年我在上野公园看樱花，见三四位同胞在一株樱花树下的石椅上坐着休息。有一个像患伤风症，用根手指在鼻梁上一按，咕噜的一声，两根半青不黄的鼻涕登时由鼻孔里垂下来，在空气中像振子一样的摆来摆去，摆了一会嗒的一声掉在地上。还有一位也像感染了伤风症，把鼻梁夹在拇指和食指之间，呼的一响，顺手一捋，他的两根手指满涂了鼻涕，他不用纸也不用手巾拭干净，只在樱花树上一抹，樱树的运气倒好，得了些意外的肥料。

我还在一家专收容中国人的馆子里看了一件怪现象。我到那边是探访一位同学。那时候同学正在食堂里吃饭，我便跑到食堂里去。食堂中摆着几张大台，每张台上面正中放一个大饭桶，每个饭桶里面有两个饭挑子。有几位吝啬的先生们盛了饭之后，见饭挑子上还满涂着许多饭，便把饭挑子往口里送。

还有许多不情愿洗澡不情愿换衣服的学生，脏得敌不住的时候，便用洗脸盆向厨房要了约一千升的开水拿回自己房里，闭着门，由头到胸，由胸到腹，由腹到脚，把一身的泥垢都擦下来。他们的洗脸帕像饱和着脂肪质粘液，他们的洗脸盆边满贮了黑泥浆，随后他们便把这盆黑泥浆从楼上窗口一泼！坐在楼下窗前用功的日本学生吓了一跳，他的书上和脸上溅了几点黑水，气恼不过跑去叫馆主人上楼来干涉。

有了这许多怪现象，所以日本学生不情愿和留学生同馆子住。很爱清洁的留学生也受了这班没有自治能力的败类的累，到处受人排斥，不分好歹。有一位留学生搬进去，日本学生就全数搬出，所以馆子的主人总不敢招纳中国人。

C在学校附近问了几间清洁的馆子，都说不收容支那人。他伤心极了，他伤心的理由是馆主人不说他一个不好，只说支那人不好。他的头脑很冷静，他不因馆主人不好便说日本人全体不好，他只说东京人对待留学生刻薄，因为他在K市住了三年，K市的馆子和人家都招待他不坏。

C决意不在学校附近找屋子了，他也不想住馆子了。他想在东京市外的普通民家找一个房子寄居，他近来在市外奔走了几天，寻觅招租的房子。

C走了三四天，问了十几所房子，都没有成功。有的是不情愿租给中国人，有的是房租钱太贵，有的说不能代办伙食，有的是C自己嫌房子太宽或太窄。到了最后那一天他在东京北郊找到了一所房子。

馆主人是个六十多岁的老翁，他的家族共四个人，是他，他的两个女儿和一个小女孩儿。

“先生原籍是哪处地方呢？”C的日本话虽然说得不坏，但馆主人的大女儿像知道他是外国人。

“我是留学生。”

“啊！先生是由中华民国来的吗？”

她翻转头来望着站在她后面的约三岁多的小女孩儿，很客气的说。“贵省是哪一省呢？”她再望着C说，她像很知道中国情形似的。

“我是K省人。我来日本住了六七年了，日本的起居饮食我都惯了，这点要望贵主人了解。”C是惊弓之鸟，不待她质问，自己先一气呵成的说出来，可怜他怕再听日本人说讨厌中国人的话了。

“说哪里话！哪一国人不是一样！这点倒可以不必客气。可是……等我去问问我的老父亲，想没什么不可以的。”她站起来跑进去了。那三岁多的小孩儿也带哭似的叫着“妈妈”跟了进去。

C在门口等了一会，那女人抱着小女孩儿再出来了。“那么请先生进来看房子么？里面脏得很，先生莫见笑。”“多谢，多谢。”C一面除靴子，一面说。他心里暗自欢喜，他到东京以来算是第一次听见这样诚恳的话。

二

馆主人姓林，我们以后就叫他林翁吧。日本人的名字本来太赘，什么“猪之三郎”、“龟之四郎”，不容易记，还是省点精神好些。C常听见林翁叫他的大女儿做瑞儿，大概她的名是瑞儿了。C在他家里住了一星期，渐次和他们亲热起来。晚饭之后，瑞儿常抱着她的女孩儿过来闲谈，C才知道她的名叫瑞枝，她妹的名是珊枝，她的三岁的女孩儿名叫美兰。

“美兰像我们中国女人的名，谁取的名？”

“是吗！像贵国女人的名，是不是？”她笑着说。她不告诉C谁替她的女儿取名。

林家的房子大小有四间，近门首一间是三铺席的房子，安置一架缝衣车和几件粗笨家具。靠三铺席的房子是一间六铺席的，她们姊妹就住这房子里。她们姊妹的房子后面有一间四铺半的房子，和厨房相联，是林翁的卧室。租给C的房子也是六铺的，在后面靠着屋后的庭园，本来是他们的会客室，清贫的人家没有许多客来，所以空出来租给外人，月中收回几块钱房租。

瑞枝每日在家里替人缝衣裳，大概裁缝就是她的职业了。林翁的职业是纸细工，隔一天就出去领些纸料回来做纸盒儿，听说每日也有四五角钱的收入。除了星期日和祭日，C差不多会不见珊枝。珊枝每日一早七点多钟就梳好了头，穿好了裙，装扮得像女学生似的，托着一个大包袱出去，要到晚上八九点钟才得回来，门铃响时，就听得见她的很娇小的声音说“*Tada－ima*”（*Tada－ima*是日本人出外回来对在家人的一种礼词）。随后听见她在房里换衣裙，随后听见她在厨房里弄饭吃——她的父亲、姊姊和侄女儿先吃了，她回来得迟，只一个人很寂寞的吃。珊枝不很睬中国人，对中国人像抱着一种反感，不很和C说话。C以后才听见瑞枝说珊枝是到一家银行里当司书生，每日上午八点钟至下午四点钟在银行里办事，每月有二十多块的薪俸。四点钟以后就到一间夜学校上学，要九点多钟才得回到家里，C心里暗想：“原来如此，她是个勤勉有毅力的女子，所以看不起时常昼寝的我。”

瑞枝虽算不得美人，她态度从容，举止娴雅，也算一个端庄的女子。看她的年纪约摸有二十五六岁，C几次想问她又觉得唐突，到此刻还不知她多少岁数。家事全由她一个人主持，她的父亲、她的妹妹的收入都全数交给她，由她经理。他们的生活虽然贫苦，但他们的家庭像很平和而且幸福。

瑞枝闲着没有衣裳裁缝的时候，抱着美兰坐在门前石砌上，呆呆的凝视天际的飞云。C只猜她是因为没有衣裳裁缝，减少收入，所以发呆。美兰是个白皙可爱的女孩儿，她母亲说她已满二周年又三个月了。她的可爱的美态，不因她身上的破旧衣服而损其价值。她学说话了，不过音节还不十分清楚。她还吃奶——她母亲说本来可以断奶，不过断了奶之后，自己反觉寂寞。她给她的女儿吃奶算是一种对她的悲寂生活的安慰，——吃够之后坐在她母亲膝上发一种娇脆而不清白的音调，唱“美丽花，沙库拉！……”（日语“樱”之发音为“沙库拉”）的歌。唱懒了伏在她母亲胸上沉沉的睡下去。

听说美兰不会说话时，只会叫“妈妈”和“呀——”。她叫母亲做“妈妈”，肚子饿的时候也叫“妈妈”。”呀——”是她要大小便时候警告她母亲的感叹词。她一叫“呀——”，她的母亲怕她的大小便弄脏了衣裙，忙跑过来替她解除裙子。近来她能够区别大小便了。她用“呀——”代表小便，要大便时另采用一个“唏——”字。

美兰不能一刻离开她的母亲，像瑞枝一样的不能离开她。瑞枝要做夜工，美兰晚间睡醒之后摸不着她的妈妈时，便哭着叫“妈妈”，叫过几次不见她的母亲过来，便连呼“呀——”了。“呀——”仍不能够威吓她的妈妈，她的最后手段便是哭着呼“唏——”，叫得她母亲发笑。

C在美兰家里住久了，有时也带美兰到外边玩。瑞枝要美兰叫C做C叔父，美兰便叫“C督布！C督布！”

瑞枝家里的经济程度像不能够把美兰养成一个天真烂漫、活泼欢乐的女孩子。美兰先天的不是神经质的、忧郁寡欢的小孩子；她的境遇和运命把她造成一个很暗惨的女儿。C后来听人说瑞枝年轻时是一个多血质而活泼的女儿；美兰的生身父也是一个不管将来死活，只图眼前快乐的享乐主义者；那么美兰的忧郁性质当然是她的运命和逆境造成的了。

三

美兰近来穿的是一件半新不旧的青色间紫花条的绒布衫；衫脚已经烂穿了

几个孔儿，听说这件衫还是去年中年节隔邻住的船长送给她的。还有一二件棉衣听说是美兰的生身父的友人的送礼。此外几件家常穿的衣服都是由瑞枝自己的旧衣改裁的。瑞枝背着美兰出去，在布衣店前走过的时候，美兰忙伸出她的小指头指着华彩的衣服说："啊！好看的！啊！美丽的！美儿要穿！美儿要穿！"

美兰跟着她的妈妈称自己做美儿。她拼命的抱着瑞枝的颈不肯放，要瑞枝停着足看那华彩的衣服。

"美丽的！美儿想要！"美兰哭着说。

"妈妈今天没带钱，美儿！明天再来买给你。"瑞枝脸红红的屈着腰硬把美兰驮了去。美兰知道她妈妈又骗她了，在瑞枝背上双肩不住的乱摆，不愿离开那间布衣店，她哭了！美兰回到家后还在哭，瑞枝抱着她也滴了许多眼泪。

"妈妈哪里来钱？美儿！"

瑞枝只能够买三角钱一对的木屐给美兰穿，小屐的趾绊太窄，擦烂足趾皮，美兰不愿穿。她常拖着她妈妈穿的高木屐到外边去要。她看见邻近小儿们穿的皮鞋，羡慕极了，也哭着叫"C督布！美儿要那喳喳穿！"邻近的小儿穿着橡皮鞋走路时喳喳的响，所以美兰叫橡皮鞋喳喳。C买了一对给她，带她到近郊的草场里玩。美兰高兴极了，穿着"喳喳"在草场上蹒蹒跚跚的乱跑。这是C最初的一次看美兰欢呼。

邻近的小孩子们都有父亲。每遇星期日他们的父亲都携着他们到浴堂去洗澡，洗澡之后又买饼果给他们吃。美兰站在门首歪着头，望着几个小孩子在她面前半跳半跑的口里咬着糖饼走过去，美兰只把一个小指头伸进口里去把涎水抉出来。她望着他们跟着他们的父亲高声的欢呼爸爸，禁不住一对眼睛发焰。晚间C由学校回来了，美兰牵着C的衣角呼爸爸，要C带她出去买糖饼，急得瑞枝跑过来骂美兰：

"C叔父哟！不是你的爸爸哟！"

"无父的小女儿！不是的，不认得生身父的小女儿！"赋有伤感性的C几次要替美兰流泪了。

瑞枝日间很忙，不能陪着美兰玩。美兰寂寞得很，便一个人拖着她母亲穿的高木屐偷出去外边耍。她看见外边有小孩子聚着游戏，便笑着走前去，想加进他们的团体。美兰是不容易笑的，她这时候的笑是巴结他们，望他们允许她的加入。

附近的小孩子们都鄙薄她，侮辱她，骂她"没爹仔"，骂她"私生儿"，骂她"杂种"；骂了之后还要打她，她常带着满脸的伤痕，哭着回来。总之小孩子们欢喜的时候把她来取笑开心；小孩子们争斗的时候，都把她来出气，她是他们的出气袋。有时候瑞枝买些饼果给她，她便拿去分送给附近的小孩子们，像弱国到强国去进贡。

"相依为命"要算他们母女了！瑞枝常对C说，假使没有美兰，她的生存便无意味了。美兰有时候从外边回来，遇瑞枝不在家时，哀哭着寻觅。穿入厨房，跑入茅厕，还不见她妈妈时，便哭得天昏地暗。有时候哭进C的房里来，"C督布！抱抱！看妈妈去！"所以美兰不听她妈妈的说话时，瑞枝便穿着屐去，对美兰说"沙哟拉拿！"（日人别时用语）

有一天下午五点多钟时候，C从学校回来了。美兰拍着手在门前唱歌：

桃太郎，

桃太郎！

爸爸买面包，

妈妈做衣裳！

C心里想美兰的妈妈果然不错，会做衣裳；但“爸爸买面包”却是个疑问。

“C督布！C督布！包包给我！包包给我！”美兰望见C不唱歌了，跑过来接C手中的书包。

C牵着美兰的手待要进屋，忽然听见后面有叮当叮当的音响，忙翻转头来看，原来是一位巡警。叮当叮当响的是他佩的剑。巡警后面还有一位穿西装的，C一眼就认得他是警察署里的外务课刑事。他们看见C都行举手礼，C也点点头回了礼。警察在门首叫了一声，瑞枝忙跑出来。

“对不起！那件事怎么样？还打算去么？”刑事望着瑞枝，把帽脱下来点一点头。

“……”瑞枝脸红红的望一望C踌躇着。C很自重的走过一边，把靴子除掉，弯一弯腰，跑进去了。美兰紧紧的靠着母亲的膝，目灼灼的望了刑事又望巡警。巡警用手托托美兰的下颚。

“可爱的小姐！这就是督学官的小姐么？这就是先生的小姐么？小姐快要和爸爸会面了。”

“美儿没爸爸！”美兰翻着一对白眼答巡警。

“谁说的？”刑事笑着用手摸着美兰的头发——金灰色的头发。

“妈妈说的！”美兰便高声的说。刑事和巡警都大笑起来，只有瑞枝满脸通红，低着头。

“先生有信来么？”

“没有。”

“那么你动身的日期还没有定，是不是？”

“去不去还没有定。”瑞枝低声的说。刑事像知道瑞枝的苦衷，很替她同情，不再缠问，说了一句“多扰了”，带着那位有机体的机器跑了。

四

星期六晚上，瑞枝叫C过去和她们一同吃饭。一张方二尺的吃饭台，脚只有五六寸高，放在她们姊妹住的六铺席的房子中间。C占据了一面，对面坐的是林翁。瑞枝珊枝分坐林翁的左右。美兰坐在她妈妈膝上。饭桶放在珊枝旁边，各人吃的饭向她要。各人面前都摆着一碟中国式的炒鸡蛋，半节日本式的火熏鱼和一红木碗油豆腐汤。美兰像不常遇着这样的盛餐，看见炒鸡蛋吵一回，指着火熏鱼又嚷一会。

珊枝恭恭敬敬的用托盘托着一碗饭送过来给C。碗里的是红豆饭。日本人遇有喜事用赤小豆煮白饭，表示庆祝的意思。

“今天有什么喜事？我还没有替贵家庆祝！”C猜是他们里头哪一个的生日。

“嘻，嘿嘿！我们这样的家庭有什么庆祝……”林翁把铁的近视眼镜取下来，拿张白纸在揉眼睛。他那对老眼不管悲喜忧乐都会流泪。

“不是美兰生日么？”C望着瑞枝问，也希望她的回答。

“美兰的生日不知要到哪一年才有庆祝呢！”瑞枝像对C说，又像对自己说。“美儿的生日是很宝贵的，不给人知道的。是不是，美儿？”她低着头在美兰颊上接了一个吻。

“去年美兰的生日美兰要爸爸买匹鲷鱼给美兰吃，都不可得。这样冷酷无情的人也可做教育家！”珊枝气忿忿的没留心有客在座，不客气的说出来了。C不得要领的不敢多说一句了，瑞枝瞅了珊枝一眼。

“是哟！最多伪善的是教育界和宗教界。”

“是的，我的兄弟，我有一位兄弟就住在那边——F病院的旁边。今天他的第二个儿子迎亲。他知道我们不高兴过去凑趣，所以送了些红豆饭过来。”林翁把头低下来，注视着碗中的红豆饭，两手按在膝盖上用很严谨的态度，把红豆饭的来历述给C知道。“她是不肯去的，”林翁指着瑞枝说。“并且有了这个饿鬼跟着，也怕人笑话，更不应该去。珊儿说她姐姐不去她也不去。像我这么老的人还有兴趣跟着他们年轻的闹洞房么？嘿嘿，哈哈！”林翁的笑是一种应酬笑，他想把她们姊妹间批评教育家的话头打断。（饿鬼是日本乡下人称自己儿女的谦词，像中国的“小儿”，“小女”。）瑞枝没有正式的结婚，林家和他们的亲戚都当美兰的存在是一件羞耻的事。因为美兰没有父亲来承认她。

有一天美兰拿着一张像片跑到C房里来，交给C笑着说：

“C督布！看美儿的可爱的脸儿！看美儿的宝贝的脸儿！”相片里面一个年轻的男子约摸有三十多岁，穿着日本的和服，抱着一个婴儿。男子像向着人狞笑，婴儿的相貌一看就晓得她是美兰。

“美儿，这是谁？”C指着那抱美兰的男子问美兰。

“爸爸！死掉了的爸爸！不爱美儿的爸爸！”美兰睁圆她的一对小眼儿，用小指头指着相片中的男子大声对C说。我后来听见林翁说——美兰离开了她母亲之后，林翁对我说，瑞枝怕美兰长大之后会根究没有父亲的原委，所以趁美兰小的时候就对她说她的父亲如何坏，如何不爱美兰，并骗美兰说她的爸爸死了，不使美兰知道这无情的世界中有美兰不认识的父亲存在！瑞枝是想把“父亲”两个字从美兰脑中根本的铲除得干干净净！C时常看见珊枝指着相片教美兰说：“这是美儿的坏爸爸！”也常听见瑞枝对美兰说：“美儿没有爸爸了哟！美儿的爸爸早死了哟！”

C和珊枝都带个饭盒子出去，日间不回来吃饭。瑞枝打发他们去后差不多是八九点钟了，才带着美兰陪她的父亲吃早饭。她们在家的一天只吃两顿。瑞枝对人说是胃弱多吃不消化，所以行二食主义。我想瑞枝一个人虽然胃弱，林翁和美兰为什么也吃两顿呢？我虽然怀疑，但我又不敢坦直的质问。果然不错，美兰每天到下午两三点钟便叫肚子饿，这时候瑞枝只买五分钱的烧甜薯，三个人分着吃。星期日和放假日C常在家里，瑞枝要特别整备午餐给他吃，C很觉过意不去。

瑞枝背着美兰时，最怕是在玩具店和饼果店前走过。瑞枝有钱时也拣价钱便宜的买点儿给美兰。没有钱时，美兰在瑞枝背上，紧紧的从后头看着她母亲的脸，要求她母亲买给她。瑞枝看见美兰哭了，便说："美儿想睡了。美儿，睡吗！美儿睡吗！"她从背上把美兰抱过胸前来唱着哄小孩子睡的歌儿，把街路上人的注意敷衍过去。其实美兰何曾想睡？美兰想睡时，先有一个暗示，她张开那个像金鱼儿的口打几个呵欠。

美兰近来常偷出去，跑进邻近人家的厨房里讨东西吃。装出一个怪可怜的样子，看见男人便叫"爸爸"，女人便叫"妈妈"，她当"爸爸"和"妈妈"是乞怜的用语了。

C也曾抱着美兰到玩具店里去，买了一匹狗，一匹马，一辆电车，一个用手指头一按便会哭的树胶小人儿给美兰。只有一个大木马要三块多钱，C没有能力买给她。美儿用小指头指着要，她不敢哭着要求，因为她知道C不是她的妈妈，不是她的……

美兰睡着的时候梦见那个木马，闭着眼睛说："马儿！马儿！美儿想骑！"醒来的时候也思念那个木马，要C或她的妈妈带她去看那匹木马。有时候笑着向瑞枝，"妈妈给钱给美儿哟！美儿要买木马去，妈妈！"

美兰想买那匹木马有两个多月了，还没有买成功。她晓得绝望了，她不再要求妈妈买给她了，她也不要求C带她去看了，她只一个人常跑到那家玩具店去看她心爱的木马。她蹲在木马旁边用小指头指着木马和木马谈笑，木马不理她，她便一个人哈哈的大笑。残酷无情的玩具店主妇——孤独的老妇人，满面秋霜的老妇人，生意不好的时候便跑过来骂美兰，并赶美兰离开她的店门首。急得美兰歪着头笑向老妇人讨饶，连说“妈妈！妈妈！”

五

过了好些日子，听说美兰的生日到了。C买了一顶绒帽送给她做纪念。C听见珊枝在隔壁房里发牢骚。她说美儿的爸爸像野鸭，这边生一个蛋，那边生一个蛋，自己却不负责任。她又说美儿的爸爸有钱只买涂头发的香油，搽面孔的香水，去年美儿生后满一周年，没有一件东西买给美儿做纪念。她又说不单没有买半点纪念品，连一匹鲷鱼（日本人有喜庆事时用的食品）都不买给美儿吃。今年瑞枝买了三匹鲷鱼替美儿庆祝二周年的诞辰。

美兰的生日后两天，下午四点多钟，C还是和寻常一样回到林家门首来了。从前见的那个外务课刑事又在门首站着像和门内的那一位说话。C不见美兰的影儿，也听不见她的娇小的歌声。美兰每天总在门首玩的，怎的今天不见出来，莫非病了么？C行至门首略向刑事招呼了一下，刑事也就向坐在门内垂泪的林翁告辞。刑事临去时，高声的像对在屋里没出来的瑞枝说：

“不要哭！哭不中用的！各警署都有电报去了，叫他们留心。一时迷了路，决不会失掉的。我回去再替你出张搜索呈请书吧。”

林翁说美兰一早起来，睡衣还穿在身，拖着她妈妈的屐跑出去，到此刻还不见回来。早饭不回来吃，中饭也不回来吃，他们才着忙起来。因为平日美兰出去最久亦不过一二个钟头就会回来向她母亲要奶吃的。今天不知为什么缘故，迷了道路么？给人拐带了去么？天快黑了，还不见美兰的影儿！就近的警署和站岗所都去了电报或电话去问，现在既过了半天了，还不见有报告到来，大概是给恶人拐了去了。林翁说了之后痛哭起来。她是个不知生身父为谁的女孩儿，现在又和她的母亲生离了，C想到这点，也不知不觉的滴了几点热泪。她不是渴望着那匹木马跑出去，就不回来了么？C想到没有买木马给美兰，心痛得很，他总以为美兰的迷失是他害了她。

电火还没有来，瑞枝姊妹住的六铺席房内呈一种灰暗色，房里的东西什么也看不清，只认得见界线不清的淡黑色的轮廓。C在她们房门首走过时，房门的纸屏没有关，在房中间伏着哭的瑞枝的黑影倒认得清楚，她那没有气力的悲咽之音也隐约听得见。C很伤感，想过来劝慰下瑞枝，又无从劝。他回来的时候肚子饿了，现在给这件意外的事一吓，肚倒不觉饿了。

电火上了，差一刻就快到七点半钟了，还不见警察的消息到来。林翁的家里像满积着冰块，有一种冷气袭人。瑞枝听见邻家小孩子的哭声，重新恸哭。

八点多钟珊枝回来了。平日这时候林翁家里最为热闹，今晚上却异常沉寂。C心里想，像这样的状态若继续下去，不单说林翁父女住不下去，就连C也觉得悲哀！

九点半钟了，来了一位巡警，说T署留着一个迷失道路的女孩儿，约三四岁，要林翁家人去认是不是美兰。瑞枝在房里听见，忙跳出来，跑向T署那边去。过了半点多钟，瑞枝意气消沉的一个人回来，哪里见美兰的影子！

过了十二点钟了，还不见警署有消息来，瑞枝知道绝望了。她再没眼泪流，只觉得脑壳像破碎了，昏昏的睡在房里的一角。

昨晚上爱儿睡在自己怀里，今晚上只一个人！瑞枝像看见美兰站在她枕畔对她说：

“妈妈！你为什么不把我抱着！你为什么不紧紧的把我抱着！妈妈！我每晚上睡醒时的哀哭是要你紧紧的把我抱着！妈妈！为什么骂我？为什么你禁止我哭？妈妈！我以后不再在你面前哭了！妈妈！快抱着我！紧紧的抱着我！妈妈！”

瑞枝伸出两手紧紧的把美兰抱着，忙睁开眼看时，哪里见美兰的影儿？抱在胸怀里的是一件秋罗薄被——美兰专用的秋罗薄被！旁边的一个小花枕儿也像等她的小主人不回来，等困倦了，歪倒在一边。

“美儿！你今晚上睡在什么地方？你在哭着叫妈妈么？你睡着么？你醒了么？你睁开眼睛在寻觅妈妈么？你在哭着呼‘呀——’和‘咘——’么？”瑞枝脑中循环不息的都是这几条疑问——不再见美兰，不能得正确解答的疑问。

望见衣架上挂着几套美兰的小衣裳，瑞枝便想到美兰身上穿的是一件破烂的睡衣。“你要去，也得穿件整齐的衣服出去，美儿！你穿着那样旧烂的睡衣出去，人家更要欺侮你！美儿！美儿！没良心的爸爸虐待了你！命鄙的妈妈累了你！”

瑞枝房里几个玩具小马儿，小犬儿，橡胶小人儿，不见美兰来和她们玩，也在席上东倒西歪的向着瑞枝说：

“小姐病了么？怎的不见来和我们玩呢？我们等得要哭了！我们等得心焦了！小姐！小姐！你快来安慰我们呀！”

瑞枝看美兰站在一个渺无涯际，萧条的旷野像离群的羔羊，一个人哀哀的哭，不见有一个同情的人来看她，瑞枝又看见一个像夜叉的恶狠狠的人拖着美兰的手，强逼着美兰跟他去，美兰在后面狂哭着拼命的抵抗。瑞枝又看见那恶狠狠的人用手按着美兰的口，禁止她哭。瑞枝又看见那恶狠狠的人把美兰钉进一个木箱里面去。瑞枝又看见那恶狠狠的人和一个狡猾的老妇人在那边争论身价；美兰很瘦弱的，脸色也不像从前红润，站在那恶人身边用她的枯瘦的小手揩眼泪。瑞枝又看见美兰一刻间就长了七八岁了，满脸黑灰的在一间很黑暗的厨房里炊火。瑞枝又看见许多儿童一齐跑过来打美兰，把美兰搔得满脸的伤痕，捶得周身的黑肿。

邻近有许多小女儿，有比美兰大的，有比美兰小的，穿的衣服也有像美兰的，这种种比较都能叫瑞枝恸哭！瑞枝现在只望美兰的死耗，不愿美兰离开她活着！

一天，两天，一星期，两星期，三星期，一个月，两个月，三个月，半年，一年，还不见美兰回来，也不听见美兰的死耗！瑞枝哭着说，只要人能够去的地方，不论地下天上，她如果知道美兰的死所，她一定把尸骨抱回来！

瑞枝的心房经两次的痛击早破碎了，C听见瑞枝哭美兰时，便后悔不该没有把那个大木马买给美兰！

一九二二年五月十五日于东京巢鸭

爱之焦点

一

“N姊！闻你与M家之约已成，甚慰。从此姊履佳途矣。不知姊亦容不幸人从姊友众之后祝姊之幸福否也！吾因姊故，远道来此，今目的既达——欲置姊于幸福之域之目的既达，可以归矣。日前计划以为归时必有为我伴者，孰知吾仍须独行此五十里山道耶！K村坦道本可行，唯L牧场是吾侪伤心地，何忍再睹？……尚有相片一枚存姊处，今M家之约既成，则相片徒为姊日后之累耳。望掷交来人带回……”

她由楼上望着他和一个年轻的美丽的女孩儿在楼下过去之后，呆呆的出了一回神，然后慢慢的跑到她平日很珍重的文箧前，打开箧盖，寻出他五年前给她的那封信来读。读了之后，懒懒的倒在一张藤椅上，双掌伸向脑后叠着，把头枕在上面。那张半新不旧的信笺由她膝上被吹下来，她也不管——不是不管，她像没有觉得——她只痴望着对面壁上挂着的她的丈夫的相片。

“精神的爱和物质的欲是很难两立的。”这个问题她研究了许多年，她终不敢把这个问题否定，因为事实上她是给物质欲支配着。她思念他的心敌不住她原谅她自己——原谅她对他失信——的心！

现在他把她五年前对他的态度演回给她看了！两两比较，她才领略到他五年前写了这封信来的时候是怎么样的悲痛！

论起社会上的名誉和位置，她果然赶不上她的丈夫，所以她就硬着心肠离开他了，但应当流的泪还是一样的要流，就这一点，她想他该宽恕她的了！

五年前她接到那封信的时候，她在客厅里的风琴面前站着。送信的那女孩儿交了那封信给她后，望着她拆开那个信封，也望着她展开那张信笺，望着她朱唇微动的读，也望着她读完之后伏倚着墙壁咽泪。

“你回去告诉……”她竭力忍着，不愿给那送信的女孩子看的热泪，像有意和她为难，倒益发流得多了。

她忙摇了几次头，想把这种追忆打断，但她不知什么缘故，今天像没有这种力量。

“我不该把相片寄回给他。把相片寄回给他是把他对我的一缕之希望截断了！所以他恨我到极点了！”她略一转身，叹口气对自己说。

“但是我怎能够带着他的相片到这家里来？我不能不把那张相片还他！这是我对我的丈夫，也是对他应做的一件事！”她接着又自己辩护。

她从她的女友那边听见他接到那张相片——他最得意的作拿破仑姿势的相片——的时候，竟气哭了。她又从她的女友那边听见他把相片后面“*To my future wife. To my Lovin sister.*”几个字涂抹掉了。她最后又从她的女友那边听见他恨得什么似的，终于把那张相片烧掉了。

她和她的丈夫同栖了一个多月，她愈觉得对她的丈夫不住。但她的丈夫终没觉着。她从那时起决意再不思念他了。可是他的魔力很大，他的幻影不时的在她脑中出没。她的丈夫把她抱着接吻的时候，她禁不住想到和他小学时代在教室内所行的间接交换亲吻的方法——她和他在教室里只隔着一个座位，常把口里含过的铅笔借给他，他接到后也把它往口里送，然后交还她，教室里教师监督着，他们也能够偷着接吻。——她的丈夫称赞她像埃及女王*Cleopatra*的时候，她又禁不住思念到他曾说她体重，不容易抱起她。她的丈夫愈爱她，她愈觉得对不住她的丈夫；她愈觉得对不住她的丈夫，他的影儿在她的眼前更幻现得厉害。

人人都说是他失败了，其实他何尝失败？

记得有一次他要别她的前晚上，他在整理行李，她也在他旁边帮忙，家里用的老妈子只站在门首呆呆的望，因为她不会整理，怕弄乱了他的行李。老妈子望倦了，打了几个呵欠。

“Q先生，我先去睡了，莫要见怪。”

老妈子去后，他举头望望她，不期然的她也在偷望他，她脸红了，她笑了，他也笑了。

“妈妈睡着了么？”

“妈妈早睡着了！”

“此刻多早了？”

“十一点又三个刮（粤人音译*Quarter*为刮打，又略称曰刮）。”她看着她腕上的表说。

“那么，N姊，你也该睡了！”他催她歇息。

“你呢？”她歪着头笑向他。

“今晚上怕要通宵才整理得清楚。”

“那么我也陪你。”

“这个如何使得，不怕M和我决斗么？”他这句话半像对她的复仇，半又像对她的试探。

“你又来了！你看前天他回家去，我曾替他清理行李么？我曾送他行么？”她半笑半恼的说。

“未婚的，羞人……”他不是笑着说，是很正经的说。

“你还说么？”她真动怒了。

“……”他很担心说过分了，她会跑了去。

“我恨不能把我的心挖出来给你看！”她把右腕枕着伏在案前，两个眼睛角上悬着一对黄豆大的水晶珠，把案上的洋灯光反映过来照着他。

他把行李丢开，跑了过来，只手加在她肩上，低着头俯瞰着她的圆脸儿的全景——长浓的眉，巨深的眼，隆直的鼻，两条红色小弧线围着的口，丰腴的桃花的颊，漆黑的前发半把前额掩着。最后他们的脸遇着了，她允许了给他一个长时间的热烈的接吻。

“我怕一时难回来，我对你总是不放心的。如果你能够把最后的表证给我，我就可以安心离开你……”他的声音颤了。

“望你深信我的心，这最后的表证望你留着罢。今晚上把它给了你，日后再把什么给你看呢？我只坚守着待你回来……”她反泰然的说。

她和他两人中间暂时沉默了一刻，到后来她含着两泡热泪离开了他的书房。壁上的挂钟当的敲了一响送她出去。

二

若在二十年前，在这村里一班稍为受了点新教育的女孩儿一回到她们家里，就要给她们家里的老妇女们——顽固得像我们屋后的几株结大节瘤的古董松的老妇女们一同化去。她们在教会办的女学校里念书时，学校的先生们明明教她们除敬事独一无二的真神外，不要迷信无谓的鬼神，崇拜无谓的木偶石像；可是她们回到家里来，偏又跟着她们的母亲或祖母到寺庙里去求签祈福了。不单迷信，无谓的俗习，腐败的礼节，她们也能一律代她们的前辈保存。

现在和从前大不相同了，近几年来的女学生们的思想竟跟着她们的服装一天一天的变迁起来了；她们不单不会给顽老的前辈同化去，居然有了抵抗力，能够渐把腐败的，非科学的，不经济的旧习惯改了去。

她和他的关系或许算思想变迁的一种现象！

她和他中间的爱，不单他们两个都有自信，就连小学教师，西洋宣教师夫人也从旁守着他们俩的年龄和爱一天一天的增加，也很望他们俩的爱能全始全终的。

由她们的家里到宣教师的住宅只有三五分钟的路程，月亮的时候宣教师夫妻一定着人请她和他到他们家里的骑楼上合唱赞美诗。唱完赞美诗后他们就在楼上斗棋，宣教师夫人和她做一班，他和宣教师也做一班，常很热心的在斗棋分胜负。

有一天月亮的晚上，他们循例的到宣教师家里去了，在这晚上宣教师夫人竟把他们可以成夫妻的充分理由告诉他们了，宣教师夫人举的好例就是她自己和宣教师的关系。

宣教师的祖父和宣教师夫人的祖父是同胞的兄弟，论血统关系，他们和宣教师夫妻是一样的，不过有宣教师是女性生的，他是男性生的之差罢了。恐怕他和她的血统关系比宣教师夫妇的血统关系还要远些，因为他的祖父是庶出，她的祖父是嫡出的。

那晚上的余兴是夫妻对话剧，宣教师夫妇要他和她学着他们演。

“*Oh*！*my husband*！……”宣教师夫人望着宣教师说。

“*Oh*！*my*——”她望着他脸红红的不敢说下去。

月亮在他们后面送他们俩回去，他跟在她后面，他们的影儿在地面竟连在一块。

“他们的家庭真幸福！”

“只恨我们……”

“……生在中国，”他叹了一口气。他们在朦胧的月色里默默的行了一刻，他忽然想及什么似的。

“N姊，难道我们没有革命的勇气么？”

她只点了一点头，待要说话时，他们家里畜的几匹狗都走出门首狂吠着迎他们了。

他早没有父母了，她的母亲把他当作自己生的看待。她们的家庭是很寂寞的，男性只有他一个，女性却有三个，她的母亲和从外边雇进来帮忙的老妈子。此外有一匹猫，两匹狗，一群家禽。

梅花落后，田圃间的麦苗在和畅的空气中不时招展，牧场的枯草丛中随处散见有些青芽了。M在这时候来访他们，就在他们家里做了长留之客——不是的，是他们家庭里加增一员了。

M和她是嫡亲的姨表兄妹，家在邻县，距他们的家有九十多里，黎明动身，轿行到晚六七点时分才得到。M未来之前先有信来，说他想习点英文，要来和表妹同学，因为他县里找不出较良的英文学校。他听见M要来和他们一块儿生活，心里就有点儿闷闷不乐，但不便形之于色，只好装着表示欢迎的样子；因为他是认得M的，他知道M来是对他和她两人间之爱情的一个致命伤！

他不是怕M的姓族比他的大，也不是怕M的门第比他的高，也不是怕M的家财比他的富，也不是怕M的聪明比他的强，也不是怕M的年龄比他的大，也不是怕M的衣服比他的美丽，也不是怕M对她的血统关系比他对她的亲密，他所怕的是M和她不同姓！

她在M和他的中间，很像弱国介居二大国之间，真难处了！幸得村人都传说M是她未来的丈夫，所以M对她常避嫌疑，不大说话，她因此也少受他的埋怨。

他若看见M和她亲亲密密的说了半刻话，他定要十天不理她，不知要她来解说几次，赔礼几回才回转意来。他的低气压，不是她的灵敏的风雨计能够预测出来的。她明知他的脾气坏，妒性深，可是她对他的恋爱跟着他的低气压日益深刻。

有一天是宣教师感冒，英文休课一点钟，M不同级，庭园的一隅该是他和她两个站在花前谈笑了，他先跑到他们三人平日聚会的地点，料定她一定会跟出来就他。他的低气压的脸色像有催眠力，她果然出来了，她没出来的时候，他盼她来就他，今见她出来了，他又当作没看见，远远的走开。她看见他避她，马上收了她的笑容，站在一株梧桐树下，俯首沉思，不时也抬起头来偷望他，察他的颜色，他们的视线碰着的时候，他又把脸翻了过去。

别的学生都散了，她不忍再开她的低气压了，她就近他，把只腕加在他肩上，把脸凑前去问他。

“你到底为什么生气？你生气也生得太无理由了！”

“问你自己吧！”他轻推着她的肩膀，像叫她离开他。

“他们要说，我禁得他们么？”她接着说。

他经她的剖辩，这次的低气压期间短缩了许多。

他和M两人间的战斗继续了两年，她十九岁，他也十八岁了。最后的胜利在他别她的前一晚上终归给他了。

三

他的日记里有一节：

×月××日，这是我再别N姊的一天！

人类像*Sandwich*——人类是给面包夹逼着的一块肉！我是为面包的缘故要和N姊作别！

两个月前——学校长把出校证书给了我之后——我就想离开村的，N姊，我最爱的N姊，也最爱我的N姊——她不许我这么快离开她，她哭着对我说："你待M回家后去吧！"我的行程竟为N姊迟了两个月！

今早八点多钟，吃了早饭，他们只让N姊一个伴我行数里山道，往火车站。到车站时，大钟告诉我再待九分钟，她的两针就要成直角，距开车的时刻还差一点又三十九分。

N姊在休息室里的一隅暗哭，她太哭得不成样子了！休息室中的人都望着她，望了她之后又望我，望得我很难为情。

今天早上起床得快，仅够时间梳洗和装饰。怎么今天她没把平日爱戴的，镶有几颗淡碧色珠儿的黑褐色压发梳儿戴上呢？她只胡乱的把头发松松的编了根辫子。额前有好些短发在晨风中拂动。她的口唇也没有点血在流通，脸色也异常苍白。

她明知我看见她哭了，但她总不把眼泪给我看。她想说什么似的，没说出口，便把脸翻了过去，过了一刻又翻过脸来笑向我！

我写给她的信——别她后的几封信，可以当作我的笔记，都抄在下面：

这封信是在火车中写的。N姊！你去之后，等到十点半钟才开车！

我再违你的命令了，我在车中睡不着，取出你给我的那本书来读，读了半页，再读不下去，我无聊万分，所以写了这封信。

火车震动得很利害，你看我写的字多潦草，我怕你看不明白。我后来想，我所写的，我所说的，你都不会明白，不会了解，再有人会明白我，了解我么？

N姊！现在我们离开了，不知何时才得会面，我们不要再把我们所热望的收藏着，只把反对的来相探试！我已经把胸腹剖开给你看了！N姊你还在踌躇么？

不时有几个小山冈在我两边走过去，我才晓得火车早去了L平原。L平原是我们俩的纪念地， 我竟把她忽略过去了，可惜，真可惜，N姊！你以后还去采雁来红花么？采得的时候，望寄我几枝，采的时候，也望你思念及我！

火车现在蜿蜒的在深山道中进行。两面高冈如飞的向后面退去。

隧道在前，我暂停笔。

黑暗继续了十一分钟。

到了F车站了，我忙翻看旅程表，我知道我已离开K村两百多里了——不是离开K村，是离开你两百多里了！

火车的轮不住的辗转前进，我的心也跟住他们不住的思念你。火车在F车站休息十分钟，我在这十分钟思念你更切！

可恨的汽笛！可恨的汽笛！她只管催着我远离你！

N姊！我的哀愁，我的苦楚，都跟着离开你的路程成正比例！

我头痛得很，我的脑壳像快要破了，我的心房像快要裂了，我想睡！除了睡再没有方法。

我每枕在你腕上，我就安心睡下去。你以前每天晚上看见我想睡，你不许我睡，你要我睁开眼睛，你说我们快要离开了，有限的光阴不要睡过去了。我没有听你的话，我睡了，你就哭了。此刻你若在这车里，和前晚上一样的对我说，我一定不会叫你哭，你也一定不会哭！

K村两月前早没有雪了，北地比K村地方高，也比K村的气候寒，夹线路的两面高山上的积雪还没有融解，由车外吹来的小风也很冷。

你近这几晚上说的话像活动影戏，现在又在我脑膜上重演出来了。

我早就想哭了，我此刻很想哭了，无奈同车的搭客都守着我，禁止我哭！N姊！你不是说，我们太深进了么？我们太冒险了么？我想我们再没有第二条路走，我们既然深进就要深进到底！我们既然冒险，就要把这冒险事业干到底！

车外下雨了，车窗都给看车的关闭了，我更要闷死了！车里黑得很，我暂把信笺和铅笔收藏起。

到了S市，天也黑了，我这封信由S车站寄的。

除写信寄你之外，我像不会干别种事了！N姊！我现在旅馆的一间很狭窄很寂寞的房子里，一个人坐着没事干，我又想写信了，你不会说太多写信讨厌的吧？

我想不到我会有这样寂寞的一晚！

我还有很要紧的话早就想说，还没有说，我现在对你说罢！你允许说么？你不答应，我也可以不说，不过，不过，万一，万一，万一，……是真的！……我的胸里，像给什么填满了，我不能再写了！你等我下一次的信吧！

这封信和前一封信，你或者会同时收到。

隔一天的日记里，还有下面的一篇笔记，说明了是那一天寄给她的信：

我今天早上要搭小汽船向H城进发，以后我要在那边和人争面包吃了，也要在那边思慕K村了——有你住在那边的K村，我思慕得更要亲切。

我昨晚在旅馆里梦见你睡在我腕上，我梦见你伏在我胸上，我梦见……！到后来我又梦见他，我在梦中失望极了，我在梦中哭了。

我初想不该写，也不敢写，现又觉得想写的不妨写。他们有他们的真理，我们有我们的真理。他们要把你属他，不属我。这不是以五十步笑百步么？不是的，竟以百步笑五十步了！N姊！你说我们犯罪么？我说他们都是犹太的祭司和长老们，他们是胡乱把圣者定罪！N姊！你不要卑怯，你不要灰心！你要忍耐着等我！你不要忘记我！待我把愚昧的义理铲除去，把迂腐社会的束缚解了去！

四

他在以后的日记里，还抄上了以下的几封信：

我常在H城公园的树荫下，追忆我们俩的恋爱史中的最得意的几段。

自他来之后，我恨你对我的态度太寻常。到后来你把不理我的苦衷告诉了我，我又自恨太愚卤了，我又自恨爱你的心赶不上你爱我的了！

我上学去，你也上学去，他也上学去，我们三个一同上学去。最初我们三个的学生生活算很平和也算幸福。

他很爱你，他应当爱你，他自然的爱你。他或也知道我爱你，也知道不是像他一样的爱你。但他不知道我们俩的爱比他对你的爱还要正当，还要自然！

不知什么缘故，从那时起，我很恨他了！

我恨他之后，我只让他伴你同走，每天我一个人先到学校去，我不和他说话，也不和你说话。你看见我不理你，你偏向他多说话来气我，我恨你不过，我再和他讲和，只不理你！

我在这时解剖了你一半了，你一个人跑来和我讲和，我知道我战胜了他了！他是死守旧道的先生，他是旧樊笼里面的囚徒，他哪里知道我们俩的神圣的恋爱！

我不放心离开你，我要求你给我个凭据——爱我的凭证，你给了我，你并不迟疑的给了我，以后我很安心让你们并着肩走。

接姊来信，令人失望！N姊！这是我们俩中间的创作！

N姊！你莫卑怯！你莫踌躇！你只管把你的心交付我！我在准备战斗了！准备向M宣战！准备向你的母亲宣战！准备向戚族宣战！准备向社会宣战！

N姊！到了此刻，你不能依赖我，也要盲从我！你不要把无罪弄成有罪！我们可以去家，可以去国！我们只不愿做驽弱的妥协者！我们为坚持我们的主义，为图尽我们的责任，我们什么都情愿牺牲！

教会中人的颠倒是非不足以证我们的创作为有罪！一班全无根据，瞎评我们，嫉妒我们的人说的话，不足以证我们的创作为浅薄无聊！他们都是徒洁杯盘外面的伪善者！他们是专为自己隐恶扬善的假道学先生！

我信教会我信真的良好的教会，因为良好的教会一定认我们俩的创作！你本无罪，何用忏悔！应尽之责任不尽，借忏悔为名，遁入教会；像这种伪善的教会简直是养成罪恶的逋逃薮罢了！

这种创作，是我们俩的最神圣的、最纯洁的事业！慈爱的、良善的教会也忍心破坏我们俩的神圣的纯洁的事业么？

他们要恨恶我们，由他们恨恶，他们要反对我们的结合，由他们反对！我并不因为他们的恨恶和反对而生恐惧！我们要替未来的青年男女——不是的，不独未来，是现在和未来——倡个先例！我们的结合能成功，不单是我们的再生，也是一班青年男女的幸福！N姊！我们俩的责任很重大，我们要彻底的主张我们所抱的主义！我们若中途放弃我们的责任，使我们俩的创作有功亏一篑之叹；那么一班热烈的青年男女们会误解恋爱是可以不负责任的东西！他们也要误解恋爱是稍遇困难就可以消灭的东西！他们也要误解恋爱是受一种无意味的习惯支配的东西！他们也要误解恋爱是必适合于规矩方圆形式的东西！他们也要误解恋爱是必先预测其对外界所生的影响如何而后可以成立的东西！他们也要误解恋爱是必得一班愚众的同意始能成立的东西！

N姊！我寂寞的时候，你是我的安慰。我颓唐的时候，你是我的希望。我黑暗的时候，你是我的光明。我愚昧的时候，你是我的智慧。K村传来的消息果真，我这些宝贵的东西都要失掉了。他们也会在嘲笑我了！

……我梦见他，我梦见他拥抱着你。我梦见他和你接吻！我又梦见他们来对我说，你已有了未婚夫，未婚夫不是别人，是他！我所恨恶的他！如果这梦兆是真，我可怜我自己，我更可怜你，尤其可怜他！

他的怀疑终成了事实。不知道他和她的关系的人不消说个个都赞成欣羡，就连知道他和她的关系的人也因陋就简，以为这才是善后的方法，不然K村中就要发生一种与礼教相抵触的大罪案！

这时候M和她是村人所羡妒的标的，是村中的*King*和*Queen*，只有他——一个逃罪的囚徒在H城咽泪。

她竟和M在K村的小礼拜堂成了礼，她算忏悔了！她算得救了！可是他呢？

M和她结婚后还接到一封信，像他写的又不像他写的：

M夫人！听说你做了M家的女王了，早已即位了，我听见之下，欢慰得很。

不知道可以问么？怕夫人要骂我失礼。不过我很想知道夫人是什么时候行了加冕式的！我想夫人在未即位之前，和他别后没有多久，就给性的冲动屈服了，是么？

夫人一个人在沉醉物质的享乐，肉的享乐，把一切应纪念的事都忘掉了。他一个人在无情的人海中为夫人痛哭，夫人有一秒钟的工夫念及他么？

他因为想始终爱护夫人，才离开夫人到H市去图活。他和夫人坚约了一定回来看夫人，夫人也对他发了誓说一定不会对不住他。他信爱夫人像信爱他的祖国，他像为国出征的军人一般的很喜欢踊跃的去了。

夫人不爱他了，尽可当他是夫人穿破了不堪再穿的靴子，置之不理。何必又像夸示给人看似的带了他所恨恶的M到车站来呢？这不是一种难堪的讽刺么？

夫人对他的态度，虽然冷酷，但他还始终一贯的不忘夫人，因为夫人从前的热血在他血管中还循环着不容易冷息。

他在H市像被水围着的蚂蚁，到这边去不妥，到那边去也不妥，总找不着一所安身的地点，每天只觉得失了一件很重要的东西似的。

滞在H市者两星期！每天不管天气热，流着汗上二三百段的石级到有名的H市公园去的是谁？在园内的棕榈树下坐着，从衣袋里取出相片流着泪看的是谁！看了之后把相片送到嘴边去的又是谁？世间像这种痴人很多，不算什么奇事，不过这也得报告夫人知道……

五

她的丈夫死后三个月，她听见他和一位H市的女文艺家L订了婚约。这个消息给了她一个大大的失望。

“我不信她会把我的王位占了去！”

他是H市Q病院的院长了。他虽然业医，但他在文艺家的发表，不在医学家的发表之下。她去年跟M来H市，才发见了他的作品。她把前事忘了似的不时和M来Q病院看他，他反有些不愿意会她了。

“爱情是怎么一种东西？我今知道了！”他常一人叹息着说。

“院长！M夫人又来了。”一个年轻的穿看护妇服装的带了一位穿黑衣服的女人进来。

“快九点多钟了，这么晚还来做什么？”看护妇出去后，他把室门关上，走近她，替她除去外衣。两个人低首站在室隅的大炉前。有一种许久不闻，耐人寻味的香气不时扑进他鼻孔里来。两个人沉默了许久她才抬起头来：

“怎的许久不到我家里来？”

“不得空。”他还是低着头。

“婚约真的么？”

“真的！”

“为什么不先告诉我？”

“为爱你的缘故！”

“不能再革命么？”

“时期不同从前了！”

“血还循环着么？”

“早冷息了！”他走近案前，从书堆里取出原稿本一册交给她。她翻看首页来读这篇序文，序文的后五节有一段：

“……本书原稿之抄写悉出吾之爱友——未婚妻——L之手。且……得伊资助者，亦复不少，特志之以表谢忱……”她气得几乎要把这本原稿撕个粉碎。

再翻内容的一段：

“他对他所爱的说……”

“你还在追忆我们的过去么？”她读了一句，微笑着翻过头来问他。

“请再读下去。”

“我到H市以后写了多少信，给X夫人，求X夫人要恢复从前对我的爱，因为我的灵魂早给夫人收藏在胸坎里，离开夫人怕不容易活着……但X夫人只给了我一封比嚼棉花还要无味的信……”

“他对他所爱的总不说X夫人对他不好。他只说X夫人从前如何的爱他，如何的看护他，如何的安慰他……”

“‘你不当犯这种罪！’他所爱的凛然的对他说……他和X夫人的关系，他完全告诉他的所爱了……他所爱的也就恕了他从前的一切罪恶！”

她像死人一般的苍白，也像死人一般的冰冷。他在医院门首望着她所乘的手车在黑暗中消灭了。

一九二二年十一月二十三日夜，羊子山矿山

性的屈服者

一

一九××年的冬的一晚，吉轩由W市带回到故乡来了，虽说他有充分的觉悟，但他回到家中的第一夜就感着一种使他不能安睡的苦恼和烦闷。一个人在书房里的木榻上翻来覆去的睁着眼睛把寒冷的一夜度过去了。

热火焚着他的兴奋了的头脑——里面的脑浆快要干化成块状的头脑到了天亮时温度稍为低了些，他趁这个机会微睡了一会。等他起来时，红日的光线早投射到彩色的玻璃窗扉上来了。

吉轩起来了，把覆在被面上的棉袍子向背上一披，跑下床来。他先把朝东的后门打开，门前是个小庭园。站在门砌上望得见近村的风景。昨天傍晚吉轩是由那边的村道上走回来的，因为天黑了，没有领略到近村的景色。今天在晨光之中对着一别七年之久的寒村，吉轩禁不住生出无穷的感慨。

“还是一个很寂寞的农村，这几年来没有起多大的变化。但是住在这村里的人呢？”吉轩想到这层觉着双目发热，鼻孔里也是辣刺刺的。

村景虽然是没有变化，但小溪彼岸的小学校舍和对面山下的丛林由吉轩今早的眼光看来比年前近了些儿。他望着小学校舍和丛林，心里觉着一种奇感。

庭园的地面上覆着一重银色的霜，土地里面的水分因冻结作用增大了容积，挤起了一重脆薄的土皮。庭园墙外的几亩新麦的青叶上也满载着银色的小珠儿。

一切的村景在他的眼中——睡眠不足的眼中，他像戴着老年的眼镜，房屋，树林，麦田，泥土都高凸的向他接近，视官的变化不能给他比难堪的苦闷更好的东西，他起来时，本想到庭园外的田间小路上散步一回；他痴望了一会，他觉一切的景物在他眼前渐渐的朦胧起来，他无心出去了。他回书房里来，仍把后门关上，再爬进已经冷息了的被窝里去。

……馨儿前天轻了身，你又多了一个侄儿了……这是他的母亲去年冬给他的信里的一句。他的母亲为压抑他的愤怒和安慰他的悲楚起见，费了无限的筹思才想出了很得要领的这一句。不解人情的吉轩的母亲，她虽然是以为很得要领，很可以压抑他的愤怒，安慰他的悲楚的这一句其实适足以增加他的悲酸，催他流了许多眼泪。

吉轩四年间的努力，把W市大学的毕业证书抢到手里来了。毕了业的吉轩才感着自己四年间的努力完全是空虚。现在由学校解放出来了，以后要自图安身立命的方法了，决不再依赖他所深恶痛恨的哥哥为活了，不受哥哥的供给了。有这层层的考虑竟把他的归乡之念拒绝于千里之外了。他哥哥明轩听见他毕了业，写信来要他早日回故乡去。他哥哥信里还说，故乡县城的中学聘他担任数理科，每月有八十元的薪水。神经过敏的吉轩知道他哥哥之催他回去是不能再供给生活费给他了；要他回去当中学教员是望他分担家计的一部分。他得了这封信后更把他的归乡之念十九打消了。馨儿已经做了哥哥的填房了！他思及这层，觉得他不能不把自己和家庭间的缘线完全的截断。但是，但是她还有种魔力对他有强大的吸引的作用，把他一步一步的吸拖进罪的深渊里面去。

“我非再见她一面不可！非唾骂她不可！最后的见她一面！”到后来，他又想回乡去了。其实家里的人没有一个不在希望他回去。今年不回去怕无再见之期的八十余龄的慈爱的老祖母，每天垂着泪思念他，他是知道的。只知形式的家庭的圆满，对于儿女的苦衷全没理解的功利主义者的母亲在希望着他回去，他也是知道的。就连他最痛恨的哥哥也在焦望着他回去，他也是知道的。希望他回去的还有美人般的妹妹鹃儿和嫂嫂馨儿。

馨儿是吉轩的母亲的妹妹的长女——是吉轩的姨表妹。她三岁时，她的双亲因染时疫一同死了。所以馨儿是不知道有父母的。吉轩的父亲是个有钱的农民，当时很侠义的把馨儿收养在家里。馨儿到吉轩家里来时，吉轩才六岁，明轩却十六岁了。吉轩的母亲有意把馨儿作童养媳，但他的父亲因为血缘太亲近了不答应。馨儿来的第二年，明轩结了婚。妹妹鹃儿也是这年秋期生的。到了鹃儿四岁那年他的父亲就死了，家事一切都由明轩接理，吉轩才进高等小学的一年级。吉轩无分别的把鹃儿和馨儿都当作和自己很相爱的妹妹看待。

有一天吉轩由学校回来看见鹃儿在母亲的床上睡着了，只不见馨儿。他忙得到后园里去找。果然馨儿一个人在园里的石榴树下揩泪。

“馨！谁委曲了你？嫂嫂骂了你么？妈妈？”

“……”馨儿望见吉轩双肩更颤动得利害，哭出声来了。吉轩走前去，把馨儿搂着，馨儿的脸埋在吉轩的怀里愈哭得厉害，他的黑呢制服满洒了馨儿的眼泪。

“为什么哭了？”吉轩搂着馨儿笑问她。

“蒋妈……可恶的……蒋妈……她……她说……我不是……你的……真妹妹！”馨儿伏在吉轩的胸上哭诉。

吉轩从前只知道馨儿是个无父母的女儿，他并不知道无父母的女儿的可怜。从这天看见馨儿一个人在石榴树下痛哭后，他竟以爱护馨儿为自己的唯一的责任了。

馨儿进村中高等小学的三年级时，吉轩是在城内的中学的四年级肄业。每星期六才能回家里来。初熟的馨儿星期六接着吉轩回来时总脸红红的感着一种羞愧。

晚饭之后，馨儿端了一个火盆到吉轩的书房里来。

“吉哥，等一会，等妈睡了，我把代数教科书带来，请你替我解一二条难题。”馨儿临去时双颊像熟苹果般的向吉轩嫣然的一笑。吉轩也会意的点了一点头。

这不算是什么一回秘密的事，每星期六吉轩由城里回来，馨儿要到他书房里来问英文问算术，是一个惯例。不消说问英文解算题是个口实吧了，他们近来感着由他们的相接近会生出一种不可语人的快感。这个惯例行了二年余了，从馨儿初进高等小学十三岁那年起每星期六晚的灯下馨儿靠着吉轩的胸怀要他教她习ABC。

鹃儿到书房里来耍了一会，给她妈妈叫回去睡了。鹃儿去后，吉轩又等了半个多时辰才见馨儿捧着石版和教科书笑吟吟的走进来。馨儿行近榻前，吉轩伸着双腕要循惯例的抱她，她急得把书和石版向榻上一摔，向后闪开了。

“正经些！嫂还在厨房里，书房门还没有关。”馨儿脸红红的笑向着吉轩说了后跑向门首轻轻的把门带上，然后到吉轩的案前把吉轩的胸部紧紧的抱着。

他和她热烈的，狂醉的接了一阵吻后。

“好了，我依了你的要求了！你快把这两题——第一百十七题和百二十一题替我解答。不要再摸摸索索的了。”

吉轩不理她，还是伸嘴前去要她再和他接吻。她坐在他的怀里了，他的双掌紧紧的按在她的初成熟的小馒头般的双乳上，把她抱着。

“妈说，我们大了，骂我不该再和你捏手捏脚的。”

他十八岁了，她也十五岁了。初成熟的馨儿虽和吉轩有十二分的亲密的接近，但她不能——也没有这种胆量遽然的许诺吉轩的在接吻以上的要求。她只醉享着每星期六的，能使她心房激震的快感——和异性接吻的快感。

二

吉轩和馨儿的恋爱的过去，除他和她两个以外，只有他的母亲知道。这次吉轩回来，他的母亲很担心的警戒着。

昨晚上回到家里时，早开上了灯火。他的母亲和明轩早走出厅前来接他。随后鹃儿携着明轩前妻生的儿子隆儿也出来了。只不见馨儿。他们望着挑行李的交点了行李之后拥着吉轩回到书房里来，由厅到书房里要经过他们的厨房门首，馨儿和 老妈子像在厨房里弄饭菜欢迎他，一阵富有酒菜香味的炊烟由厨房里吹出来。

书房里收拾得很齐整，只有睡榻还是光着。

“鹃妹居然是个大人了。”吉轩笑望着他的妹妹说，“谢谢你，替我布置得这样整齐的书斋。”

“不，不是我一个人收拾的。”鹃儿红着脸，“馨——嫂嫂帮着收拾的。”

吉轩听见鹃儿提及馨儿便不说话了。只望着书案上朱砂花瓶里的两朵黄菊——很娇艳的黄菊。

“那对菊花也是馨妈插的，她说叔父喜欢菊花。”隆儿很出锋头的指着菊花告诉新回家来的叔父。

“W市比我们南方寒冷些吧？”“W市现在可下雪了吧？”“在旅途上不很辛苦么？”“海船里没有晕船么？”“过了年就搬到城里的中学去。”明轩和母亲所问的所说的不过这些闲话。

晚饭之后只母亲一个人陪他回书房里来，她告诉他馨儿和明轩结婚完全是为保全家声起见，将错就错的敷衍的方法。她又告诉他前的嫂嫂仅死去半年，馨儿就分娩了，这全是他哥哥的罪过，并不是馨儿的罪过。她告诉他，她年岁也老了，看的伤心事也太多了，今得看见他毕业回来，她就死也瞑目了。她最后告诉他，她望他要和哥哥很和好的同心协力把家业振起来，并望他能够原谅他的哥哥，不要太给馨儿难堪了。

母亲去了后，吉轩一个人痴望着案上的洋灯。

“性欲之强和野兽般的哥哥固然不能辞其罪，但馨儿也能完全的不负点责任么？我动身赴W市的前一晚，她如何的坚决地向我发誓——她说她望我能够早日回来，给她一个宝贵的安慰。她又说，她为他保守住处女的纯洁，决不会做出对他不住的事来。她说，她望他答应她在这晚上痛快的洒一番别离之泪。她又说，明天她不到码头上来送他了。那晚上的紧紧的搂抱，强烈的接吻，谁料得到是最后的拥抱和接吻！”

“是的，我不该一去四年不回来的！经济的制限不能如愿的每年暑假回来，完全是哥哥对我的一种压逼！”吉轩恨不得登时把明轩咬几口。

“困倦了，早点儿安歇么。”鹃儿的笑声。吉轩忙翻转头来，他看见鹃儿和馨儿两个抬了他的被包进来。

“坐开些。”鹃儿走过来轻轻的把吉轩一推，“你过那边椅子上坐去，等我们把铺盖打开，替你铺好。”

“不，不，你们去吧，我自己会铺的。”吉轩站了起来。

“哪里话……”馨儿不敢望吉轩，只笑着望了望鹃儿。

吉轩坐在那边的椅子上，禁不住把视线飞到馨儿的身上去。她完全是成熟了——不，她是性的经验很驯熟了的女身了，做了人的母亲的女身了。想到这一层，吉轩对馨儿抱的反感——唾弃她的，卑侮她的反感——更加强烈地起来。尤其是她的对鹃儿这一笑更引起他对她的憎恶。

她消瘦了许多。她的肌肉不像从前那样丰腴了。她的双颊也不像从前那样的红润了。她的胸部也不像从前那样的紧束了。她的头发也不像从前那样的柔润了。他就他从前所知的处女时代的馨儿和眼前的她比较，觉得处女时代的馨儿完全是他平日所幻想的天仙，尘世上决没有这样美好的女子。有这末美好的女子，置之不顾，一去四年，今日之为恋爱的失败者亦是当然的结果了！

这是他意料中的事——馨儿完全失掉了她的处女美是他意料中的事。他最伤心的也是她失掉了她的处女美这件事。他也很愿意——并且祈祷上帝——他能由此伤心的绝望把馨儿的倩影干干净净的由他脑海里赶出去。但是眼前的馨儿的身体里面涌出有一种力——不可思议的力——在他的心头上描绘出一个新馨儿出来。这个新馨儿——瘦削的身躯，苍白的脸儿，覆在白额上的鬖鬖的短发的新馨儿比他从前心里所描绘的有处女美的馨儿更强烈地把他心里潜伏着的热血抉流出来，使他对她的热情再燃烧起来。他禁不住起了一种战栗！

"我决不能和她见面！我和她对面就像站在火山喷火口边那样的危险！"

她们把被褥铺好了，馨儿低着头要去。

"坐一会儿吗？"鹃儿拉着她并肩的在床边坐下。"以后你们彼此怎么样喊法呢？你叫她嫂嫂，她叫你哥哥么？"不解事而且淘气的鹃儿只她一个人在笑着。他和她都低着头一句话不说。后来还是鹃儿找些话来和吉轩说，馨儿只默默的听着。

"馨妈！弟哭了，爸爸叫你回去。"隆儿跑了进来，馨儿听见了忙站起来。他们都听见里面婴儿的哭声。馨儿和隆儿去后，鹃儿也跟了去。吉轩一个人在描想他哥哥和馨儿间的一切性的动作——接吻，拥抱和以上的动作。他愈想愈气，心里异常的难过，头脑异常的兴奋。他把书房的后门打开，借着几分月色，无意识的把两腿移到明轩的寝室外的窗下去了。窗扉紧闭着，但站在窗外的吉轩隐约的听得见他哥哥的低微的笑声可厌鄙的笑声。吉轩的心房快要破裂了，同时又感着下腹部在热涨。

"瞎说！他不像你这般的无耻！"馨儿叱明轩的声音。

"……"明轩的声音听不清白。

“谁理你？谁和你辩？！”馨儿的声音。

“……”

“……”馨儿半笑半恼的声音。

“不让你睡！决不让你睡！”

“……”

“……”

“讨厌的！……快些！人家要睡了！兴儿醒来了，我不是不得睡？！”

“……”

“你真不是个人！”

站在窗下的吉轩的双颊上若没有两行热泪，谁看见都会猜他是个石像了。在他头上掠过去的朔风一阵一阵的哀号。

三

吉轩爬进既冷息了的被窝里后似睡非睡的发了好几回梦。他梦见他在很幽僻的山里遇见了馨儿。他又梦见他骂她骂得太过火了，馨儿终给他骂哭了。他梦见他坐在山中的一个石块上，馨儿长跪在他面前，把头枕在他的胸怀里悲哭，他又梦见馨儿哭了后不理他，站起来望前面的森林中去，他也忙站起来紧紧的追着她，他愈追得快，她也愈走得快，无论如何追不上，最后看见他的哥哥裸体的从森林里跑出来，馨儿给他哥哥抱进森林中去了。他梦见馨儿和他的哥哥都赤身露体的，臂揽臂的在森林中跳舞。他又梦见馨儿裸体的披着长发笑着向他招手。

“淫妇！无耻的淫妇！”

“呃……”

火铲掉在地上面的音响把吉轩惊醒了。他翻转身来看见馨儿站在他榻边的火盆前。火盆中满烧了红炭，冰冷的书房中的空气急增了温度。暖和起来了。吉轩看见了馨儿。仍翻身过去。

“吉哥！他们还没有起来，你能够容我说两句话么？”馨儿颤声的说。

“……”

“你只一个人心里愤恨。你的愤恨不单旁边的人看见要笑话，也怕你一个人愤恨出病来。”

“……”

“一切都是我错了。我该死的。但是……但是，吉哥……我望你原谅我，不，望你恕我的罪！也望你不要因为我——一个无聊的女人——苦坏……”馨儿的声音咽住了，她的双行热泪扑扑簌簌的滚流在一对苍白的颊上。

“无聊的话不要说了！快滚出去！”

“你总是一个人在苦恼！”馨儿拾起地上的火铲低着头出去了。吉轩翻过来目送她出去后也流了些眼泪。

“——啊！我错了！我轻轻的把机会错过了！我舍不得她，无论如何舍不得她！她的倩影早深深的埋藏在我的心坎里了！要我舍去她，除非把我这颗心脏摘了去，除非我死了！我该把她抱着，我该和她接吻；事实上虽然是我的嫂嫂，但精神上是我的情人，我尽有权力把她拥抱，和她接吻！是的，我渴望着和她拥抱，和她接吻！我要，告诉她我如何的爱她，别后四年间如何的思念她。我也要骂她不能履行我们的密约，不该给我这个致命的失望。是的，我真恨她，恨不得把她咬碎成一块一块的，后又把这些一块一块的肉吞下去。啊！我不该赶她出去的！”吉轩睡在被窝里忽然的周身涨热起来，深悔不该把馨儿赶了出去。

“不，我不能对她示弱的！她害得我太厉害了！她向我的心坎上给了一个致命伤！我再不能向她讲和！我要对她复仇。为复仇起见，我要轻贱她，耻辱她！”吉轩到后来觉得对馨儿是不能不复仇的。复仇的方法是此后不理馨儿，不和馨儿说话。

这里要补述明轩的职业了。明轩自他父亲逝后就来往南洋婆罗洲的本甸那埠作行商。一年之中往复两次，二月间去，六月间回来，八月间再去，十一月间又回来。

正月的元宵佳节过了后，吉轩搬到城里的中学校去了。明轩也整理行装待和村里的南洋客一同到婆罗洲去。吉轩搬往城里去后整个月没有回来家中一次。望他回来的不单是他的母亲，还有妹妹鹃儿和嫂嫂馨儿。自明轩动身往南洋去后，吉轩的母亲要他每星期六回来看她们一次。

吉轩回家来快满两个月了，他对馨儿还没有说过话。从前很担心吉轩回来会和馨儿太亲近的，现在反劝吉轩要随和些和馨儿多说些话，不要太给她难过了。

“她实在也可怜。这样肥满的人一年间就消瘦成这个样子了。”吉轩的母亲叹息着对吉轩说。

“她不是不在家么？”吉轩回家来半天了，没有看见馨儿的影子。

“带兴侄儿到她的叔父家里去了。”鹃儿接着说。

“是不是住在T温泉地方的么？”

“是的，那年隆儿的母亲病得厉害，礼拜堂的洋医生劝你的哥哥要带她去温泉地方转地疗养。那时候我不该叫馨儿跟他们去看护她的。”吉轩的母亲说了后叹了一口气。

……原来馨儿是在T温泉受了哥哥的性的诱惑失掉了她的处女的贞操！……吉轩一个人在虚描他的哥哥和馨儿相会时的情况。嫂嫂睡在温泉旅馆楼上的房里。馨儿收拾好了后一个人到温泉里去洗澡。哥哥偷着下去！乘她的不备，闯进浴房里去看她的裸体美——看她，逼她，抱她吻她……

第二星期的星期六下午吉轩回到家里来时，只有馨儿和老妈子出来接他。

“母亲呢？”吉轩半向馨儿，半向老妈子问。

“带他们到观音宫祈福去了。”馨儿笑着答应他。但他像没听见的回书房里去了。

他在书房坐了一忽，馨儿送茶到房里来。

“你还在恼我么？”馨儿很大胆的走近吉轩坐的椅边来。“一句话也不说，只是一个人在懊恼，懊恼到什么时候！你想说的话，只管说出来。”馨儿笑着说。

“你莫在这里胡说了！我没有话对你说！”吉轩恼着说，挥手叫她出去。

“有的！有话对我说的！你的脸色告诉我知道了。”馨儿还是在笑着。“两个多月了，也难为你忍耐得住。”

“出去！请你出去！不要再胡说了！”

“你没有话对我说，你为什么你哥哥在家时，每晚上站在我们的窗外？”馨儿笑出声来了。

“……”吉轩脸红红的呆视着窗扉上的彩色玻璃。吉轩的弱点给馨儿痛痛的下了一刺。

她这一笑多么可爱而又可恨！

四

五月二十三日由县城开往海口的最后列车下午四点钟由县城出发，预算五点半钟就可以到海口。二等车厢里有一位青年和一个抱着二三岁的小孩儿的年轻女人并肩的坐着。女人袒着胸在喂乳给她的小孩儿吃。青年是吉轩，女人无庸说是馨儿了。前天她接到她的丈夫从婆罗洲来信说，他现在南自立的开了一间店子，不再做行商了。她因明轩不回来，就要吉轩送她到本甸那埠去。今天他们正在赴婆罗洲的途中。

“吉叔，你到海口后要到你的朋友家里去么？”

“是的。”吉轩点点头。

“你不在旅馆里歇息？”

“不，我明天再来旅馆里一同到洋船上去。”

“船票和护照呢？”

“我今晚上可以把它弄妥，昨天有了电报给他们，是准备好了的。”

他们正说话间，火车的速度突然慢了起来，车中的搭客都站起来异常混乱的。他们说已经到海口来了。

吉轩送馨儿进了一家旅馆后，就马上出去到交涉司署领取护照。吉轩由交涉司署回到旅馆来时，已经是九点多钟了。

“老爷，你出去后，太太说腹痛，她在盼望你回来呢。”旅馆的仆欧接着吉轩引他到三楼馨儿住的房里来。吉轩双颊赤热的跟了仆欧到三楼上来。

小孩子早睡了。初夏的天气，气温比较的高，馨儿只穿一件淡红色的贴肉衬衣懒懒的躺在一张梳化椅上。她像才喂了乳，淡红色的乳嘴和凝脂般的乳房尚微微的露出来。衬衣太短了些，吉轩看得见她的裤头和裤带。她看见吉轩进来了，只手按在横腹部，蹙着双眉。

“若不是，若不是……我要把她拥抱！是的，我早就渴望着和她拥抱！……但是，此刻可不行了。我万不能示弱于她！”馨儿今晚上的姿态是对吉轩的一种很危险的诱惑，引起了长期间内潜伏在他的身体里面的一种狂热的欲望。但伦理观念逼着他把这种欲望镇压着。

“回来了么？太晚了！”馨儿望着他叹了口气。

“你说晚么？我还要出去呢。”吉轩坐在一张椅子上，不敢正视馨儿。

“出去？”

“是的。到朋友家里去。”

“明天去吧。下午才开船呢。护照和船票怎么样？”

“护照要送给英国领事签字，明天才领得出。领出了护照买船票去。”

“护照里面如何的填写呢？”馨儿含笑问吉轩。

“……”吉轩脸红红的不开口。

“是么？我的话不会错的！你总固执己见的不相信。”馨儿在笑着夸示她的胜利。

“交涉司署那边说要这样的的填写，到那边上岸时少受些盘诘。”

“是么？旅馆的司事拿住客名簿来时，幸得我叫他填妥了。”

“怎么填法？”吉轩心里是希望着照馨儿所主张的填写，因为这种填写法能使他生一种不可名状的快感。但他同时又轻蔑他自己的无耻。

“说你是兴儿的爸爸就是了。”馨儿说了后也免不得脸红红的对吉轩嫣然的一笑。

“……”极端的兴奋了的精神在吉轩身体内部引起了一种热醉的快感。他忍不住望了一眼馨儿的微泛桃花的白脸，露出襟外的乳房，腰部，腿部，没有一处不显出她的女性美的。他到此时不转睛的望着馨儿。馨儿的双目却注视着地面不敢望吉轩。

今晚上馨儿莫名其妙，觉得自己生理上起了变化，有意的要劫着吉轩，要他犯罪。她希望吉轩和她肉体的接触的理由不消说第一吉轩是她的情人——可以说是她的未婚夫。她对吉轩的身体以为除自己之外，不许其他的女性享有的。第二个理由是吉轩还是童贞之身，引起了她的好奇心。馨儿是没有和童贞接触的经验的，她不许自己以外的女性有破吉轩的童贞的权利，同时她觉得一把机会错过了，吉轩的童贞非让给自身以外的女性不可了；她想及这一点，她感着一种嫉妒。第三个理由是她对于安全成熟了的肉体所有者的吉轩禁不住生了一种羡慕，同时又想劫他，使他犯罪，把他所持的坚苦的伦理观念打破。

“把她紧紧的拥抱吧！和她接吻吧！和她……啊！这是多么欢快的事！不，不行！她那身体曾经我哥哥抱过了的！她那红唇曾经我哥哥吻过了的！她那舌尖曾经我哥哥吮过了的！我不能，决不能抱她，决不能吻她！”乱伦的念头在吉轩的心头上起了几次，但他想及处女的贞操丧失在自己哥哥的手上的馨儿的肉身是不洁的了，和这不洁的肉身接触是一种罪恶，也是对自己的精神的一种侮辱。他最后站了起来要去。

“你真的要到朋友家里去歇息么？”馨儿从梳化椅上坐起来，走至门首不放吉轩出去。“吉哥！你真残酷，你是我的暴君！你虐待我要虐待至什么时候？我犯了什么不可赦的罪恶？吉哥，你坐下来，我慢慢的告诉你吧。”馨儿一面说一面把门关上加了锁，把钥匙纳进自己的贴肉的衣袋里。她仍回到梳化椅子上坐下。

“不行，我要去！我非去不可！快把钥匙给我。”

“你自己捡去，你向我的衣袋里捡去就是了。”馨儿倒卧在梳化椅子上笑着说。

作算是她不抵抗，要从她的肩胁下伸手进去，要触着她的乳房，要触着她的腹部；这是何等危险的事！是的，我决不理她，我决不能犯罪！吉轩只痴坐在一把椅子上。

“你恨我的理由，你恼我的理由无非是说我不把这个身体留给你，但我之失身并不是我的罪过。这个完全是你的不良的哥哥做出来的，我何尝知道。在温泉旅馆的那晚上，大嫂嫂早睡了，你哥哥过我房里来，他给了一盅补药酒我吃。我当时哪里知道他的恶意——他后来对我说，那天下午他偷看了我在温泉里洗澡，才干出这样事来——等我醒来时，我这身体已经是后悔无及的身体了。我失身之后，我早想自杀，但我又想，我一定要再见你一面，把我的委曲告诉你之后，我才肯死。可怜兴儿生下来后，我再无勇气自杀了！但我还是抱定宗旨非把我的苦情向你申诉不可，因为你是我的唯一的知己！是的，在这世界上的唯一的知己！你是我的爱人，你是我的精神上的丈夫！吉哥，我没有做精神上对你不住的事，我的心时常都是跟向你那边去的，我的心的鼓动是和你的同振幅，同波长。吉哥，你是不是恨我当我失身的那晚上不能即行自杀？不错，我也常自后悔那时候无勇气自杀，但是，吉哥，假使我当日自杀了时，我的冤抑有谁知道？因为我没有自杀，你便不能恢复对我的爱么？我对你的精神的贞操是很纯洁的！我睡在你哥哥的腕上时是完全一副死尸。他也只当我是他的发泄性欲的器具，何曾有爱！吉哥，你对我的精神的爱的要求，我问心无愧！你对我的肉身的要求，则我此身尚在，我可以自由处分，不算你的罪过，也不能算我的罪过。我们间的恋爱既达了最高潮，若不得肉身的交际，那末所谓恋爱也不过一种苦闷，我们俩只有窒息而死罢了。吉哥，你还在踌躇么？”馨儿说了后，两行泪珠由眼睛里滚下来。她含着泪伸开双臂待吉轩投进她怀里来。吉轩也仰视着电灯眼睛里珠光灿烂的。

五

本甸那埠的公园后有座小洋楼，傍晚在楼上凭栏眺望，可以看得见南国的海面落日的佳景。馨儿站在骑楼上，无心注意落日的晚景，她只俯瞰着马路上来往的行人。

“妈！电灯亮了，快要吃晚饭了。”一个三四岁的小孩儿从里面跑出骑楼上来，扯着他的母亲的衣角要她进去。

“还不来呢！”馨儿叹了口气。

“谁，妈妈？爸爸么？是的。爸爸许久不见来。”

“谁要你的爸爸来！”馨儿翻过头来叱小孩子。她伸出手来把腕表一看，“已经是六点半钟了，怎的还不见来。”她对自己低声的说了后，又叹了一口气。一辆人力车从左边那条街道飞跑出来。在馨儿住在洋楼下停住了。从车上下来的是个西装的少年。馨儿从楼上望见他时，她许久不情愿给人看的两列珍珠般的齿终露出来了。

“太太，二爷来了。”老妈子进来告诉馨儿，来的是吉轩。她报告了后，随即下楼去，脸上呈一种轻贱馨儿的表象。

吉轩走进楼上馨儿的房里来时，满额都是汗了，他忙从裤袋里取出一条白汗巾来。他待要拭时，馨儿早把它抢了过来替他拭。她的双腕却加在他的肩上把他的颈揽着，伸嘴要求他接吻。吉轩笑着忙翻过脸去拒绝她。

“怎么？怎么只一个星期你的态度就变了？”馨儿也笑着问他。“那么，你哥哥的话并不是撒谎了。哈，哈，哈哈。”她说到最后一句很不自然的笑起来。

“什么话？他什么时候到了这里来？他说了些什么话？他昨晚上在这里歇夜么？”吉轩听了她的话，感着羞耻也感着嫉妒。但只一瞬间后他又觉得无羞耻的必要，也无嫉妒的必要。

“你急什么哟？你怕什么哟？我不干涉你，他还能干涉我么？哈，哈，哈哈！”馨儿说了后仰首大笑，但她的眼睛里却满蓄着泪珠儿。她笑了后跑近厅中心的圆台，从烟盒里拣了两枝三炮台，给一枝吉轩，自己口里衔一枝，擦亮一根洋火把烟烧着拼命的吸。馨儿自来本甸那埠后很自暴自弃的，拼命吸烟，也拼命喝酒。

“馨儿，我不懂你的话。你要干涉我什么事？”吉轩脸红红的反问馨儿。

“我今天才知道处女的真价！我今天才知道处女是个宝贵的东西！失掉了处女

的特征的女人是不值钱的了！”馨儿说了后叹了口气，双行泪珠也跟着滚了出来。

“……”

“吉哥，恭喜你，恭喜你新订了婚约。”

“什么话？我和谁订了婚约。”吉轩脸红红的一面说，一面拭去额上的汗珠。

“你还是老老实实对我招了吧！何必鬼鬼祟祟的！我本不难破坏你的婚约；但是，吉哥，我决不是这种人，你放心吧！我纵能占有你的身而不能占有你的心，你就每天在我的肩侧也是索然！我早就知你有今日。我后悔不该有海口那 一晚上的事了。我若永不许你接触我的肉身，你对我的恋慕或可长存。今呢，一切的秘密都给你知道了，你对我的肉身的虐待也不少了。你对我的要求都达了目的——除你不能在我的身上发见处女的特征以外，你都达了目的了！我因为对你不住，我对你的要求不论其为精神的或肉体的——一切都曲己的容纳。谁知这两件——我不是处女和容纳你的任意的要求，这两件就是使你日后厌弃我的最大原因！”

“……”吉轩只脸红红的低着头。

“我们三个——我，你和你哥哥——都是和两个异性生关系。你哥哥在这里得了那个犹太人的婆娘后就把我锁在这座小洋楼的冷宫里。我也乐得住这个冷宫，因为我得有机会和你幽会。你呢，爱上了你的女学生，也渐渐的把我忘了！哈，哈，哈哈！这真可以说是因果报应！”馨儿说了后把条白汗巾覆在她的眼睛上。

“没有的事！没有的事！谁在你跟前说谎！？”吉轩急得一头一脸都是汗了。

“你能发誓么？哈，哈，哈哈！”馨儿一面揩泪，一面笑。

“我可以发誓！”

“用不着发誓哟！你真的没有和别的女人订婚，那么你能跟我离开本甸那，同到他埠——或印度，或缅甸——去吗？”

“……”吉轩在踌躇着。

“是吗？给我一试就试出来了。哈，哈，哈哈！快把你们——你和你的女生的风流佳话说给我听，我要像你般的创作一篇小说出来。”

“没有的事，你要逼着我说谎，我也没有法子，你还逼着我，我只好走了。”吉轩说了后站了起来。

“你和程丹苹女士订了婚约，我早听见了！吉哥，我无权力！也无能力阻止你和程女士结婚！不过我和你还有一笔糊涂账没有算清楚！你今晚上是走不得的，我有一件事非告诉你不可……”馨儿待往下说，但无力支持了，她伏在案上哭了，她的双肩抽缩得厉害。今晚上的馨儿由吉轩的眼光看来，像蛇蝎般的毒妇。

“我所怀疑的真成了事实么？不，不会的，她是想利用这个题目来和我为难的，利用这个题目来破坏我和程女士的婚约的！作算有这回事，这个责任该是我哥哥负的！她明知是我哥哥应负的责任，故意的推到我身上来，叫社会攻击我，破坏我和程女士的正式的婚约。这明明是毒妇的计策！”吉轩今晚上特别的厌恨馨儿了。

“听说哥哥不常到她这里来，那么这责任还是非我负不可了！真的给社会知道了，我的名誉就要破产，程女士也必然向我宣告破约。我还是快一点和程女士成婚的好，唯有一个方法能免这毒妇的谋陷，就是偷偷的早日和程女士成婚。”吉轩心里一面称赞自己足智多谋，一面轻蔑自己的无耻。

“你太卑鄙了！世界上最无耻之徒要算是你了！你表面上在你嫂嫂跟前表示你对你的哥哥怀有一种嫉妒，求她满足你的兽欲；但你心里却望你哥哥能常到你嫂嫂那边去歇夜以卸你日后对她应负的责任！你这种思想是何等的卑鄙哟！你真是个无廉耻的怯懦汉！”吉轩胡乱的思索了一会后，精神略清醒了些，良心马上跑出来诘责他。

他觉得她太可怜了！她并未曾经过异性的真正的爱护，她也未曾受过夫妻间的纯洁的精神上之幸福。她委实太可怜了。他愈觉得她可怜，她的肉体愈能引起他的一种强烈的欲望，他对她的肉体的虐待像任何时都不能中止。他对她的虐待就像中国现代的军队一样的残酷无人道，专以杀戮贫弱的百姓为能事。

他今晚上还是继续着和她拥抱，和她接吻，和她……她睡在他怀里时告知他，她胚蓄了他的种子满三个月了。

“他没有到你这里来歇夜么？”无责任的卑鄙的思想逼着他对她——待他最诚恳的女性——怀疑。

“我决不勉强你负责任，这个责任——不知生身父为谁的婴儿的抚养——是该我负的！你不用担心。”馨儿的眼泪像新开泉一般的把吉轩的衣袖湿透了。

“……”无耻的吉轩只搂着她接吻。

“你哥哥也来了几次，想在这里歇夜，但都给我拒绝了。他怕我跑到那个犹太人的婆娘那边泄破了他的蹩脚，所以每次来坐了一会，都敢怒而不敢言的回去了。昨天他来了——他像知道了我们的秘密并且嫉妒你到我这里来——他说，有人在外边说我们的坏话，嘱我要自重些，留神些，不要累及他的兄弟，因为他的兄弟是教育界中人要名誉的，况且不久又要和有名望的家门的小姐结婚。最后他再三叮嘱我不要再蛊惑你，破了你和程女士的婚约。吉哥，你看，他们明知道我们的关系，但他们把这种罪恶都归到我一个人身上，只叫我一个人负担。我对你哥哥说，‘我也和你一样的希望他能和程女士早日成婚！’吉哥你可以放心了，你快把你和程女士的情史告诉我，我很喜欢……听呢！”馨儿说到这里禁不住哭了。

吉轩今晚上虽然搂着馨儿，但在他眼前幻现出来的女性并不是馨儿的面影，他心里所描绘的是单根辫子——黑漆般的头发编成的单根辫子，满月般的脸儿，熟苹果般的双颊，朴素的女学生的装束——白竹纱上衣，黑羽纱裙，天青色的丝袜和尖小的黑皮靴。

馨儿几次想把自己和吉轩的暧昧的关系向程女士宣布，但她知道吉轩的心渐渐的离开她了。再过了两个月馨儿忍住眼泪赶出海岸的码头上来送吉轩和程女士回国度蜜月去。轮船“西安”是她和吉轩来本甸那埠时所搭过的。他们来时是搭二等船室；现在吉轩和程女士却占了头等船室。馨儿在头等船楼上俯瞰着二等的船室，止不住眼泪双流。她和吉轩并坐的藤椅子还是一样的摆在二等船室的楼上，他们躺过了的帆布床也依然的摆在二等船室的楼上；只是人呢？……

汽笛鸣了两次。

“祝你们前途幸福！”馨儿说了后，哭出声来了。吉轩只脸红红的低着头，幸得程女士没有瞎猜，她只当馨儿是自哭命薄。

“祝嫂嫂的健康！”程女士脸红红的说了这一句。

汽笛又鸣了一次，船室里混乱起来。吉轩知道馨儿在热望着和他握手，接吻；他怕她，远远的离开她。

馨儿站在码头上望着“西安”慢慢的蠕动，她同时感着一种绝望。她的眼前是一片黑暗。

“我所受的苦闷就是用情真挚者应得的报酬么？胜利是终归于虚伪的恋爱者！”馨儿清醒时像发见了一条原理，不住的叹息。

一九二四年二月十九日于武昌旅次

梅岭之春

一

她的住宅——建在小岗上的屋，有一种佳丽的眺望。小岗的下面是一地丛生着青草的牧场。牧场的东隅有一座很高的塔，太阳初升时，投射在草场上的塔影很长而呈深蓝色。塔的年代很古了，塔壁的色彩很苍老，大部分的外皮受了长期的风化作用，剥落得凹凸不平，塔壁的下部满贴着苍苔。塔的周围植着几株梅树，其间夹种着无数的桃树。梅花固然早谢落了，桃树也满装了浅青色的嫩叶。

朝暾暮雨和正午的炊烟替这寒村加添了不少的景色。村人的住宅都建在岗下，建在岗上的只有三两家。她站在门前石砌上，几乎可以俯瞰此村的全景。

村民都把他们的稻秧种下去了。岗下的几层段丘都是水田，满栽着绿荫荫的青秧。两岸段丘间是一条小河流，流水和两岸的青色相映衬，像一条银带蜿蜒的向南移动。对岸上层段丘上面也靠山的建立着一列农家。

村民的生活除耕种外就是采樵和牧畜了。农忙期内，男的和女的共同耕种和收获。过了农忙期后，男的出去看牛或牧羊，女的跑到山里去采樵。

她的母亲一早就出去了，带一把砍刀，一把手镰，一条两端削尖的竹杠和两条麻索出去了。她的丈夫也牵着一头黄牛过邻村去了。她没有生小孩子以前是要和她的母亲——其实是她的婆婆——一同到山里采樵去的。可怜她，还像小女儿般的她，前年冬——十六岁的那年冬，竟做了一个婴孩的母亲了。

“哑哑啊！我的宝贝睡哟！哑哑啊！我的乖乖睡哟！”她赤着足，露出一个乳房坐在门首的石砌上喂乳给她的孩子。

邻村的景伯姆，肩上担着一把锄头走过她的门首。

“段妹儿，你的乖乖还没断奶么？”她的生父姓段，村人都叫她做段妹子。

“早就想替他断奶。但夜间睡醒时哭得怪可怜的，所以终没断成功。”

含着母亲的乳房，快要睡的小孩儿听见他妈妈和人说话，忙睁开圆眼睛，翻转头来望。景伯姆。可爱的小孩儿伸出他的白嫩的小手指着景伯姆，“唉，呀呀！唉，呀呀！”的呼着。景伯姆也跑了过来，用她的黑而粗的食指头轻轻的向小孩儿的红嫩的小颊上拍。

“乖乖！你这小乖乖！你看多会笑。乖乖几岁了？”景伯姆半向她，半向她的小孩儿问。

“对了岁又过三个月了，景伯姆。”村里称婴儿满了一周年为“对了岁”。她笑着说了后，若有所怅触，叹了一口气。“岁月真快过呀，景伯姆。我们不看小的这样快的长大，那里知道自己的老大。”

“这不是你们说的话，这是我们快入墓穴的人说的话！你们要享后福的，你要享这小乖乖的福的。”景伯姆一面说，一面担着锄头向古塔那方面去。

“景伯姆，看田水去么？我送你一程。”她抱着小孩子跟来了。小孩子更手舞足蹈的异常高兴。

“是的，昨晚下了一夜的大雨，我的稻秧不浸坏了么。我想把堤口锄开些，放水出来。”

“你太多钱了，买田买过隔村去。你们有钱人都是买苦吃的。”她且说且行，不觉的送景伯姆到塔后来了。她不敢再远送，望景伯姆向岗下去了。小孩子还伸着手指着景伯姆，“唉的，唉的”的叫着要跟去。

她翻转头来呆望着塔背的一株古梅出神，并不理小孩子在叫些什么了。她呆呆的望着那株梅树出了一回神，才半似自语，半似向小孩子的叹了一口气。

“怙儿——这还是你的爸爸取的名——怙儿，你去年春在这梅树下和你的爸爸诀别，你还记得么？你爸爸向你的小颊上吻了一吻就去了，你也记得么？”她说了后，觉着双目发热。她还是痴痴的望那株梅树。

对岸农家的鸡在高声的啼，惊破了大自然的沉静。远远的还听见在山顶采樵的年轻女人在唱山歌：

蓬辣滩头水满堤，
迷娘山下草萋萋，
暂时分手何珍重，
岂谓离鸾竟不归。

共住梅江一水间，
下滩容易上滩难，
东风若肯如郎意，
一日来时一日还。

她们的歌声异常的悲切，引起了她无限的追忆——刻骨的悲切的追忆。她望见岗下和隔河农家的炊烟，才懒懒的抱着小孩儿回去。

二

怙儿的来历的秘密，不单她一个人知道，她的丈夫当然知道的，她的婆婆也有些知道，为了种种的原因，终不敢把这个秘密说穿。

她的乳名是保瑛。保瑛的父母都是多产系，她的母亲生了她后仅满一周年，又替她生了一个弟弟。她的父亲是个老而且穷的秀才，从前也曾设过蒙塾为活，现在受着县署教育局的先生的压迫，这碗饭再吃不成功了。像她的父亲的家计是无雇佣乳母的可能。她的母亲只好依着地方的惯例，把她送到这农村来作农家的童养媳了。

魏妈——保瑛的婆婆，是保瑛的母亲的嫡堂姊妹，她的丈夫魏国璇算是村中数一数二的豪农。魏翁太吝啬了，他的精力的耗费量终超过了补充量，他的儿子——保瑛的丈夫——生下来不足半年，他就抛弃他的妻子辞世了。丈夫死后的魏妈，很费力的把儿子泰安抚育至三周岁了。泰安断了奶后，魏妈是很寂寞的，和保瑛的母亲有姊妹的关系，听见要把保瑛给人家做童养媳；所以不远五六十里的山路崎岖，跑到城里去把保瑛抱了回来。在那时候才周岁的保瑛，嫁到了一个三岁多的丈夫了。

保瑛吃魏妈的乳至两周岁也断了奶。魏妈在田里工作时，他们一对小夫妻的鼻孔门首都垂着两条青的鼻涕坐在田堤上要。这种生活像刻板文章的继续至保瑛七岁那年，段翁夫妇才接她回城去进小学校。魏妈对保瑛的进学是始终不赞成的，无奈段翁是住城的一个绅士，拿义务教育的艰深不易懂的名词来恐吓她，她只得听她的童养媳回娘家去了。但魏妈也曾提出了一个条件，就是保瑛到十六岁时要回来和她的儿子泰安成亲。保瑛住娘家后，每遇年节假期也常向平和的农村里来。

保瑛和她的弟弟保珍同进了县立的初等小学校，初等小学校毕业后再进了高等小学校。保瑛十四岁那年冬，她和弟弟保珍也同在高等小学校毕业了。这八年间的小学校生活是平淡无奇的，保瑛身上也不起何等变化。高等小学毕业后的保瑛姊弟再升进中学否，算是他们家庭里的一个重要问题了。

“姊姊，你就这样的回家去，不再读书了么？”保珍当着他的父母面前故意的问保瑛。

“够了，够了。女人读了许多书有什么用！还是早些回魏家去罢。你看魏家的姨母何等的心急。每次到来总唠唠叨叨的叹息说着她家里没人帮手。”

裤脚高卷至膝部，赤着双足，头顶戴着一块围巾，肩上不是担一把锄头就担一担粪水桶：这就是农村女人的日常生活——保瑛每次向农村去，看见了会吐舌生畏心的生活。保瑛思念到不久就要脱离女学生生活，回山中去度农妇生活，不知不觉的流下泪来了。

“教会的女子中学要不到多少费用，就叫姊姊进去吧。”

“再读也不能毕业了。姊姊十六岁就要回魏家的。高等小学的程度尽够人受用了，不必再读了。”段妈还是固执着自己的主张。

“不毕业有什么要紧！多读一天有一天的智识！”保瑛恼着反驳她的母亲。

“她既然执意要读，就由她进教会的女中学吧。基督教本来信不得的，但有时不能不利用。听说能信奉他们教会的教条的学生们，不单可以免学费，还可望教会的津贴。你看多少学生借信奉耶稣教为名博教会的资助求学。最近的例就是吉叔父，你看他今年暑假回来居然的自称学士，在教会的男女中学兼课，月薪六十五块大洋！大洋哟！他在H市的教会大学——滥收中学毕业生，四年之后都给他们学位的大学——四年间的费用完全由教会供给。他们心目中只知道白灿灿的银，教会资助他们的银，所以不惜昧着自己的良心做伪善者。其实哪一个真知有基督的。他们号称学士又何曾有什么学问！普通科学的程度还够不上，说什么高深学问！但他们回来也居然的说要办大学了。真是聋子不怕雷！这些人的行为是不足为法的，不过你们进了教会的学校后，就不可有反对耶稣教的言论，心里不信就够了，外面还是佯说信奉的好，或者也可以得教会的津贴。这就是孟夫子所说‘权’也者是也。”

“是的，你提及吉叔我才想起来了。今天早上吉叔母差人过来——差他家的章妈过来问瑛儿可以到她家里去住一年半年代她看小孩子么？她说瑛儿若慢回婿家去，就到她家里去住，她家离教会和学校不远，日间可以上课，早晚就替她看顾小孩子。”

“有这样好的机会，更好没有的了。瑛儿，你愿意去么？”

“……”含笑着点点头的是保瑛。

段翁和吉叔的血统关系不是“嫡堂”，“从堂”这些简单的名词可以表明的了。他们的血统关系是“他们的祖父们是共祖父的兄弟——嫡堂兄弟”。

“听说吉叔是个一毫不苟的基督教徒，你看他的满脸枯涩的表情就可以知道他的脾气了。他对你有说得过火的话，你总得忍耐着，吉叔母倒是个很随和的人，她是个女子师范出身的，你可以跟她学习学习。”保瑛初赴吉叔家时，她的母亲送至城门首再三的叮嘱。

“吉叔父——叔父两个字听着像很老了的，听说他只三十三岁，哪里会像有须老人般的难说话。我不信，我不信。”保瑛在途中担心的是吉叔父。“真的是可怕的人，也就少见他吧，我只和章妈和叔母说话。”

吉叔的住家离城约五里多路，是在教会附近租的一栋民房，由吉叔住家到教会和学校还有半里多路。礼拜堂屋顶竖立着的十字架远远的望见了。学校的钟楼也远远的望见了。人种上有优越权的白人住的几列洋楼远远的望见了。在中国领土内只许白人游耍，不准中国人进去的牧师们私设的果园中的塔也远远的望见了。最后最低矮的白人办的几栋病室也远远的望见了。经白人十余年来的经营，原来是一块单调的河畔冲积地，至今日变为一所气象最新的文化村了。

“科学之力呢？宗教之力呢？小学校的理科教员都在讴歌科学之力的伟大。但吉叔一般人说是基督教之力。”保瑛怀着这个疑问正在思索中，吉叔的住家早站在她的眼前了。

三

最先出来迎她的是吉叔的儿子保琇，今年四岁了。其次出来的是章妈。章妈说，吉叔在学校还没有回来。章妈又说，叔母吃过了中饭说头晕，回房里去午睡去了。章妈最后问她吃过了中饭没有。

“谢谢你，我吃过了来的。”保瑛携着保琇的手跟着章妈达到会客厅里来了。厅壁的挂钟告诉她午后一点半了。

“姊姊今后住在我们家里不回去么？”保琇跟他的父母回到老祖屋时，常到保瑛那边去耍，今见保瑛来了，靠在保瑛怀里像靠在他母亲怀里一样的亲热。

“是的，琇弟！以后我们常在一块儿。你喜欢么？”

“啊！喜欢，太喜欢。比妈妈还要多的喜欢你。妈妈是不和我玩的。”

“啊啦！你听，瑛姑娘！他那张嘴真会骗人爱他。”章妈和保瑛同时的笑了。

“瑛姑娘，你今年多少岁了？十六？十七？”

“你看我那样多岁数，章妈？”保瑛脸红红的。

“无论谁看来都要猜你是十七岁。至少十七岁！”

“十五岁哟，章妈，我是年头——正月生的；才满十四岁哟。”保瑛同时感着近来自己身体上有了生理的变化，禁不住双颊绯红的。

“我不信，只十五岁？”

“真的瑛儿今年才十五岁。”里面出来的是吉叔母——岁数还在二十五六间的年轻叔母。叔母的脸色始终是苍白的。行近来时，额下几条青色的血脉隐约的认得出，一见就知道她是个神经质的人。

“章妈说你头晕，好了些吗，叔母？”

“中饭后睡了一会儿，好了些了。”吉叔母一面伸出两根苍白的手指插入髻里去搔痒，一面在打呵欠。打了呵欠后，她说：

“学校的用书你叔父都代你买了。你的房子章妈也代你打整好了，你和琇儿同一个房子。房子在我们寝室的后面，和你叔父的书房相联，是很精致的，方便读书。琇儿，你不带瑛姊到你们房里去看看？”

中厅两侧是两大厢房，近门首的是章妈的寝室，那一边才是叔母的寝室。大厢后面有两个小房子。其实一间大房子，中间用木墙分截作两间小房子。章妈寝室后面的：一间是厨房，一间是浴室。叔母寝室后面的：一间是叔父的书房，一间是保瑛和保琇的房子。厢房的门和厅口同方向。保瑛的房子和吉叔父书房同一个出入的。经过书房，再进一重木墙的门就是她的房子了。书房的门正在中厅的屏风后的左隅。木墙门上挂一张白布帘，就是书房和保瑛保琇的房间的界线了。

保琇转过屏风后，早跑进书房里去了。叔母和保瑛也跟了过来，只有章妈向对面的厨房里去了。书房里的陈设很简单，靠窗一个大方桌；桌前一张藤椅子。近门首的壁下摆着一张茶儿，两侧两把小靠椅。靠厢房的方面靠壁站着两个玻璃书橱。木墙的门和书橱的垂直距离不满五寸。接近大方桌靠着木墙摆着一张帆布椅。大方桌上面，文具之外乱堆着许多书籍。

“叔父不是在书房里歇息？”保瑛看了书房里的陈设，略放心些。

“不。他早晨在这里预备点功课。晚上是很罕到书房里来的。就有时读书也在厅前，或在我的房里。”

保瑛的房里的陈设比较的精致，靠厢方面的壁，面着窗摆着一张比较宽阔的木榻，是预备她和保琇同睡的。榻里的被褥虽不算华丽，也很雅洁的。靠窗是一张正式的长方形的书台。叔母告诉她，这张台原是叔父用着的，因为她来了就换给她用。靠内壁也有一个小玻璃书橱。书橱和寝榻中间有一台风琴。这风琴给了保瑛无限的喜欢。书台的这边靠着木墙有一张矮藤桌和矮藤椅，藤桌上面放着许多玩具。近木墙门口有一小桌，桌上摆的是茶具。

保瑛和叔母在房里坐了一会，同喝了几杯茶，章妈跑进来说保瑛的行李送到了。她的行李是很简单的——一个大包袱，一个藤箱子。

“瑛姑娘来了么？”保瑛和叔母坐在厅里听见吉叔父问章妈的声音。

“回到家里来，第一句就是问我来了没有，吉叔父怕不是像母亲所说的那样可怕的人。”保瑛寻思着要出来，叔母止住她。叔父也走进厅前来了。

晚餐的时候，一家很欢乐的围着会客厅的长台的一端在吃稀饭。地方的习惯，早午两餐吃饭，晚上一餐不论如何有钱的人家都是吃稀饭的。几色菜也很清淡可口。保瑛想比自己父亲家里就讲究得多了。

“岁月真的跑得快。我还在中学时代，瑛儿不是常垂着两条青鼻涕和一班顽皮的小学生吵嘴么？你看现在竟长成起来了。”

“啊啦！叔父真会说谎。叔父在中学时代，我也有九岁十岁了，哪里会有青鼻涕不拭干净给人看见。”像半透明的白玉般的保瑛的双颊饱和着鲜美的血，不易给人看的两列珍珠也给他们看见了。鲜红的有曲线美的唇映在吉叔父的视网膜上比什么还要美的。

到了晚上，小保琇很新奇的紧跟着瑛姊要和她一块睡。他在保瑛的榻上滚了几滚，很疲倦的睡着了。叔父和叔母也回去歇息了。只有章妈还在保瑛的房里自言自语的说个不了。她最先问保瑛来这里惯不惯，其次问她要到什么时候才回婆家去。保瑛最讨厌听的就是有人问她的婆家；因为一提起婆家，像黑奴般的泰安，赤着足，戴着竹笠，赤着身的姿态，就很厌恶的在她眼前幻现出来。章妈告诉她，吉叔父对我们是正正经经的，脸色很可怕，但对叔母是很甜甜蜜蜜的多说多笑。章妈又告诉她，他们是很风流的，夜间常发出一种我们女人不该听的笑声，最后章妈告诉她说吉叔父是一个怕老婆的人。

章妈去后，保瑛暗想吉叔父并不见得是个很可怕的人。他对自己的态度很恳切的，无论如何叔父今天是给了我一个生快感的印象。叔父的脸色说是白皙，宁可说是苍白，高长的体格。鼻孔门首蓄着纯黑的短髭。此种自然的男性的姿态在保瑛看来是最可敬爱的。

“妈！妈妈！”保瑛给保琇的狂哭惊醒了。保琇睡醒时不见他的母亲，便狂哭起来。

“琇弟，姊姊在这里，不要怕，睡吧，睡吧。”保瑛醒来忙拍着保琇的肩膀。保琇只是不理，还是狂哭不止。

“啊，琇儿要妈妈，要到妈妈床上睡。去，去，到妈妈那边去。”叔父听见保琇的哭声跑了过来。

辫髻微微的松乱着，才睡醒来的双目也微微的红肿，纯白的寝衣，这是睡醒后的美人的特征。这种娇媚的姿态由灯光的反射投进吉叔父的眼来，他禁不住痴望了保瑛片刻。给叔父这片刻间的注意，保瑛满脸更红热着，低了头，感着一种不可思议的羞愧。

四

“叔父，我不上学去了。我只在家里，叔父早晚教我读英文和国文就够了。”保瑛由学校回来，在途上忽然的对吉叔父说。

“为什么？”吉叔父翻首笑问着她。她脸红红的低下头去避他的视线。

“她们——同学们太可恶了。一切刻毒的笑话都敢向我说。”

“什么笑话呢？”吉叔父还是笑着问。他一面想身体发育比一般的女性快的保瑛，在一年级的小儿女们的群中是特别会引人注意的。她的美貌更足以引起一班同学们的羡妒。

“你不想学他种的学科，就不上学也使得。”

“数学最讨厌哟。什么博物，什么生理，什么地理，历史，我都自己会读。就不读也算了。我只学英文国文两科就够了。”

“不错，女人用不到高深的数学。高等小学的数学尽够应用的了。”

“……”保瑛想及她们对她的取笑，心里真气不过。

“她们怎样的笑你？”吉叔父还是笑着问。

“叔父听不得的。”保瑛双颊发热的只回答了一句。过了一刻，“真可恶哟！说了吧！她们说我读什么书，早些回去担锄头，担大粪桶的好。”保瑛只把她们所说的笑谑中最平常的告诉了叔父。

她们笑她，她和叔父来也一路的来，回去也一路的回去，就像两夫妇般的。她们又笑她，学校的副校长和异母妹生了关系的丑声全县人都知道了；段教员是个性的本能最锐敏的人，有这样花般的侄女同住，他肯轻轻的放过么？副校长和段教员难保不为本教会的双璧。

保瑛是很洁白的，但她们的取笑句句像对着她近来精神状态的变化下针砭。她近来每见着叔父就像有一种话非说不可，但终不能不默杀下去；默杀下去后，她的精神愈觉得疲倦无聊，她有时负着琇弟在门首或菜园中踯躅时，叔父定跑过来看看保琇。叔父的头接近她的肩部时，就像有一种很重很重的压力把她的全身紧压着，呼吸也很困难，胸骨也像会碎解的。

二月杪的南方气候，渐趋暖和了。一天早上保瑛很早的起来，跑到厨房窗下的菜圃中踯躅着吸新鲜空气。近墙的一根晚桃开了几枝红艳的花像对着人作媚笑。保瑛走近前去，伸手想采折几枝下来。

“采花吗？”

保瑛忙翻过头来，看叔父含着雪茄也微笑着走进菜圃来了。

“叔父！桃花开了哟！”她再翻转头去仰望着桃花。“一，二，三，四，五，六，六枝哟！明后天怕要满开吧。”

雪茄的香味由她的肩后吹进鼻孔里来。她给一种重力压着了，不敢再翻转头来看。处女特有的香气——才起床时尤更浓厚的处女的香气，给了他一个奇妙的刺激。

她把低垂着的一枝摘下来了。

“那朵高些儿。叔父，过来替我摘下来。”

吉叔父把吸剩的雪茄掷向地下，蹬着足尖，伸长左手探采那一枝桃花。不提防探了一个空，身体向前一闪，忙把右臂围揽了保瑛的肩膀。他敌不住她的香气的诱惑，终把她紧紧的抱了一会。

厨房的后门响了。章妈的头从里面伸出来。保瑛急急的离开吉叔父的胸怀，但来不及了。章妈看见他和她亲昵的状态，把舌头一伸，退入厨房里去了。

“对不住了，保瑛。”吉叔父望着她低着头急急的进屋里去。保瑛经叔父这一抱，久郁积在胸部的闷气像轻散了许多。

那晚上十二点钟了。保瑛还没有睡，痴坐在案前望洋灯火。叔父在叔母房里的笑声是对她的一种最可厌的诱惑。不知从什么时候起，这种笑声竟引起了她的一种无理由的妒意。

“我还是回母亲那边去吧，我在叔父家里再住不下去了。我再住在这家里不犯罪就要郁闷而死了——真的能死还可以，天天给沉重的气压包围着，胸骨像要片片的碎裂，头脑一天一天的固结；比死还要痛苦。今早上他是有意的，我承认他是有意的。那么对他示同意，共犯罪么？使不得，使不得，这种罪恶是犯不得的。我不要紧，叔父在社会上的名誉是要破产的。走吗？我此刻舍不得他了。”

自后不再怕叔父的保瑛的瞳子，对着叔父像会说话般的——半恼半喜的说话般的。

“有一种怪力——叔父有一种怪力吸着我不肯放松。”保瑛身体内部所起的激烈的摇动的全部，在这一个简短的语句中完全的表示出来了。她几次想这样的对他说，但终没有勇气。她近来对叔父只有两种态度：不是红着脸微笑，就沉默着表示她的内部的不满和恨意。但这两种态度在吉叔父眼中只是一种诱惑。

“明年就要回山村去了。回去和那目不识丁的牧童作伴侣了。我算是和那牧童结了婚的——生下来一周年后和他结了婚的，我是负着有和他组织家庭的义务了。社会都承认我是他的妻了。礼教也不许我有不满的嗟叹。我敢对现代社会为叛逆者么？不，不，不敢……除非我和他离开这野蛮的，黑暗的社会到异域去。”保瑛每念到既联姻而未成亲的丈夫，便感着一种痛苦。

五

造物像有意的作弄他们。那年秋吉叔父竟赋悼亡。有人说叔母是因流产而死的。又有人说是叔母身体本弱，又因性欲的无节制终至殒命了。众说纷纭，连住在他们家里的保瑛也无从知道叔母的死因。

那年冬保瑛回山村的期限到了，段翁因族弟再三的请求，要保瑛再在他家中多住三两个月替他早晚看顾无母之儿阿琇。保瑛自叔母死后，几把叔父的家务全部一手承办，不想再回山村去了。但在叔父家里住愈久，愈觉得章妈可怕，时常要讨章妈的欢喜。

冬天的一晚，寒月的光由窗口斜投进保瑛的房里来。她唱着歌儿把保琇哄睡了后，痴坐在窗前望窗外的冷月。章妈早睡了，叔父还没有回来。寂静而冷的空气把她包围得怕起来了，她渴望着叔父早一点回来。

“呃！深夜还有人在唱山歌。”梅岭的风俗淫荡，下流社会的青年男女常唱着山歌，踏月寻觅情人。“她们唱些什么？”保瑛在侧耳细听。

“不怕天寒路远长，因有情妹挂心肠。妹心不解郎心苦，只在家中不睬郎。”男音。

“行过松林路渐平，送郎时节近三更，花丛应有鸳鸯睡，郎去莫携红烛行。”女音。

保瑛痴听了一会，追忆及两个月前坐在叔父膝上听他们唱山歌和叔父评释给她听的时候的欢乐，望叔父回来之心愈切。

狗吠了。叔父回来了。保瑛忙跑出来开门。

“阿呀！我自来没见过叔父醉到这个样子！”保瑛提着手电灯把酒气冲人，满脸通红的叔父接了进来。

“可爱的，可怜的小鸟儿！”吉叔父把娇小的保瑛搂抱近自己胸膛上来。

他和她携着手回到书房里对面坐着默默的不说话。

“完全是夫妇生活了，我和他！”她也在这样的想。

“完全是夫妇生活了，我和她！”他也在这样的想。

默坐了半点多钟，保瑛先破了沉默。

“叔父今晚在什么地方吃醉了？”

“我们在H市的大学同学开了一个恳亲会。虽说是恳亲会，实是商议对付校长的态度。因为近来有一班学生要求副校长自动的辞职。我们当教员的当然不能赞许学生的要求。最公平无私，也只能取个中立态度。学生们说副校长不经教会会众的推选，也不经谁的委任自称为副校长。学生又说副校长近来私刻名片，借华校长的头衔混充校长了。学生们又说副校长是蓄妾的淫棍，没有做教徒的资格。学生们又说副校长和异母妹通情，久留在他家里不放回妹夫家去，害得妹夫向他的老婆宣布离婚。学生们又说副校长借捐款筹办大学的名，替正校长的美国人聚敛，美国人是一见黄金就满脸笑容的，所以死也庇护着副校长，默许他在教会中作恶。学生们又说学校能容纳这样道德堕落的校长，学校是全无价值的了；为母校恢复名誉起见，不能不把副校长放逐。可怜的就是，有一般穷学生希望着副校长的栽培——希望着副校长给他的儿子们吃剩的残羹余饭给他们吃，死拥护这个不名誉的副校长，说副校长就是他们的精神上的父亲，攻击副校长即是破坏他们的母校，骂副校长就和骂他们父亲一样，他们是认副校长做父亲的了！”

“你们当教员的决取了什么态度？”保瑛笑着问。

“还不是望副校长栽培的人多，叫副校长做父亲的多！取中立态度的只有我和K君两个人。其他都怕副校长会把他们的饭碗弄掉。要顾饭碗就不能把良心除掉。现在社会只管顾着良心是会饿死的！你看副校长的洋楼，吃面包牛乳，他的生活几乎赶得上人种上有优越权的白色人的生活了，这全是他不要良心的效果！”吉叔父说后连连的叹息。

“……”保瑛只默默的不说话。

“他们很可恶的还取笑我。他们像知道我们……”

“他们取笑你什么？”保瑛脸红红的望着叔父。

“他们说，我是个不耐寂寞的人，这两三个月来真的守着独身不是还是个疑问。”吉叔父说了后笑了。

“讨厌的他们的什么话都乱说！”保瑛微笑着斜视吉叔父表示一种媚态。“是的，叔父，章妈真可怕哟！”她像有件重要事要对叔父说，“章妈说，

‘瑛姑娘你近来变怪了。为什么专拣酸的东西吃？’她说了后还作一种谑笑，害得我真难为情。真的，我近来觉得再没有比酸的东西好吃的。”

“真了么？我们所疑虑的真了么？”叔父觉得自己的双颊及额都发着热。

“知道真不真！不过那东西过了期还不见来。”保瑛蹙着额像在恨叔父太无责任了。

“……”叔父只叹了一口气。

“万一是真的话，我这身体如何的处置，叔父！”

“你就回去，快回去和你的丈夫成亲吧！”无责任的，卑怯的叔父想把这句话说出来；他怕伤了侄女儿的心，又吞下去了。他只能默默的。

两人又沉默了一刻。

“除了这梅城地方外，他处没有吃饭的地方么？”保瑛像寻思什么方法的样子，很决意的问。

“你为什么这样的问？”

“我们三个就离开这个地方不好么？”

由教会的栽培，造成的师资只能在教会学校当教师，别的学校是不欢迎的了，就像个刑余之人一样到外地找饭吃的问题，在卑怯的吉叔父是完全没有把握。他还是默默的。

六

保瑛回山村去时，正是春花盛开的时候。保瑛回去四五日后就寄了一封信来。她的信里说，他和她的相爱，照理是很自然而神圣的，不过叔父太卑怯了。她的信里又说最初她是很恨叔父之太无责任，但回来后很思念叔父，又转恨而为爱了。她和他的分离完全是因为受了社会习惯的束缚和礼教的制限。她的信里又说，总之一句话，是她自己不能战胜性的诱惑了。她的信里又说从梦里醒来，想及自己的身体会生这种结果，至今还自觉惊异。她的信里又说此世之中，本有人情以外的人情。她和他的关系，由自己想来实在是很正当的恋爱。她的信里又说，她对他的肉体的贞操虽不能保全，但对他的精神的贞操是永久存在的。她的信里又说，她回来山村中的第二天的早上，发见那牧童睡在她身旁时，她的五脏六腑差不多要碎裂了。她的信里又说，她此后时常记着叔父教给她的“*Love in Eternity*”这一句。她的信里最后说，寄她的爱给琇弟。

叔父读了她的信后，觉着和她同居时的恐怖和苦恼还没有离开自己。保瑛虽然恕我，但我误了她一生之罪是万不能辞的。他同时又悔恨不该在自己的一生涯上遗留一个拭不干净的污点。

他重新追想犯罪的一晚。

妻死后两周月了。他很寂寞的。有一次他看见她身上的衣单，把亡妻的一件皮袄儿改裁给她。那晚上他把那改裁好了的皮袄带回来。他自妻死后，每天总在外边吃晚饭。要章妈睡后才回来。

“你试把它穿上，看合式不合式。”他坐在书房里的案前吸着雪茄。

“走不开，琇弟还没熟睡下去。”保琇自母死后每晚上只亲着她，偎倚着才睡。

“你看，他听见我们说话又睁开眼睛来了。不行，琇弟！哪里每晚上要摸着人的胸怀才睡的！你再来摸，我不和你一块儿睡了。”

叔父听见保琇醒了，走进保瑛房里来。

“不行哟！不行哟！人家脱了外衣要睡了，还跑到人家房里来。”保瑛笑恼着说。帐没有垂下，保瑛拥着被半坐半眠的偎倚着保琇，她只穿一件白色的寝衣，胸口微微的露出。吉叔父痴看了一会，给保瑛赶出书房外去了。

过了半个时辰的沉默。

“睡了么！”

“睡了，低声些。”叔父听见她下床的音响。不一刻她把胸口的钮儿钮上，穿着寝衣跑出来了。

“皮袄儿在哪里！快给我穿。冷，真冷。”

她把皮袄穿上后，低着头自己看了一会然后再解下来。

“叔父，肩胁下的衣扣紧得很，你替我解一解吧。”

吉叔父行近她的身旁，耐人寻味的处女的香气闷进他的鼻孔里来。关于皮袄的做工和价值，她不住的寻问。她的一呼一吸的气息把叔父毒得如痴如醉了。他们终于免不得热烈的拥抱着接吻。

“像这样甜蜜的追忆，就便基督复生也免不了犯罪的。”他叹息着对自己说。

自后半年之间，她并无信来。一直到十月初旬才接到她来一封信。

“……叔父，今天是我们的纪念日，你忘记了么？我前去一封信后很盼望叔父有信复我，但终归失望了。叔父不理我或是怕写给我的信万一落在他人手里，则叔父犯罪的证据给人把持着了。如果我所猜的不会错时，那我就不能不哭——真的不能不哭叔父的卑怯。我不怕替叔父生婴儿，叔父还怕他人嘲笑么？想叔父既然这样无情的不再理我那我就算了，我也不再写信来惹叔父的讨厌了。不过叔父，你要知道我身体，因为你变化为不寻常的身体了。我因这件事，我的眼泪未曾干过。叔父若不是个良心死绝的人，不来看看我，也该寄一封信来安慰我。我的丈夫和婆婆都有点知道我们的秘密，每天的冷讥热刺实在令人难受。叔父，你须记着我这个月内就要临盆了。我念及此，我寂寞得难耐。我想，我能够因难产而死——和可怜的婴儿一同死去，也倒干净省却许多罪孽。叔父，你试想，我这腹中的婴儿作算能生下来，长成后在社会中不受人鄙贱，不受人虐待么？叔父你要知道我们间的恋爱不算罪恶，对我们间的婴儿不能尽父母之责才算是罪恶哟！最后我望你有一回来看我，一回就够了！我不敢对你有奢望了……”

自她生了婴儿后，气量狭小的社会对吉叔父发生了一个重大的问题——宗教上和教育上的重大问题。社会说，如果他真的有这种不伦的犯罪，不单要把他从教育上赶出去，也要把他从社会赶出去。族人们——从来嫉妒他的族人们说，若她和他真的有这种不伦的关系，是要从此地方的习惯，把女的裸体缚在柱上一任族人的鞭挞，最后就用锥钻刺死她；把男的赶出外地去，终身不许他回原籍。虽经教会的医生证明说，妊娠八个月余就产下来的倒很多，不能硬把这妊娠的期短，就断定女人是犯罪；但是族人还是声势汹汹的。

吉叔父看见自己在这地方再站不住了。教会学校有暗示的听他自动的辞职。他把保琇托给亲戚后，决意应友人的招请，到毛里寺岛去当家庭教师。他临动身，曾到山村的塔后向她和她的婴儿告别。他和她垂泪接吻时，听见采樵的少女在山上唱山歌。

“帆底西风尘鬓酸，阿郎外出妹摇船，不怕西风寒透骨，怕郎此去不平安。”

一九二四年八月八日于蕉岭山中

长篇小说

苔莉

一

克欧今天回到T市来了，由南洋回到一别半年余的T市来了。他是T市商科大学的学生，今年三月杪把二年级的试验通过了后，就跟了主任教授K到南洋群岛一带去为学术旅行。他和他的同级生跟着K教授在南洋各岛流转了几个月，回到T市来时又是上课的时期了。

他在爪哇埠准备动身的前两天，预先写了一封信来报告苔莉。他的信是这样写的：

"……终年都是夏，一雨便成秋的南洋诸岛的气候是很适合我们南国人的健康。南洋的热带植物的景色也很有使人留恋的美点。但我对这些都无心领略与赏玩，我只望我能早日把我们的学术旅行事项结束，赶快回T市去和我的苔莉——恐怕太僭越了些，不知道你会恼我么，——相见。

"我所希望的一天终要到来了。K教授说，我们出来半年多了，菲律宾岛的参观俟毕业后举行。我们后天即乘荷兰轮船向新加坡直航。到了新加坡大概要停留三两天，然后再乘船向香港回航。我们不久——大概三个星期后就得会面吧。

"此次旅行得了相当的收获。除学校的实习报告外，我还写了点长篇的东西。一篇是《热带纪游》，一篇是《飘零》。这两篇就是我送给我的苔莉的纪念品——此次南行的纪念品。

“我们的交情是很纯洁的，我们纯是艺术的结合。你也曾说过，我们只要问良心问得过去，他们的批评我们可以不问的。不过我想，这封信你还是不给表兄看见的好。因为他对我们的艺术的研究太无理解了，恐怕由这封信又要惹起是非来，我倒没有什么，可是累你太受苦了。

“你寄苏门搭腊得里城M先生转来的信，我收到了。你说下期再不能分担社务的一部分了，这是叫我很失望的。因为你的家庭幸福计，我们也不好勉强再叫你担任。不过你有暇时，还望你常常投稿。

“我在各地寄给你的风景画片谅已收到吧。你读这封信时我怕在新加坡与香港间的海上了。”

克欧于爪哇，九月三日。

克欧到了海口的T市就打了一个电报给她，他希望她能够到T市车站的月台上来迎他。

克欧坐在由S港开往T市的火车里。车外的景色虽佳，但也无心赏玩。他心里念念不忘的还是T市东公园附近的景色，尤其是夏天的晚景。他很喜欢那儿，去年的夏期中东公园中没有一晚没有他们俩的足迹。

火车由S港赶到T市车站时，灼热的太阳光线之力也渐渐地钝弱了。他跟着K教授和一班同学从火车厢里跳出月台上来。

“——我的电报——在S港打给她的电报——她该收到了吧。怎么不见她来呢？”克欧还没有下车前，站在车厢门首就不住地向月台上东张西望。他望了一会很失望地跳了下来。月台上虽拥挤着不少的人，但他终没有发见有个像她的面影的人。

——也好，她还是不来的好。她真的来了时，他们又要当作一件新闻去瞎评了。她的信里不是说，我一到T市就要赶快去看她么。那么她是不来了的，克欧虽然这样辩解似的在安慰自己，但他总感着点轻微的失望。

他的同学们，有的已回家去，有的跟K教授回校去了。克欧在T市是无家可归的，但他也不忙着回学校去。他就在车站附近的旅馆名叫T江酒店的三楼上开了一间靠着江岸的房子。

二

吃过了晚饭，克欧就想到苔莉家里去，但他想了一想。晚间去看她是不很方便，因为那时候她的丈夫是在家的。

克欧再深想一回，觉得自己未免有点矛盾。自己不是很有自信，对苔莉的心是很洁白的么，何以又怕见她的丈夫呢？每念及她时，何以心脏又不住地在跃动呢？

——还是明天去看她吧。九点多钟，她的丈夫是到公司里去了的。克欧这么想了后，又觉得自己太卑怯了，他暗暗地感觉一种羞耻。

季节虽到了秋初，但位置在亚热带上的T市的气候还是很郁热的。他坐在旅馆的房子里不住地从茶壶里倒茶出来喝，喝了一杯又一杯，一面喝一面呆想。

他到后来才觉得肚皮有点膨胀了，他就向一张藤床上倒下去。楼外江面的天色由薄灰转成漆黑了。由天花板正中吊下来的一个电灯忽然的向四围辐射出无数的银白色的光线。

下到二楼去的扶梯上像不住地有人在上下。楼下和隔壁旅馆不时有麻雀的轰响吹送过来。三楼上比较的寂静，但相邻的几间客室里不时有低音的私语，或高音的哄笑。此外还听得见的是不知由哪家酒楼吹送过来的女性的歌声和胡弦的哀音。半个月间在旅途中精神和体力都疲倦极了的克欧早就想睡的，现在他的视官和听官又受了不少的刺激，再难睡下去了。

——看她去吧，还早呢。表兄在家时怎么样呢？不，该去会她的。就和他们夫妻俩谈谈吧。不，我总不情愿见他，乘丈夫的不在常去访他的妻的我未免太卑劣了吧。……可惜了。今天的火车迟了两个钟头！早两个时辰赶到来时，还赶得及去看她的。克欧痴望着在热烈地辐射的电灯和绕着灯光飞动着的一群飞蛾。

外面敲门的音响把他由痴梦中惊醒过来。他站了起来，开了房门。

“你是不是谢克欧先生？”茶房很率直地问他。

“是的。有什么事？”克欧的反问。

“东公园N街白公馆有电话来，要你去接。”

他听见东公园三个字，心房就激烈地颤动起来。

——他听见我回来了，现在打电话来叫我去的。克欧跟着茶房走下二楼到电话室里来。他一面走一面在唇上浮出一种愉快的微笑。

克欧站在电话机的送话机前，只手拿着受话机。

“你是哪一个？……你是阿兰？……病了？什么病？！肠加答儿？好了些么？……是的，是的！我一早就来。”

克欧才把受话机放下来，忽想到忘记问阿兰，苔莉病了多久了。他忙翻转身再接电话机，叫了几声，那边早没有人回答了。

三

这晚上，克欧在T江酒店的三楼上整晚没有睡着。他翻来覆去都是思念她的事，思念她的病，思念他认识她的经过。

白国淳的母亲和谢克欧的父亲算是同祖父母的嫡堂兄妹。他们的原籍是离T市六百多里的N县。白国淳的父亲在T市有生意，国淳是在T市生长的，与其说是N县人，宁可说是T市人。

国淳的父亲虽在T市做生意，但他的爱乡心却很强。他在T市赚来的钱十中七八都寄回N县去买田和建筑房屋。国淳在T市的法政专门学校第二年级的那年秋，他的父亲一病死了，这时候克欧才从乡间出来，在一间高级中学校里补习。克欧认识苔莉也是在这时候。

国淳的父亲死后，国淳就废了学。他对他父亲遗下来的生意完全摸不到头绪。只半年间就给伙计们吃蚀完了，生意就倒闭了。国淳所得的遗产只有银行里存的六七千块钱。

国淳替他的父亲治丧时，克欧因亲戚的关系，跑过来替他的表兄招呼一切。因为在T市的亲属实在没有几个人。

苔莉是国淳在法政学校时代娶的一个很时髦的女学生——高谈文艺和恋爱的女学生。他们是自由结婚的，没有得白翁的许可。所以结婚后国淳在东公园的N街租了一家小房子安置她，不敢带回来家里住。

国淳向苔莉介绍克欧时，笑着说：

"这就是新进作家谢克欧，——你所崇拜的作家。"

"你就是《沦落》的作者？还这样年轻的！谁都不相信吧。"她脸红红地向克欧笑了一笑。"是不是？"她再翻向她的丈夫问。

克欧只脸红红的望了望苔莉，没有话说。他只注意着她的高高地突起的腹部。

黛色的修眉，巨黑的瞳子，苹果色的双颊，有曲线美的红唇，石榴子般的牙齿及厚长的漆发；没有一件没有一种特别的风韵。若勉强地把她的缺点指摘出来，就是身材太矮小和上列的门齿有点儿微向外露。

"她是个小说狂。"国淳笑着告诉克欧。"你要研究文艺最好请他教你。"国淳笑着向她说。

"是的，我以后要慢慢地向谢叔叔请教呢。"苔莉也笑了，很自然的向克欧的一笑。

——像这样的美人是不应当替人生小孩子的。克欧自认识了苔莉之后，觉得他的表兄是没有资格享受她的。他想她大概还没有知道她的丈夫的秘密吧。

国淳因为清理故乡的产业——收田谷和店租——每年冬夏两季要回到故乡的N县去。在乡里勾留三个星期或一个月才回来。

四

去年的暑期中，国淳循例回故乡去了。在这假期中克欧差不多天天都到苔莉家里来。在这时候苔莉的霞儿已满周岁了。

一天晚上克欧吃过了晚饭又散步到苔莉家里来了。他走进来时看见苔莉和一个克欧从未见过的，比苔莉还要年轻的女子对坐着吃饭，他觉得这个女子比苔莉还美些，第一她的肤色比苔莉的洁白些。身材虽然矮小，但比生育过来的苔莉富有脂肪分。

“欧叔叔，我们可以安心到戏院去看映戏去了，我雇了这么年轻的妈子来看守房子，一定靠得住的了。”苔莉接着克欧就笑说起来。

那个女子还没听完苔莉说的话就嗤的笑出来了。由她这一笑他认识她是苔莉的妹子了，因为她笑时和苔莉笑时是一样的娇媚。

“你的老妈子退了么？”

“偷米，今天给我看见了，把她退了。”

“你这位令妹叫什么名？”克欧笑着问苔莉，一面走过来看睡在摇床里的霞儿。

“谁告诉你说是我的妹子！你猜错了哟。”苔莉快要把口里的饭喷出来了，忙把筷子放下来。那个女子也像很喜欢笑，现在她也在笑出声来了。

“是苔芸？苔兰？”克欧再紧追着问。

“啊唷，不得了！连苔芸，苔兰的名字他都晓得。”她们再哄笑起来。

“你自己告诉我的，你又忘记了你说过的话了。”

苔莉早就告诉过克欧，她的父母的家计不很好，她有姊妹三人，没有兄弟，她居长，在女子中学读了两年就退了学。第二个名叫苔兰。由高等小学出来就不再升学了，在一个女裁缝家里习裁缝。只有第三的苔芸现在进了女子师范第一年级。

苔兰是她姊姊叫了来的。此后打算长住在她家里，日间习裁缝去，下午三点多钟就回来。苔莉家里不想再雇用妈子了。

等到她们吃完了饭，霞儿也醒来了。克欧就邀她们同到东公园里去乘凉。

“等一刻，周身都是汗了，不单背部，连腿部……你看！”她笑着略把她的右腿提起叫克欧看。果然在湖水色纱裤子的上半部渗印了几处汗湿。”等我进去换换衣服，你替我看着小孩子，要替他扇。”苔莉一面说一面把一把扇子给克欧。

——她的举动，她的说话，无论在什么时候都是这样不客气的。克欧想若不是他时，定会错猜她是对他的暗示了。

过了一刻，苔莉换上了一件淡绿的纱褂子，套了一件黑纱裙，电光透过她的纱衣，里面的粉红色的紧身背心隐约看得见。走近前来就是一阵香粉的香气。他觉得她的装扮是带有几分官能的诱惑性。

“快走，快走。快走出去吹吹风！再站在这里头又要流汗水的。”她一面说一面把霞儿抱起来。

“她不去么？”克欧看着苔兰问她的姊姊。

“今天轮她看守房子，明天轮我看守房子。明天就让她伴你去逛公园，看映戏，到什么地方去都使得。”苔莉笑着说，说得她的妹妹脸红红的低下头去笑。克欧也跟着苦笑起来。克欧有点怀疑苔莉是种醋意的说笑。

克欧跟苔莉由她家里走出来。

“热，真热！”苔莉抱着霞儿一面走一面呼热。只转了三两个弯过了几条小巷就走到东公园门首来了。

五

他们还是到他们所常来的一个茶室里来。在这茶室里他们拣了一个比较僻静的南向的座位，两个人在一台小圆桌的两面对坐下来，吃汽水，吃冰淇淋。

他们来的时候客还少些，等到他们坐了半点多钟，客渐渐的多了。他们见茶室里的人数渐多了，就叫走堂的清了账，两个人出来在公园里并着肩找比较幽静的地方去散步。

在公园里的花径上，在葡萄架下，在清水池畔也遇着几对的男男女女。

“走累了，你们在这里歇歇吧。”他们走到池畔小山上的六角茅亭中来了。亭里有个圆形石桌和几张石条凳，这时候抱霞儿的不是苔莉是克欧了。

“你多抱她，她不久就会叫你做爸爸的。”苔莉在一张石凳上坐下来笑向克欧说。

“叫不叫爸爸不要紧，但霞儿的确帮助了我们不少。抱着小孩子出来，他们就不很注意我们了。”

“为什么？”

“要问你了。”克欧此时只能一笑了。

“他们猜你是霞儿的爸爸？”

“……”克欧觉得自己的双颊有些发热。幸得亭子里的电灯光暗暗，没有给苔莉看见。

“是的，欧叔叔，你怎么还不结婚？”

“学生时代能够结婚么？并且也还没有发见可以和我结婚的人。”

“你不着手找，那就永不会发见你的理想的女性。”

“……”克欧只含笑不说话。

“听说做小说家的都是多妻主义者。你虽没有结婚，可是你恐怕在暗中活跃吧。”

——你的丈夫才是多妻主义者呢。克欧心里觉得好笑，同时又觉得苔莉可怜。因为苔莉像不知道她的丈夫的秘密，还当自己是个有家庭的幸福者。

“你真的还没有和谁恋爱过？”苔莉再笑着问克欧。

“这时候还谈不到这些事。”克欧只摇摇头。

“我替你做个媒好么？”

“是哪一个？”

“呵啦，你还是想有个女性。真的，上了二十岁的男子也和女人一样吧，没有不渴想异性的吧。”苔莉在狂笑。

“只问一问，怎么就说是渴想呢？”克欧苦笑着说。

无邪的苔莉说的话都是这样不客气的。克欧就很想说，“就现在的我说，相知最久的只有你苔莉一个人。”但他终不敢说出口，他怕说出来引起了她的轻视。

“我们回去吧。夜深了。等到警察来干涉，说我们是密会的野鸳鸯时就不妙了。”苔莉又狂笑。

“有霞儿替我们作证。”克欧也笑着说。

“莫太高兴了。附近的警察有认得霞儿的爸爸的哟。”苔莉这么一说，克欧更觉得双颊发热得厉害。

“所以我说，她可以证明我们是乘凉来的。”

"你真辩得巧。算了，你把霞儿抱过来。"苔莉站起来了。克欧抱着霞儿走近她。一阵有刺激性的香气向克欧的鼻孔扑来。她把霞儿接抱过去时，克欧的手触着苔莉的汗腻的手了。只一瞬间，他像着了电，心脏不住的在跳跃。同时他也感着一种微妙的快感。

离开了六角的茅亭，他们沿着小山坡的草径慢慢的步下去。由小径和坡下的通路相联络的是一段倾斜很急的石径。克欧走到她的前头。

"让我抱霞儿吧。"

"不，我自己慢慢的下去。"

"那我牵你下去好吗？怕滑倒下去不得了。"克欧有了刚才的微妙的快感的经验，希望再有这机会触触她的汗腻的手。

苔莉看见他伸出手来，忙向路侧一退，她像怕他在这薄暗中对她有意外的举动。克欧看见她退避，很失望的也不好意思的先跑下坡去了。

六

他们俩默默地一前一后的走出公园门首来了。才踏出公园门，克欧就向她告辞。

"到我家里去喝了茶回去不迟吧。还有几条黑暗的小巷子，你放心让我一个人走么？"

克欧不做声的只得跟了她来。他送她到她的屋门首了，他才向她点一点头就回学校的寄宿舍去了。

约有一星期之久，克欧没有去看苔莉，往时苔莉有事要和他商量时，就会寄封信来或寄张明片来请他到她那边去的。克欧虽然硬着心不去看她，但心里却在希望着她那边有消息来。

距开课只有两星期了。克欧觉得虚度过了这两星期很可惜。快开课了。表兄也快要由乡间出来了。黄金般的这三两星期应当常去看她，尽情欢笑的。受着这样的小小的失意的支配就把这样好的时光空过了，未免可惜。但是克欧自那晚回来后近两个星期没有出校门了。

——她恐怕在望我呢。我还是当做没有那回事般的去看她吧。不，不，要去时第二天就该去的。强硬了这两个多星期了，要得了她有相当的表示后才有脸子去了。

克欧近这两星期为这件事苦闷了不少，也感着了异常的寂寞。

——她是什么样人，你知道么？你的表兄嫂哟！你没有思念她的权利哟。假定她真的对你有相当表示时，不是小则闹笑话，大则犯罪了么？你还是对她断念的好。这样的变态的恋爱是得不到好结果的。克欧有时又这样的提醒自己。

但是，但是他的心上像给她着了色，他到后来觉得有时虽有这样的理性的反省，但是很勉强，很不自然的一种反省，没有看见她时或对她失望时，偶然间发生的反省，一看见她之后就会完全消灭的反省。

开课的前几天，他接到了她寄来的一封信。信里的意思是，她接得霞儿的爸爸来信，几天就会回到T市来。霞儿爸爸未到T市之前，她希望他能够来谈谈，她信里又说，她很望他能即刻来，苔兰在望他来，霞儿也在望他来。她在后面有一行说，他许久不来，她们一家人都是很寂寞的。

——什么！有信来就该早点来！怎么挨到这时候才来？过去的两个星期不是很可惜了么？索性不去了！克欧觉得前两个星期的黄金般的时光是给苔莉一手破坏了的。

接到她的信时是下午的四点多钟。那晚上他忍耐着没有马上跑到她家里去。可是那晚他通宵没有睡着。到了第二天，挨不到吃午饭，他就在她的家里了。

七

克欧看见苔莉抱着霞儿开门迎他时，他觉得很不好意思的，禁不住双颊发热起来。但她还是和平时一样的对他始终微笑着。她像忘却了一切的过去。

“怎么许久不见你来！”她又像在嘲笑他。“病了么？”

“……”克欧只苦笑了一阵。

克欧走进厅里待要坐下去。

“我们到后面院子里去坐吧。上半天那边凉快些。”

“兰呢？”克欧把手中的草帽放在厅前的桌上，跟着她到后院里来。

“她才出去，就回来的。她今天也没有习裁缝去。她买线去了。”

院子里只有一张藤床和一张圆小藤桌。桌上泡好了一壶茶。苔兰像泡好了这壶茶后才出去的。

苔莉看克欧在藤床上坐下去了后，抱着霞儿也过来坐在藤床的一端。他们虽然没有并坐着，但他们间的距离不满两尺了。

“这两星期旅行去了么？”苔莉才坐下来就这样的问了一句。

“天天在学校里睡觉。”

“你这个人真妙。一个人在学校里不寂寞？”

“没有回去的同学有四五十个，怎么会寂寞！你呢？”

“我？不单我，阿兰也这样说，你不来时我们家里很寂寞的。”

“表兄快回来了吧？”

“是的，公司里去信催他回来，催了两次了。他的假期早就满了的。不知为什么事迟迟不来。”

国淳是在T市的一家小银行里当司书。银行的经理是他的父亲的老友。他的父亲遗下来的生意倒了后，这位父执就招呼国淳到他银行里去。

克欧接到由家里寄来的信，约略知道了国淳迟迟不来的原因。他听见国淳家里因为苔莉的事起了小小的风波。但他不能直接把这些详细对苔莉说。

“恐怕田谷的事还没有清理吧。今年的收获期比较迟些。”克欧只能这样的敷衍。

苔莉的今天的态度不像平日那样的活泼，像心里有什么放不下的事情般的。

“你今天像很沉郁的样子。身体不好么？”

“……”她只摇一摇头。

“妈，妈妈妈。”在她膝上的霞儿打了几个呵欠叫起妈妈来。她像想睡了。

苔莉解开衣衿露出一个乳房来喂霞儿。

克欧不敢望她。低下头去，彼此沉默了好一会。

霞儿衔着母亲的乳嘴睡下去了。

快近午了，四围像死一般的沉寂。克欧只听见由远处吹送过来的低微的蝉音。

苔莉抱了睡着了的霞儿进里面去了。过了一会她空着手走了出来。

“外面蚊蚋多了，让她在里面床上去睡好些。”她说着走过来坐在克欧的旁边。他们间的距离更近了。

她虽坐下来了，但仍然低着头没有话说。二人间的沉默又继续了好一会。

“欧叔父，你的表兄到底是怎么样的一个人？你该比我详细些。你不要替他隐瞒，你要正直的告诉我才对得住我。”

克欧给她突然的问了这一句，一时答不出话来。他只睁着眼睛呆望她。

“你不单是和他同乡，并且是亲戚，你当然很详悉他的性质，你告诉我吧。我深信你是个很诚恳的人，一定不会瞒我的。”

克欧当苔莉是听见了国淳的家庭的状况，想骗她是骗不过了。但把国淳的乡间的家庭状况告知她时又觉得对国淳不起。并且国淳常常叮嘱他不要把他的秘密向她泄漏的。

“他？他是个好人，再好没有了的人。他一点怪脾气也没有，气性也很好。这些你该比我详细的，要我再告诉你什么事呢？”

“是吗！男人是袒护男人的。你拿我和你的表兄比较，你爱你的表兄当然是情理中的事，不过我……”苔莉说到这里咽住了，她的眼睛里满贮着水晶珠，不一会，一颗一颗的掉下来了。

八

出他意外的她的流泪把他骇了一跳，因为他认识她一年多了，只看见她笑过，从没有看见她哭。

“什么事，伤心什么事？”克欧着急起来了，他真不知要如何的安慰她。他想凑近前去，但翻想一想自己实在没有这个权利。他马上也自责不该乘人之危以发展自己的欲望。

苔莉听见克欧这一说，她枕着只腕伏在藤桌上，双肩抽动得更厉害了。

几次想把腕加在她的肩背上去问她为什么事伤心，但克欧总觉得这种利用机会的动机是很不纯粹的，很卑劣的。

苔莉哭了一会，从衣袋里取出一封信来交给克欧。克欧接到信，忙抽出来读。信像是一个女人写给国淳的，信中的意思大意是责国淳许久不到她那儿去，也许久没有钱寄给她，暑中回乡之前该到她那边去也不去，她想他现在该由乡间出来了，该快点到她那边去，不然她就要访上门来。

克欧读完了信后在信笺末和封面检视一回，都没有住址，邮印又模糊得很，看不出是从哪一处寄来的。但他骇了一跳，因为他发见了苔莉所不知的秘密外的秘密了。他更觉得苔莉可怜。

——表兄完全不是个人了。但克欧又想，社会上本不少抱着三妻四妾的人，但没有人批评他们半句，假定自己和苔莉一个人对一个人的恋爱成立时，那我们就马上变为万目所视万手所指的罪人了，社会上像这些矛盾的事情本是很多的。

克欧现在觉得他的表兄和苔莉结婚的经过也很有知道的必要了。他想详细的问问苔莉，但又觉得现在不是好机会。

——把苔莉所未知的表兄的秘密告诉她吧。那么她定会投向我的怀里来。一般的女人发见了她的丈夫不是真的爱她时，她对她的丈夫的反抗心也加倍增强的，连克欧自己都觉得惊异，怎么自己会发生出这样卑鄙的念头来。

——但苔莉这个人决不是能委曲求全地做人的妾的人。她迟早有一回会发见她的丈夫的秘密，就是迟早会同她的丈夫有一次的决裂。作算表兄有本领能够把这些事情敷衍到底，苔莉的物质生活虽可以勉强过得去，但精神生活就太苦了。一生就这样的在暗影中过日子，这是何等可怜的事！她赤裸裸的把她的心扉打开让她的丈夫进来，但她只在他的心扉外徘徊，不知道丈夫的心扉开向那一方面，这是何等伤心的事！她是蔽着眼睛在高崖上彷徨，下面就是深渊，她的前途是很黑暗而危险的，我该告诉她的，把表兄的一切秘密告诉她的。这样的立在危险的高崖上的女性，我是有救她、惊醒她的义务！

“苔莉！……”我初次呼她的小名，但她并不介意。她此时收了眼泪了，仰起头来睁着大眼凝视克欧。

——不，我不能把表兄的一切告知她。告知她也可以，不过要附加两个条件，第一是和表兄绝交，第二是和苔莉诀别。第一条件还可以勉强做得来，至第二条件，在现在的我就太痛苦了。今后不能再来看她是何等难堪的事！但是告诉了她后，我和她之间的爱情继续着增长。她或终竟投向我这边来时，那我完全是个……至少社会的批评定说我是苔莉的拐诱者。

“怎么你的话又不说下去？你什么时候都是这样的，真气死人！”苔莉气恼着说了后凝视了克欧一眼，表示她的愤恨。

哭后的苔莉，双目周围带着红色的晕轮，眼皮微微的浮肿起来，脸色却带几分苍白。在克欧的眼中觉得此时的苔莉另具一种魅力。一阵阵由微风吹送到他的鼻孔中来的发油和香粉混合而成的香气把他陷于沉醉的状态中了，他觉得自己的身体不住地胀热，他早想过去把她拦腰的抱一抱。但他觉得自己很危险的站在罪恶的面前时，他忙站了起来向苔莉告别。

九

过了几天，国淳由乡间出来了。克欧料定他们间在这几天之内定有小小的波澜发生，国淳初抵T市的一天，他到他们家里去了一趟后，好几天没有到他们那边去了。

怕他们间发生什么波澜，不愿在他们间作调人，虽然是不到他们家里去的小小的一个理由，但是最大的理由还是不愿在国淳的身旁会见苔莉，不愿由看见国淳后发生出一种可厌弃的想象——她的身体在受国淳的蹂躏的想象。

出乎他的意料之外的是苔莉并没有根据那封信和她的丈夫发生什么争论。她像忘记了那一回事般的，又像对她的丈夫绝望了般的。

——论苔莉的性质，她决不是能容忍她的丈夫对她有这样欺侮的行为。虽然他这样推想但她近来对她的丈夫像绝了望般的，从前国淳迟了点回来，她总是问长问短的，可是近来她不关心她的丈夫回来的迟早了。他过了晚饭的时刻还不回来，她就和苔兰，霞儿先吃。他过了十点钟不回来，她就先带霞儿就寝。

克欧在这个时期中也很少到他们那边去了。他和几个友人共同组织了一个研究纯文艺的紫苏社，每月发行月刊一次，发表他们的创作。本来就喜欢读小说的苔莉每次接到克欧寄给她的《紫苏》就不忍释手的爱读。读了之后也曾提起笔来创作过，自她第一次的短篇《襁褓》经克欧略加以改削在《紫苏》发表之后，她对创作更感着一种兴趣了，除了看引霞儿之外的时间都是消磨于创作了。第二篇创作《喂乳之后》可以算是很成熟的作品，是描写一个弃妇和丈夫离婚之后带着一个小儿子辗转漂流，到后来她发见了她的第二个情人，这个情人向她要求结婚时，她为这件事苦闷了两三个月，到后来她终拒绝了她的情人的要求，望着衔着乳嘴睡在自己怀中的小儿子拒绝了情人的要求。这篇创作发表后，得了社会上多数人的喝彩。但文艺界只知道苔莉是紫苏社的新进女作家，不知道她是白国淳的妻（？），尤不知道她是做了人的母亲的女性。有些喜欢说刻薄话的青年学生就说苔莉是克欧的*Sweet henrt*，是克欧的未婚妻。

克欧早由学校的寄宿舍搬了出来，在T市的东郊租了一所房子和友人同住在里面经营紫苏社的一切社务，这个房子外面墙上就贴了一张紫苏社的黄色条子。

国淳和苔莉间的沟渠像渐渐的深了起来，他很不常回家，有时竟在外面连宿几个晚上才回来，苔莉对他的越轨的行动像没有感觉般的，并且还希望着国淳少和她接近少和她纠缠。

双十节那天，克欧到她家里来看她。他有个多月足不踏苔莉的门了。

“我当你永久不会来我这里了的。”苔莉笑着出来迎他。

“我不常来是怕妨害了你们的欢娱的时间。”

“你还在说这些话来嘲笑人！你看我定要复仇的！”她说了后把双唇抿紧，向他点了点头表示她在恨他。

他们一同走进房里来了。克欧从前不敢随便跑进她的寝室去的。现在他跟她到她房里来坐了。

靠窗的书案上散乱着许多原稿纸。还有几册小说和文艺杂志堆在一边。克欧想她原来正在执笔创作，那些书籍是她的参考书了。

“阿霞呢？”

“兰背她到外面玩去了。”

克欧走到她的案前翻她写好了的几张原稿纸，苔莉忙走过来夺。

“先生！此刻还看不得！做好了再给你看。”

但克欧早把那原稿抢在手里了。他高擎起他的手。她就靠近他的胸前仰着首拼命的把他的手攀折下来。不是克欧没有力，他早给她的气息和香气溶化了。有暧昧的她的一呼一吸吹在他脸上时，他的全身就像发酵般的膨胀起来，原稿给她夺回去了，他只看见题名是《家庭的暴君》。

她还靠在他的胸前咕噜着怨他。一阵阵的由她身上发散出来的香气把他沉醉了，他听不见她说些什么。他到后来发见他是站在危险线上，才忙急的离开她，退出来站在房门首。

十

这年冬国淳循例的又回乡下去了。苔莉去年还在车站上送他回去，叮嘱他能够赶得上时要回来T市和她们母女度团圆的新年。今年呢，她并没有留神他是哪一天动身的了。

过小年的那天，邻近的家家在燃爆竹。只有苔莉的家里异常寂寞的。

吃过了早饭，克欧提着一篓红橘子两方年糕到苔莉家里来。这些东西安慰了霞儿不少的寂寞。

“陈先生说要到T市来，现在到了么？”苔莉接着克欧就问他们紫苏社的同志陈叔平——驻×市的代表，也是常有创作在《紫苏》杂志上发表的人——由×市到了T市来没有。

“三两天内总可以到来吧。”

“他的散文真做得好。他怎么不进文科呢？他研究遗传？”

克欧只点点头。陈叔平是×市农科大学的二年生。

“小胡今年也不回家去。你们都到我这里来过年吧。我买了副新咔特，准备新年玩的。”

克欧听见小胡，心里就有点不快。因为小胡是个比他年数小的美少年。据苔莉说，他是她的同乡，他常到她这边来是为看苔兰来的。但苔莉愈向克欧辩解，克欧愈怀疑他，因为苔莉从前不很喝酒的，现在也狂喝起来了，从前不爱晚出或到戏院去的，近来也很常晚出。和小胡一路出去到戏院看戏去了。

——看她近来有点自暴自弃的样子。作算她不爱那个小孩子，但他们都是在性的烦闷期中……克欧自己也不明白自己近来对苔莉为什么会发生出这些不必要的疑心来也不知道自己近来为什么这样的关心她的行动。

——不是你的妻子，也不是你的姊妹。她有她的自由，你管她做什么。克欧气极了的时候也曾这样的想着自己排解。他虽然这样想，但心里总不当他所想的是正确。

——我不知不觉的沉溺下去了！我的精神完全受着她的支配了。我该及早反省，不然我就难在社会上立足了。可是，我往后不能见她，不能和她亲近，我的生活还算是生活么？作算是生活，也不过是留下来的一部分的痛苦生活吧。恨只恨她不该不告诉他一声私私地把我的心偷了去。现在我的心全握在她的掌中了！

除夕的晚上他在苔莉家里斗牌斗到天亮。那晚上陈叔平和小胡都一同抹牌。初一在社里睡了一天，睡到下午四点钟才起来。他起来略用了些点心后，又和陈叔平出去赴友人的新年招宴了。

初二的早晨，克欧睡到九点多钟才起来。他吃过了早点就一个人赶到苔莉家里来。走到她家里来时只苔兰一个人出来迎他。

“姊姊呢？”克欧看见苔莉不在家，心里有点不快。

“出去了。”苔兰望着克欧用很谨慎的态度回答，因为她直觉着克欧快要发怒了。

“到哪里去了？”

“姊姊说告诉你不得。怕你发恼。”苔兰这句话没有把克欧激怒，倒把他引笑了。他想苔兰竟老实得到这个样子，完全不像苔莉的妹妹。从前克欧就曾向苔莉说笑：

“苔兰美得很，你替我做媒好不好？”

“要她这样的女子做什么？比她好的多着呢。”

“她还不美？”

“十七八岁的女儿没有丑的。不过像橡树胶制的人儿有什么趣味？”苔莉的话不错，苔兰太老实了，太不活泼了。

克欧听见苔兰的说话后禁不住笑了。

“和胡先生出去的，是不是？”

苔兰只点了一点头。

“阿霞也带去了？”

苔兰再点了一点头。克欧听见阿霞也抱着出去了。心里比较的安静下来。但再翻一翻想又觉得阿霞这样小，决不是他们俩的监督者。他们要时，什么事干不出来？克欧由她们家里走出来时心里愈想愈气不过。他想作算你对自己绝没有一点爱时，也当认明白自己是国淳的表弟，他托了我来照拂你，那么对你，我是有相当的监督权的。

但到后来他觉得自己的愤恨的动机完全是醋意，他也觉得自己有这样的态度是太卑鄙了。

——我自己错了机会。她不是有几次向我表示，和我接近么？我自己太无勇气了，我太和她疏远了，她对表兄早没有爱了，她由表兄把爱取回来了。她在等着接受她的爱的人。她当我是个候补者。现在她知道我是怯懦者，无能力接受她的爱。她向他方面寻觅接受她的爱的人，论理是无可苛责的！目下的问题只问你自己真的爱她不爱她。爱她时就快些把她由小胡手中抢回来。不爱她时你就以后莫闻问她的事好了。

十一

克欧自大年初二那天回来后，又有一个多月不到苔莉家里去了。在这一个月的期间中，他想表兄也该回T市来了，就去也没有什么意思，索性莫理她吧。在这期间中苔莉也曾写了几封信来，说要他去和她商量什么事，但他终没有复她一封信。

他有几次由学校回到社里来都听见当差的说苔莉曾来看他，听见他还没回来就走了。克欧也很想见她，但再一翻想觉得还是趁这个机会切断了两人间的缠绵的情绪的好。料想到两个人再这样的敷衍下去，到后来彼此都不得好结果的。所以他有意的规避她，一早就出去，到傍晚时分才回来，吃了晚饭后又出去，到十一二点钟才回来。

二月中旬的一天，他接到了她一封很愤恨并且很决绝的信，她信里说，她一点不明白他为什么这样痛恨她，不理她；作算她对他有什么失礼的地方也得明白告知她，让她改过；她只有常常思念他的记忆，并没有对不住他的记忆；作算他觉得她有对不住的地方时他也该原谅她。最后她在信里郑重地说，希望他能在最短速的期间内去看她，并替她解决一件疑难的事件。

克欧读了这封信后不能不到她那边来了。他在门首敲了一会门，但打开门迎他的不是苔莉，也不是苔兰，却是克欧不认识的老妈子。

“你是新来的妈子？”

那个老妈子微笑着点了点头。克欧转过脸来望里面。苔莉不像平时一样听见他的声音就出来厅前笑着迎他了。

克欧心里有点不高兴，但又不好转身回去。他元气颓丧的步进厅里来了。

——她自己心里不好意思，却用这样的态度来先发制人的。克欧站在她的房门首看见她坐在床前的矮椅子上垂泪。蚊帐垂下来了，阿霞像睡着了。

“你来了吗？”她只抬一抬头就低下头去揩泪。克欧来时本打算不先开口的，现在不能不先说话了。

“你为什么事这样的伤心？”克欧把手杖和毡帽放在一边，在靠窗的一张藤椅上坐下来。

苔莉听见克欧问她，更哭得厉害，她用只腕枕着头伏在床沿上，双肩不住地耸动。

“什么事？到底为什么事？难道我来错了么？”

“你不情愿来我这里你就回去吧！等我死了……”苔莉说到这里，更悲痛的哭出声来了。

“谁说过不愿意来！？你不喜欢我来我才不来！”克欧很倔强地说。

“谁又说过不喜欢你来！你自己疑神疑鬼的！”

克欧本想把小胡的事责问她的，现在听见她说了这一句不敢再向她提小胡的名字了。

克欧大胆的只手拍着她的肩膀，只手拿一条手帕要替她揩泪，她才住了哭。

“谁要你揩！”苔莉站了起来向着他笑了，但腮上的泪珠还没有尽干。

“兰儿呢？”

“回我母亲那里去了。后天才得回来，你今晚不回去使得？”苔莉说了后向他一笑。

“我要回去。瓜田李下，犯不着给人说闲话。”克欧也笑着说。

“你这个人无论什么事都向恶方面解释。你放心吧。”苔莉也笑了。“你太看不起人了。”

克欧今天果然在苔莉家里吃晚饭了。和苔莉对坐着吃。吃了晚饭后一直谈到九点多钟才起来回去。

十二

再过了几天，克欧也接到了他的表兄的信。这封信是来报知他，他的姑母——国淳的母亲——于三星期前逝世了，母亲死了后的家庭再不许他有住T市的自由了。他希望克欧能在春假中送苔莉母女回乡下去。前几天晚上苔莉要和克欧商量解决的也就是这件事。

“看霞儿的爸爸来信的口气，他家里像还有人般的，若真另有女人时，我就没有回去的必要了。”

“……”克欧在这时候只能沉默着。

“你这个人一点勇气也没有。告诉我怕什么呢？人类又不是狗，又不是猫。这边姘一个，那边偷一个，也还像个人么？你也忍心看着我当狗当猫么？”

“我有我的苦衷。你该原谅我。因为我对你太亲密了。”

苔莉点了点头说：

“那你春假期中送我们回去么？你若回家去，我就跟你到乡下去看看也使得。如果他家里另外有人时，我就马上回T市来。”

“……”克欧只摇摇头。

“为什么？”苔莉睁着她的大眼望他。

“我们春假要到南洋旅行去，不得回家。”

“到南洋去？几时才得回来？”

“来回恐怕要费三四个月的时日吧。”

“要这么久？”苔莉很失望的问。

“要游历十多个埠头，各埠停留一星期也就要三个多月的期间了。兼之来往的路程，恐怕要四个月以上的工夫呢。”

“那么我只好在T市等你吧。”苔莉的眼波红起来了，她低下头去。

“还要等一个多月呢。我不是就要去的，你伤心什么？”

“迟早还不是一样去的。”苔莉的泪珠一颗一颗的掉下来了。

“你无缘无故的又伤心起来做什么？你该保重你自己的身子。”

“为谁？为霞儿？”

“也要为你自己！”

“我是前途完全黑暗的人了。”苔莉说了后再掉下泪来。“那不能这样说！命运本来可以自己改造的。”

“真的么？”苔莉忽然仰起头来凝视着克欧。

克欧给她这一问，又觉得自己说得太快了。

“总之，我希望你以后对世情达观些才好。”

“我问你，前途没有希望，没有目标的人也能改造她的运命么。”

“到了有希望的时候，发见了目标的时候也未尝不可以。”

“那么，我就等那一天到来吧。等到前途最有希望的一天，发见了目标的一天！”

克欧要动身赴南洋的前两晚到苔莉家里来辞行。苔兰也由她母亲那边回来了。一连下了两天雨，气温很低。阿霞睡了，他们三个围着台上的一个洋灯谈笑。苔兰有时参加几句话，她只把她的全副精神用在她的裁缝工事上。

“欧叔父，南洋不去不行么？”苔莉斟了一杯热茶给克欧。

“这回的商业实习是必修科目，要算成绩的。”

“学什么商业？你就专写你的小说吧。”

“对小说我还没有自信。在中国想靠小说维持生活是很难的。有一张大学的毕业文凭在社会上比较容易找饭吃。社会如此，没有办法的。”

“结局还是面包问题！面包问题不先解决，其他的问题是提不到来讨论的。”苔莉叹了口气。

“……”克欧只低着头。

“你们男人真没有志气！像我这样无用的女人也不至于饿死吧。你们男人怕找不到饭吃么？”苔兰听见他们谈及面包问题，从旁插了这一句。

克欧唯有苦笑。

“你们男人的思想到底比女人长远。男人的名利欲就比女人大。无论如何重大的事物都不能叫男人牺牲他们的名利！我们女人就不然。女人所要求的，在名利之上还有更重大的东西。”

“那是男女性上的根本的异点。因为男人是主动的，女人是受动的。女人的责任比男人的小的缘故。”

“那是什么东西呢？”苔兰抬起头来笑问她的姊姊。

“你做你的工夫！要你多嘴做什么？”苔莉笑骂她的妹妹。

“我告诉你好么？”克欧笑向着苔兰。

“也不要你多嘴！你莫教坏了天真烂漫的女孩儿。”苔莉再笑着禁止克欧说话。

过了两天，苔莉，苔兰轮抱着阿霞到T车站的月台上来送克欧。苔莉洒着泪答应克欧替他照料社务后，火车就开始展轮了。

十三

克欧由南洋回到T市来了。那晚上他在T江酒店的三楼上整晚没有睡，到了黎明时分才歇息了一会。等到他睁开眼睛时，腕上的手表告诉他快要响八点钟了。

茶房打了脸水上来，他匆匆地洗漱。洗漱完了就换衣服，他换上了一套潇洒的西装，戴上巴拿马草帽，提一根手杖走了出来。

他把房门下了锁，把钥匙交给那个茶房后一直向楼下来。

工商业繁盛的T市一年间遇不到几天晴明的日子。坐在高深的洋房子里面看不见天日，所以昼间还是开着电灯的。二楼比三楼更幽暗，晚来的电光还没有息。扶梯下几个茶房东横西倒的脸上在流着腻汗呼呼的睡。二楼的空气也比三楼污浊，一股臭气——像由轮船大舱里发出来的臭气，直向克欧的鼻孔扑来，他快要呕出来了。

由旅馆出来后，在道旁站了一会拼命的吸取新鲜空气，他的精神也爽快起来。几辆货车在街路上来往，还有一个卖豆腐的和两三个叫卖油条的小童。

他在电车路旁站了二十多分钟，有一架电车驶到来了。他跳上车去，车中没有几个搭客，一个老妇人，一个商人模样的三十多岁的男子，还有几个提着书包上学去的中学生。

电车在街路中央疾走，克欧望见两侧的店门什九没有开，电车到了仙人坡下，他换乘了驶向东公园的电车。再过了二十多分钟，他站在东公园门首了。他在公园门左侧转了弯，穿过了几条小巷，走到N街来了。全是民房，只有几间小店的N街是很寂寞的一条小街道。克欧走进这条街路上来时心房就不住地颤动，同时发生出一种恋恋的心情。他觉得这条街道的任何一家的房子，街道上的任何一颗砂石都是很可爱的。

一家小小的房子站在克欧的面前了。他敲了门就听见阿兰的“来了”的声音。

克欧在厅前站了一会，踌躇着不敢就进苔莉的房里去。因为苔兰告知他苔莉还在睡着没有起来。这时候阿霞由房里走出来。

“啊呀！阿霞长得这样大了！”克欧走前去把她抱了起来，他听见苔莉的微弱的声音了。

“请欧叔父进来坐吧。”

克欧抱着阿霞走进苔莉的房里来了，房里两个窗扉都打开着，空气很流通，光线也很充足，绝不像是病人的房子。

苔莉脸色苍白的枕在一个棉枕上。她望见克欧，她的心房好像起了意外的激烈的颤动。微微的惨笑在她唇上浮了出来。

他和她彼此痴望了一会都没有话说。不是没有话说大概是想说的话过多了，无从说起。还是阿霞先开口给了他们一个开始说话的机会。

“欧叔父，带我到外头玩去。”阿霞只手揉着她的眼睛，张开她的小口连打了两个呵欠。

“欧叔父才回来，你就这样的闹，他以后要不来了！快下来，跟兰姨到后面院子里去玩。安静点！”

“你的精神好了些么？今天身体怎么样？比春天就瘦减了许多了。”

双行清泪忽然由苔莉的眼眶流出来。她低了头。

苔莉望见阿霞还在克欧腕上，她忙叫阿兰。阿兰像在火厨下，不一刻走来了。

“你背阿霞出去买些点心回来。”她说了后又望克欧。

“你早上起来没有吃什么吧。”

克欧也觉得有点饿了，点了点头。可爱的阿霞听见买点心忙伸出双腕来转向苔兰要她抱。引得苔兰笑起来了。阿兰笑时和她的姊姊笑时一样的可爱。

十四

苔兰引着阿霞出去了。只剩他和她两个人了。

“你坐吧。你把那张矮椅子移到这边来。坐近些，好说话。”苔莉说了后向克欧微微地一笑。

“说话多了，怕你的精神来不及呢。”

“我没有病了。我的精神早恢复了，昨晚上听见你回来了，我的病就好了一大半了。”

克欧把那张矮椅子移近她的床前。他不忙坐下，走到床前把这一面的帐门挂起来。没有遮住的她的一双白足忙伸进回字纹褐色羊毛毡里去了。她的脸上淡淡地起了一阵桃色，嫣然的向他一笑。笑了后还是红着脸低下头去。

——你看这种态度，完全是个处女的态度！谁说她是做了人的母亲的！这种羞怯的态度多可爱，多娇媚！克欧望着苔莉，周身发热。他想我们间的爱到了成熟期了，我该凑近前去搂抱她了。她决不会厌恶我，这是可断言的。作算她怕社会的批评不敢和我亲近，但她决不致使我面子上下不去，我今就鼓着勇气向她表示我对她的爱吧。她决不会拒绝我吧。平时她或因羞怯而躲避，现在在病中的她，只能任我……克欧的心房突突的跳跃，周身也不住的胀热。

“苔莉！……”他只叫了她的名字，说不下去了。

苔莉仰起头来，把惊疑的眼睛望着他，待他说下去。克欧给她这一望，双颊通红的反说不出话来了。他这时候只不客气的把苔莉饱看了一会。她的脸色苍黄了许多，眼睛的周围圈着一重紫黑的色晕，口唇呈淡紫色，鬓发散乱，克欧想，苔莉的此时候的姿态在普通的男性眼中决不能算是个美人，但在我，除了她世界上再无女性了，他此刻才明白他所渴望的完全是她的肉身，除了她的肉身之外虽有绝世的丽姝也难满足他的渴想。

“尽望着人的脸做什么事！”苔莉恼笑着说。

“瘦是瘦了些，但是比春间更美了。”不可遏制的一种自然欲逼着他坐上苔莉的床沿上来了。苔莉略向里面一退，让出点空位来给他坐。她并不拒绝他的亲近。

“撒谎！病得不像个人了。我自己在镜里看过来，完全由坟墓里再抬出来的死尸般的。还有什么美！你这个人总不说实话，所以我……”苔莉说到这里深深地叹了口气，眼泪再扑扑簌簌地掉下来。

克欧看见她伤心，后悔不该随便说话。他这时候真想不出什么话来安慰她了。他想，能安慰她，同时又可以安慰自己的方法唯有趁这个机会——苔兰她们还没有回来——和她亲近亲近，最少，亲个嘴吧。

——不行，不行！无论如何这件事是做不得的！慢说这是种犯罪行为，现在怀有这种念头，自己都觉得太卑鄙了。经这一吻之后自己的前途只有死亡或沉沦两途了！快离开她，我现在站在下临深渊的危崖上了。……但睡在他面前的苔莉像在向他不住地诱惑。他又觉得自己的飘摇不定的精神，除了苔莉无人能够替他收束。他的彷徨无依的心也非得苔莉的安抚不能镇静。

——迟早怕有陷落的一天，除非我们以后永不见面！但这是明知不可能的我们若尽维持着这种平温的状态，我们都要苦闷而死，这是预想得到的。我们若再深进，在她还可以理直气壮；在我是要受人的指摘和恶评了。恋爱这种无形的东西是很难用于抵御社会一般的批评。作算我和她向社会宣布正式的同栖，在法律上虽是正当的行为；但在中国的社会不能不说是破天荒的创举。到那时候有谁能谅解我们是恋爱的结合而加以同情呢？

苔莉看见克欧沉默着许久不说话。

"对不住，你才回来，我该欢喜才是。你看见我这样愁眉泪眼的，很觉得讨厌吧。"她用袖口揩了眼泪后勉强的笑出来。

"哪里！我把你引哭了，我才真的对你不住。在病中的人，神经比较的脆弱，容易伤心。这是于身体不很好的，你要自己留意。"克欧大胆着伸出只手来牵她的手。她也不拒绝的伸出只手来让他紧紧的握着。

"手腕也瘦得这个样子。"克欧把她的袖口略向上撩，给几条青筋络着的苍白的手腕前半部在他眼前露出来了。克欧还想把她袖口往上撩。

"啊啦！"苔莉脸红红地把臂腕往后缩。"

"这样脏，这样瘦，怪难看的。我两星期没有洗澡了。"

"对不起！"克欧也脸红红的，"太失礼了。"

"我是不要紧的。不过……"她的脸色更红润起来了，禁不住向克欧嫣然地一笑。

"你喜欢时，让你握吧。"她说了自己把只手的袖口高高的卷起，可爱的皓腕整部的露出来了。"你看瘦成这个样子，瘦得看不见肉了。"她红着脸避开他的视线。

"多美丽，多洁白的臂！"克欧也觉得自己太卑鄙了，但一种燃烧着的自然欲驱使着他摩抚她的臂腕。

两个人握着手沉默了一会，苔兰背着霞儿回来了。

十五

预想到未来的社会的制裁和非难，克欧终没有勇气向她有更深进的行为，也没有把自己对她的希望向她表示。但自那天回来后，他感着异常的苦闷——在由南洋回航的途中，每想念她想念至兴奋的时候，自己也曾决心这次回到T市之后非拥抱她不可了，一切的社会的非难可以不听，未来的沉沦也可以不管，只要我们以为能度我们的有意义的生活，有人气的生活。我已经达到这样的境地了——除了她活不成功的境地了。恐怕她对我也是这个样子吧。

——不知为什么缘故一看见她我的勇气就完全消失了。无论如何未得她的同意之前，总不敢向她有握腕以上的行为。握腕是得了她的同意的了。她不是早向我表示了么？“你喜欢时……”不是对我表示她的同意么？克欧那天下午回到T江旅馆来后在床上翻来覆去的想，觉得自己今天是错过了机会了。坐在她的身旁边，握着她的腕，距苔兰回来还有半点多钟的时间，她的病也好了大半了……我真错过了机会了！

——你这个人真无耻！你怎么会发生出这种卑劣的念头来？乘她在病中去强要她，这还是个人干的事么？幸得对她还没有什么粗暴的举动，不然她以后要看不起我了，要鄙视我了。不，不，她决不会看不起我，作算我对她有什么表示……她不是说“你这个人太本分了，一点没有勇气”么？自己反问她“什么事”时，她不是说“你像个感觉很迟钝的人”，说了后叹了口气么？

克欧翻来覆去的想了半天，到后来还是觉得机会太可惜了。他想，苔莉现在定在流泪呢，她恨我不能理解她，拒绝了她的表示，不和她亲近，不和她拥抱，不和她接吻……的确，她是在渴望着男性的拥抱。

克欧又想到临走时苔莉和他说的话了。

“你就搬过来住吧。空租社的房子，多花费。并且霞儿的爸爸也同意，他看见我决绝地不回乡下去，只得让我母子住在T市，他说过了年定出来看我们，要我请你搬过来住，有什么事发生时家里少不得男人的。”

“让我考虑一下。”

“考虑什么。你怕我么？你放心吧，决不侵害谁的自由的。”苔莉笑着说。

“不是这样说法。不过……”

“不过什么？”苔莉紧追着问。

“我和你们是亲戚，并且我和你也太亲密了。我们虽不至于做出不能给人听见的事来，但恐怕社会还是要猜疑我们的。”

“那你以后再不来看我们了！是不是？”

“来看你们是很寻常的事。”

“那么，我们只问我们的良心。能不能给人听见，能不能给人知道，我们是无能过问，也可以置之不理的。我们只问我们心里有没有不能给人知道的念头。有时，难怪社会猜疑，没有时，不怕社会的猜疑。”

克欧禁不住双颊发热起来。他想自己还是想搬来的，自己的心早握在她的手中了。他又想自己太卑怯了，赶不上她的诚挚，也不能像她一样的有勇气。

——我爱她是很正当的！怎么我这样的卑怯怕给社会晓得呢？你爱她不算罪！你想不给社会知道密地里爱她，这才是罪！还没有决心完全对女性负责任以前，你是不能向她表示爱，也不能要求她的爱！

“苔莉，我不再对你说谎了，我实在有点爱你。我搬到你这里来就像住在喷火口旁边，迟早要掉进火口里去的。到那时候怎么办呢？”克欧很想说出这几句话来，但握着她的上半腕时打了一个寒抖，默杀下去了。

紫苏社的几个友人星散了也是一个原因。并且苔莉说社里的一位S君对苔莉常怀着野心，对苔莉有过不自重的表示；这又是一个原因。克欧实在不想回学校的寄宿舍去住。他在T江酒店住了两天之后到第三天跑到苔莉家里来复信，等她病完全好了后他就搬过来。

十六

病后的苔莉比从前的风姿更娟丽了。替克欧扫除房子，替他整理书籍，替他折叠衣服，一切操作都由她经手，决不让给她的妹妹做，望着殷勤地操作的苔莉，克欧觉得她又另具一种风致——年轻主妇所特有的风致。她洒扫着在他面前走过时，就有一阵香风——能使他沉醉的香风向他的脸上扑来。

一天早晨克欧抱着霞儿从外面散步回来，看见苔莉在他的房里替他整叠被褥，叠好了被褥后又把克欧换下来的衣服一件一件的拿出去浸在水盆里。过一会又由厨房里拿了一把扫帚进来替他扫除房子。

“妈妈，休息一休息吧。”克欧替霞儿喊苔莉做妈妈了。

“啊呀，啊呀。俨然主人公的口气了。”苔莉笑说了后，红着脸看了一看克欧，随即低下头去。

克欧才觉得自己太不谨慎了，也双颊绯红的。苔莉像知道克欧不好意思。

“就不认识我们的人来看，也不相信吧。这样老的主人婆不会有这样年轻的主人公吧。他们都会猜我们是姊弟吧。是的，前几天邻街的邹太太过来玩，她看见你也是这样的问，问我，你是不是我的弟弟。”苔莉笑着说。

“我就叫你姊姊吧。叫表嫂就不如叫姊姊方便些。以后，我就叫你姊姊了。”克欧也笑着说。

“你不见得比我年轻吧。你是乙未？”

“不，属马的。”

“那么，我还比你小一岁，外面上看，我就比你老得多了。是不是？”

“不见得。”克欧摇摇头。“你还像个十八岁的观音菩萨。”他笑着说。

“等我过来撕烂你的嘴。”她真的笑着走过来，伸手到他的脸上来。克欧忙躲过一边。苔莉又赶上去。她笑得腰都酸了，走近他的身旁，伏在他肩膀上还不住地笑。那种有刺激性的香气熏得克欧像吃醉了般的。他若不是抱着霞儿，早就拦腰把她抱近胸前来了。

霞儿看见她的母亲笑，也跟着笑，听见苔兰由火厨里出来的足音，苔莉忙离开他的肩膀，从克欧手中把霞儿抱了过去。

——她的表示不单过于急进，也很大胆的。我的运命已经操在她的手中了。一切任她自然而然吧。人力是有限的，你只有两条路可走了，不即日离开就快一点向她要求你的最后的要求吧。这种不冷不热的态度决不是个办法。

“菜弄好了？”克欧听见苔莉问苔兰，才从默想中惊醒过来。

“都好了。你们到外面吃饭去吧。”苔兰抱着一个饭甑向厅前来，他们也跟了来。

克欧坐在苔莉的对面，占有主人的席位。每次吃饭时，他觉得他像个有了家庭般的人了。对苔莉只差一步的距离，但由不认识他们的一般人看来，他完全是她的丈夫了。

吃了早饭后，他挟着书包上学去。苔莉抱着霞儿送出去。他们走出N街口来。

“霞儿，回去吧。欧叔叔去买东西给霞儿，即刻就回来。”

霞儿哪里肯听她的母亲的话。她一面挣扎一面哭说要跟克欧去。

“不得了！”苔莉抱着霞儿再跟了来。街路上的人在望他们。克欧有点不好意思。但他看苔莉的态度是很自然的。

“你家的老爷在哪一家公司办事呢？”街路旁的一个老妇人在问苔莉。

“不是到公司里办事。”苔莉很自然的答应那个老妇人。但她并不辩证——并不辩证他不是她的丈夫。

“那么，到衙门里去的？”

“到学堂去的。”

“真幸福，有这么年轻的老爷。”老妇人说了后自跑了。

苔莉只红着脸向克欧微笑。克欧也脸红红的只低着头向前走。

苔莉抱着霞儿送克欧到电车路上来了。那边来了一辆电车。他要上车了，他大胆的走近苔莉身边向霞儿的颊上吻了几吻，他的鼻尖几次触着她的右颊。

“霞儿，欧叔父要去了哟。”

一阵暖香扑向克欧的鼻孔里来。若不是站在大马路上，他定搂抱着她亲吻了。他坐在电车里如痴如醉般的，他想，那时候马路上并没有什么行人，不该错过了这样好的机会的。

十七

那天下午还没有到两点钟他就赶回来了。他觉得过了三四个时辰看不见她时，心里就不舒服起来。

——我终于陷落了！

克欧回到N街时，打开门迎他的不是别人就是他在切想着的苔莉。他在途中就想今天回去决不再顾忌什么了，定要求她接吻了。但是苔莉才打开门，只望了望克欧的脸后忙躲在一边。

——她像知道我对她想有什么表示般的。平时她就不是这样的远远地躲开的。莫忙，等一会她要送开水到我房里来的，那时候再拥抱她吧。

克欧望了望她就回房里来。她始终微笑着不说一句话。他把书包放下，把长褂子除了，就往床上斜靠着被堆躺下去。他周身发热般的焦望着她进来。

——最好不要抱着霞儿进来。抱着霞儿进来时就有点麻烦了。她在黑夜里苔兰和霞儿睡熟了后也曾到我这里来坐谈过。她问我要不要热茶喝，也问我要不要点心吃。她也在这床沿上和我并坐过来。我握过了她的手，我摸过了她的背，我的只手也曾加在她的肩上，她也曾斜着身躯靠到我的肩膀上来。那晚上我何以会笨得这个样子，把好好的机会错过了。那晚上我何以会这样的胆小，不趁那个机会搂抱着她要求接吻。

克欧等了好一会，还不见苔莉到自己房里来。他想，平时我由学校回来，她定跟了进来的。怎么今天像预知道自己另有心事般的故意不到自己房里来。他等得不耐烦了，不能不由房里踱出来。他听见她进厨房里去了的，他满脸红热的走到厅后的门边来。同时他也感着一种羞耻。他喊了她一声后，她在厨房里答应了，但不见出来。

“阿兰呢？”

“上街买菜去了。”她还是在厨房里答应，不见出来。

“霞儿呢？”

“睡着了。”

克欧想进厨房里去。但马上又觉得这种行为太可耻了，并且他感着自己的两腿忽然的酸软起来不住的颤动。他终没有勇气到厨房里去。

“你在里面做什么？”他的声音颤动得厉害，他背上同时感着一个恶寒。

“烧开水。”她还不出来。

“你来！我有件事告诉你。”

“什么事，”她走出厨房门首来了，但不走近他的身旁。她微歪着头向他媚笑。她的态度半似娇羞，半似暗暗地鄙笑他。

“请到我房里来！”克欧的声音愈颤得厉害。他这句话差不多吐不出来。他的胸口像给什么东西填塞着，呼吸快要断绝了般的。

他回到房里来了。她虽然跟了来，但在房门首就停了足，不进来。

“你为什么不进来？”克欧坐在床沿上再颤声的问她。

“……”她只脸红红的微笑着低下头去。

“进来吧！”

“我害怕！”

“害怕什么事？”他有点恨她了。

“这房子里除了我们，再没有一个人，我有点害怕。”

“那么你怕我？”苔莉点了点头。“你今天回来得特别的早，你的眼睛也比平日可怕。我怕看你的眼睛。”

——啊！我的眸子已经把我今天的心事表示给她看了。我错了，我不该对她怀有这种奢望的。她真的像爱她的弟弟一样的爱我吧。我不当对她有不纯的思想的。她不能像我爱她一样的爱我。这完全是我观测错了的。

克欧虽然这样的反想了一会，但他周身还是像燃烧着般的。站在房门首的苔莉今天在他的眼中就像由月宫里降下凡尘来的仙女。

他跑近她的身旁来了，她想躲避已来不及了。

“给我一个……”他搂抱着她了，把嘴送到她唇边来，但她忙用只手掩着口，把脸躲过一边。

“不好，不好的。克欧，快不要这样！”

她给了他一个——不是*Kiss*，是一个大大的失望！他脸色苍白的退回到床前躺下去了。

十八

那晚上的晚饭时分，他就不想出来陪她们吃，但他说不出不吃饭的理由来，经苔兰再次的催促，他只好出来陪她们吃。每天吃饭时都有两个美人陪着他吃，和他很多说笑的。可是今天他和苔莉都默默地吃，一句话也没有说。苔兰看见他们不说话也不便提出话来说，她也默默地提起筷子来把饭向口里送。

克欧今晚上少吃了一碗饭。吃完了第一碗饭就回房里来。过了一刻，他穿上了外衣走出来。

“我今晚上怕不得回来。”他望着苔兰说，他再不看苔莉了。

“到什么地方去？”苔莉忙站起来问他。

克欧像没有听见苔莉的话，急急地走出去了。苔莉痴望着他出去，她觉得刚才的确太使他难受了。

——他回来时依了他吧。怪可怜的小孩子。自己也是这么样希望着的。迟早是要给他的……她看不见克欧的后影还在站着痴想。

“姊姊，什么事。他为什么气恼得话都不说了？”“谁知道他！？”她虽然这样说，但同时感着一种酸楚。

苔兰像有些知道近来她的姊姊和克欧间的空气有点不寻常，也不再追问了。

听见霞儿醒来了，苔莉忙回到自己房里来。霞儿过了两周岁了，但还没有断奶。她解开衿口把乳房露出来便回忆到克欧才搬了来没有几天的一晚上的事了。他初搬了来，一连几晚上她都抱着霞儿到他房里来玩，有时喂着乳走进来。

“这么大的乳房！”雪白膨大的乳房给了克欧不少的诱惑，他失口赞美起来了。

“现在没有奶了，不算得大。霞儿还没有满周岁时比现在还要大。你看，现在这样的松了。”她一面说一面把第二个乳房也露出来。这时候她是半裸体的状态了，这时候克欧也壮着胆子过来按了按她的乳房。

“不紧了，是不是？”

克欧这时候像吃醉了酒，说不出话来，只点点头。他乘势伸手到她的胸口上来。

“不行！讨厌的！”她笑恼着说。他忙把手缩回去。

苔莉回想到这一点，她对他感着一种不满足。

——他太怯懦了。我的表示拒绝何尝是真的拒绝他。我是想由我这种拒绝引起他对我的更强烈的反作用。但是他一碰着我的拒绝的表示就灰心了，就不乐意了。他这种怯弱的态度，不能引起人的强烈的快感的动作，未免使人失望。

她愈想愈兴奋起来。由克欧又联想到胡郁才来了。论肌色，小胡比克欧洁白，由一般人看来都肯定他是个美男子。论岁数，也比克欧年轻。

——他比克欧的胆子大得多了。他对苔兰对我都是一样不客气的。那个人除非莫表示，表示了后就非达到目的不可的。在电映戏场里并坐着就常常伸手到人的腰后或胸前来。有一次他也和今天的克欧一样要求我的接吻，我也拒绝了他，但他死不肯放手，用腕力来制服我，把我的颈部紧紧的搂住不放，触着了我的唇才放手。他的举动的确比克欧强烈。但他平时的举动和说笑时就没有一种男性美。并且周身涂着香粉，时时发出一种女性臭味。看他就俗不可耐的。他这个人始终嬉皮笑脸的。他像永不会发怒的。他这种人是没有做家庭的主人翁的资格。他只图性欲的满足吧。暑假期中他竟跑了来向我作最后的要求。自从那次给我斥退了后，他许久不来了。现在克欧搬来了，他更不愿来了吧。现在想来，他的痴狂的状态，强烈的举动，当时虽然有点讨厌，但过后想来也有耐人寻味的地方。

苔莉早就想由克欧和小胡两个人中拣一个作永久托身的人，她是迟疑的先拣了克欧。不幸的就是名义上和克欧是亲戚，在社会上由这样的名义就发生出种种阻碍——他们俩间的恋爱阻碍来。若拣小胡，那就很神速的可以成功，社会也不能加以不道德的批评。不过小胡太年轻了，恐怕将来两人间发生出岁数的悬隔——容貌的悬隔时，就无幸福可言了。第二是小胡缺少男性的勇气。她恐不能长期间尊奉他为一家庭的主人公。等到发见了他无作家庭之主的资格时，以后的家庭幸福就难维持了。第三小胡虽然貌美，但没有一点风雅的态度，对文学的理解一点也没有。对文艺没有一点理解的人就失了人生的真意义了。

——还是等克欧回来时，允许了他吧。苔莉这时候觉得克欧是她的唯一的爱人了，在这世界里再找不出第二个理想的男性来了。

十九

苔莉近来感到性的寂寞了，由性的寂寞就生出许多烦闷来。受了这次克欧给她的刺激后，她的性的烦闷更深也更难受了。她几次都想自动的向克欧求性的安慰，但恐怕遭了他的意外的轻视。并且翻想一回又觉得女性是不该有此种无责任的享乐。一句话，她是渴望着克欧给她一个保证——以后对她的身体完全负责任的保证。她得了这个保证时，她的身体也就可以一任他的自由。

克欧一连两天不回来，苔莉就有点着急。但也没有方法，自己又不便出去到他的友人处打听他的行踪。

——他总不至因这小小的事件自杀吧。他真的自杀了时，就可以证明他是爱我到极点了。那么他死了后，我也可以为他死。最少，我是不再和别的男性同栖了的。

但是到了第三天的下午，克欧回来了。苔莉姊妹都微笑着出来迎他时，他也不能不以微笑相报。

“这几天到哪里去来？又到什么地方去旅行了么？”克欧常常说要旅行，也曾邀苔莉一同旅行去，所以苔莉这样的问他。

当着她的妹妹的面前，他不能不答应她了。

“S港。”

“真羡慕！秋的海滨，很好玩吧。我也想去走走。”克欧只笑了一笑向房里来，苔莉把霞儿交给苔兰抱，自己跟克欧进来。苔兰抱着霞儿往后院里去了。

他和她一同走进房里来时，她走近他面前要替他除外衣。

“不，我自己会……”

“你还在恼我么？”苔莉笑着问。

“不，我恼你做什么？”他也笑着说。

“但是你走了几天了，你的脾气我真怕。”她把他的外衣解下来就在他的床上替他折叠。一种有刺激性的香气又把他包围起来了，他像块冰消溶在温水里面了。他禁不住坐近她身旁来。

“早晓得你会气恼到这个样子，我该给你……”她说到这里仰起头来向他嫣然的一笑。

“什么？”他像没有听见她说的话，又像故意的反问她。

“啊啦，你还在装不知道。”她把他的外衣叠好了，远远地坐在床沿的那一边。

“什么事？”

“前天的事你忘了？”苔莉凑近他，差不多和他膝部接膝部的了。出乎她的意外的就是他像无感觉般的对她迟迟的无表示了。他只痴望着她的脸。

“你前天不是对我……怪不好意思的。”她低下头去。

但克欧只摇摇头。这时候她反觉愕然。她深信他的心是一天一天的向她接近，怎么忽然的发生了一重薄膜呢——在他俩的心房间发生了一重薄膜呢？她想，非快叫他恢复从前的状态不可，非把才发生出来的薄膜除去不可。

她的一双皓腕揽在他的颈上了，把有曲线美的两片红唇送到他的嘴上来。更使她惊骇的就是他像她前天拒绝他一样的拒绝她了，他忙把她的脸推开。

“片面的爱是终难成立的！你并不爱我，并不是诚挚的爱我，你是怕我恼你才爱我的！有何意义？”他很残酷的对她说了后，他也知道自己所说的话无成立的理由，他也想马上把她搂抱过来狂吻她。但他觉得就这样的恢复原状是太便宜了她，自己也不能得满足的强烈的快感。就这样的和她讲和，那么我们的爱只是微温的爱，我所感到的快感也只是微温的快感。要我们间的爱促进到腾沸点时，非对她加以相当的虐待不可，要我们所感知的快感达沸腾点，就要她在痛哭中把她紧紧的搂抱着和她接吻。

“你这个人真残酷！”苔莉还不松手，只手揽着他的颈，把头枕在他的肩上来。她流泪了。

他望着她流泪，心里感着一种快感——能使他的五脏松懈的快感，同时他觉得自己的心理完全是变态的。但他还更进逼一步。

“你喜欢小胡吗？”说出了后他才后悔。

“什么话！”她流着泪站了起来，她想走出去。他也忙站起来捉着她的臂不放她走。她倒在他的胸上哭出声来了。

“你这个人真残忍！”她的肩膀不住地抽动。

“快不要哭！给阿兰看见了不是个样子。”他仍坐到床沿上来，她此时被抱在他的怀中了。

“不，不怕她。她早晓得我们的态度不寻常了。”

此时候他觉得苔莉完全是他的了。世界上再没比坐在他怀中的苔莉可爱了。

不一刻他的舌尖上感着一种粘液性的温滑的感触。

二十

克欧自和苔莉亲吻之后觉得自己完全是个罪人了。

——这是一种偷窃的行为，是一种罪。欲赎此罪，非早对她表示负责任不可，非向她求婚不可！他抱着她在狂吻了一回后低声的：

“你能不能答应和我结婚？”他诚恳地说了后再和她亲了一个吻。

“你有这种勇气？此时还谈不上吧。结婚？全是骗女人的一个公式！这公式是靠不住的。我和你的表兄很尊严的举行过结婚式的。要什么结婚不结婚？不是一样么？我和你更要不到……”她说到这里不再说了。

“可是我们怕不能这样的就算个结局。”

“听之自然吧。真的到了非结婚不可的时候就结婚也使得。”

“……”他更把她紧搂近胸前来。

但是苔莉觉着克欧对她有比接吻以上的要求了，她忙摇了摇头。

“我们慎重些才好。我们莫太早把纯洁的爱破坏了。我们该把它再扶植长了些。”苔莉自己也不知什么缘故，她总直觉着克欧不是个能在社会上承认她为妻的人。

克欧听见她的否定的回答忙缩了手回来。他感着自己的双颊热得厉害，也觉得自己的这种摸索是太卑鄙。他同时发见了他自己的矛盾了。他一面对苔莉表示爱，一面又瞒着苔莉默许家里人替他在乡里向他方面进行婚事。

——故乡的社会谁都知道，也承认苔莉是白国淳的第三姨太太。谢克欧娶白国淳的第三姨太太做正式夫人了。他像听见乡里人这样的讥笑他。他愈想愈没有勇气向她求婚了。

——名誉是不能为恋爱而牺牲的。恋爱固然神圣，但社会上的声誉比恋爱更神圣！换句话说，男人为自己的将来事业计，就牺牲他的心爱的女性也有所不惜的。谁也不能否定我们俩间的恋爱。但是她背后的确有一个暗影禁止着我和她正式结婚。她是霞儿的母亲！她是白国淳的第三姨太太！她不是个处女了！

克欧那晚上和她们共一桌子吃晚饭。他不敢望她们的脸。他尤不敢看苔兰。有时苔兰望他一望，他就觉得他和她的一切秘密都给苔兰晓得了般的，他的双颊又在发热。苔莉也很少说话了。她只低下头去吃饭。她觉得她的头壳比平时沉重，不容易抬起来。她尤怕看克欧的脸。

秋深了，晚饭后穿着一件衬衣，加上一件单长褂走出来的克欧感着点冷。他低着头在弯弯曲曲的接续着的几条暗巷里走。他像犯了罪——不，他的确犯了罪，意气消沉的低着头向前走。

——不该的！燃烧着般的热爱给这一个接吻打消了。不是给接吻打消了，是给接吻后的反省遏止住了。

他快走到最后的连接着电车路的巷口来了。他远远的望见由电车路射进来的灯光，他的精神也稍稍恢复了点。

“喂！克欧！”

克欧忙抬起头来看，虽然背着光，他认得拍他的肩膀的是个同乡陈源清。他心里觉得很对不住这个友人，也很不好意思看见他。

“你到哪里去？”

“来看你的。”

“我就要到你那边去的。”

陈源清是省立大学的预科生，住在大学后面的一家宿舍里。由N街乘电车去只要半个钟头，也不要换乘电车。

“那么到谁的家里去呢？”陈源清苦笑着说。

克欧本想回折来。但后来一想万一源清谈及那件事，给苔莉听见了不方便，尤其是今天更不方便。

“我们到G马路的咖啡店去喝红茶吧。”

“也好。”

他们便一同走到电车站上来，只等了一刻，一辆电车到来了。吃晚饭时分没有几个搭客。他们走进来，各占有了相当面积的席位。才坐下来，车就开行了。

“老谢，刘先生答应了，他一回到家里就叫他的小姐寄张相片来给你。”

克欧听了源清这一句话，虽然好奇心给了他一点儿的快感，但一思念到今天下午的犯罪，胸口就痛痛地受了一刺。他敌不住良心的苛责了。他只低着头微微的勉强一笑想不出什么话来回答源清。

二十一

电车路两旁的电柱上的电灯都给一大群的飞蛾包围着向他们的后面飞过去。

“求婚，求婚。论理只有男向女求婚，没有女向男求婚的，你算是个特例，不要等到她的相片到来，你也寄一张相片给她吧。”陈源清笑着说。克欧只摇了摇头。

“要女人方面先寄相片本来是很难做到的。她寄了来，你看了后说不要时，在她是很难堪的事，要受人嘲笑的。不过刘老先生很夸赞他的女儿，他说他相信你一定不会拒绝他的女儿的。并且我也替你做了个强硬的担保，所以答应叫他的小姐先寄相片来。”源清像在向克欧夸功。

“刘先生什么时候回乡里去？”

“还有几天。教育厅那边的事交涉定妥了后就动身回去。”

源清完全猜不着克欧的心事，他只当克欧盼望刘小姐的相片早日寄来。

——叫他辞绝刘先生吧。也叫他不要再替我斡旋这一门的婚事吧。真的把婚约订成了时就害己害人——一连害了三个人，但是无论如何想不出谢绝的口实来。并且对这位热心着为我作成的友人实在不忍使他失望的。真的决绝地谢绝他们时，不但要引起他们对我的怀疑，并且也会减损我们间的友谊。等到刘小姐的相片寄来时再想个口实把这件婚事搁下去吧，最好是望刘小姐害羞不寄相片来。他坐在源清的身旁低着头沉思了一会，再抬起头来望望源清的脸色。他和苔莉间的秘密——今天下午接吻的秘密像给源清晓得了般的。他想向这位友人提一提苔莉的事，表示他对她是很坦白的。

“苔莉也很可怜。她常一个人流泪。”克欧说了后故意的叹了口气。但他随即又觉得自己太可怜了，犯了罪要在朋友面前作伪，太可怜了。幸得是晚间，电车里的电灯也不很亮，源清没有留意到他的脸红。

“她的确太可怜了。久留在这里也不好，但回乡里去恐怕又有风波。一家里怎么能容得下三四个女人！国淳也太无责任了。”

“他近来很少信来了。家里有了女人，像把苔莉忘了。苔莉说只要他按期把生活费寄来，他不和她同住也算了。能给一笔资金她做生意更好。”

“女人有什么生意好做？”

“她说，她想开一间小小的杂货店，带她的妹妹和女儿度日。她的妹妹又会替人裁缝，也有相当的收入。”

“国淳前星期来了封信给我。他要我托你带她回乡里去。他说，苔莉回去和他家里几个女人不同住，另外分居也使得。是的，我忘记告知你了，他对刘小姐的事也很替你出力呢。他叫他的大太太去向刘太太说，称赞你如何好，如何好。”

克欧听见了这些话，心里更觉难过，但他此时只能摇摇头微笑。

“看她无论如何都不情愿回乡里去。很坚决的。”

“那以后的问题不是我们调停人所能解决的了。”

——我或者就是解决这个难问题的人，只要向社会说一句话——宣布和她结婚。不过这样的解决太便宜了国淳了。

二十二

刘老先生是N县中等商业学校的校长。他是个老秀才，没有什么商学的知识。因为他做这个学校的校长有七八年了，在县里的声望也还好，以后进的商科专门毕业生又都是他的门下生，所以得保持他的校长的位置。克欧在N县的社会上本有点虚名，听说明年就可在商科大学毕业，刘老先生很想克欧毕业后回县里去帮他办学，做甲种商业学校的教务长。刘老先生因为学校的事件每年要到T市来几次和教育厅接洽。他认识了克欧，觉得克欧的人才外貌都还好，所以托了他的学生陈源清替他的小姐做媒。明年刘小姐也可以在县立第三女子中学毕业。在N县，刘小姐可以说是数一数二的才貌兼备的女性了。

源清初次把刘先生的意思告知克欧是在克欧未赴南洋修学旅行以前。当时克欧没有完全答应，也没有完全拒绝，他的最初的态度就有点暧昧。他只说等由南洋回来后再谈。那时候他的心里也有点活动，因为他在乡里时就听见刘小姐有相当的美名。并且那时候他也没有意料到他和苔莉间的爱会深进至这样的程度。

由南洋才回来T市没有搬到苔莉家中之前，源清伴着刘先生特到T江酒店来访他。这时候恰好刘先生因为学校的事件来T市。他看见刘先生的诚恳的态度，并且是自己从前的受业师，当然很难推却，当时胡乱附加了几个不重要的条件就答应了。要刘小姐寄相片来也是这时候提出的条件中之一。他意料不到刘老先生很爽快的容纳了他的一切条件。

一方面思念着苔莉一方面又向刘小姐进行婚事，克欧觉得自己的矛盾，同时良心上也发生出一种痛苦来。听说刘小姐长得很标致，但到底未曾会过面，无从生出思慕来。苔莉近在咫尺，又是旧识，正在性的孤寂生活中的克欧每到苔莉那边去谈谈就得了不少的安慰及快感。自那天探病回来对苔莉的爱慕愈深。并且苔莉的皓腕一任他抚摩之后，每日沉醉着想和苔莉亲近之心愈切，想和她亲近多享受些这种神秘的快感。

克欧从咖啡店别了源清回来苔莉家里时已经十一点半钟了。提着一盏小洋灯出来开门迎他的就是苔莉。

“阿兰，霞儿都睡了？”克欧望见换上了睡衣的苔莉，并且在这黑夜里只有她和他两个人相对，他站在她面前就感着一种刺激。

“早睡了。”她像留意到今天下午的事很不好意思的只管低着头。她的可怜姿态又把他的心挑动了。

“你就要睡了？”两个人同上到厅前来了。

“不，有什么事？”她虽然望了望他的脸，但总不见平时她所特有的微笑在她脸上浮出来。她的眉头紧锁着。

“不到我房里去坐坐么？”

“……”她看了看他的脸就低下头去不说话。

“怎么样？你要睡时我也不勉强你。”他再笑着说。

“不，我还不得睡。有件小衣服没有缝成功。”

“那么，拿到我房里来缝。霞儿一时不会就醒吧，我喝了点酒。一点睡不下去，很寂寞的。你过来谈谈吧。”

苔莉只点了点头。

——因为有了今天的记忆，她就变成了这样忧郁的人了么？那么她在后悔了，后悔和我亲吻了？克欧一面想，一面先回到自己房里来。

他回到房里后，开亮了电灯，就换衣服。换了衣服喝了一盅茶后，再坐等了一会还不见苔莉进来。他不得已再走出来看时，她一个人凝视着台上的小灯痴站在厅前。

“不进来谈谈么？”

“唉……”她心里像有迟疑不能决的事。她还不动身。

“要来快点来！”他的态度像有点忍耐不住了。

“……”她像怕他发怒，忙移步向他房里来。

克欧看见她来了，先退回房里来在床上躺下去。她只站在近门首的台旁边不走近他。

——怎么只半天工夫她完全变了！自经我的接吻的洗礼后，她就变为驯服的羔羊了。他望着她的忧郁的姿态愈觉得动人怜爱。浅红色的睡衣短得掩不住纯白的裤腰，短袖口仅能及肘。曾经他多次抚摩的一双皓腕在电光下反射着，愈见得洁白可爱。

“过来坐吧。”

她点了点头，走过来坐在床沿上，只向他微微的一笑，一句话不说。她像下了决心般的，她再不畏避他了。她想迟早总是有这样的一幕。管他以后对自己负责不负责，就现在的状态论，自己是在沙漠中旅行的人，他是在沙漠中不容易发见的清泉了。明知以后非离开它不可，但现在不能不尽情的一饮，消消自己的奇渴。

“今天很对不起你了，对你很失礼的。”

“不，我对不起你了。有一点不觉得什么。完全是我累了你，使你心里不舒服。”她低着头很正经的说。

“那么你不会把今天的事告诉人？”他虽说是故意和她说笑，但同时也觉得心里有点卑怯。

“我是靠得住的，不知道你怎么样？”她忽然的笑了。

过了一会，她继续着说：

“但是我们的关系以后太深进了时，恐怕瞒不住注意我们的旁人吧。你怕人知道？”

他硬着胆子摇了摇头。他本来就喝了点酒，兴奋极了。他坐起来把她搂抱住了。他和她像今天下午一样的互相拥抱着接吻——狂热的接吻。

“我们同到什么地方旅行去好么？”

她只点点头。

“那么，到S港去好么？到旅馆里时共住一个房子的。”

“我一点不要紧。只怕你以后要后悔。”

“到了这时候还有什么话说。我本想保持着我们的纯洁的恋爱。纯洁的恋爱以接吻为最高点。但是现在……”

“纯洁的恋爱是骗中学生的话。所谓恋爱是由两方的相互的同情和肉感构成的。”

“那么……”

“讨厌！”她忙推开他。

他真梦想不到他会这样快的陷落下去。

她在他房里一直到午前的二点钟前后才出去。

“那么，明天晚上！”他望着她微笑着轻轻地回她的房里去了。

二十三

克欧第二天起来时已经响过了九点了。苔兰到裁缝匠家里去了，只剩苔莉母女在厨房里。她听见他起来了，忙走出来到他房里去取脸盆和漱盂。

“今天不上学？”她双颊绯红的低声的问他。

“我打算请假几天。”他也笑着说。

“为什么？”她睁圆她的大眼问他。

“舍不得你。”他笑着说，“才成婚呢，就能离开么？”他笑着过来把她搂抱了一刻。

“啊啦！不得了！你晚上不是在家么？”她满脸绯红的。

“阿兰在家里总不方便的。”

"……"她自从一身的秘密通给克欧晓得了后，比平时更觉温柔了。她对克欧的要求像始终取无抵抗主义般的。因为他的新鲜的青春之力——强烈的肉的刺激在她身上引起了比国淳给她的更强烈更美满的快感。她不单精神全受着他的支配，现在生理上她也是他的奴隶了。

克欧一个星期间不上课了。苔兰每天下午回来只当克欧是比她先回来的。他一星期间不曾外出一步，整天的昵就着苔莉的身旁。苔莉除了背着霞儿出去买菜外也足不出户的。

"我们到什么地方度蜜月去吧！"克欧一天这样向苔莉说笑。因为他觉得在苔莉的家里总不能尽情的欢娱。

"为什么？在家里不是一样么？"

"但是每天早晨起来看不见你，我总觉得是美中不足。"

"真的，我也这样的想。苔兰下星期因事回母亲那边去住一星期，你就到那边睡吧。"苔莉姐妹和阿霞是同在里面房里的一张床上睡的。

"但是只剩我们俩，左侧右面的邻人不会猜疑我们么？"

"你怕人猜疑？他们早就有闲话了。苔兰亲耳听见下街井旁的老妇人说我乘丈夫不在家偷汉子呢。"

"真的？"克欧听见这句话心里已经万分羞耻了。看见苔莉的泰然的态度，更觉羞愧得难受。

——那么我是个奸夫了！她呢？她对她的丈夫尚有理直气壮的主张！我？有什么面子去见表兄呢！我做了她的牺牲者了！到这时候还有什么话可说！我们只有享乐，饮鸩般的享乐！我趁早觉悟吧！和她说明白，得她的同意后分开手吧！但是现在的我，沉醉于她的肉中的我舍了她还能生存么？还有人生的意义么？我在精神上肉体上都是属于她的了。

"你在想什么哟？"她走过来坐在他的怀里。

“没有什么。”他只摇摇头。“你怕他们说你的闲话？”她问了后脸上显出不舒服的样子。他马上直觉着她是在希望社会能够早点知道他和她的关系。并且他知道她看见他怕社会的非难就怀疑他是对她要求不负责任的享乐。

“怕什么！”他勉强支持起勇气来。”就死我也不怕，还怕什么？”

一接触她的肉，他又陷于沉醉的状态中了。

她虽然有点讨厌他的频繁的要求，但仍然不忍使他脸上下不去，她对他唯有忍从。

二十四

他们俩在爱欲的海中沉溺了两个多月了。他有时惊醒来时，忙把头伸出到水面来时，觉得四围都是渺渺茫茫的，不单不见一个人一艘船，连一片陆地都看不见。他觉得自己的前途只有黑暗。非再沉溺下去死在这海里不可了。她呢？她像不知道这爱欲的海底是个无穷深的海渊，她不知不久就要沉溺下去死在这深渊里面，她只攀揽着他的臂膀，她迷信他是能拯救她的人。她只裸体的攀附在他身上流着泪和他接吻！

——她先掉进去的！我是为救她而沉溺的！可恶的还是她，诱惑我的还是她！

才把她搂抱到怀里来和她狂热的接吻。忽然的又恨起她来了，忙坐起来紧握着铁拳乱捶她。

“你恨我时就让你捶吧。捶到你的愤恨平复。你只不要弃了我，不理我。”她流着泪紧紧地贴靠着他的胸膛。

“恨你，真恨你！”他拼命的捶。捶了后又和她亲吻。

“恨我什么事？”她流着泪问。

“恨你不是个处女了！”

“……”她听见了这一句，脸色灰暗的凝视他。她像受了不少的惊恐，她像听见他给她一个比死刑还要残酷的一种宣告。

“你的处女美怎么先给他夺去了呢？”他再恨恨的骑在她身上乱捶她。

“对不住你了！真的对不住你了！你要我做什么事我都可以替你做！你的任何种的要求我都可以容纳。只有这一件是我无力挽回的。望你恕了我吧。只望你恕我这一点！你的要求——比阿霞的爸爸还要深刻的要求——我没有拒绝过一回。只有这一件，望你恕了我吧。”苔莉痛哭起来了。

——只要你是个处女时，就拒绝我的要求，我也还是爱你的。他望着她的憔悴的姿态愈想加以蹂躏。

她比从前消瘦得多了。但他的冲动还是一样的强烈。不单和两个月以前一样的强烈，比两个月以前，要求也更频繁。蹂躏的方法也更残酷——使她感着一种耻辱的残酷，因为他，她近这一个月来没有一晚上不失眠，她觉得容许他的一切要求就是一种痛苦。但她不能不忍从他，忍耐着这种痛苦。她只能在这种痛苦中求快感了。

有一次苔莉在酣梦中给克欧叫醒来。

“你还没有睡？”

“无论如何睡不着。”

她虽有点不耐烦，但不敢拒绝他的要求。她觉得接近着自己的脸的克欧今晚上特别的丑陋，她忙侧过脸去。她只贪图自己的快感。但她所感知的唯有痛苦和可咒诅的疲倦。她睡在他怀里不断地呻吟。

“你讨厌我了？是不是？”他看见自己的热烈的动作不得同等的反应，就这样地质问她。

“为什么？我不懂你的话。”她蹙着眉愈感着可咒诅的痛苦和疲劳。

“要怎么样才好？你要我怎么样，你说出来，我听从你就是了。”她觉得克欧近来对她的热情也不比从前了。除了性的要求外，没有向自己说过一句温柔话，也没有和自己筹商过他们的将来。自己的健康只两个月间为他完全牺牲了。但她还勉强支持着拼命的紧抱着他，伸过嘴来紧咬他的下唇。但她很羞耻的觉得这些举动全是虚伪的。

“好好的哭什么？”他由她的身旁离开时叱问她。

“没有什么。”她只扯着被角揩泪。

“你讨厌我了。思念起他来了吧！”他冷笑着说。

“你这个人真残忍！你到底要我怎么样？”她还没有恢复她的装束再钻进他的怀里来。

“那么，你思念小胡，是不是？”身心都疲倦极了的克欧触着苔莉，发生一种厌倦。但她紧搂他，伏在他的胸部痛哭。

二十五

到了严冬的时分了，苔莉和克欧像醉人般的沉溺在爱欲的海中也快要满三周月了。苔莉近来发生了一种惊恐，就是每天早上克欧外出时，只给她一个形式的接吻而不像从前的热烈了。早晨八点钟出去，直到薄暮时分才回来，也不像和两个多月前一样回来得早了。但她所受的蹂躏的痛苦却有加无灭。

克欧也觉得苔莉和自己接近的态度是很不自然的，觉得她并不是爱他，完全是忍从他。想到两人的将来，克欧也找不出个完满的解决方法来。他觉得尽这个样子混，终不是个方法。他也未尝不知他现在所该走的只有两条路，——第一决绝的和她分手，第二就是早些宣布和她正式的结婚。但现在的他是站在分歧点上，对这两条路都没有迎上去的勇气。的确，他只说他没有勇气，他并你就杀了两个无辜的女性了——在精神上杀了两个女性了。那时候的刘小姐恐怕比现在的苔莉还要可怜吧！我不该这样胡乱的就和刘小姐订婚的。由这样想来，你还是爱苔莉的，你不过想把刘小姐来做你的装饰品以掩护你的罪恶。那么做你的牺牲品的不是苔莉，却是刘小姐了。

——你怕要蹈国淳的覆辙了吧！

——谁是胜利者呢？苔莉还是刘小姐？

——今天是自己和刘小姐的婚约成立纪念日，但今晚上对苔莉怕难放弃而不向她求拥抱。晚间离开了她时就像浸在冰窖里般的。

"恭喜，恭喜！未婚妻的相片带回来了么？"苔莉改变了昨天的愁容，接着他时就微笑着这样的问他。但神经锐敏的克欧直觉着苔莉的欢笑是很不自然的。

"瞎说！谁和她订婚！不过不便使他们难为情，叫她把相片寄来看看罢了。"

"不必撒谎！不必瞒我！我决不会向你为难的，你还是老老实实地把你的订婚的经过告知我吧！快些！快把你的未婚妻的相片拿出来，拿出来给我看！"苔莉说到最后的一句，声音颤动得厉害，几乎说不下去了。

霞儿睡了，苔兰也跟了她的姊姊走进克欧的房里来。她和她的姊姊一样的热望着看刘小姐的相片，但她想看那张相片的动机完全和她姊姊的不同。

克欧笑着把一张六寸的威洛斯纸的相片取了出来，她们姊妹就在电灯下紧挤着看。

"啊！真是个美人！"苔莉很夸张的说。但由克欧听来，她的话中就有不少嫉妒的分子。

"阿兰，你的意思怎么样？算个美人么？"克欧一面除外衣一面问苔兰。但苔兰不理他，她像看不起克欧般的。

"姊，太瘦削了，是不是？身材还将就过得去，脸儿太尖削了些。"苔兰看了一会相片低声的向她的姊姊说。

"你莫瞎评！谢先生听见你评他的未婚妻不好时要发怒的。"苔莉说了后很勉强的狂笑起来。苔兰也跟着微微的一笑。克欧知道她，若非她的妹妹站在她面前，早就流下泪来了。他暗地里愈觉得自己罪重。

苔兰先回里面房里去睡了。苔莉还在克欧的书案前痴站了一会，她觉得有许多话要向他说，但不知道从哪一句说起。她忽然掉下眼泪来了，忙移步向外面去。克欧忙跑过来捉着她的臂，不让她出去。

"怎么样？今晚上就不理我了么？"

"有了未婚妻的人还要我这样不幸的女人么？"她的泪珠更滴得多了。

"你说些什么？谁和她订了婚约？他们把相片送了来，不把它领下来使他们太下不去吧。我真的和她订了婚时，还把她的相片取出来给你看么？"他一面说，一面和平时一样的把她搂抱过来。他看见她的可怜的态度愈想加以强烈蹂躏。她对他原取无抵抗的态度的。她觉得今晚上勉强的拒绝他也没有多大的意义和价值了。结局只有减小两人间的亲和力。她还是忍从他的一切的要求。

"你真的没有和她订婚的意思，就让我把那张相片撕掉！"

他慨然的答应了她的要求，她的气愤也稍为平复了。

"你哭什么？"感着一种可厌鄙的疲倦的他听见她的哭音觉得异常的讨厌。

"克欧！"她钻进他的怀里痛哭起来了。

"什么事！？你到底为什么事伤心！？"他叱问她。

"你能恢复你从前对我的心么？"

"我不是说过了么？我始终是爱你的！"

"我不信我能把你的心整部的占领。"她凝视了他一会后摇了摇头，她的眼泪再流出来了。

“哭什么？你就把我的心整部的占领去吧。”

“我今生怕没有这样的幸福了。克欧。那天我们同乘马车赴××公司买东西的时候，我们并肩的坐着。你还替我抱霞儿。我那时候就想，如果社会都公认你是我的丈夫时，我是何等幸福的女人哟！”她从枕畔拾起手帕来揩眼泪，同时叹了口气。

这时候克欧重新兴奋起来，觉得苔莉——腮边垂着泪珠的苔莉，更觉娇媚了，他翻过来再把她紧紧的拥抱着，“苔莉，我始终爱护你，我就做你的终身的保护者怎么样？”

她也伸出一双皓腕来络着克欧的肩膀，颤声的说，“谢你了！像我这样没有一点长所的女人，你如果不讨厌时，就让我跟着你去吧。”她说了后更凑近他。

二十八

冬尽春来，克欧快要毕业了。他和刘小姐的婚约也早成立了，只待他在商科大学得了学位后就回乡里去和刘小姐成亲。

关于结婚的准备，家里常常有信来征求克欧的意见。他每次接到这类的信都很秘密地不敢给苔莉看见。幸得信是寄至大学转交的，克欧带回来就封锁在箱里，苔莉无从知道。他虽然不给苔莉知道，但每次接到家信，对苔莉就很觉赧然的。

——自己近半年来的安逸的生活可以说全出苔莉之赐。住在学校里，住在外面的宿舍里哪里有这样舒服的生活！饮食衣履没有一件不替我关心。一般做妻的人对她的丈夫都没有这样的周全吧。单这一点，我已经万分对不住她了！

何况，何况她还安慰了我的性的寂寞！单就这一点论，她可以说是我的大功臣了，帮助我成就学业的大功臣了。去年的一年中，在性的烦闷中的我没有一时一刻静坐在书案前翻过书来。若没有苔莉，我早堕落了，跟着一班无聊的同学向商卖性的女性买欢了。幸得她安慰了我的性的寂寞，和她度平和的小家庭生活，她是我的恩人！她施给我的恩惠不可谓不大了，而她所希望于我的报酬仅仅一个虚名——希望我向社会承认她是我的妻。像这么一个廉价的报酬，何以还吝不给她呢？那么你完全是个利己主义者了，忘恩负义的利己主义者了，你只当她是件物品，要的时候拿过来，不要的时候丢在一边。你若不正式的向社会承认她为妻，那你的罪恶就比国淳的还重大了。

克欧每思念到刘小姐的婚约就这样的苦闷起来。但终没有决断力和勇气取消刘小姐的婚约。他总想能发见一个方法——一面瞒着苔莉和刘小姐结婚，一面瞒着刘小姐和苔莉继续关系的方法。但他觉得对付刘小姐容易，对付苔莉难了。

克欧的毕业论文提出去了。论文里面的几个统计表都是成于苔莉之手。看见她在热烈地希望自己的成名，克欧几次快要流泪了——感极流泪了。

——像这样区区的报酬不应再吝而不给她了。对社会承认她是自己的妻吧。

只因一个偏见——苔莉万赶不上刘小姐的纯洁高雅的偏见终在他和她之间筑起了一重不易铲除的障碍。苔莉也觉得近来的克欧对她有点贰心了，也取了严密的监督的态度。

三月一日克欧把毕业文凭领出来了。他前星期就接到了由家里汇来的钱，准备在这几大内回乡里去一趟。他虽还没有和刘小姐结婚的决心，但他觉悟到此次回去是免不掉有此一举的。

“你在这几天内就要回乡下去，是不是？”苔莉接着他就忙着问这一句。

“想回去看看老父母。我二年多没有回去了。不过动身的日期还没有定。”

“你怎么不告知我？”她怨怼着说。

“我还没有十分决定，怎么告诉你呢？”

“早决定了吧，早通知你家里了吧。”她冷笑着说。

克欧禁不住双颊绯红的，他知道她又接到国淳的报告了。

“我只回去看一看，要不到一个月就回T市来的。”

“我也跟你去，跟你回N县看霞儿的爸爸去。他写了信来，要我趁这个机会同你一路回N县去。错过了这个机会，再难得第二次的机会了。”

“……”克欧只呆望着她，一句话都说不出来了。

“你哪一天动身，要先告诉我，我也得预先清理清理行装。”

“你到N县去后不再回来T市了么？”克欧着急的问她。

“你呢？”苔莉笑着反问他。

“我不是说过了么？要不到一个月就回来T市的。”

“怕有人不放你回来吧。算了，各人走各人的路吧！为霞儿计，我还是回霞儿的爸爸那边去。到处都是一样的，没有真心为我……”苔莉说到这里说不下去了。两行清泪忍不住的流下来。

二十九

——自己是不能不回N县去一趟。她要跟了来，那么我的一切秘密要通给她知道了。万一她赌气的回到国淳那边去，那么我们俩的秘密又要给国淳知道了。克欧觉得这个问题真难解决，他唯有恨起苔莉来，他总觉得苔莉讨厌，故意和他为难。他想，刘小姐的婚约无论如何不能不回去敷衍敷衍。但让苔莉回到国淳那边去又觉得自己是受种侮辱。苔莉的身体虽经国淳之手曾有一次的堕落，但经自己的手净化之后无论如何再难把她让给他人，尤不能交回国淳！她把她和国淳间的秘密通告知我了。我俩间的秘密再能让她告知国淳么?

克欧想来想去，他发见他自己的意识的矛盾了。他很看不起自己，因为自己还是和国淳一样的对女性没有诚意的人。他深思了一回就想把自己践踏成粉碎。

苔莉近来的低气压拒绝了他向她的亲昵。每天看见她的忧郁可怜的态度又引起了他的同情和怜爱。他早就想清理行装，至少他总想把他的书籍整理，但在她的低气压之下，他全无勇气着手。

疏隔了几天的他和她都感着寂寞，都感着一种苦闷一到夜晚上感着加倍的寂寞和苦闷。在苔莉以为克欧总会来昵就她，向她求和。克欧也很想向她要求寂寞的安慰，但怕她的意外的拒绝伤害了自己的尊严，所以也不肯先向她开口。

他们俩间的低气压继续了一星期余。一天的早晨他起来时已经九点多钟了。苔兰背了霞儿上街买菜去了。他站在檐前望着，默默的替他端洗漱水出来的她的可怜的姿态，心里觉得万分对她不住。他很想向她笑一笑，但同时感着自己想向她笑一笑的动机是很可耻。为维持自己的尊严起见，忙忍着笑，只望了她一望。她给他一望忙低下头去。他觉得她的脸色更苍白了，双颊也瘦削了些。

“高先生那边有信片来了。他说，近来到了很多新式的货样，K商店要我们去看。他要你星期日那天到他那边去。”

高先生也是克欧和国淳的一个同乡。在Y市小学校当教员。K商店是Y市顶有名的绸缎布匹店。高先生算是一个小小股东。国淳还在T市时他们一家的衣裳是由高先生介绍给K商店包办的。高先生也是个风流不拘的人，除了故乡的太太之外在Y市还秘密地蓄了一个姨太太。他和国淳是志同道合的朋友，所以他的秘密只有国淳和苔莉知道。现在克欧也知道了。

国淳还在T市时，高先生当然常过来玩，国淳回乡里去后，他更频繁的到苔莉家里来。据苔莉最初的推测，高先生是为悬想苔兰而来的，但到后来又觉得他对自己也怀有相当的奢望。聪明的苔莉决不至受高先生的蛊惑的。自克欧住在苔莉家里后，高先生就罕得到她那边来了。

“谢先生是不是想向小乔求婚？”有一次克欧上学去后，高先生跑了来笑着问苔莉。

“说起来有点像有这种意思。到后来托我替他作媒也说不定。”苔莉为自己避嫌疑起见不能不凑着高先生说起笑来。

“小乔方面的进行未成功之前，大乔先给他钓上手了就不得了。哈，哈，哈！”

给他这一笑，苔莉禁不住脸红起来。

“讨厌的高先生！我不要紧。但谢先生的名誉是要紧的。你这个人就喜欢瞎开口！”她笑恼着说。

“我说笑的，我说笑的。”高先生忙取消刚才说的话。

克欧和苔莉以为他们的秘密除了他俩之外是无人知道的。他俩并没有留意到他们间的关系比夫妻关系还要深刻了。他们俩当第三者的面前虽然不说一句话，但他们俩的似自然而非自然的态度是难逃第三者的冷静的观察。苔兰不必说，N街的人们都晓得她和克欧的丑关系了，高先生也略知道了他俩间的态度不寻常。

三十

克欧给苔莉这一问才想到她前两星期曾要求他伴她到Y市去做两套衣裙的事

来了。

“你从前是一个人去过来的，你就一个人去吧。”

“……”苔莉低下头去，只一瞬间由她的一双眼眶里流出两行清泪来了。

克欧还没有得到苔莉的性的安慰之前，她常到Y市去，只抱着霞儿到Y市去，引起了克欧的嫉妒和猜疑。苔莉回来后他就半像说笑半像毒骂的说了许多苔莉听见难堪的，同时又会使她生出一种快感来的话。

他终于达到了目的了，她没有一晚不在他的怀抱中了。

“你现在相信我没有外遇了吧！”她媚笑着向他说。

“……”他只点了点首。

“我以后决不离开你了！决不离开你一个人到什么地方去了！”

克欧看见她流泪，就联想到她曾说过这句话来。他觉得此时候的苔莉顶可怜也顶可爱的了。他趁这个机会忙走近她把她搂抱住了。

到了星期日他终难拒绝她的要求，伴着她和霞儿到Y市来了。他们最先到高先生的家里来，打算在他家里吃了中饭后才到K商店去定制衣裙。

高先生很欢迎他们，不，他是专为欢迎苔莉才带他们到他家里来。始终向苔莉微笑着的高先生的态度引起了克欧的厌恶。他只坐了一刻，说要到一个朋友那边去一刻就回来。同时他觉得自己是很卑怯的，这种和苔莉疏远的表示完全是由卑怯的动机发生出来的。其实这种和苔莉疏远的表示也难打消高先生对他俩的猜疑，结果只叫苔莉受一二小时的痛苦罢了。但他知道高先生是在希望着他给他向她说话的机会。他很决意的走出来是因为对苔莉有深深的信用了。

——那个高胡子一定对她有不妥当的表示。但我深信苔莉定会拒绝他的一切要求的。不过我不该这样卑怯的不保护她。我是她的唯一的保护者了。我该快点向社会宣言对她负责。承认她是我的妻！克欧从高胡子的家里走出来后在街路上一面走，一面想，也觉得自己是世界中顶可怜顶无耻的人了。

——她最初的态度也太暧昧了。她若先向我提出条件——要我承认她为妻的条件——时，我或不至犯这种罪，但她始终是默默地不表示态度或希望。问她是不是感着性的寂寞，她就点头说有点儿。那么我可以安慰你么？她只说了“谢谢”两个字。我们就借了“恋爱”的招牌深深地陷落下去了。到后来不知谁安慰谁的性的寂寞，也不知道谁是谁的牺牲者了。一个人该为为自己牺牲的人牺牲一切的！现在的问题是我该为她牺牲呢，还是她该为我牺牲？我们俩若就这样的无条件的分手，那就是她做了我的牺牲者了。自己也是在这样的希望。为自己的前程计，为自己的社会地位计，不能不牺牲她了。为避免社会的恶评计，为满足父母的希望计，更不能不牺牲她了。若把自己的像旭日初升的前途牺牲，丧失了社会上的地位，那就等于自杀！想来想去，得了一个结论就是牺牲她，否则自杀。

——父母只生我一个人，因为我求学，几年来花了不少的金钱，变卖了不少的产业了。父母在梦想，等我毕业后把这些产业恢复。不管他们老人的梦想如何，总不该叫他们老人失望，我若对社会承认她为妻时，我此生就难再回故里去了。那么老人们所受的打击就不仅失望，恐怕还要伤心而死吧。

——让她一路回N县去吧。让她回国淳那边去吧。功利主义者的克欧对苔莉虽不无恋恋，但为保持自己在社会上的声誉，为爱护自己的前程，也只好割爱了。

——那么你对她完全无爱了？不，我爱她，像爱我自己的生命一样的爱她。我之陷于不能不和她离开的运命，并不是我个人的缺陷，完全是社会的缺陷！社会上的诸现象都是矛盾的。自己的恋爱和事业不能并立，这就是一种矛盾了。

三十一

克欧和苔莉回到家里来时已灯火满街了。苔兰早把晚膳准备好了。霞儿在电车中就在母亲怀里睡着了，苔莉把女儿安置在床里睡好了后，就出来和他们一同吃饭。

苔兰听见姊姊们不久就要动身回N县去，像小孩子般之流了不少的眼泪。克欧很替她同情，又觉得无邪的苔兰可怜。克欧想，小小的一个和暖的家庭就这样的星散了，破坏这小家庭的责任完全该归自己负担。她们姊妹有此次的生离的悲痛也完全是自己造成的罪孽。

但是要结束的事情还是非结束不可，要分手的终非分手不可。只三两天工夫，苔莉把一切的行装收拾好了。苔兰一面流泪一面替她的姊姊和克欧清理衣服和书籍。苔莉也跟着她的妹妹流了几回泪。

“姊，以后霞儿还叫谢先生做爸爸么，不是回白姊丈那边去么？”

“姊姊的一身的事情，你莫再问吧。姊姊做的事是不足为法的。只望你以后要谨慎你的身体。不要随便听人家的话。”苔莉说了后，叹了一口气。

苔兰凝视着她的姊姊像无意识的点了一点头。

由T市回N县去要先到S港，由S港再搭轮船赴K埠，由K埠转搭小汽轮，一天工夫就可以回到N县。

克欧打听到五月二十日有轮船由S港开往K埠的，他和苔莉就决定于十九日的下午先乘火车赴S港，预定在S港歇一宵。

十九日的上午，他们把房子退回给房主人了。带不了的行李，剩下来的家具都由苔兰送回村里的母亲家里去了。下午在车站上时，苔莉的母亲跟着苔兰走来了。

“谢先生，莉儿母女一路多劳你招呼了！你见了我的女婿时就替我多问候他几句。莉儿初到你们乡里去，什么事都不知道，有什么不对的地方，要请他宽恕宽恕。”

克欧听见苔莉的母亲的嘱咐，脸上红了一阵又一阵。但他望望苔莉，她却在一边微笑着看看她的母亲又看自己。克欧给苔莉一看，觉得自己的双颊更加热得厉害。

“你老人家快点回去吧。你的女婿怎么样你管他许多！？不要你嘱咐，谢先生也会很亲切的看护我们的。霞儿的爸爸还赶不上他的亲切呢。”苔莉笑着催她的母亲回去。她说后再望着克欧嫣然一笑。

克欧恨恨的看了她一下，恨她太不客气了。他怕苔莉的母亲看出了他和她的秘密。

苔莉的母亲和苔兰望着他们乘的火车开动了，才洒了几滴眼泪回去。但苔莉像有个保护者站在她肩后，她一点儿不感到别离的悲伤。

“你怎么这样不谨慎的！给你的母亲晓得了我们的秘密时怎么了呢！？”

“你还想不给人知道么？”苔莉低下头去，她像对克欧的卑怯的态度很不满意的。

“但是，还是不给你母亲晓得的好。”他也觉得自己太无耻了。他也知道想秘密地向苔莉求性欲的满足而怕人知道是一种顶无耻的行为。

“迟早要给她晓得的。苔兰早晓得了，她不会告诉我的妈么？”她像很不快意的抱着霞儿把脸翻向车窗外了。

“苔兰晓得了？！她说了些什么话？”克欧像骇了一跳的惊呼起来。

苔莉看见他的这样惊惶失措的态度，觉得他很可笑又很可怜。她禁不住笑了。

“我告诉了她的。她有几次在夜里起来听见我还在你房里。她很不欢喜的来责问我。没有法子，我就一五一十的告知她了。我告知她，霞儿的爸爸是个靠不住的人，在乡里早有了三房四妾。我也告知她，你答应了我们替我和霞儿负责；一句话，你的姊姊已经改嫁了——事实上改嫁了谢先生了。”

苔莉说了这一篇话，吓得克欧两个眼睛直视着她，只张开口说不出话来。

“这样的说了不可以么？这样的说不会错吧！”她睁着她的大眼很正经的问他。

克欧像没有听见她的话了，他只听见下面的轰轰的轮音。铁道两旁的电柱和林木一阵一阵的向后面飞。克欧觉得此次的旅行像没有目的地般的，他有点担心了，他觉得自己太不顾前后了。若真的回N县去，怎么可以让她跟了来呢？现在到什么地方去好呢？

三十二

他们在S港车站由火车里走出来时已经响六点钟了。车站外丝丝地下起微雨来了。车站前的人力车都给先下车的人叫了去了。苔莉抱着霞儿，克欧提着两个随身皮箧，慢慢的由月台上走下来是一条地下隧道，在这隧道中走了五分多钟才走到车站门首来了。

车站口没有一辆人力车了。克欧把行李放在苔莉的跟前，自己冒着雨出去叫车子。

“对不起你了。”苔莉在他的后面说。她觉得自己还有相当的“力”支配他呢，脸上泛出一种得意的微笑。但她看见他的背影，在雨中揩着汗走的背影表现出无限的风尘的疲劳，她又觉得他也是个可怜人。他到底为谁辛苦呢？他虽然是个罪人，但他是无意识犯罪的。他现在是在赎罪中的羔羊了。一切罪恶的根源还是在我身上。害了*Antony*的当然是*Cleopatra*了。

——我要安慰他才对。不该再怨怼他，胁迫他了。克欧，我虽然对你不住，但我诚心的爱你，这一点总可以得你的原谅吧。你为我的苦劳，我一切都知道。我们的关系作算是种罪恶时，这罪恶也该归我负责而不在你！不过你现在是我的生命了，我再不能离开你而存在了！你像厌倦了我，论理我当让你自由，让你这个无邪的羔羊恢复自由。

他们赶到海岸的一家旅馆里来了。进了旅馆后雨越下得厉害了。

茶房带他们到楼上看了一间小房子，只有一张床铺的小房子。

“你就在这里歇一晚吧！”苔莉说了后才留意到立在他们旁边的茶房，很机巧的再添上一句，“你就到外面朋友家里去也省不到多少钱。”

“太太说的话不错。房钱是一样的，不过省几角钱饭餐钱罢了。”

“谁说要省钱呢！”克欧着急的说，”我们怎么好同一间房子呢！”克欧早就向苔莉说过了，到了S港——住有许多友人的S港——他无论如何不能同住在一家旅馆里。

“到了这个地方，到了此刻时候，你还这样的没有勇气！”苔莉说了后低下头去叹了一口气。

在克欧意料之中的苔莉的讥刺，他像没有听见。茶房像有点晓得他们间的暧昧。

“这里一连三间房子都空着的。那一间有两张床。这两间都是一张床的。你们慢慢地看了后再决定吧。”茶房说了后微笑着下楼去了。

“克欧，你就在这里歇一晚吧。多开一间房子也使得。你一离开我就寂寞得难挨。尤其是在旅途中的客舍里的晚上，你也忍心放我一个人抱一个小孩子在这里么？作算有友人来看我们，我们各住一间房子，他们也不至于说什么话吧。”

他们俩争执了一会，但到了S港的克欧始终不能容忍苔莉的要求。外面的雨也晴了，他在这旅馆的小房子里和她同吃了晚饭后就走出来，说到朋友家里去歇一宵，明朝再来凑她们一同到轮船码头去。

苔莉流了几滴眼泪望着他出去。

克欧也很想和苔莉同住在一个旅馆里，因为旅馆的设备，尤其是铜床和浴室不住地向他诱惑，引起了他不少的兴奋。

——不，不，这万万做不得！住在S港的朋友们早晓得我今天会到S港来。我也答应了他们一到S港就去看他们的，作算我不去看他们，他们终会找到来的。我和她的不自然的态度给他们看出了时……克欧像窃了食的小孩子还在拼命的拭嘴唇。

他走到街路口上来了，待要转弯时，他停了足翻过头来望望旅馆的楼上。他看见苔莉抱着霞儿靠着扶栏在望他走。霞儿看见他停了足便不住地"欧叔父，欧叔父"的叫起来。她的泪眼，她的苍白的脸，她的意气消沉的姿态，都能使他的心房隐隐地作痛。听见霞儿叫"欧叔父"的无邪的清脆的声音，更引起了他的无限的哀伤，他快要掉下泪来了。

他不忍再望她们，也不忍再听霞儿的呼声，他急急地转了弯。看不见她们母女——像在沙漠中迷失了道路的母羊和小羔——了，但小羔羊的悲啼还不住地荡进他的耳鼓里来，可怜的母羊的忧郁的姿态也还很明了地幻现在他的眼前。

三十三

——她的一生的幸福全操在自己的掌中了。她也像信仰上帝般的把她的一身付托我了。我不该使她陷于绝望，不该对她做个*Betrayer*！我们可以离开N县，离开T省，离开祖国，把我们的天地扩大，到没有人知道我们的来历，没有人非难我们的结合，没有人妨害我们的恋爱的地方去！什么是爱乡！什么是爱国！什么是立身成名！什么是战死沙场！什么是马革裹尸！都是一片空话——听了令人肉麻的空话！结局于想利用这些空话来升官发财罢了！我还是抛弃这些梦想吧！我还是回到我们固有的满植着恋爱之花的园中去和她赤裸裸地臂揽着臂跳舞吧！再不要说那些爱乡爱国，显亲扬名的肉麻的空话了！再不要对社会作伪了！还是恢复我的真面目吧！恢复我的人类原有的纯朴的状态吧！苔莉，苔莉！我真心的爱你！我诚恳的爱你！我盲目的爱你！除了你在这世界里我实在再无可爱的人！再无可以把我的灵魂相托的人！但是不知为什么缘故，我总不能伸张我的主张，不能表示出我的最内部的意思。苔莉，这完全是我们所处的社会的缺陷。望你原谅我的苦衷，也容恕我的罪过吧！

克欧先到S港中学校去找从前的紫苏社的同志，有四个同志——其中有会过面的，有没有会过面的——都在这间中学校任课。伪善的克欧想到这中学校来寄宿一宵，表示他和她的友情是很纯洁的。

石仲兰，曾少筠，钱可通，刘宗金都是从前共组织紫苏社时的同志。但严格说起来，石仲兰和曾少筠才算是纯粹的紫苏社的社友。钱可通和刘宗金两人虽曾在紫苏社的刊物上发表过几篇文字，但后来领了一个政客团体N社的津贴，跑到N社去研究升官发财的方法了。他们四个人前前后后都到S港中学来各占了一个教席。

克欧走到中学校时只找着一个曾少筠。其他三个吃过晚饭后都出去了。

“你来了么？密司杜呢？”少筠接着他就问苔莉，因为她在紫苏社出入时和少筠认识了的。

“她在×旅馆里。我今晚上要在你这里借宿一晚了。”

“不是和她一同住旅馆么？”少筠用怀疑的眼睛望了望克欧。

“你说些什么！”克欧猜不着少筠是正经的问他还是在讥刺他，免不得双颊发热起来。

“你看做过贼的人总是心虚的！你在T市可以住在她家里，现在到S港来同住一家旅馆有什么不可以呢？”少筠笑着说。

“你不要再瞎说了！我们到什么地方逛逛去吧。”

“到什么地方去呢？”

“到××书店去好不好？”××书店是替他们出版文艺书籍和杂志的。克欧想去看看自己近作的一篇长篇小说印出来了没有。

“你再坐一会吧。他们快要回来的，等他们回来一路去。”

克欧听见钱刘两个就头痛，但既到了这里来又不能不会会他们。他真的等了一会后，石仲兰和刘宗金回来了，只有钱可通一人没有回。他们说他到N社去了，今晚上怕不得回来。

天上的黑云渐渐的散开了，像有点月色，不至十分黑暗。他们共叫了一辆马车赶到××书店来。吝啬的店主人看见不常来的克欧来了，不能不在一家馆子里开了一个招待会。

书店里边有两三个年轻的伙伴喜欢读他们的作品的。他们在馆子里吃了饭后都赞成到×旅馆去看《家庭的暴君》的作者。顶热心赞成的还是书店里的年轻的伙伴。因为是个女作家，他们尤热心的希望着去会会。克欧本想阻止他们，但恐怕更引起了他们的猜疑，终于默杀下去了。

三十四

夜愈深，天气愈清朗起来。书店的主人改雇了一辆宽大的汽车后他们到×旅馆去。

“夜深了，我们明天去看她吧，”石仲兰苦笑着提出抗议来。克欧想，老石真的是我的知己了，同志们中我所敬畏的也只他一个人。我想说的话，现在他都替我说了，恐怕是他知道我想说，不便说出来，所以代我说了的吧。

“不，不行，不行，今晚上就闹到天亮也不要紧！”书店的年轻伙伴K在高声的反对石仲兰的提议。

“《飘零》里面的女主人公是不是杜女士？那部长篇小说顶销行，只一年多——还没到一年的工夫，已经五版了。”另一个书店员C笑着问克欧。

《飘零》是写一个女作家，也是个未亡人，她对一个青年美术家生了恋爱。可是那个青年美术家对她若即若离，不甚属意于她。至女作家方面则误认青年对她的同情为恋爱。后来出她的意外，听见那个青年和一很纯洁的处女订了婚，便跑到青年的宿舍里去，要求他对他的未婚妻宣告废约。但青年不能容许她的要求，她就当青年的面前服毒。青年待要夺取她手中的毒药时，已来不及了。这个可怜的女作家就在一家小病院里受着青年的温爱的看护，很乐意地微笑着死了，她对青年说，她的目的已经达到了，她所希望的就是她临死时，青年能够看着她死。这个女作家死了后，青年大受感动，若有所悟般的向他的未婚妻取消婚约。自己就往外国漫游，“不知所终”了。

克欧想，不错，这是自己在南洋旅途中思念苔莉时的创作，以苔莉为女作家，以自己为美术家的青年，并将对苔莉及自己的直感延长下去写成的。本来算不得是篇杰作，但在对文学的批评的眼光还不甚高明的女学生群中是很受欢迎的。他给C店员这一问倒不好意思起来了，他对C唯有苦笑。

“恐怕克欧对苔莉的关系不止那个美术青年对女作家的关系吧。”刘宗金无忌惮地插嘴说。

“瞎说，我和她是亲戚，你们该知道吧。”

“到了那时候还论什么亲戚不亲戚。”刘宗金始终不信克欧和苔莉间能保有纯洁的关系。

“你在T市也常到××街去玩么？”少筠问克欧。克欧摇了摇头。

“那么你一个人在T市两年多能守你的独身主义倒是个疑问。”刘宗金更紧迫着说。

“莫说那些无聊的话了！”石仲兰微微地苦笑了一下后说。

——老石并不帮我说句把话，不替我辩护。看他也有点怀疑我般的——不，不是怀疑，他直觉着我是个罪人了吧！好友，你该摒弃我，和我绝交的。我实在再没有资格做你的朋友了。按理我不应来看你，不应以犯罪之身来见你。掩着自己的罪，装着平常人般的来看你，那我又加犯一重的欺诈罪了！何况这次回去还想以犯罪之身去欺骗慈爱的双亲，骗娶纯洁的处女！我犯的罪多么重大哟！克欧在汽车中恰恰和石仲兰正对面的坐着，他回想了一会，热着脸低下头去，不敢看石仲兰。幸得汽车里黑暗，没有人留意到他的脸红。

汽车停在×旅馆门前了，吓得旅馆的茶房们都跑出来，他们以为有什么贵客或富人来留宿的。等到他们看见了日间来过的克欧也从汽车里走出来，他们又很失望的退了下去。

三十五

幸得霞儿早睡了，他们怕嘈醒了她，在一间小房子里挤了一会挤得不耐烦就回去了。但在这短短的时间中刘宗金还是用侦察的态度对克欧和苔莉。

“你这次回国淳那边去么？不再出来T市了么？”刘宗金看见了她就很关心的先问了这一句。他是全知道国淳在N县已经有一妻一妾的了，他曾向她示意过三两次，不过都给她拒绝了。他知道她的心完全趋向克欧方面去了，所以对克欧怀了一种嫉妒。他很想发见克欧和她的秘密，并且将这种秘密的证据提给社会。

克欧很担心苔莉说话之间不留神的露出破绽来，他只能像囚徒般默默地坐一隅待刑的宣告。

“我？我回N县做女傧相去。”苔莉哈哈的笑起来。

“谁结婚么？”

“还有谁？是他请求我回去看他们成婚的。”苔莉指着克欧对他们说。“他不管人喜欢听不喜欢听，他只管向着我说了许多新婚的梦话。他真是个利己主义者。”

刘宗金听见苔莉知道克欧和刘小姐的婚约，很失望的不能再说什么话了。

“你要留神些。恐怕是国淳托他把你骗回N县去的吧。”石仲兰再添上了这一句，在座的几个来客都大大的失望，态度也比来的时候庄重了许多。因为他们知道了他们预先默认的完全和事实相反了。他们觉得不单对不起苔莉，也觉得对不起克欧了。

第二天的十点钟他们所搭乘的轮船F号由S港展轮驶向K埠去。

在海上，他们又恢复了埃田乐园中的欢娱状态了，由S港至K埠的轮船须在海上走三昼夜。他们在轮船的二等客室中共占了一个舱房。他们在船上和在T市K街的家里时一样的自由了，他们在轮船里对搭客们都自认为夫妇，因为不自认为夫妇反会引起他们多方的注视与怀疑。

苔莉抱着霞儿走出甲板上来望海，克欧和苔莉并肩的凭着船栏眺望。他比苔莉对海的经验深些，关于海的智识也博些，他指着海面的现象——为她说明。这时候在舱面的搭客们都很艳羡这一对年轻的夫妻，视线也齐集到他俩身上，苔莉不时翻过脸来看他们。她觉着他们的注视时也有点难为情，但同时又感着一种矜高——她在这轮船里算是个女王了，除了一等客室里的一个金发蓝睛的西方美人比她年轻之外。

克欧像预知道距N县愈近，他接近苔莉的时间也愈短缩。对她的爱恋陡然的增加了起来。除了到餐房里吃饭和饭后出甲板上眺望外，其余的时间都相拥着守在舱房里。他们俩唯恐这样短缩的宝贵的时间空过了，他们的欢会的时间也就无节制起来。

幸得这几天来海风不大，海面没有意外的波动。

第二天的晚上，苔莉看着霞儿睡下去了后循例的走到克欧坐着的沙发椅上来和他并坐下去。

她每次受克欧的无节制的要求，就感着肉的痛苦。但她又不能一刻离开他，也不敢对他有一次的拒绝；这许是她的偏见，她以为不抱持这样的忍从主义就不能维系他的心。

“我想睡了，你怎么样？”苔莉打了一个呵欠，把头枕到他的肩上来。但克欧只顾翻读旧报纸，并不理她。

“今晚上算了吧。可以？我先睡了。”苔莉微笑着站起来解衣裙。克欧此刻仰起头来痴望她了。

“不要望着我，请你背过脸去。”她斜睨着克欧作媚笑。

“……”他只微笑着看她，不说话。

“你这个人总是这样讨厌的！”她自己背向那边去了。

轮船轻轻地在荡动，她只手攀着榻沿，只手把黑文华绉裙解下来了。湖水色的长丝袜套上至膝部了，桃色的短裤遮不住腿的整部。白质蓝花条的竹布衬衣也短得掩不住裤腰。跟着轮机的震动，衬衣的衣角不住地在电光中颤动。克欧看得出神了。他再细望她的脸部，薄薄地给一重白粉笼着的脸儿在电光下反映出一种红晕。

“令人真个销魂！”克欧从沙发椅上跳起来。

“讨厌的！不怕吓死人的！”她一面翻过脸来笑骂他，一面在除袜子。“你说什么？”

“我唱赞美歌，赞美你的美！”

“赶不上刘小姐吧。”她失笑了。

“几点钟了？”他听见她提及刘小姐便左顾而言它的。

“不早了吧。船钟才响了五响，几点？”

“那么十点半了。睡吧！”他凑近她。

“睡吧！”她低下头去，但只手加在他的肩上了。

三十六

航海中整三天三晚的欢娱匆匆地过去了。五月二十三日的拂晓轮船进了K埠的港口。他们俩站在圆形的铁窗口眺望岸上的风景。

“我竟不知道K埠是那么美丽的一个市场！那边恐怕是市外的公园吧。门首植的一丛丛的苏钱，果然是亚热带的风景。”她不住地欢呼。

顶闹热的海岸街道像电影画一样的移动到他们眼前来了。高低一律的西式建筑物不住的蠕动，海岸马路上有无数的走来走去的行人和几辆飞来飞去的电车。完全是一幕电影画。

“真好看！”她无意识的说了。

“真好看！”霞儿也拍掌笑着学她的母亲的口吻，引得他们俩都笑了。

“那一个人有点像国淳！”克欧指着穿夏布长褂子的男人对苔莉说。

“哪里？”她像骇了一跳，惊呼着问他。但她马上恢复了她的镇静的态度，因为她当他是说来试她的心的。

“你看那个不像霞儿的爸爸么？”

“在哪里？”她跟着他所指示的方向伸首凑近窗口向外望。

“那边不是站着一个戴竹笠的，手拿木棍的巡捕么？看见了么？”

苔莉点了点头。

“在那个巡捕的那一边走着的，现在走过去了，你看！”

船身像快要靠拢岸壁了，突然的向后一退，那个巡捕和像国淳的人都看不见了。

“不是他吧！”她翻过来向着他苦笑。

“他知道我们回来怕要出来K埠迎接我们。”

“他怎么知道我们在哪一天到K埠呢？”

“啊！我忘记告诉你了，我动身时打了一个电报给他，把我们搭的轮船名都通知他了。”他说了后脸红红的痴望着她——脸色急变苍白，神气也急转严厉的她。他自己也默认不告诉她而打电报给国淳，叫他出来K埠接她们母女的行为是欺骗，断定此种行为的动机也是很卑怯无耻的。他的用心又安能逃出她的犀利的推测！

“你这个人！真的……”她没有把话说下去，两行泪珠扑扑簌簌地掉下来了。

“表兄写信来要我这样做，我有什么法子呢？”他只能把这句话来搪塞。

“算了，算了！我知道了就是了！你已经把你的心剖开来给我看了！”她收了眼泪翻向那边去不再理他了。

轮船像停住了，觉不着船身的微震了。一群旅馆的伙伴们叫嚣着跑进来，把霞儿惊哭起来。

“有到××栈的没有！”

“有到××酒店的没有！”

克欧和她的舱房门还紧闭着，在舱门首走过去的旅馆的伙伴都敲一敲他们的房门。

克欧也担心国淳走进来看见他们同占有一个舱房并且在白昼里也还紧闭着有点不方便，他把门开了，走出来站在房门首。他在黑压压的一群人中没有发见像国淳的人。一个个的旅馆的招待在他面前走过时就循例的问“先生，到××酒店么？”“先生，到××栈么？”但他只摇摇头。这些伙伴们虽经他的拒绝，但走过去时还要向房里面张望。看见苔莉时就略停住足瞻仰一瞻仰。克欧看见他们这样的失礼的状态，很着急起来，但也没有方法奈何他们。

克欧等了一会不见国淳来，他默默地叹了一口气，他觉得这个重赘的担子一时还卸不下。他不是不知道自己的计划很卑怯很可耻，但受着社会的重压不能不这样做。他在T市时就预定未抵K埠之前只管和她寻几天的欢娱，一到K埠接着国淳时就交回给国淳，自己急急的躲开，和她诀别吧。思念到这种对不起苔莉的计划，不自然的染有多量血泪的分手，克欧也未尝不觉得心痛。但所处的社会如此，他始终不承认是他一个人有罪。自己和苔莉会陷于这样的不可收拾的状态，国淳也该分担点责任吧。总之自己和苔莉的亲昵，罪不在她，也不在我，是一种不可抗的力使然的！

克欧想，国淳不来，我们只好再在K埠同住几天旅馆了。他同时也觉得自己的心还受着她的吸引，他到了K埠，觉得她的肉的香愈强烈地向他诱惑。

“无论如何，我还没有离开她的可能！”

他最后叫了有名的T酒店的伙伴来，决意进T酒店。他要那个伙伴即刻把他们的行李搬上去。

“先生，让我去叫几个伙计来替你搬行李。你把这张招贴拿着。”

“你呢？”

“我要到前头那一舱去看还有客没有。”

三十七

克欧在T酒店开了两间面海相邻的楼房。到了K埠，他主张和她各住一间小房子。苔莉本来就反对，但她想不出什么口实来要求他同一个房间住。

“我一个人有点害怕。”她在晚间只能这样的向克欧乞怜。但克欧只向她笑一笑。她看见他的冷淡的微笑，心里很不舒服，终于流下泪来。

“事实上还不是同一间房子么？多开一间房子是怕有认识我们的人来看我们时方便些。”

他们抵K埠后就打了一个电报给国淳，要他出来K埠接苔莉母女。过了两天，他们接到国淳由N县寄来一张明片，说他一时因事不能来K埠，望克欧即刻动身带她们到N市来。克欧接到这张明片时，有点气不过，他觉得国淳像故意和他作难般的。苔莉却希望着能够和克欧在繁华的K市多欢娱几天。但她心里也有点不满，恨国淳对她们母女太无诚意。

克欧就想当晚动身，但苔莉执意不肯，她说国淳既然这样的无诚意，我们索性在这里多耍三两天吧。

“你见霞儿的爸爸信也不写一封！你这样辛辛苦苦的把我们带了回来，在明信片里也该说句感谢的话才对。由T市到这里我们真累了你不少！”

“……”克欧听见她的话，禁不住脸红起来。他觉得她的话句句都有刺般的。他只有苦笑。

相邻的一间比较宽的，有两张寝床的房子空下来了，他俩就索性搬进去，共一个房子住了。由N城来K埠的小轮船是在夜晚上十二点至一点之间抵岸的，前两晚上他们都担心国淳由N城赶到了，不敢尽情的欢娱。每晚上要等到响了一点钟后克欧才走进苔莉的房里来。

“真不自由极了！我看你很可怜！”苔莉笑着把他的头搂到胸前来，他一面嗅着她的肉香一面暗暗地羞愧。他想从今天起就和她断绝关系吧——斩钉截铁地和她断绝关系吧。但志气薄弱的他觉得终难离开她。至不能离开她的理由他自己也莫明其妙。有点似爱，也有点似欲。

接得国淳不来K埠的信片后，那晚上他们共住一间房子了，也不像前两晚上般的不自由了。

到了K埠的克欧精神和体力都同程度的疲倦极了，尤其是才离开苔莉的拥抱他便感着一种可唾弃可诅咒的疲倦。他觉得睡在自己身旁的苔莉万分的讨厌。她不管克欧的疲劳，看见他奄奄欲毙的态度，只当他是厌倦她了，她愈凑近他。快近六月的南国的气候已经很郁热的了，他觉得她的肌肤会灼人般的。

“你也回到你床上去歇息吧，我要睡了。”他催她快离开他。

“你们男人都是这样不客气的。自己的目的达了后就不要人了的。回到N县去时，怕少说话的机会了，我们趁这个机会多说点话吧。”她苦笑着说了后忽然流下泪来。

“想睡的时候哪里能谈话呢？”他像不留意她的哭了，因为她近来哭得太寻常了。他知道她是患了歇斯底里症。

“日间睡了大半天，此刻还想睡么？你莫非是有病？”她伸过手去攀他的肩膀要他翻身过来向着她。

“日间不该睡的。日间睡了，夜间愈想睡。”他闭着眼睛答应她。他也觉得她可怜，翻过来机械的拥抱着她。

“你的意思怎么样？快到N城了。”她低声的问他。

“你呢？”他没有气力般的敷衍着反问她。

“你还问我？我想向霞儿的爸爸要点生活费就回T市去。也望你……”她红着脸不说下去了。

“我随后也要回T市去的。我要在T市的银行里实习。”

“不能一路回去么？”

“你想我好再跟你回T市去么？”

她点了点头后：

“那你以后要什么时候才回来T市？靠得住？”她摸着他的胸口撒娇般的问。

克欧看见她的娇态，觉得自己的确没有离开她的能力与勇气了。灼热着的她的身体再次的引起了他的兴奋。

“你还是歇息一会吧。我看你的身体不如从前了，也瘦了许多。”她摸他胸侧的历历可数的肋骨。

半年间以上的无节制的性的生活把克欧耗磨得像僵尸般的奄奄一息了，他也知道自己的身体崩坏了。每走快几步或爬登一个扶梯后就喘气喘得厉害，多费了点精神或躺着多读几页书就觉得背部和双颊微微地发热。腰部差不多每天都隐隐地作痛。他觉得一身的骨骼像松解了般的。但他觉得近来每接触着她，比从前更强度的兴奋起来。他想这是痨疾初期的特征吧。

三十八

苔莉去了后，克欧很疲倦的昏沉沉地睡下去了。他也不知睡了多久，他像听见表兄国淳说话的声音，忙坐起来。他感着背部异常的冰冷，伸手去摸一摸时衬衣湿透了大半部。他再伸手去摸自己的背部，满背都涂着有粘性的汗。他望望对面的床上，苔莉脸色苍白得像死人般的浴在白色电光下睡着了。

哪里有国淳？完全是自己疑神疑鬼的。他在床上坐了一忽，觉得房里异常的郁热，头脑像快要碎裂般的痛起来。他轻轻地起来下了床，取了一件干净衬衣换上，跑出骑楼上来乘凉。他望见满海面的灯火，又听见汽笛声东呼西应的。骑楼下的马路上往来的行人比日间稀少得多了，但还有电车——没有几个搭客的电车疾驶过来，也疾驶过去，夜深了的电车的轮音更轰震得厉害。

克欧在骑楼的扶栏前坐了一会，精神稍为清醒了些。他翻转身来一看，骑楼的那一隅有一个小茶房迎着海风坐在一张藤椅上打瞌睡。他是轮值着伺候附近几间房子的客人的。

“茶房！”克欧把小茶房惊醒来。

“什么事？”小茶房忙睁开他的倦眼。他老不高兴的，站也不站起来。

“由N城来的小轮船到了没有？”

“没有到吧。”小茶房不得要领的回答克欧。

克欧望一望里面厅壁上的挂钟，还没到十二点钟。

第二天晚上克欧要求苔莉搭小轮船到N城去。但苔莉有点不情愿。

“霞儿的爸爸既然这样的没有责任心，我们也索性在这里多乐几天吧。”

克欧想自己是站在地狱门前的人了，还有什么欢乐呢。所谓两人的欢娱也不过一种消愁的和酒一样的兴奋剂罢了。但他不敢在她面前说出来。

“我们没有什么理由在这K埠勾留了。久住在这里要引起他们的怀疑。”

“他们是谁？”她直觉着克欧所担心的不止国淳一个人。

克欧只有苦笑，不再说什么话。他感着自己的身心都异常的疲倦。今天的天气凉快些，但他的背部还微微地发腻汗。

——像我这个堕落了的病夫还有资格和纯洁的处女结婚吗？不要再害人了吧。克欧回忆自己的过去生活并追想到自己的将来，他觉得自己是前程绝望了的人！害了苔莉，不该再害刘小姐了。他思及自己的罪过，险些在苔莉面前流泪了。

“你还是想快点回到N城去见未婚妻吧！”苔莉更进迫一步的嘲笑他。

“是的，我要回N城去看看。总之我不至于对你不住就好了。可以么？”他很坚决地说。

苔莉总敌不住克欧的执意，就当晚十点钟抱着霞儿和克欧搭乘了驶往N城的小轮船。

"真的只有这一晚了。"他们在这小轮船里也共租了一个小舱房。但他们终觉得痛苦多而欢娱少了。他们都预知道事后只有痛苦和空虚，但他们仍觉得机会——日见减少的机会空过了很可惜。

"怎么你总是这样不高兴的？"他拥着她时问她。

"恐怕是身体不健康的缘故。两三个月没有来了，那个东西！说有了小孩子，又不十分像有小孩子。霞儿还在胎里时就不是这个样子。"她说了后微微地叹了口气。

"你身体上还有什么征候没有？"

"困倦了时，腰部就酸痛起来。下腹部也有时隐隐地作痛，脐部以下。"

"不头痛么？"

"怎么你知道我头痛呢？"她仰起头来看着他微笑。"那真的不得了，痛起来时脑袋要碎裂般的！霞儿没有生下来时也常常头痛或头晕，不过没有近时这样的厉害。"她说后再频频地叹息。

"不是有了小孩子吧！"他像很担心般的。

"恐怕不是的。有了身孕时，你怎么样？很担心吧！"她笑着揶揄他。

"没有什么担心。不过……"

"不过什么？你们男人都是自私自利的。只图自己的享乐，对小孩子的生育和教养是一点不负责任的。"她再叹息，叹息了后继以流泪。

——她患了歇斯底里病，我也患了神经衰弱症及初期的痨病了。我们都为爱欲牺牲了健康。不健全的精神和身体的所有者在社会上再无感知人生乐趣的可能，一切现象都可以悲观。她想独占我的身心，我又想和刘小姐结婚；这都是溺在叫做"人生"的海中快要溺死的人的最后的挣扎罢了！

"你像患了妇人病。怕子宫部起了什么障碍吧。"

"……"苔莉只点点头。

小轮船溯江而上。夜深人静了，他们听见水流和船身相击的音响了。江风不时由窗口吹进来。克欧坐起来，睡在他旁边的她的鬓发不住地颤动。他把头伸出窗外去，望见前面的两面高山，江面愈狭了，水流之音愈高。顶上密密地敷着一重黑云。看不见一粒的星光，他叹了口气。

——像这样的黑暗就是我的前途的暗示吧。克欧感着万斛的哀愁，若不是站在苔莉面前，他要痛快地痛哭一回了。

三十九

第二天下午三点多钟，克欧回到N城来了。N城只有三两家很朴质的客栈。克欧找了一家顶清洁的R客栈把苔莉安顿下去。

“我叫茶房到表兄家里去了，叫他即刻来看你。我今天不能在这里陪你了。我今晚上再来看你吧。”

克欧的家离城有十多里，今天赶不回去了，他打算明天一早回去。

克欧由R客栈出来，觉得一别二年的N城的街道都变了样子。他最先到一家父亲来城时常常出入的商店搭了一个信，叫家里明天派一个人出城来迎他。

他再到几个朋友的住家去转了一转都没有找着。最后，虽然不好意思，他跑向商业学校来了。他是来会他的岳丈的，他明知他的行动前后相矛盾。——不单矛盾，完全是无意识。他想有这种种无意识的举动，才叫做人生吧。

“校长不在校，出去了。”号房这样的回答他。走得倦疲极了的他站在学校门首痴痴地站了一会。

“要会会其他的哪一位先生么？”号房只当他有什么困难的事情要向学校商量。

“不，不必了。”他丢了一张名刺给门房后又匆匆地走出来。他觉得没有地方可去了，他直向R客栈来。

在R客栈的后楼一间房子里，夹着一张圆桌和苔莉对坐着的不是别人，正是他的表兄国淳，国淳看见他，忙站起来说了许多客气话，向他道谢。

“到哪里去来？是不是看刘老先生去来？”国淳嘻嘻的笑着问他。

明知苔莉决不会把自己和她的秘密关系告诉国淳，但克欧近来的神经很锐敏，他猜疑苔莉至少把秘密的一部分漏给她的丈夫了。他只脸红红的微笑着答不出话来。

“啊！不得了！行李还没有点清楚就急急地出去了，说要看未婚妻去。”苔莉故意的讪笑他。

克欧又觉着自己的意思的矛盾了。他早想把苔莉母女交回国淳，自己好恢复原有的自由。但此刻看见苔莉和国淳很亲昵的在谈话，又禁不住起了一种嫉妒。

——国淳在这里，我是无权利亲近她的了。他感着一种悲哀，同时又感着一种绝望。他坐了一会。国淳对苔莉不会说话了。他想尽坐在这里监督着她反要引起国淳的猜疑。他忙站了起来。

“你们久别了，慢慢谈吧！我出去一会再来看你们。”克欧勉强的笑着说。

“你又到哪里去？还没有会着未婚妻么？”她也忍着眼泪问他。

“不到哪里去。到朋友店里去坐坐就来。”

“你要回来一块儿吃饭哟。”她知道他是因嫉妒走的，心里又喜欢又觉得过意不去。

“是的，克欧你今晚上就回来一同吃个晚餐吧。我叫账房特别的准备好了。”国淳赶着跟了克欧出来。

克欧听见国淳以主人自居——在苔莉房里以主人自居的口吻，更感着一种强烈的醋意，像受了莫大的耻辱，差不多要流泪了。

国淳送着克欧走下楼来。他当然是希望着克欧的回避，好让他和苔莉尽情的畅谈。但他拍着克欧的肩膀：

“你今晚上定要回来！我回去了后你要尽力的替我劝她一劝，劝她回我家里去。我家里的几个都很欢迎她，很可以共处的。”

克欧最觉惊异的就是他今晚上不想在这旅馆里留宿。

—— 他被她拒绝了吧。克欧感着一种快感，他觉得自己还是个胜利者。

—— 他莫非怀疑了我们吗。怎么托我劝她呢。他已经怀疑我有比他更大的力支配她了。他看出了她对我的怀想吧。托我劝她回他家里去就是暗示我拒绝她的爱的。克欧想到这一点又感着一种不安。

“你今晚上还是在这里另开一间客房吧。到别的地方寄宿多不方便。”国淳继续对他说。

他看见国淳此刻的诚恳的态度又觉得很对不起国淳了。偷了他的妾，还要嫉妒他，讨厌他，这不是强盗式的行为吗？他知道了苔莉没有露出一点破绽给国淳看，国淳对自己也没有半点怀疑的样子，他安心下去了。

—— 那么，还是劝她回他家里去的好，事情比较容易解决些。无责任的思想再在克欧的脑里重演出来。

“我想到商业学校去寄宿一晚，明天回家去。”

“太不方便了。你不怕人家的笑话？乡里人顽固得很的。”国淳苦笑着说，“你还是在这里歇一晚吧。望你今晚上尽情的劝她一劝。”

克欧看见国淳和苔莉对坐着说话后，顿觉得自己和苔莉相隔的距离有万里之遥，他想昵就她的情也愈迫切了。

四十

克欧在晚上的八点多钟才回到R客栈来，他走上楼上来时他们都围着一张小圆桌在谈话，国淳和苔莉外还来了两个客人。

“回来了，回来了！”国淳看见克欧先站起来说。那两位客人也站起来。只有苔莉怏怏不乐地坐着不动，她像很讨厌那两个客人。

克欧认得来客中的一个是他的岳丈，他忙嘻嘻地笑着上前去握手。由刘老先生的介绍，克欧知道还有一个比较年轻的客人是刘校长的堂弟，在商业学校里当会计的。克欧和他们周旋了一刻才坐下来。他偷望苔莉，她的脸色异常严肃的，抱着霞儿背过那一面去坐着，她像很讨厌他们，巴不得马上赶这两个客人出去。他们都不十分注意，只有克欧知道她的心事，他看见她的烦忧的样子，心里异常的难过。

“今晚上就搬到我那边去好吗？学校里清静些，也方便。”刘老先生虽然觉得自己的女婿比从前苍瘦难看了，但他只当是在暑期中经了长途的旅行的结果，不过一时的现象罢了。他不知道他的女婿早没有资格和他的纯洁的女儿结婚了。

“刘老先生！急什么？就住在这里，谁会和你争女婿呢？”国淳笑着说。苔莉也嗤的笑了出来，她像很感激国淳替他说了这一句。

“哈，哈，哈！”刘老先生也笑了起来。

“嫂子明天会到学校里来吧。”那个当会计的像受了克欧的岳母的嘱托，特向刘老先生提了提，叫他约定克欧。

“明天尊大人一定出来的。内人也要出来的，她想会会你。明天她大概会带小女同来吧。现在是新时代了，不比从前了。从前未婚的夫妇是难得会面的。哈，哈，哈！”

“我们都准备好了。明天谢老先生来时，克欧就伴他到学校里来，大家一同吃个便饭吧。国淳，你伴你这位太太和小姐也一路过来。”那个当会计的也笑着说。

“谢谢。”国淳笑着点点头。苔莉把嘴唇一努翻向那边去，好像不愿意听那些话。不一刻，她抱着霞儿立起来回房里去了。

刘老先生和那个当会计的去了后是开晚饭的时候了。国淳像有特权般的跑进苔莉的房中催她出来吃饭。克欧等了好一会还不见他们出来。他揣想到国淳向苔莉身上的摸索，因为国淳是有这种下流习性的，强烈的醋意再涌起来，他恨不得快把国淳撵出去，马上把苔莉抱过来。

——你明天是要和未婚妻会面的人！他对苔莉的赤热的欲望像浇了一盆冷水。

——管它呢！国淳把今晚的机会让给我了，只有今晚一晚上了！我还是拥抱她吧！无论如何不能放过她！克欧也暗暗地惊异自己何以会变成这样堕落的一个人，这样无良心的一个人！

他望见苔莉带着泪痕出来，国淳抱着霞儿跟在后面。

吃过了晚饭，国淳替克欧叫茶房开了一间小房间，请克欧进去歇息。他却跟着苔莉走进她的房里去了。

克欧本不情愿听他们在隔壁房里低声的私语，但又不情愿出去。他怕国淳对苔莉有意外的举动，他要守护着她。他在自己的小房子里躺在床上静静的窃听她房里的声息。国淳说话的声音很低，听不出他说些什么。

——他在向她要求吧。他当她经了长期的性的苦闷他一要求，定可发生效力的。他不知道她，比他在T市时，有更强烈的新鲜的性的满足呢，克欧想到这里又觉得好笑起来。

四十一

由八点钟等到十一点钟，国淳还不见离开这家客栈。克欧等得不耐烦了，他一个人在房里饱尝了又酸又辣的嫉妒的痛苦了。他忽然听见苔莉在隔壁房里叫起来。

“不行！不行！你今晚上快回去！你让我再深想一回，决定了主意后再答复你！你快松手！莫嘈醒了霞儿！”

克欧听见苔莉这样的向国淳拒绝，心里虽发生一种快感，但听见国淳对她竟无礼的动起手来，他的胸口像焚烧着般的，一阵悲酸和愤怒结合起来的怪力差不多逼他跑过隔壁房里去向国淳宣告决裂。但他——卑怯的他只一刻又忍了下去。

过了一忽，国淳脸色苍白他很失望地走出来站在克欧的房门首。

“我回去了。明天一早就来。请你多多劝她，劝她回我家里去同住。我从前虽骗了她，但以后决不会对不住她就好了。是不是？”

克欧只点点头。国淳垂着头向楼下去，克欧不能不送出来。他站在客栈门首看着国淳跳上人力车去了后才回到楼上来。他还不敢就走进苔莉房里去。怕国淳忘记了什么事物赶回来。但他早想和她亲近了，全身发热般的想和她接触了。他的胸口不住的悸动——像初和苔莉接近时一样的悸动。

快要响十二点了，他望着客栈的外门下了锁后他才走进苔莉房里来。她痴望着桌上的洋灯火在流泪。

“身体怎么样？”他坐近她。

“……”但她不理他。

他看见她不理他。忙把房门关上，过来和她亲近。

“你还是看你的未婚妻去吧！跑到我这里来做什么？”她拒绝他的要求。

“你就变了心了！你还是喜欢他！他有了安定的生活！”克欧用这样的反攻的方法。他还没有说完，她的身体早倒在他的怀里了。她伏在他的胸前啜泣。

“他走了后，你怎么半天不到我房里来！？克欧，你还忍心磨灭我吗？我们快点打定主意才好。”

他们俩再次的经验了可咒诅的疲倦后，都觉自己的这种享乐完全和自杀没有区别。

但他还紧迫着她，要她把国淳对她的举动说出来增助他的快感。

“提他的事干什么？说起来令人讨厌！”

“你快说出来！两三个钟头没有声息，你们不知做了些什么事！”

“啊呀！恶人先控诉起来了！”她微笑着说。

她被迫不过，到后来她告知他国淳乘她没有防备，把她搂抱在膝上坐了一刻，并且伸手过来……

“你怎样让他抱呢？”他恨恨地在她的背部捶了一拳。

“啊哟！”她只发了这样的一个感叹词后拼命的攒向他的怀里来。他继续着在她背上捶了两三拳，他的拳像捶在橡胶制的人儿身上般的，她不再呼痛了。

“你尽捶吧！捶到你的气愤平复！”她说了后又泫然地流出泪来。

霞儿给他们惊醒了，狂哭起来。

四十二

第二天起来，克欧的头脑像要破碎般的痛得厉害，因为他昨夜整晚上没有睡。

——我不单是个罪人，也是个狂人了！我也是个没有灵魂了的人！我的体内的血液早干涸了，我周身的神经也早枯萎了，无论在精神上，体力上，道德上，社交上我都失了我的存在了！健全的事业是蓄于健全的身体中的。像我这样半身不遂的人又还有什么事业可言。大概我在这世界上的生存时期也不久了吧。我不该留在人间再害别人，再害社会！我当早谋自决的方法！

——父母，我该回去见一见！未婚妻也去会一会吧！她看见只剩下一副残骸的我，一定大失所望吧。好的，还是希望她对我失望的好，免得日后害她伤心。

——苔莉近来也受着病魔的压迫，很痛苦的样子。我就把我的计划告诉她吧。她一定赞成的。我们前途再没有幸福可言了。就连那一种可耻的娱乐也达了最后期了，我们所感得的唯有病苦和疲倦——可咒诅的病苦和疲倦！

——她对霞儿尚有点留恋吧。她还比我强些，她万一不听从我的主张时又怎么样呢？不，她一定跟着我来的。但我的计划要早点告知她。让她多和国淳见面，思念到霞儿的将来，恐怕她要在他的面前屈服也说不定。还是早一点要求她一同取自决的方法吧。

克欧一个人坐在自己的小房里胡乱的思索了一会，觉得脑部愈痛得利害。房子像在不住地震动。身体也比平时加倍的疲倦。

——我的健康没有恢复的希望了！慢说今后的事业，就连一天三顿的饭我都像没有勇气吃了。

苔莉循例的冲了一盅牛乳端过来。他待伸出手来接那盅牛乳，还没有接到手里，他的手就先颤动起来。牛乳盅拿到手里后愈颤动得厉害。

“我起来时也是一样的手颤动得厉害。喝了牛乳后精神安静了些。不知道为什么缘故这两天我的心总是乱得很。”

“苔莉，我们是在健康上已经绝望了的人！”他说了这一句后也细细的把自己的病状告知她。随后又把自己的计划说出来征求她的同意。

苔莉听见克欧的最后的计划，一时答不出话来。她像怀疑克欧是说出来试探她的，又像怀疑克欧已经变成个疯人了。

“我们不是定要照我们的最后计划做的。我们先到南洋群岛去。假使我们的健康有恢复的希望，我们就在海外另创一个世界吧。”克欧看见苔莉迟疑，再加了这一段的说明。

“霞儿可以同去么？”苔莉问他。

“为霞儿的将来幸福计，还是交回她的爸爸的好。跟了我们来，怕不是她的幸福。”

他们俩讨论了一回，苔莉大概答应了。她只商量把霞儿交托国淳的方法了。

克欧坐着说了好些话，他的腰部又酸痛起来了，他再向床里躺下来。他躺下来后就轻微的咳嗽起来。

——我的痨病大概是成了事实的了。

四十三

那天下午四点克欧和他的父亲回到旅馆里来。父亲在旅馆里坐了一刻，约他明天上午一同回家去，他老人家就到一个友人的店里去歇息了。

克欧会见了未婚妻后愈加伤感。

——自己的幸福完全由自己一手破坏了！像这样纯洁的美人儿，自己是万无资格消受了的。她的纯雅的特征决不能由苔莉身上发见出来。苔莉虽然美，但她是一种艳美，赶不上刘小姐的清丽。刘小姐，我是无资格和你结婚的人了，我坐在你面前，只有自惭形秽。我去了后，望你得一个理想的配偶者——一个童贞的，终身诚诚恳恳爱护你的人！我死了之后也这样的替你祷祝的。

他在那晚上他把自己的书籍，原稿及毕业文凭都取出来付之一炬。他临烧的时候只手拿着文凭，只手指着它骂：

“你这张废纸害人不浅！因为有你这一类的废纸牺牲了不少的有为的青年！好的青年因为你牺牲了不少的精神，机械的在做死工夫！不好的青年也因为你干出了不少的卑鄙的事来！我也因为你这张废纸受了几年苦，结局还是虚空！我今不要你了！”

他和苔莉把这些东西慢慢地焚烧了后已经近十二点钟了。那晚上她到他房里来了，他们已陷于自暴自弃的状态了。他像循着周期律般的到了每晚上十二点钟就有一度兴奋，有了痨病的症候以后更难节制的兴奋。到了第二天早上克欧周身微微地发热。他吐出来的痰里面混有许多麻粒大的血点和血丝。他这时候对这几口血痰唯有微笑。

到了八点多钟，他的父亲很高兴的来了。他一到来就说轿子雇好了，要克欧收拾行李即刻动身。

克欧不忍叫父亲失望，他勉强的支撑着病体起来。

“我的行李早捡好了。这么多行李，轿子里面放不下吧。”

“不，行李叫个挑夫来挑。我押行李回去。”

“单为我雇了一顶轿子吗？”

“怕你走路不惯，叫了轿子来。我差不多天天走路的。今天特别的乘轿回去。村里的人们要笑话。”

——以患病为口实乘轿子回去也未尝不可。但是父母并不知道我有病。他以为我大学毕业回来该乘轿子回去，很可以光宠光宠村里的破坏了的家园，可以光宠光宠虚荣心很强，但是又贫又老的双亲。克欧的眼泪差不多要流出来，因为老父在面前，他竭力的忍住了！

——可怜的父母！你们哪里晓得你们的独生的儿子这么样的堕落，这么样的不孝！在外面念了五六年书，把父亲累得一天天的喘气不过来。最近在T市时得他的来信说，听见我毕了业了，他也安心了，望我早日回来替他支撑门户。他又说，这几年来实在太苦了，因为我的学费真叫他没有一天好吃和好睡。他又说，我毕业后不论能马上得职或不得职，总之先回来家里看看。看看老年的父母，暮气很深的父母。他又说，能够和名门的刘小姐结婚就算是读书六年来的效果，可以安慰老年双亲的效果。他又说，家里还有几亩可以耕种的田，几栋可以蔽风雨的房屋，今后可以不再筹我的学费而我毕业后又能得相当的职业；那么这几亩田，几栋房子总可以望保存吧。

——可怜的父亲！绝无野心的父亲！安分知足的父亲！你为什么会生出这样不肖的儿子来！？但是现在我毕业了，有什么东西可以拿出来报答父母呢？此次回家的轿费都还要由父亲负担！父母所希望的报酬只有这些吧，村人送给他们的谀词，送给他们的高帽子吧。

“××伯，你的儿子在大学毕了业回来了吗？”

“××伯，你的福气真厚，才生得出这样精致，这样有本事的儿子来！”

——父母因为喜欢听这些谀词，终于做了不肖的儿子的牛马！

四十四

克欧回到家里住了四五天了，每天莫不思念苔莉，他很担心在这几天内她要陷于国淳的多方的诱惑。

——不至于吧！她已经这样坚决地答应我了！不过天下事很多出人意料之外的，还是快点回城里去好些。

克欧在家里住了五天，托名到城找医生诊病，又跑出R客栈来了。他到客栈来时，国淳早在苔莉的房里了。国淳看见克欧，忙走来要他到厅门首去说几句话。

“克欧，你到这里来。我自有要紧的话和你说。”

克欧看见国淳的没有半点笑容的严冷的脸孔，他知道在这几天中有了什么变故了。病后的他的心脏更跳跃得厉害，他不能不红着脸跟了他来。

“我是不十分相信这件事的，不过他们都这样说。我问苔莉，她只不做声，缠问了她许久，她只说一任我的推测。总之她回我家里去与否的关键像又操在你的掌中了。刘老先生也听了点风声，很替你担心。你不久就要和一个闺女结婚的人，你还是坚决地叫她回我那边去的好。”

国淳说了后拿出一封信来给克欧看。克欧一看就认得是小胡写的。因为他从前在苔莉那边看过小胡的笔迹。克欧略把那封信看一过，信里的大意是报告他和她的秘密关系给国淳，并且列举了许多证据。

克欧把小胡的信交回国淳后，国淳再取出一封信来给他看，第二封信是刘宗金写的了，也是把由T市N街采访出来的材料——克欧和苔莉的秘密材料——报告国淳。

克欧此时才知道国淳娶苔莉时，她已经不是个处女了。她的最初的情人另有一个青年。后来因为那个青年对她用情太不专了，她也就同他绝了交，各走各人的路。

国淳把苔莉从前的秘密告诉克欧的动机是想叫克欧莫再留恋她，莫留恋这么一个不值钱的女人。但克欧想，已经迟了，不，就在克欧和她未接近以前说出来也难挽回他们的这种运命吧。

克欧脸红红地听国淳说了一大篇后想不出什么话来回答国淳，他只低着头。他像有了相当的觉悟了。

国淳去后，克欧走进苔莉房里来看她。

“他们把罪恶完全归到我们身上来了哟。他们说完全是我蛊惑你的。”

“还管他们的批评吗？我们早点走吧！明天就去吧！”

苔莉望着睡在床上的霞儿垂泪。

第二天早上霞儿醒来时找不着母亲就痛哭起来。R客栈的人忙跑到国淳家里去报信。

国淳在霞儿的枕畔发见了一封信，信里面是这么写的！

——我这封信是流着泪写的。我之流泪并不是因为别你而悲伤，我是为霞儿哭的。我原以抚育霞儿自任，你即置我母子于不顾，我亦誓愿抚育霞儿使之长成。不过现在的我早缺了人生的气力了，恐无视霞儿长成的希望了。念及日后以病身贻累霞儿，则不如及早自决之为愈。我不愿以不幸的母亲之暗影遗留霞儿的脑中。不单霞儿，我希望凡与我相识者日后都能忘记我的存在。

——国淳，我固负君，但君先负我。我两人间既无爱情之足言，则亦无所谓谁负谁了。但霞儿是你的女儿，你有替我抚育她的责任。凡虐待我的霞儿者，神必殛之！

——严格的说来，我实未尝负人，实我所遇非人耳。男性的专爱在女性是比性命还要重要的。一次再次求男性的专爱失败了的我，到后来得识克欧了。他虽然不是我的理想中的男性，但我终指导了他沿着我的理想的轨道上走了。并且我是再次受了男性的蹂躏而他是个纯洁的童贞，他为我的牺牲不可谓不大了。他为我牺牲了青春时代，牺牲了有为的将来，牺牲了他的未婚妻，牺牲了他的性命，跟着也牺牲了他的父母！那么，在这样高贵的代价之下，我也该为他死了！社会对我们若还要加以残酷的恶评，那我们虽死也要咒诅社会的。

——由积极的方面说起来，为国，为家，为社会的方面说起来，克欧是要受“无能和不肖”的批评吧。不过就他的牺牲的精神方面说，他已经是很伟大了！由你们对女性不负责任的人看来恐怕是望尘不及的伟大吧！

——最后再叮嘱你一句，望你善视霞儿！

过了一星期，K埠新报载六月三日由K埠开往南洋各埠的P轮船才出港口，搭客中有一对青年男女向海投身；大概是自杀，不是失足掉落去的。

一九二六年七月一日脱稿于武昌

最后的幸福

一

美瑛二十二岁的那一年，又过了四分之三了。过了双十节后一星期就是她的第二十一次的生辰。从十六岁那年起，她对她的生辰就无欢乐的心情了。近二三年来，每到了她的生辰，不单绝无欢乐的心情，并且讨厌她的母亲和妹妹提及她的生辰快要到了的话了。她每听见双十节快到了时，就感着一种不安——说孤寂不像孤寂，说忧郁不像忧郁，一种莫名其妙的不安。

她的妹妹美琼今年也十八岁了，在县立第一中学第三年级肄业，她也到了处女的成熟期，但气质比她的姊姊比较多血的，还热烈地从事她的学问，不像她的姊姊时时感着寂寞。

“姊姊，明晚上到学堂上看白话戏么？”美琼的团团的粉脸给外面的寒风吹得绯红的，前头部的短发也异常的凌乱。她才踏进门望见厅前坐着的美瑛就喘着气说，说了后微微地咳嗽。她像逆着今年初起的狂烈的朔风，急急走回家里来的。

妹妹的体格完全和姊姊的不同。团团的脸儿，矮肥的胴体，骤然地看来就赶不上姊姊标致，并且肌色也赶不上美瑛的白皙。但是还是女学生装束——一条粗粗的漆黑的单根辫子，灰衣黑裙，又另具一种风致，美琼也还特有一种美——无论哪一个只要把她们俩来比较一观察，就可以发见的健康美。美瑛的确比她的妹妹纤弱得多了。

听见了她的妹妹问她明晚上去看戏不，她不一会没有回答，美琼像没有留神到她的姊姊的态度，她抱着书包直往后面房里去了。她像没听见姊姊在微微地叹息。

过了一会，美琼又出来了。

“姊——，我带了两张入场券回来了。送张给阿文妹吧。明天晚上天气好时我们三个一路去好吗？”美琼说了后把头歪了一歪。

“……”美瑛只微微地点了点头。

“妈呢？”美琼到后来发见了她的母亲不在家，又看见姊姊的忧悒的沉默的态度；立即敛了她的笑容，脸上也表示出一种忧悒的表情。她看见母亲不在家，一个有胡子的，年约五十多岁的放高利债的黑影就在脑里浮出来。她想，哥哥完全为这件事气不过自杀了的吧。

她们有一个哥哥，名叫铨五，是C将军部下的一个营长。美瑛十九岁那年，铨五在M省境上阵亡了。铨五在小学校毕业那年，父亲死了。父亲逝后的家计不容许铨五升学到中学去。因为不能升学，他就想干件投机的事业——想一攫万金或做在当代有最高威权的大军阀。恰好那年冬，省垣的陆军小学校招考，他就和几个朋友，不得母亲的许可，逃到省垣去投考，一考考上了。

在陆军小学三年间，每年年假铨五都得回来家里看他的母亲和妹妹们。这时候妹妹们眼中的哥哥——穿着军装回来的哥哥是在这寒村里的唯一的人物，最英伟的人物。

妹妹们都希望哥哥能够早日毕业上进，替她们的父亲支撑将要颓倒的门户。

哥哥毕了业后，果然当了一个连长。同年在省境上捕匪立了战功，又升了营长了。这时候哥哥的年数只二十岁。

美瑛得在女子中学毕业，美琼能进女子中学，完全是靠哥哥的力量。母亲本不愿意花许多冤枉钱叫女儿们上学，但哥哥竭力主张她们要进学。

美瑛原想跟她的哥哥到省城去进高等师范的，可惜她在女子中学毕业那一年，哥哥的噩耗就由M省境上传来了。噩耗传来时，最悲痛的不是母亲，不是嫂嫂，是两个妹妹。就中哭得最悲痛的还是美瑛。

那年正月里，铨五回来看母亲，看妹妹们和他的童养媳——前年才成亲的妻。

铨五回来家里的第五天，他发见了母亲身后的暗影时，第二天一早就走了，说回营盘里去，永久不回来。

铨五回来三两天就耳前耳后的听村里人说了不少的闲话。什么“亲生的儿子不上进时就认个上进的干儿子也就不知赚多少方便了”，什么“有了那样威风的干儿子回来，讨债时候的声音也响亮些”。最初他不十分留意，但到村街上去几回都听见这类的闲话，好像是专为自己而发的。他回家里来只五天就着见江老二——放高利债的老头子，也是父亲生前的债主——来了两次，并且每次来都很不客气的跑进母亲房里去，许久不出来。铨五心里虽不免从恶的方面猜疑，但马上又觉得自己疑心太重了，他想，都这样的老了，哪里会干这种没廉耻的事呢。自己对母亲怀有这样的猜疑才是不孝呢，太对不起母亲了。

江老二走了后，母亲出来看见儿子时又像有点不好意思，忙向儿子辩解般的说，她蓄了有一二十吊钱，托江老二放出去生点利息。

铨五对他的母亲和江老二的态度还带几分猜疑。问自己的妻，妻又含糊地不说清楚。最后他捶他的妻了，骂她不该不爽爽直直地告诉他，妻哭了，他怕母亲听见，不敢再追问了。

到后来，他由种种的确实证据，证明了母亲已经把泥巴涂到亡父的脸上去了。他想到父亲在地下还要替母亲戴绿头巾时，就禁不住痛哭。在布衣店里当伙计当了半生的父亲生前为妻子就劳苦万分了。他觉得在这世上再没有比父亲更可怜的人了。

铨五自正月里和母亲拌了嘴后就回省城军队里去了。自去后半年间不见回来。当军人半年不回家，原是寻常事，不过铨五的军队开拔到M省境上去时在邻村经过，他也不踏回村里来看看家里的人。

七月下旬——美瑛才由女子中学校毕业出来——铨五在M省境上阵亡了的信息就由县署里转到村中来了。

二

美瑛的哥哥死去的那年，她达到了处女的烂熟期，快要度她的十八周年了。生长在南国的女儿十个有九个早熟的，美瑛十四岁的那年冬，生理上就起了变化。从那时起，听见母亲或哥哥替她提婚事就会害羞起来。但同时又感着一种孤寂，暗地里祷祝母亲或哥哥替她物色夫婿能够早日成功。当母亲向她说哪一个婆家好，哪一个男人标致并征求她的同意时，她心里虽有七八成的心思在希望成功，但又觉得太急的对母亲表示了同意，有伤于自己的处女的尊严；所以她对母亲所提的婚事总是反对，很勉强的加了点驳论，母亲因碰了几次的钉子，她捉摸不到她的心思了。但是母亲若有一两个月不为她提婚事，她又恨她的母亲冷淡，不替女儿的婚事着急。她的哥哥在时也曾向她提过婚事，说要替她做媒。她对哥哥的态度和对母亲的态度又不同了，她只说了“讨厌”后就脸红红的低下头去不做声，因为她深信哥哥所提出的，将来做她的夫婿的定是哥哥的友人；哥哥的友人定像哥哥一样的英伟。她也深信哥哥定能为她物色一个合格的，在她眼中不会落选的夫婿。

母亲和哥哥虽然有几次为她提过婚事，但终没有一次成功。大概是因为她还年轻，母亲和哥哥都不十分替她着急吧，她自己也说——不知是不是真心的——还想求学，还谈不到结婚的问题。

“妈，怎么样？她说还要到省城去念书呢。”她听见哥哥对母亲这样说。

“你听她说？！女孩儿到了年龄，哪个不情愿嫁，不好意思说出口罢了。还是早点替她定了婚的好，到年纪长了时就不容易了。”

她听见母亲这样的回答哥哥时，恨极了，恨母亲的话过于伤了她的尊严，她想母亲太看不起自己了，太把自己当寻常的女子看待了。女人嫁不嫁有什么要紧呢！

美瑛虽然这样想，但同时又觉得母亲的话也有点道理。自己心里的确在希望着婚事能早日成功，定了婚时就迟一两年成亲也不要紧。她觉得自己的婚事一日不定，身心和灵魂都一日不得着落。到了十七岁那年，美瑛愈感着这种孤寂的痛苦。在春间，母亲曾提过一门亲事，但直至那年暑假还不见把这门亲事议妥，暑假过了，就无形打消了。听说这个男人是个北京大学生，会写几首白话诗在各报章发表的新进文豪。美瑛为他描了不少的空中楼阁。只有这一次她没有向她的母亲提出抗议。

自这门亲事失败后，由秋至冬不见有媒人到她家里来了。本来她的乡里有早婚的习惯，和她同学的，岁数在十八九岁前后的女儿们，十分之九早出了阁，邻近的女儿们也陆陆续续的结了婚，有几个未结婚的也早定了婚约。其中还有一二个女友今年竟做了母亲了。美瑛望着女友们一个个的结了婚，觉得还没有订婚的自己完全是个落伍者；想到这一点，愈感着自己孤寂可怜。

在高等小学时，有一个独身的女教员曾对学生们非难本地方的早婚的弊习。美瑛现在才知道那位女教员完全是为自己鸣不平，她才知道那位女教员并非愿意独身，不过经了几次婚事的失败，过了婚期就不能不抱独身主义罢了。

自哥哥死后半年余，不见有媒人到她家里来向她提婚事了。哥哥未死之前，美瑛虽感着一种生理上的不安，但她还信赖哥哥，她想自己的终身大事要不到自己操心，迟早哥哥会替自己主持的，不过时间的问题罢了。但是现在哥哥死了，母亲是专在金钱上着眼，女婿的人品如何完全不置眼中的。美瑛愈觉得自己的前途黑暗。

早晓得这样的情形，从前不该拒绝了那几个求婚者的。美瑛暗暗地恨自己对婚事太过于唱高调了。生理上的不安一天一天的压迫着自己，自己的确是在热慕着男性；但总不愿意给人家知道自己有这种欲求，还虚伪的掩饰着，在反抗母亲替她提婚事。她想，自己有点作伪，由自己的作伪和唱高调终害了自己，把未来的幸福完全拒绝了。

十六岁那年冬有三个人向她求婚过来。第一个是由南洋回来的商人，听说他有三五十万的家财，母亲当然十分愿意。但美瑛拒绝得最激烈的就是这个人，因为她看见了这个南洋商人的丑陋的样子，并且年纪大了。由他自己打了个折扣，说是三十五岁，他的实在的年龄当然不止此数了。第二个是县立中学生，比她还小一岁，家私也还过得去。但美瑛第一嫌他年纪小了，小孩子般的；第二在这时候的她抱的希望很大，看不起什么都不懂的中学生。可是她看见了这个中学生的脸儿，又觉得他有几分可爱；有点后悔不该拒绝了他的求婚。第三个是个中学教员，年纪有二十八九岁了。二十八九岁配十六岁，岁数的悬隔太大了吧！但美瑛本可以不十分拒绝他的，因为他是个高等师范毕业生，也是个能独立生活的人。不过有一个使她难堪的条件就是他要娶她作填房。这个中学教师的先妻没有生养的就死了。——听说是患肺结核症死的。有洁癖的美瑛无论如何总不情愿作人的填房。

三

不知不觉的自哥哥死后又过了一年余。美瑛又快要迎第十八次周年的生辰了，过了这个冬，算二十岁了。听见二十岁三个字，她就着慌起来。自己也不明白到底为什么道理，自己的心情近来会这样的紧张着。她觉得自拒绝那几个求婚者以后，永久再无这样的机会了般的。

——过了年有相当过得去的人家来问时，还是将就答应了的好，不要再自误了。妹妹一年大一年，自己的婚事不先解决，不单误了自己，也会误了妹妹的婚期，自己的婚约未成，母亲不敢先提妹妹的婚事。美瑛每想及自己一身的事，心里就万分的焦灼，近来常常失眠，夜间至十二时一时还睡不下去，她翻过来望见在那边床上熟睡着的妹妹，心里异常的羡慕。

——妹妹恐怕是没有达到那个年龄吧。怎么她对她的婚事像无感觉般的。可是她也和自己一样的早熟早过了生理的变化期了。关于那方面的智识，她比自己还要详细呢。她比自己活泼，并且还有种情绪的温柔，这是谁都承认的。但她还十五岁呢。过了年也不过十六岁，看去还是小孩子般的，还早吧，没有人过问她的事吧。美瑛睁大眼睛，望着对面壁间挂的四条幅美人画，反复地拿妹妹和自己比较，愈比较心里愈焦急，也愈睡不着。

——不要担心，她在这二三年内决不至于比我先出阁的，母亲不是说过了么，妹妹才进中学校，学费不很多，让她再读三两年书吧。她就不读到毕业也还得在中学读二三年，在学校里的期间内，母亲不至于把她许给人家吧，美瑛再这样的想着自己安慰自己。

——自己比妹妹哪个长得好呢？当然自己好些。这不是自夸，母亲也这样说，舅母们也这样说，并且不是单对我说的，是在我和妹妹俩的面前说的。至少，我的肌色比妹妹白皙些，这是的确的事实。我的脸儿是美人格的脸儿，妹妹的脸儿是男子相；朋友同学们也是这样说。美瑛始终不相信自己比妹妹长得坏。她想，就算有求婚的来，不问他论年纪，论面貌，论学历，都当然先及自己吧。

——但是论性质脾气呢？美瑛想到这一点有点担心，眼看见自己周围的人们——凡认识我们姊妹俩的都比较向妹妹亲近多说话，都像有意和我疏远。我虽然想和她们多多接近，但一看见她们的神气——排斥我，鄙薄我的神气，一团热烈的向她们接近的勇气也立即冷息了，准备着要向她们说的话也说不出来了。这不是我的神经过敏，她们的脸上明明表示出鄙薄我并且可怜我的样子，她们中十之八九都有婿家的，里面虽有几个还没有定婚，但都是很年轻的。她们鄙薄我，可怜我，完全是因为我没有订婚吧？因此美瑛对她的女友们也抱了反感，她的女友们也看出了她的态度，愈不和她接近。

“我们又要凑一份贺礼了。瑞儿订了婚约。”结了婚的一个女友说。

“嚼舌头！”

“是哪一家？”

“你还不知道？”

“*Plus*方面怎么样的？”女学生里头用*Plus*和*Minus*两个字代表男性和女性。

“阔得很呢！上海××大学的学士！”

“睛儿，你的呢？还守秘密么？不要紧的，说出来吧。”

“讨厌！”

“我代她宣布。××银庄的……”

“你只管说，看我撕烂你的嘴。”

“我们多备一份贺礼吧。”

美瑛每次和她们相聚时只听见这一类的话——异常刺耳的话。她当然参加不进去。她们就不和她疏远，她自己也要疏远她们了。

近来好像有人来问妹妹的年庚了。美瑛听见了，心里十二分的不愉快，并且沸腾着一种嫉妒。有一天下午她由外面回来，刚要进母亲的房里去时，听见母亲房里有客，最初她当是江老二，忙退回来站在窗帘下窃听。听了一忽，才知道是个女客。

“他的家私总在三万五万以上吧。吃的穿的。我敢担保，一生不要担心。”美瑛听见女客在这样说。

“做女婿的还在念书？”母亲的声音。

“在上海念书。他的母亲才对我说，我又忘了，在什么大学念书，还得两年就毕业。”

美瑛在窗外听到这里，胸口不住地跳跃，苍白的双颊也泛出红影来。她担心母亲说话不能随机应变的把机会错过了。她很想走进房里去马上答应那个媒婆。

“多少岁数了呢！”母亲的声音。

人家不追问你的女儿的岁数就算了，你还许追问做女婿的岁数做什么事！在大学里读书的还怕有三十四十岁的人么？美瑛暗暗地恨她的母亲多嘴。

“岁数还不多只二十二岁。”

美瑛想，这是理想的了。

“那比我的大女儿大两岁，……”母亲的声音。

“男的总要比女的大几岁才好，女人是不经老的。”媒婆的笑声。

“你看我那大女儿怎么样？”母亲的声音。

“大小姊么？我也见过很好的。不过，……”

美瑛听到这里。有些担心了。她心里想，“不过……”说了后，怎么不爽直的说下去呢。

“我看，照年龄说，配我的大女儿恰恰相当；比我的小女儿，岁数有点悬隔了。”

美瑛心里很感激母亲，同时又大大的失望，她此刻才知道房里的媒婆是为妹妹来的，她的胸口像浇了一盆冷水，全身不住的颤动。想回自己房里去，但又舍不得走开，想听下去。这并不是好奇心使她继续窃听，明知其无望了。但心里总在希望由母亲的解说，或可以移转自己的运命也说不定。

“但是，做女婿的本人和他父母都喜欢二小姊。他们还称赞二小姊的面貌是福相呢。”

美瑛听到这里，觉着自己的双眼发热，鼻孔里也是辣刺刺的。起了晕眩，她险些要栽倒到地下来了。她隐约听见妹妹的声音由室外吹进来，她忙走回自己的房里去。

她回到自己房里在床沿上坐了一会，由一种莫名其妙的悲楚的心情，忽然流下泪来了。

——这次向妹妹求婚的到底是哪一个呢？媒婆不是说，看见过妹妹么？

四

到了晚上，她打算试探妹妹的心思。美瑛想，妹妹比自己活泼多了。她对男性所取的态度是很自然而且很大方的。她想，自己无论如何不能像妹妹一样的天真烂漫。不知道为什么缘故，自己和男性相对，就万分局促的。大概是自己太把对手的男性意识着了吧。

“谁想结婚？！妈妈的意思？谁听她的话？莫说妈妈，就父亲哥哥还在，也管不得我的婚事！婚姻自由！姊姊还不晓得？”美琼说了后笑了。美瑛也跟着勉强的笑了，但无话可说。

“姊姊要听妈妈的话时，我也不敢劝姊姊莫听妈的话。不过母亲想管我的事，我偏不要她管。”美琼虽笑着说，但美瑛看她的样子，对母亲深致不满意。

——妹妹莫非有了恋爱的经验吗。她如果没有恋爱着那一个男性，怎么说出这样的话来呢？可怜美瑛上了二十岁了，还没有尝过恋爱的滋味，对异性只是像瞎子扶着杖子走路般的暗中推测，只是一种漠然的憧憬。她生来二十年，也没有认真的认识过一个男性。她原是在寒村里生长的女子，从小就少和青年们接近的机会。近两三年来，在距自己村里十多里路的县城里，异性间的交际稍稍解放了。但自己又早毕业回村里来了，她想，妹妹比自己活泼，善于交际，在友人中能博得相当的称誉；完全是就学时代的关系。自己可以说是时代的落伍者了。

——还是再回城里念书去吧。进什么学校呢？B教会的K牧师夫人不是劝我到她们教会里去习医学么？我就习接生法吧，就不结婚，日后也不愁不能自活。西洋的女宣教师，女医生不是很多守独身生活，为社会服务的么？我就跟她们去。我该早点把守独身生活的招牌挂起，也可以减少朋友们对我的鄙薄或无谓的同情。我就去学神学当女宣教师去，或习接生法当接生妇去。美瑛对自己的婚事觉得十九绝望了，深抱悲观，不得已萌了一种自暴自弃的思想。

近来因生理上久熟了的关系而起的性的苦闷和由性的苦闷而起的不自然的情欲遂行症把美瑛从精神的和肉身的双方苦迫得厉害。她近来双颊愈形瘦削，脸色也愈见苍白；歇斯底里症也愈见沉重了。

过了春，一个在教育界的落伍者蒙塾教师竟大胆的向她求婚了。当母亲笑着把这件事情告诉她知道时，她快想把耳朵掩住不情愿往下听。

太把人当傻了！你这老家伙拿什么资格来向我求婚。是的，他也是鄙薄我的一个，他以为我是过了婚期卖不出去了的。太看不起人了。美瑛很气愤不过的，觉得自己是受了种侮辱但同时也自己觉得悲哀。为自身的前途悲哀。

——我怕没有资格受智识阶级的人大——学生们的求婚了吧。莫说大学生，连中学毕业生都不来过问了。她想到这一点，暗暗地痛哭起来。

到了二十一岁那年的四月中旬，美瑛决意到县城里B教会去习医学了。在

B教会里习医，不单不要缴学费，每月还可领五元的津贴。不过毕业后有三年的服务期限罢了。哥哥未死之前，美瑛就想进去的，经哥哥的反对和哥哥答应她不久送她到省城进学，所以没有进教会的医学校。现在她想，不进去学点职业，自己的将来的生计是很危险的；这是对母亲请求同意时的第一个原因。其次她也想到城里去混混，或有机会可以由自己物色个把自己中意的夫婿。她想，这次出城去时，不要再战战兢兢的，要大胆点进行才好。

美瑛搬出城里去时，村中的山上，溪间春都来临了。到处都是青青的了。梅树上早满装着浅绿的嫩叶，矮松一株株的长了笔状的松蕾。天高日暖深蓝色的空中浮着几片白云。云雀高高的在云下翱翔着唱它们的小曲。

在这样的景色之下，美瑛更感着孤寂。她想，在性的烂熟期中的自己绝无恋爱的守在寒村中度冷寂的生活——像尼姑一样的生活；自己完全是枉生人世，无生存的价值了。她对一切世事像无感觉般的，也不起何种兴趣，自己所觉得到的唯有心的焦灼。

B教会医院的院长是美国人，副院长是北京Y医学校毕业的。院长，副院长之外还有两个年轻的助手。此外没有男性了。其他助手，看护的，学生都是女性。

年纪在三十以外的副院长蓄有一丛日本式的短须。美瑛初来，副院长对她很亲切。美瑛也想尽力所能及的把在家里时的不活泼无表情的性质改去，对人接物都时时刻刻留心着取顶和婉的态度。

产科那门学科是归副院长担任。始终微笑着在讲坛上解释生殖器官作用的泰然的态度叫美瑛觉得他太岂有此理了。他有时望着美瑛，她便当副院长在意识着自己忙低下头去，怕红着的脸给同学看见了难为情。她初次听产科的讲义时很不好意思的，差不多不情愿出席。但过了二三星期后她觉得顶有味的还是产科这门功课了。因为她由这门功课得了不少的安慰。到后来她是兴奋着听讲了，有时还觉得先生的讲解中太少刺激的分子了。

“受孕的准备作用，不可当它是种无目的的娱乐，分娩，也不能当它是种痛苦，我们要知道这是女性的一种义务，保种的义务，并要归荣于天父的。”

美瑛听见先生说出这一般的话来了，她想，先生太把我们当小孩子看了，心里觉得有点好笑。她——全无性的经验的她，始终感着一种刺激。但她的同级的大多数都是既婚的女性，并且其中还有几个有了生育的经验的，她们的听讲的态度和先生的讲演的态度一样的泰然的，像不感着一点兴奋。美瑛望着她们，禁不住羡慕起来。

——她们定把日间学得来的知识带回去一五一十的报告给她们的丈夫吧。美瑛深刻的想到这一点格外的兴奋。

“魏女士，明白了没有？”副院长的讲义告了一段落后常走下来到她的坐席前这样的问她。

——先生莫非对自己有什么意思吧。美瑛这样的想着也感到一种快感。但她一想到他是结了婚的人，这时候心里反感到一种失望。

两个助手，一个姓秦，一个姓文，都还没有结婚。姓秦的年纪轻些，约有二十四五岁了，也比姓文的生得漂亮。但院里的人们都说，秦助手虽没有结婚，但早和某女医士发生了秘密的关系，在教会里算是品行不良的一个人。美瑛听见了她们对秦助手的批评后就很注意那个某女医士和秦助手的行动。那个女医士姓李，怪老丑的。美瑛想这样年轻标致的秦助手怎么勾上了那样老丑的女人。她替秦助手可惜。

美瑛在医院里听讲了两个月，已经到初夏的节期了。懊恼烦愁的春也早已过去了。她跟着医生和助手临床实习起来。也许不是偶然的，当她临床实习时，秦助手总站在她的旁边；这时候的美瑛是很难为情的。经久之后秦助手对她很亲切的，也有不少的挑拨的表示。这时候她证实了秦助手和李女士的关系了。因为她自和秦助手认识了后，李女士对她的态度异常的难看。

五

美瑛暗地里觉得秦助手总是可爱的一个男性。她也很明了的知道秦助手决不是能长久和李女士相持的。对他和李女士的关系的缺点，她虽然很不满意，但终不能打消在她胸里日见浓厚的秦助手的面影，她对这个缺点，真的只有不满意，但并不当它是可耻的行为。对男性的不品行能够原谅到这么样子，对那个男性不是有了爱是什么呢，她觉得秦助手能够和李女士的关系完全的断绝，自己就和他正式的结婚也未尝不可。

美瑛近来不知自己到底是恋着哪一个，副院长呢？秦助手呢？自己觉得副院长的面影在胸里比秦助手的浓厚些。不过有一件事使她和副院长疏远的就是他已经正式的结了婚，并且生了一个小孩子了。她觉得由李女士那边把秦助手夺过来总比从副院长夫人那边把副院长夺过来容易些。但对于这些事情，生来就很怯懦的美瑛只能把它付之想象，真的只有想象。

秦助手也曾对美瑛示意过来，美瑛只战战兢兢地说，要他去请求母亲的同意。但到后来又后悔自己太没有胆量了。

暑假到了，有三个星期的假期，美瑛回村里来了。

回到家里来，听母亲的口气，像自从那个蒙塾先生来求婚以后直到今年暑假并没有一家人来问她的年庚。只有一家人来问妹妹，母亲因为姊姊的婚事还没有定，就拒绝了他。美瑛到这样时候对自己的婚事愈觉落胆了。在教会的医院里还可以上上课，实习实习，把寂寞的时间混过去。苦闷的时候就到副院长家里去或找助手们谈谈，也可以得相当的安慰。现在回到家里来，就像进了禁绝男性出入的冷落的尼庵般的。炎酷的天气，单薄的衣裳，又是使她兴奋的一个原因。

在一群村童中有一个牧童名叫阿根的，是她们姊妹幼小时一同游戏，最要好的朋友。阿根今年也十八岁了。因为家里穷，他只在小学毕业后就不升学了。他在家里种田，牧牛，养鱼之外就唱山歌，赌钱和猎色。

“瑛姊，好久不见你了，几时回来的？”

美瑛回家里来后的第三天早晨，太阳还没有出来时就到屋后的草墩上来吸新鲜空气。这时候恰恰碰见阿根肩上担着一把锄头由草墩左侧的田间陌路上来。

“我前天回来的。你这么早到哪里去呢？”美瑛对这个旧友的态度比较自然的，也不觉得双颊会发热了。

“瑛姊，你真好看啊！听说你在县城里嫁了个有钱的大学生。恭喜你了。”阿根不客气的笑嘻嘻地说。

“谁说的？你莫尽嚼舌头！”美瑛这时候脸红起来了。她看阿根只穿着一条短裤，上身打着赤膊，两条富有筋肉美的下腿部也露出来了。尤其是赤铜色的富有筋肉的有男性美的两臂在美瑛的眼中是异常美丽的。

阿根看见美瑛笑着和他说笑，更不客气了。

“瑛姊，你怎么穿这短的褂子？你看，你那红裤腰都看得见。县城里的女学生们都是这样的么？”

“干你什么事？！”美瑛笑骂他。但听着这个像希腊古勇士般的男性这样的问她，觉得自己身里的血微微地在腾沸，由他这一问，她很奇怪的感着一种陶醉的快感。

太阳光线沿水平线射来了。阿根正向东南方站着。光线由他的赤铜色的皮肤反射到美瑛的白竹布褂子上来。他和她的距离只有两尺多。远处的禾田里虽有几个人，但给几阵早饭的炊烟遮住了，他们的附近还没有发见一个行人。

追逐女性惯了的阿根很大胆的凝视着美瑛微笑。她禁不住脸红红的低下头去。

“你还不快点看田去，不早了哟。”她无话可说了，觉得两个人尽相对的站着怪难为情的，只有催他走开。

“还早呢。你看太阳才出来。就迟点也不要紧。横竖他们还没有来，我是顶早的了。”

“你吃过了早饭的？”

“天还没有亮就吃饭。老头子的算盘精明得厉害，他要我们做足十四个钟头的工。”

“你们真早！”她无意识的低声的说。

“我们到那边坐一会吧，瑛姑娘，”

“讨厌的！”她再脸红起来。但她免不住要翻过头来望阿根所指示的地点了。原来就是这墩上的一座坟墓。他们在小孩子的时候常到这坟塘里游戏——组织家庭的玩戏。某男孩子扮公公，某女孩儿扮婆婆，某男孩儿扮少爷，某女孩儿扮小姐。墩上有好几个土坟，每座土坟就把它当成一家屋，搬了许多砂石，采了许多花草来陈列。美瑛和阿根算是顶要好的，他们就分扮了新郎和新妇。

这是十一二年前的事了。现在追忆起来，禁不住发生无限的感慨。

——阿根小时就长得很好看，每次游戏，他总是跟着我依靠到我的怀里来。她想及阿根和自己小时的情景。

“姊姊，你大了后要嫁人去吧。”

“不，我不嫁人。嫁人做什么事！”

“你可以等到我和你一样大的时候嫁给我吗？”

“我说了不嫁的，我也不嫁你。听见他们说你是我的老公，那不好笑么！”

她笑着抚摩依在她胸前的阿根的双颊。她觉得她的掌心有点冷感，她忙低下头来看时，阿根的双颊上垂着泪珠儿了。

嗣后他们小孩子作家庭的玩戏时，她和阿根总是扮夫妻的。有时阿根来迟了，他看见瑛姊和别的男孩儿扮新郎新妇时，他就站在旁边垂泪，那天他就不加进的回去了，要美瑛多次的劝慰才喜欢过来。

回想及小时的友谊，美瑛在这个打着赤膊赤脚的，赤铜色的脸上满长着面疱的粗鄙的农夫身上，隐约的发见得出十年前的可爱的面影来。他的上下两列的雪白的牙齿和十年前的没有一点变更。最可爱的还是他的大大的眼睛，除了有点陷进眶里外，也和十年前一样的无变更，现在的有筋肉美的臂膀也着实的引起了她的爱慕。

“瑛姊，那边是我们的……”阿根没有把话说下去。

“讨厌的！”她看了看阿根又红着脸低下头去。

小的时候，他俩扮新婚的夫妇时，曾借墓碑左隅的坟塘一部分做过洞房来。

“瑛姊，坐下，不要紧吧。我俩罕得相会啊。”

“今天不早了，明天再来吧。我要回去吃饭了。”美瑛说了后又后悔不该失口约他明早来。

“你明天一早定来吗？”阿根很诚恳的问。

“那说不定哟，”美瑛笑着说。

“不管你来不来，我明早定在这里等你的。”阿根一面说，一面拾起锄头，担在肩上向她告别。

美瑛望着他走过墩后去了。她还站着怅望了一会才转身向家里来。美琼已经走到后园门首来叫她了。

六

美瑛吃过了早饭，把她的思力运用到阿根身上去了。她回想到十六岁那年秋的事了。那年阿根只十五岁，但骨格很大，发育很快的他，表面看去就像十八九岁的了，和纤弱的美瑛相比较，谁都不承认她比他年纪大。她在那时候虽觉得也有几分可爱，但对他的粗鄙的样子和满脸的面疱又觉得有点讨厌。他没有受相当的教育也是她鄙薄他的一个原因。

她十六岁那年秋的一天，平素没有往来的阿根的叔母忽然到美瑛家里来找她的母亲魏妈。阿根的叔母来时，美瑛和她的妹妹正在屋后院子里做女红。她听见来客是阿根的叔母就很敏感的联想到阿根来求婚的事，她的全身的血液即时涌到脸上来。她的身体也在微微的发抖。她怕这样的狼狈的状态给妹妹看见了不好看。佯说要解手回房里来。美琼却天真烂漫的跑出厅前去看。美瑛回到自己房里坐了一会，精神镇静了后再走出院子里来。这时候妹妹也回来了。

“阿根的叔母来找母亲做什么事？”她装出很平静的态度问妹妹。

“……”妹妹只望着她微笑。

“笑什么哟！”美瑛有点发气的。但妹妹还是笑着不说话。到后来美琼看见姊姊着急的样子才说。

“真不要脸，她也敢来替她的侄子做媒。”

“什么事？”美瑛还故装不懂的。

“阿根的叔母说要姊姊做他的媳妇呢。”美琼说了后笑起来。

美瑛虽不十分愿意嫁阿根，但对美琼的态度——鄙薄阿根的态度也抱几分反感。她没有话可以答应妹妹的，只低下头去做女红。但她心里着实的感激阿根，她想，真的爱自己的还是阿根——从小时就亲昵自己，恋爱自己。

过了一会，母亲也进院子里来了。

“自己穷得没有饭吃，还想讨人家的女儿！像那个半桶水也能养活老婆吗！”母亲和妹妹一样的鄙视阿根。

阿根自求婚失败后每在田间路上碰着美瑛时就表示一种愤恨的表情翻过脸去不看她。她看着他这样的不理她，免不得要痴痴的站着叹息一会。她又看见他走远了时还频频地翻过头来看她，她禁不住悲楚起来。她觉得自己虽不很愿意嫁阿根，但也不愿意阿根对她有这样的态度。她也莫名其妙的自己的心会这样强烈的受着阿根的支配。

——阿根，拒绝你的不是我，是我的母亲；这是叫我无可如何的事。你切莫怨恨我，阿根！美瑛心里替自己辩护，但她又想，假定母亲答应时，你也愿意嫁他么。美瑛想到这点，自己又疑惑起来。

美瑛由墩上回来后尽思念自己和阿根的过去。

——阿根不是约我明天一早去会他么？还是不去的好，怕他有意外的举动呢。但自己又有点舍不得不去看他，我实在有点喜欢他。至少，我并不讨厌他。我整天的思念着他是证明我在恋着他，那么决意嫁他不好么？但听村里的人叫我阿根嫂时，又觉得不很情愿。她觉得自己有点矛盾——喜欢阿根，但不愿意嫁他。她想恋爱和结婚完全是两件事，要分开说的。

这晚上美瑛整晚的没有睡，她望不得快点天亮。黎明时分，她就离了寝床。她望着妹妹还在呼呼的睡着。她自己到火厨里去烧了点热水来，洗了脸，漱了口，又忙忙的梳头，梳好了头，站在镜前照了又照，总觉得对自己脸上搽的粉和额上的短发有点不能满意。

她在大镜前痴站了一会，胸口忽然的扑扑地跳动起来。

——这样早出去，不会叫母亲和妹妹疑心么？她想动足时又踌躇了一会。她再回到寝床上躺下来，来想等到阳光稍为亮些时，等母亲起来了，再说出去散步吸新鲜空气好了。是的，我每天早晨都出去的。今早上出去有什么希奇。

她们不会说什么话的。但她觉得今天早晨总是比平时不容易动足的。胸口不住的在跳跃，周身也微微地在颤动。

朝东的玻璃窗扉上面的一部分晒在淡橙黄色的阳光中了。檐瓦上的雀儿也在啁啁啧啧的唱起它们的小曲来了。她听见老妈子起来了，到火厨里去了。她战战兢兢的起来打开了后门走向园里来。

“小姊到园里去散步么？”她开后门时听见老妈子在问她。她当老妈子晓得了她的秘密，心房突突地跳跃，也感着双颊发热。

“是的，房里热得很，到外面去凉一凉就回来。”她故装镇静的说，但她的背部和额部已经微微的发汗了。

园里小径两旁的杂草满装着露珠，她的一双裤脚已经湿了一部分。她走出后园门首来了，沿水平线射来的光线，直投射进她的眼球里来，她看不清楚对面草墩上有没有人。

——比昨天反迟了些了，他等不到我来，恐怕走了吧。算了，本来没有什么事的，回去吧，美瑛虽然这样想，但她的双脚还是向墩上那边去。

到草墩上来了，但不见阿根的影子。草上的露水渗透了她的鞋，她感着袜底的湿润了，她心里异常的不愉快。但好奇心仍叫她翻望他们俩小时的纪念地——那座蓝色的坟墓。她发见坟前拜垫上的一把锄头反射着太阳光线在闪光。

——阿根还在坟塘里面吧。站在这里望不见他。他在墓碑前等着我吧。他怕人看见所以躲在深深的坟塘里。她一面这样的想着一面走向那座墓前来了。

啊呀！她看见阿根睡在坟塘里的那种态度那种行为。像着了电般的骇了一惊。向后的倒退了几步，差不多喊出声来了！她马上脸红耳热的周身血管中的血都腾沸起来了。阿根像沉醉着般的耽享着他的自渎的快感，没有留意到有人在偷看他。美瑛看见那样的丑状，心房快要掉脱下来般的，惊震得全身发抖。

她不敢再看了想急急的跑回去。但又有点舍不得，她从没有看见过男性的这种丑态——不，恐怕女性中也没有人实际的看过男性自渎的丑态吧——望着这样的丑态，自己又感着一种神秘的快感。她退却了几步又停住足翻过来看了一会后才轻轻的走下墩来。

回到房里来时，心房还不住地突突的跳跃，双脸也还像喝多了酒般的红热，背部和额部更流了不少的汗。

——阿根没有看见我吧。他定是等我等得急了才演这样可耻的自渎的行为吧，幸得我没有早去呢，早去了时恐怕他真的许出意外的手段呢。她像从虎口逃了出来般的，后悔今天早上不该冒险出去的。

——他像有意演给我看的，他听见我来了就演出这样的丑态来蛊惑我。她想到这点又有点恨起阿根来了，像他没有受过教育的村童当然有这种丑劣的行为。他完全是个恶少年，我怎么能够爱他呢？我错了，不该应他的要求来会他的。美瑛又像受了阿根的莫大的侮辱般的在痛悔自己太孟浪了。

第二天早上起来，美瑛像给一种不可思议的力支配着，想到草墩上去，她知道是有一种危机迫近她身上来了。但她还想看看男性的自渎的行为，倒可以感受点神秘的快感。

——他今早还是要来的。横竖没有人知道我就去看看他是不是故意的。或者他的这种自渎的行为是病的象征。他每天早上都到这墓上来贪图自渎的一种快感吧，昨天我在那边，所以他走了。把他的秘密识破了时，他定给我下不去的，他要用最后手段对待我也说不定。她很想到草墩上去，但又有点害怕。

结局她还是去了。阿根的自渎的行为对她的确有种诱惑性，一连三天，美瑛都秘密的走到那座墓旁的树后偷看阿根演自渎的行为。到后来她发见了阿根的自渎的行为是有意对她的一种戏弄。

第四天的早上，她在看得出神的时候，阿根忽然的跳起来狞笑着向墓旁的那株树。最初美瑛以为他还没有看见她。但只一会，他以完全在情欲中燃烧着的像兽一样的可耻的姿势奔向树旁来。

美瑛骇了一跳，忙拔脚向前面跑。迟一刻时，她就给他抓着了。她忙向后园门首奔，他在后面追来。

“瑛姊回来吧！你看了四天了，我都晓得，你还怕我么？”阿根在后面这样的叫她。但她只顾跑，这时候她的确怕他了。

“瑛姊，我今天不得空。明后天到你家里去看你好吗？”

美瑛还是不理他。她完全当阿根是疯了的，当他是个色情狂——为她发的色情狂。

她回到自己房里来了，幸得妹妹出去了。她把惊魂镇静了后才出来厅前吃早饭。她很担心阿根真的跑到家里来对母亲和妹妹说疯话。她又担心他告诉村童们我一连四天都在草墩上偷看他。

过了一星期不见阿根到家里来。也没有听见村里的人评论她和他的话；美瑛才安心了。

七

秋近了，美瑛打算再回B教会的医院去。自从在屋后的草墩上受了阿根的窘辱后，美瑛很少到外面去了。近几天来因为要回城里去，不能不到几个友人家里去告别，并到村街上去买点物品。她两次在途中碰见了阿根。她一望见他就脸红红的低下头去。但识破了美瑛的心的空虚的阿根像捉住了美瑛的弱点，像前次一样的对她嬉皮笑脸的说：

“瑛姊，怎么许久不见你到墩上来了。我等了你好几天，总不见你来。”他说了后，脸也不红的向她狂笑。

——不要脸的东西！她只低着头不理他的走过去了。她不敢——也怕和他交谈一句，她虽然有点恨阿根但并不讨厌他，她替阿根可惜。她觉得也不该有这样丑劣的行为。

经秋季的体格检查，美瑛知道自己的眼睛患了初期的沙眼症并且肺尖也很弱。副院长很亲切的替她诊察，诊察眼睛时还没有什么，听诊胸部时，她觉得副院长对自己的态度就有点不寻常。

最初袒着胸和副院长对坐着时，她感着一种羞耻和局促。她把给裙遮着的双膝紧紧地挤凑着，闭着眼睛不敢望副院长，她只挺着富有脂肪的胸部让他听诊和按摩。副院长像嫌两人间的距离隔得太远了些，把椅子移凑近了，他的双腿就乘势把她的双膝夹着了。她觉得副院长是有意的在腿上用力把她的双膝夹住，她侧着脸不敢正向着他，她的右颊感着副院长的温暖的呼吸。他按摩到乳房的附近时，她的全身的血一时腾沸起来，同时背部也感着一种恶寒。她这时候只好把身体向后闪退，但副院长很不客气的伸手过来攀她的肩膀，好像在说隔远了听诊不明白。她没有法子，只得让他攀动，凑近他的胸前来。在这瞬间，副院长像有恶意的把她的双膝愈夹得紧紧的。给他这一挟，她的全部的骨骼像都松解了。副院长也像有意由这种对她的挑拨的行为贪求点快感。

副院长把听诊器从两个耳朵里取下来后还凝视着美瑛，她的双颊更红得厉害，忙低下头去。

“可以了么，先生？”她拈着衣扣问他。

“……”副院长点了点首。

她忙着把她的衣扣扣紧。副院长也站了起来，在她的肩背上拍了一下，再捉住她的臂膀捏了捏，说：

“你的体格很好，不要紧，不像会患肺病的体格。”副院长说了后再伸手过来摸她的胸部，“你的胸部也很宽，不至于患那种病的，以后起居饮食留心些就好了。要留心莫伤了寒。”他的手由胸口滑至膨胀着的，满贮着暖血的乳房边来了，美瑛在这瞬间全身像受着一种重压也觉着一种使她战栗的恐怖，同时又感着一种陶醉的快感。

——讨厌的先生！美瑛最初的确觉得这个副院长讨厌。但经了第二次第三次的讨厌的先生的蛊惑后，渐渐感着有诱惑性的官能的美感了。她近来觉得给副院长的诊察是唯一的秘密的欢乐。

秦助手在这时候还不住地向美瑛求爱。因为有副院长的羁绊，并且对进行恋爱平素就异常胆怯的美瑛几次都把秦助手的要求拒绝了。在美瑛眼中的秦助手对李女士的关系明认得出来的一天一天的疏远，李女士对秦助手的监视也一天一天的严密。

和美瑛同级的有个姓林的女儿，比美瑛小一岁，名叫瑞云。秦助手向美瑛方面的进行失败了后，就转向林瑞云方面进行。林瑞云本来是和人家订了婚约的女子，因为是父母的主婚，订给一个有钱的屠夫的儿子，这是她顶不情愿的。因此她想自由恋爱的拣一个夫婿，好抵制那个屠夫的儿子。没有多久，秦助手和林瑞云就互陷于恋爱中了。最留心他俩的恋爱的只是李女士和美瑛。美瑛望着他俩的浓厚的恋爱的情形免不了要感着一种寂寞，同时也发生一种嫉妒，也有点后悔不该把秦助手放过去了的。由美瑛看来，秦助手和林瑞云的恋爱完全是由对自己的反抗心而发生的。他因为向美瑛进行恋爱失败了，便故意的以加倍的爱情接待林瑞云，借此向美瑛复仇。美瑛最初以嘲笑的态度眺望他俩。到了后来又羡慕他俩，嫉妒他俩起来了。

秋尽冬来，到了十月初旬，医院里起了一种变动。虽有教会信条的限制，外国人的院长的监督，李女士的警戒；但秦助手和林瑞云的恋爱还是像轻舟逐急流般的尽她流向她所能流到的地方去了。

到了年假秦助手和林瑞云间的关系在县城社会上当做一件丑闻（*scandal*）

传扬出来了。社会还故意的夸张着把他俩的关系宣传得无奇不有，但他俩像预先知道有今日的事般的，一点不惊恐。他俩不久就由教会放逐出来。

秦助手和林瑞云的恋爱事件在美瑛心上给了一个深刻的影响。她虽然觉得他俩的淫乱的行为很可耻，但对不受任何人的束缚或掣肘，一任热烈的情热的奔驰，自由的大胆的实行恋爱这一点，她也禁不住要羡慕和佩服。她想，林瑞云到底比自己幸福。她到这时候只能暗恨自己的怯弱。

副院长是个教会里的寄生虫，他看见秦助手的被逐怕要蹈秦助手的覆辙，对美瑛的态度近来消极起来了。美瑛也觉得对既婚的副院长再没有什么希望了。作妾，不消说自己不情愿并且教会中人也不许娶妾的。

年假到了，美瑛又由城里搬回家里来，在城里住了一年，一无所得，带回来的还是一颗寂寞空虚的心。据母亲说，因为到城里去了一年中不见有个人来问她的年庚，她想自己是完全失败了。

她觉得在城里习医习了一年，没有一点意思。她决意明年不再到城里去了。在这寒村里能够使她思念的男性还是阿根一个人，诚心爱慕她的也只他一个人。听说他在十月里到南洋寻生计去了，她免不得有点伤感。

美瑛又迎第二十二次的新春了。

八

美瑛二十二岁那年又过去一半了。在这半年来问妹子美琼的年庚的人倒不少，只有她像过了时期般的再无人过问。

美瑛在村里渐得了老处女的徽号了。村里谈及女儿的婚事时就把美瑛提出来警戒有女儿的父母。

“还是将就些吧。拣婿拣苛了时，过了年龄要害女儿的。你不看见魏家的老处女么？真的是个老处女了，前礼拜我来看过她来，嘴角边都有微微的皱纹了。”

“这一点不满，那一点又不满，哪一点找得出圆满十足的女婿来，人才要好，家私也要好，父母要双全，兄弟又要少；找不出来的！你看魏妈不是把大女儿害了么？现在人都叫她做老处女呢。”

老处女的名字渐渐的吹进美瑛的耳朵里来了，她听见了时气愤不过，终于气哭了。

暑中的收获完了后，又快到立秋了。立秋的前两天，东山姓徐的农家打发了一位媒婆到美瑛家里来，美瑛听见这次的媒人是为自己来的，不是来问妹妹的年庚的；心里先喜欢了一大半，她想婚事要由自己决定才好，不要再让父母作主了。至少自己该出到厅前去和母亲媒婆见三两面的，自己总要参加点意见才对。美瑛虽这样想，但终没有勇气去见媒婆。等到母亲送客去后进来说，她已经拒绝了媒婆的提婚了。美瑛像着了电般的吃了一惊，她暗恨母亲不该不和自己商量，专断的把难得上门的媒婆赶跑了。错过了这个机会时，恐怕又要再熬半年或一年了。

据母亲说，刚才来的媒婆提的婿家是个农民，岁数有三十五六了，同栖了十六七年的老婆在去年冬死去了，现在想续弦，听见美瑛还没有订给人，所以托了媒人来问。母亲的意思本来可以不拒绝他的，因为第一徐家的家计很好，嫁过去时一辈子的穿吃可以不要担忧，女儿年数大了，做继室也是无可如何的事，但媒婆最后提出来的条件，母亲觉得美瑛听见了时一定通不过的；就是徐家的先妻有个十四岁的男孩儿和八岁的女孩儿。

美瑛听见母亲说了后，气愤稍为平复了些。

“有了这么两个半尴尬的小孩子多讨厌！做填房还不要紧，做继母就难了。相处得不好时，人家要说七道八的。”

母亲再替辞退了媒婆的自己辩解。美瑛只低着头不说话。美琼看见姊姊的可怜的姿态很替她抱不平。

母亲出去了后，姊妹两个沉默了一会。

“姊姊，怕什么？我想女人要嫁时还是嫁农民幸福些，一生相守着。先妻生的小孩子又有这样大了，不比三岁五岁的小孩子，只当他们兄弟看待就好了，没有什么不容易相处。”美琼总觉失了婚期，又在性的烦闷期中的姊姊还是早点儿嫁出去的好。一年多不见人来问年庚，再说把一家放过了去后恐怕再没有人来问了。作算再等一年半年有人来问，也恐怕没有更好的人家了吧。

“我也这样想，不过……”美瑛听见妹妹的话，沉默了一会后颤声的说：“姊姊不嫌徐家，徐家当然很愿意的。就打发一个人去叫那个媒婆回来不好么？”

“姻缘是有定数的，勉强不来。已经拒绝了她了，再叫回来，有点难为情。”

“那不见得。是他那边来求婚的。又不比做买卖。叫她回来，还怕她叫我们让价么？”美琼笑着说。

美瑛心里有点不以妹妹说的话为然了，因为她把姊姊的婚事看得太潦草了。

妹妹美琼的态度近半年来有点和从前不同了，在姊姊眼中看得出来的不同了。从前不爱修饰的她近来和姊姊一样的——不，比姊姊更喜欢化妆了。虽然是粗裙布衫，但对裁缝的式样和色泽花样也很注意的选择，在报纸上或杂志上登的化妆品的广告，和美容术的记载，也特别留心的读。从前每星期六很早回家里来的，现在非到傍晚或入夜时分不回来了。有时竟以学校有事或功课繁忙为口实，星期六那天也不回家里来了。

——近两年来——自一班新教育家提倡妇女解放以来，女子的起居行动比从前自由得多了。像妹妹比我就自由得多了。怪不得近年的女学生们中发生出许多令人羡慕的事来。妹妹也怕是跟着她们在暗中飞跃吧。美瑛对妹妹的最近的行动很羡慕也很嫉妒，同时又暗恨自己太怯懦了，太不中用了。

妹妹的行动给了她不少的刺激，母亲的暧昧的行为也使她感着相当的兴奋。她觉得烦闷的，孤冷的只是自己一个人。

看看寒假又来临了，美琼由学校搬了回来。两个月前还是天真烂漫的热心从事校课的妹妹今年寒假回来，态度有点不寻常了。美瑛想，妹妹也到了性的烦闷期了。看她每天不论早晚，总有一二次一个人痴坐着凝思什么事情般的。美瑛想，妹妹希望自己草草的快点结婚，不是偶然的忠告了。

过了几天有个媒人来问美琼的年庚了。美瑛听母亲说，男的是上海××大学生，明年就可以毕业。名字好像叫做黄广勋。美瑛听见黄广勋的名字，像是个熟识的人。她再深深的回忆了一会才知道黄广勋就是她十六岁那年向她求婚的比她小一岁的中学生。

“妈妈答应了没有？”美瑛的鼻孔里辣刺刺的难过，但她竭力的忍着问她的母亲。

“要等你的妹子回来，问问她的意思怎么样。”

“约了她再来么？”

“她说明天再转来。”

美瑛不便往下问了。她知道母亲的苦心了。母亲明明知道黄广勋是六年前向大女儿求过婚的，不过不便说出来，怕大女儿伤心。

黄广勋向美瑛求婚的时候，美琼只十二岁，当然一点不知道。美瑛想，这怪不得妹妹，妹妹的运命是比自己好些。姻缘是有定数的，运命的幸不幸也是有定数的。

美瑛虽把运命的话来安慰自己，但她的精神还在固执着不容纳这样的无聊的安慰。她在中学时代，有一次的学年考试，代数教员出了一题应用问题，她最初把它解答出来了，演算也一点不错。打算交卷了，她重新把那题的答案清查一回，查看完了后就望望教室壁上的挂钟。该死的就是这个挂钟，告诉她距限定的时间还有一点多钟的余裕。她觉得这个答案总有点不满意，再提起钢笔来把它修改，愈改愈得不出结果来，时间到了，她就交了卷。出场之后才知道最初的演算，一点不曾错，后悔不该把它改错了。她愈后悔愈心痛，因为这件事有两天没有吃饭。她形式上虽然对朋友们说，算了算了，能及格就好了；但精神上还是受了一个重伤般的，许久都不能平复。美瑛想，现在对黄广勋的心理完全和把答案改错了那时候一样的痛苦了——不，有千百倍于那时候的痛苦。

九

过了新年又到了元宵节了。美瑛开始了她的二十三岁的年头，美琼也十九岁了。但妹妹美琼再不客气的等她的姊姊了，她把处女时代告了一个段落，别了她的母亲和姊姊嫁到黄家去了。

元宵节的傍晚时分，她和母亲在门前送妹妹的花轿走了后，她一个人急急地回到自己房里来伏在被窝里痛哭。她想，妹妹虽然想嫁，但不该嫁黄广勋的。母亲已经告诉了她，黄广勋是从前向姊姊求过婚的人。论理，妹妹该忌避些才对。但妹妹急于要嫁了，终给姊姊一个滑稽的讽刺——使失败者万分难受的讽刺。

——妹妹近这几天来多欢乐的样子。她嫁了一个富有活气，前途有望的美少年，她的身心一生都有所寄托了！只剩得……美瑛愈想心里愈难过。自妹妹嫁了后一星期间都是流着泪到天亮。

美瑛想，妹妹嫁黄广勋像有意对自己的一种恶作剧，此仇非复不可！尽顾着人类的虚伪的义理，尽守着旧社会的腐败的规约，结果只有牺牲自己！

美瑛由黄广勋联想到那个中学教员了。

——听说他现在升任至省垣C大学做预科主任了。不该拒绝了他的。不是钻营得力哪能够以师范专门毕业的资格做大学教授呢。没有大学预科的学历可以做大学预科的主任，并且升任得这样快，在中国只他一个人了。由此可以断定他的手腕很高。美瑛后悔不该拒绝这个手腕家了。

早知道过了年期不容易嫁出去，就嫁了徐家那个农夫作填房也算了。早听了妹妹的忠告就好了的。最初以为自己的婚事未定之前，母亲决不提妹妹的婚事的，妹妹也定让我先出阁的，殊不料母亲不再为我把妹妹的婚事迟延，妹妹也再不客气的等待我了。

美瑛再看一看自己的周围，所识的同辈朋友们都结了婚。她们都找着了安身立命的地方了。前几年在自己眼中完全是个小孩子的，现在也结了婚了——只十六岁就结了婚的还有好几个。相形之下，胸里像受刺般的痛苦。自己已经二十三岁了，还没有婿家，对不认识的人都感着愧赧，对村里认识的妇女们，美瑛差不多不敢和她们见面了。她想，今后决不听她们谈别人家结婚的事了，但村里每次有人结婚的消息偏会吹进自己的耳朵里来。

美瑛想，自己真的变成个老处女了。做了村里妇女们的嘲笑的对象，以后怕嫁给人作后妻都没有人要了吧。

——听说思虑多的女人颜色就容易衰老。自己就有这样的病征。美瑛愈想愈不敢见人了。

“她恐怕不嫁人了吧。哪里有到二十三四岁还不许给人的女儿。”美瑛像听见有人这样的说她。

“怕没有人要了吧。正式的初婚不会娶这样的老处女吧，”美瑛又像听见有人在这样的嘲笑她。

美瑛现在愈感到有结婚的必要了。不是由于对结婚的憧憬，不是由于对异性的好奇心，不是由于一种空泛的恋爱；她为要立身做人起见，觉得非结婚不可了。在她面前只有两条路了，不快点嫁也就立即入庵做尼姑去。

有时候她遇见既婚的朋友，朋友就对她说：

"我觉得独身时代不知多少快乐，要耍就耍要睡就睡，不受谁的束缚。真的，结婚没有一点意思。我真羡慕你，又自由，又舒服。结了婚时这身体就不是自己的身体了。女人虽然不能不结婚，但我觉得迟一天快活一天。"

美瑛想这个朋友说的话虽有点道理，但总觉得是对自己的讽刺，她想这个朋友有了丈夫，有了性的满足才说得出这样奢侈的不负责任的话来。作算这个朋友的结婚不是幸福的结婚，但比不能结婚的自己也就幸福得多了。

有时候村里的认识魏妈的老妈子跑到美瑛家里来时，就很不客气的对美瑛的母亲说：

"年数大了，不要选择得太苛了。尽叫她等，等到什么时候？太可怜了！随便些嫁出去吧。"

美瑛想，这老妈子虽然太不客气了，但她总算是说本心的话，替自己表同情。美瑛又想，自己何尝不想随便嫁出去，不过现在想随便嫁出去的人家都没有了。

"姻缘是有定数的，作算两家都情愿，没有夫妇的缘时也难成事的。"母亲只能这样的辩解。她知道自己的不名誉的风声也是阻害美瑛婚事的一个大原因。

由阴历正月初旬至二月中旬是结婚的好时节。不论早晚，屋前屋后都听得见迎婚的鼓乐。这种鼓乐在她心里催起了不少的兴奋。附近的邻人们听见迎婚的鼓乐都跑出路口来看，但美瑛不能像十六七岁时一样的好事跟着她们说笑了。

过了二月半，黄广勋再出上海去念书，说要带美琼同去，第一当赴上海是蜜月旅行，第二是他还想叫美琼到上海去再求学。动身的前两天美琼夫妻同到母亲家里来。初次上门的新婿，村里的妇女们都拥了来看，魏妈的厅前都挤满了人。有的说，新郎比新妇还长得漂亮些。有的说，新妇的肌肤赶不上新郎的白嫩。有的说，他俩是天作成的一对配偶。美瑛在屏后听见这些话时差不多气得要流眼泪了。

不客气，不顾忌的黄广勋对岳母说要拜见大姨。美瑛听见了时只当他的请见是种讥讽性的复仇，抵死不肯出来。她只一个人坐在后面的房子里又悔又恨的垂泪。

她不久又听见那个中学教员在C大学当预科主任不满三个月就向卖官鬻爵的政府用了些钱，竟外放出来做邻县的县知事了。美瑛想，早答应了他的求婚时，现在自己是个知县太太了，她到这时候不能不深悔当日自己的轻率。

十

暮春的天气，空中密布着暗云，像快要下雨了。美瑛近来在家里代一家商店编绒帽子和绒袜子，得点工资添制自己的衣履。今天把编制好了的两打小孩子的彩色绒帽和十双绒袜送到那家商店去，回来时已经下午五点钟时分了。

一踏进门觉得房里特别的黑。她不知道是天黑了呢还是快要下雨的黑暗。厅前还没有开亮，她想叫声母亲时就听见母亲房里有客。她忙放轻脚步走近前去听了听，里面谈话的声音太低了，听不出来客是哪一个。

美瑛在窗口站了一会，想进去又不敢进去，她怕来客是江老二，进去时太使母亲难为情了。

“谁？”母亲在里头像知道美瑛回来了。“是不是瑛儿？”

“是我，才回来，”美瑛很不好意思的红着脸答应母亲。

“快进来，进来见你的表兄。他等你等了好半天了，”母亲今天说话带点欢乐的调子。美瑛前几天就听过母亲说，大姨妈的儿子凌士雄由缅甸回来了。

美瑛才踏进房门就听见男音的咳嗽。她听见他咳嗽，就联想到瘦削身躯所有者的表兄来。从小在外祖母家里常常见面的。从十三四岁以后她很少到外祖母家里去了，也就少和这个表兄见面了。

表兄至少有三十七八岁了吧。小的时候在外祖母家里的楼上，他还抱过自己一路玩呢，那时候就听见表兄快要结婚了。结婚的时候母亲带妹妹去吃过喜酒。自己很想去，但母亲不允多带小孩子去，所以没有去。但后来表兄带了他的新妇到自己家里来。那时候在自己眼睛里的表嫂完全是个丑妇，肌色很赤，南瓜般的脸儿。上面的两个门牙黄黄的向外露，不说话的时候就紧贴在下唇上，总说是离县城很远的深山里的人家女儿。美瑛当时想，这就难怪了，并且表兄的样子比他的新妇也好得有限，半斤和七两半吧。美瑛最初听见来客是表兄，并且表兄在等着自己回来见见面，心里觉得有点希望之光在前途等着自己。但到后来想到表兄的样子来了，又感着轻微的失望。再联想到前年染了时疫死去了的表嫂的怪丑的样子，心里更不愉快。

房里还没有开亮，在薄暗中美瑛看不清楚表兄的面貌，只看见他的瘦长的身躯的轮廓。

“瑛妹！”表兄在笑着叫她。

“士雄哥么？对不起，失接了。我有点事到城里去来。”

“一个人去么？”美瑛的视力在薄暗中恢复了，她看见表兄的惊疑的颜色。神经锐敏的美瑛由表兄的惊疑的颜色又联想到表兄对女性的浅狭的多疑的性质来了。她想，表嫂还在的时候，表兄对她都怀猜疑，不准她一个人归宁，定要叫个老妈子送她去，带她回。假定他再娶个标致的填房时不知要如何的严重的监视呢。

但表兄的惊疑的颜色立即平复了。

“天气该暖和了的，忽然又冷起来，怕要下雨了吧。”母亲像对美瑛说，但她的脸并没有向着她的女儿。

“外面真冷。我出去的时候穿少了衣服，在路上冷不过，”美瑛回答她的母亲。

“我想等表妹回来见见面，就等到这样时候了，怕响了六点钟吧。”士雄不转睛的凝视着美瑛说。美瑛很不好意思的忙低了首。

“就在我家里歇一晚呢。莫说不能回你家里去，就到城里去也迟了吧，怕关了城门呢。”母亲说了后站了起来出去了。美瑛想，母亲到外面去叫妈子准备晚饭，但又觉得她是有意叫自己陪着表兄谈谈。

“你陪表兄坐坐，我去拿灯火来。”

表兄的样子很欢乐的，他没有答应在家里留宿也不说不留宿；他只不转瞬的望着美瑛的脸，望得美瑛很难为情。

“瑛妹，你的样子完全和小时不同了。就前三年我回来看你时也没有这样的标致。你小的时候，体格笨些，现在高长起来，好看得多了。”表兄很不客气的在感叹般的赞美美瑛。但在这种赞美中像含有一种饥于色情的男性碰着旧识的年龄丰盛了的女性时的喜悦。

美瑛脸红了。但对表兄的赞美是很满意的，不过同时感着达了年龄还没有嫁出去的羞耻。

“今年不出去吧，不再出缅甸去吧。”过了一会美瑛才抬起头来问表兄。

“我想不再出去了。外面的生意近年来，年见年不好。橡胶落了价，工人的薪金又涨了价，实在盘缴不来，我想那种生意不做也算了。”

美瑛前两年就听见表兄在缅甸经营橡树园发了财，已经有一二十万的家财了。欧战后橡胶的价钱陡然的跌落下来，表兄蚀亏了四五万元，就不想再投资了。美瑛一面想一面偷望表兄双手上的金指环——右手有三个，左手有两个，左手上的一个像是镶有金刚石的在微暗中微微地闪光。

“你的橡树园也卖了么？”

“没有卖，但也和卖了一样，订给一个代理人包办了。本来想叫阿和出去的。但又怕他太年轻了，监督不来。并且学那边的土话就要年把两年的工夫，不容易。”

美瑛听见表兄说及阿和的名字，又想到表兄的儿子阿和来了。她想阿和今年有十六七岁了吧。

“阿和今年几岁了？”美瑛问表兄。

“十六岁了吧？我也记不清楚他有多大年纪了。”表兄笑着说了后从衣袋里取出条纸烟来吸。

美瑛想起阿和儿的样子来了。皮肤很黑，骨格横大，有点像他的母亲。

两个人相对沉默了一忽。美瑛想找点话来和表兄谈谈，但尽想尽想也想不出什么话来。并且头上像受着重压不容易抬起来。

——表兄像有什么特别的话要向自己说般的。像有什么事情要向自己要求的样子。

“瑛妹，你今年几岁了呢？”表兄突然地问了这一句。美瑛觉得表兄的这个质问太失礼了。提起岁数，美瑛比听见什么还要难过，她只低着头双颊绯红的。

“老了哟。”过了一会，她才苦笑着说。

“听说你总不情愿结婚，说这个婿家不好，那个婿家又不好。有这事没有？”表兄还笑着说，但他的声音听得出来有些微微地颤动。他说话有几滴口涎飞射到她的脸上来。她还闻到表兄的气息很臭。

"像我这个女人……"她只说了半句，双颊再红起来不说下去了。

"你太拣狠了吧。"士雄还是一点不客气的笑着说。

"像我这样的女人有谁要呢？"她最后说出这样自弃的话来，但心里还是承认表兄的话太拣狠了。

——表兄像有意思于自己了。嫁表兄作填房——有先妻的儿子的填房。美瑛看见表兄的衰老而且有病的样子，心里实在不情愿，但望见他的双手上的金指环时，又想这个机会再不可让它逃过去了。

母亲拿着洋灯进来了，过了一会，老妈子搬了酒饭进来。吃过了晚饭还坐谈了半点多钟，表兄打了几个呵欠站起来说要赶到县城里的旅馆里去歇宿。

"不下雨吧？"表兄在问她们。

"虽没下雨，但外面黑得很呢，怕不好走。"

"那不要紧，我有手电灯。"表兄打着呵欠从怀里摸出一个小盒子来。把盒盖打开，倒了几粒小豆大的黑药丸在掌心里，趁势向口里一拍。口里含着黑药丸，伸手向台上倒了一杯浓茶一气的向口里灌。美瑛看见表兄的鼻孔里流了点灰白的鼻涕出来。他忙由衣袋里取出一条雪白的绸巾来向鼻门上搭。

美瑛知道表兄非赶出县城去歇宿不可的理由了，她再不留表兄在家里歇夜了。

母女两个送了士雄出去后，再回房里来时，壁上挂钟响九点了。

十一

她们回到房里来了。母亲拿了三四个大包东西出来。

"表兄送了好些东西。送你一件华丝葛的衫料。"母亲拣那个衫料的包裹交给美瑛。

“我看，什么颜色的？”她抢过那个包裹来，急急地解那缚着的绳子。

“深蓝色。”母亲在解别的纸包。

“深蓝色，我不喜欢。谁要那样的老颜色！”美瑛把嘴唇一歪扯。

“表兄说，这样的颜色大方些。”

美瑛再不说什么，她只想有这样好的上衣料就要有好裙料来配它。她恨表兄不加送一件裙料给她。

母亲的礼物是青宁绸。还有两箱西洋饼干和一打毛巾。她想，除了两箱饼干外都是很切实用的东西。

“妈妈真贪婪！全数收了么？”

“不全数收下来，还要叫他提着回去么？”母亲笑着说。

“花了他二三十块钱吧。”美瑛想有名的吝啬鬼送这样厚的礼物给人家，恐怕这次是创举吧，他真的像对自己有意思。

“我也觉得奇异，那样吝啬的人，”母亲说了后像还想说什么话。但忽又中止了。

“他多早来的？”

“我才吃完中饭，他就来了。一点多钟前后吧。他要我带你到他家里去玩。我想，我们迟几天送点回礼给他。你说送什么东西好？我想，他是有钱的人，什么东西不能买。不过表点意思罢了。买两斤肉，两条鱼，二十个鸡蛋送他好么？”

“不要累赘了。送他两斤肉，两只鸡就好了。我是不去的。他只不转睛的望着人，望得人……”美瑛红着脸说了后低下头去。

“单我一个人去也好，探探他的口气。”

“探什么口气？他对妈妈说了有什么话么？”

“没有明白地说什么。不过你还没有回去以前，不住的问关于你身上的事，问你订给了人没有，为什么还没有嫁，希望怎么样的人家。他很留心的问这些事。他恐怕不是替别的人做媒吧。”

“讨厌的。”美瑛这回不敢一口抹杀的说不情愿嫁表兄的话了。

“我想他那边有这个希望时，你就将就些吧。人物虽然差点但以后的衣食可以无忧无虑。我想难得再好的人家了。”

“……”美瑛只低着头没有表示。若在数年前听见母亲这样说时，她定提出抗议了，说女人决不单为衣食而嫁的，现在她实在再无这样的勇气。

“去探探大姨妈的口气，就知道他们的意思。”

美瑛回来自己房里后还坐着默默地想表兄的事。她总觉得表兄那个样子实在难于亲近。还有一个缺陷是母亲不十分留意的。这就是血统上的缺陷，听说表兄的父系一连四五代都是患这种病死的，有了相当医学常识的，并且实地的看过这种病的苦状的美瑛想到这种血统上的缺点，心里异常的不愉快。

她还没有和表兄结婚就先想象到患这种传染性的恶症的丈夫临死时的状况和自己无可奈何的在看护的情形。他的确是再活不到多少年的人了。尚未结婚就先要准备着作孀妇，这是如何难堪的事。

美瑛把表兄的事想了半点多钟后，思索力又回复到今天上午的事来了。

——×商店的杨店员像很诚恳的在恋爱着我，对他不该再漠然无所表示了。可怜他穷了一点，不然，他比表兄好多了。他的嘴唇厚了点，除此以外他可以说是个美男子。今天他的态度大胆了点，乘没有人注意的时候竟捉着我的臂膀。他约我明天去会他，同到市公园去游玩，若不是表兄今天来了时，我打算把杨松卿的事提出来征求母亲的意思的。母亲也喜欢他，只说他家里穷了一点。看母亲，也没有不赞成的。不过现在表兄有了微微的表示了，母亲的意思当然倾向到表兄那面去了。美瑛又追索起认识杨松卿的经过来了。

美瑛认识杨松卿是她的一个朋友介绍的，不，要说美瑛的编织绒帽子绒袜子的生计是由她的这个朋友介绍的。她的这个朋友的夫家和杨松卿是同一族的，住在邻村。最初编织的绒线美瑛间接的由这个朋友领过来。到后来美瑛在杨姓的家里认识了松卿了，松卿就常直接送编织材料到美瑛家里来。

到了第二天松卿果然来了。他来时恰好母亲不在家，美瑛还在房里梳头，她梳着头发脸红红的走出来。

“请坐一会，我就来。一刻就来，对不住了，劳你送过来，”美瑛一面说一面叫老妈子倒茶。她说了后又后悔对昨天才认识的人不该用这样亲昵的口气说。

松卿像带了点礼物来送给母亲的。

“你母亲呢？”

“才出去的。一刻就会转来吧，”美瑛说着进去了。

过了一会，美瑛再走出厅前来。把绒线收好了后，看见松卿送来的两块肥皂和一包食品，红着脸不敢收下来又不好拒绝。

松卿的态度像没有一点踌躇，但从没有和年轻的男性应接的经验的美瑛尽相向的坐着想不出什么话来说，有点难为情的。看见松卿尽凝视着自己，忙侧过脸去避开他的视线。幸得母亲回来了，美瑛忙站起来向母亲介绍。

“这位就是×商店的杨松卿先生。”

母亲对松卿很表示欢迎，为失了婚期的美瑛计她特别的表示欢迎，本来对男女交际，母亲所取的态度是很开通的，宽大的。她对美瑛近来的出入一点儿不加监督了。

美瑛跟母亲一路出城时，松卿又在馆子里招待过她们来。有松卿在×商店，美瑛的生计上也得了不少的便利。贪小利的魏妈就常常在美瑛面前称赞松卿。很奇异的就是美瑛听见母亲独赞松卿就像称赞自己一样的愉快，并且不知不觉地双颊红赧起来。

嗣后松卿常常来访美瑛，跟着时日的进行，他和她渐渐地惯熟了，有时说起笑话来了。松卿来时，母亲大概不在家。就在家里只陪坐一会说有事出去，留他俩年轻的在一间房子里。母亲的这样的态度实在叫他俩感激。美瑛更感谢母亲的苦心。她和松卿相认识仅满一个月，她就像得了母亲的许可般的和他结为恋爱的同志。他俩一同出去散步，一同上馆子，一同看电影戏。但都在日间出去。松卿曾几次要求她在晚间去看戏，只有这一件她没有答应，美瑛看母亲的意思，只嫌这个店员穷了一点，若能够替美瑛负终身的责任时，她也未尝不可以答应。

“只要他是个可靠的人，能负责任，就和他结重亲也可以。”母亲对美瑛曾露过这样的口气。

“松卿决不是浮薄的青年，他们的店主很相信他。不是靠得住的人还相信他么？”

美瑛想，松卿的嘴唇太厚了点，怪难看的。除了这一点，他可以说得上是美男子的格式了。贫穷决不是一时的现象。作算穷，只要夫妻相爱能同甘苦，也是幸福的。她意识到自己对松卿感着一种情恋了，觉得自己一身只有他能处分了，只有他能把迫近危机的自己救起来。她时时描着和松卿结婚的空想以自娱。有时对着松卿，忽然感着一种愁的发作，胸口不住的悸动，完全的面着失了自我意识的一种危机。受着冲动的打击，身体不住地发抖。她想，松卿是很明显的有意于自己的了，只要自己一启口示意，渴望着——在很久很久的期中渴望着的安慰，顷刻之间就可以领享。但只一瞬间，她又恢复了她的自我意识，觉得这是关系自己终身的事，不能不顾前后的随便的把身子委托他。虽经他的几次的要求，她始没有肯定的表示，但实际美瑛对松卿的恋爱可以说达到相当热烈的程度了。

十二

美瑛躺在床上，不住的把松卿和表兄比较，觉得他们间真有云泥之差。她想，看母亲的意思有点倾向到表兄那方面去了。但在自己觉得万难舍松卿而就表兄。

除窗外的雨音外，周围异常的沉寂。天气好的日子，在这时刻常听得见犬吠之音，今晚上天气冷了些，又下了雨，外面的村道上像没有行人，村犬也匿迹消声了。

蜷缩着身体深深的埋在被窝里，体温渐渐的高了起来。她的神经也愈兴奋起来。她从席底把松卿今天偷偷地给她的一张纸片取出来看。美瑛是中学毕了业的，看了小学程度还够不上的松卿的短简，心里也有点作恶。信里面的“庄次”当然是“妆饰”之误。还有“清阳谷继”四个字，她真猜不出什么意思来，她念了一回实在觉得可笑，但她总觉得松卿的短简中笼着有一种爱，在兴奋状态中的她就禁不住向这张纸片接吻，她渐次的描想到明天去会松卿时的一幕，她的体温越发高了，尤其是腰部。她想，松卿此刻若在这房里时，她就要把他整部的吞下去。

她像听见邻家的雄鸡的啼音。她想，天快要亮了吧。她忙起来把衣服加上，坐了一刻，天大明了，但不见太阳的阳光。她听见松卿在门首和扫地的老妈子说话，她想，松卿的胆子真大，这样早就跑了来，但她还是急急地想见松卿，忙走出来。外面还丝丝地下雨。

“你冒雨来的么？”她在厅前接着松卿就这样的问他。但他只笑着点点头不说话。

“你怎么今天这样早就起来了？”

“还早么？我在市公园里的八角亭下等了你半天，不见你来，才跑来找你。现在快要转一点了，还说早么？”

美瑛听见后心里觉得很对不住他，辜负了他对自己的热诚。但她又半信半疑的想，自己才起来，脸还没有抹，头发还没有梳理，怎样就到一点钟了呢；莫非我今天起床起迟了么。她忙叫老妈子，但并不见老妈子答应她。

“你见了我的母亲没有？”

“你母亲早出去了。我在路上看见了她。她说你在家里等着我。”

美瑛想，怎么母亲出去不告诉一声呢，心里有点不舒服。但她想，母亲定是到表兄那边去了的。

“我们走吧。还等什么？我在K酒店开了一间头等房子等你呢。”

“没有人在家里，怎么走得动么？”

“不要紧，快走！快走！”

“让我梳好头再去吧。也得换件衣服去。”

“你的头发还整齐，一点儿不乱，你身上穿的衣服也很可身，不要换，顶见得人了。”

美瑛没奈何的跟了松卿出来。在路上松卿要求她并着肩走路，她不答应，只在后面跟着走。看见路上只他和她俩的时候，他就走近她的身旁捏手捏腿的。她对他的粗鄙的举动虽然有点下流样子，但也不十分拒绝，因为她实在感着一种快感。

不一刻他俩走到K酒店来了。酒店的茶房引他们到三楼上的一间陈设很精致的房里来。在房中心由天花板吊下来的电灯煌煌地照得全房里通亮的，她想月薪只十八元的松卿怎么这样阔的租起这样好的房子来呢？

茶房不一刻把饭开了来。她想她今天早午两顿饭都没有吃，怎么一点儿不觉得肚饿呢。她望着台上的酒菜，有许多她有生以来没有尝过的。松卿告诉她这些不是中国菜，是西洋菜。她望着松卿在吃那几碟西菜，很羡慕他用刀叉用得熟练。幸得茶房备了筷子来，她不会用刀叉，只用筷子夹来吃。

吃过了饭，茶房拿了一张纸来叫松卿填写姓名，他就填了杨松卿，二十三岁，同妻魏氏，二十三岁。她只脸红红的望着他写，不便说什么。茶房去了后，松卿就翻向她说：

"这样写不要紧吧，迟早有这样的称呼的。"他说了后竟扑到她身上来。她躲不及了，松卿已经坐在她的怀中了。她这时候也觉得自己周身的血在腾沸。松卿把两片很厚的嘴唇送到她口边来了，颈部也紧紧地给他揽抱着。她只闭紧双目；觉得自己的身体软洋洋地快要溶解了般的。

美瑛连自己也不知道在什么时候给松卿搂抱着睡倒在那张铁床上了。她想抵抗，但已经来不及了。她领略到久渴望着的一种安慰了。她像喝醉了般的。等到自己醒过来时就闻到一种鸦片臭和口臭的混和臭味，怪难闻的，她忙睁开眼来看时，搂抱着自己的不是松卿，是自己的表兄。

"啊唷！"她骇了一跳，自己叫出声来了。忙睁开眼睛，看见自己台上的一盏小洋灯黄豆大的灯火半明半灭的还在燃着。朝东的窗口上部的玻璃板浴在淡黄色的太阳光中了。

她靠在枕上还默默的想梦中的情况，觉得身体懒慵慵的不容易起来。她听见后园里的鸟群的歌声了，她想天晴了吧。

她睡到八点多钟才起来，和母亲一同吃了饭后，母亲真的一个人出去了。她说到县城去买点礼物回来，明天就到表兄那边去。

母亲走了后，她把梦里的情景再细细的咀嚼一回。愈咀嚼，那种冲动的强压力愈大；她想，答应了他的，会他去吧。万一有什么意外的事件发生也算不得什么危险。自己的身体迟早要嫁人的了，不嫁松卿，也嫁表兄了。作算和松卿有了什么关系再嫁到表兄那边去也不算得是件罪恶。表兄还不是再婚么？恐怕他的身体的不洁还有比再婚更甚的吧。强烈的冲动的发作逼着她发出这种自暴自弃的思想来。

“你来我家里不好么？何必要我到市公园那边去呢？”当松卿约她的时候，她就这样的回答他。

“我到你家里去的回数多了，村里的少年们很注意我呢，怪不好意思的。多到你家里去，也怕他们说出不好听的话来。”

到后来美瑛还是应了松卿的约。

她走到市公园门首时，看看自己腕上的手表，差十五分钟就响十二点钟了。由家里一路来自己心理上都不起如何的变化，到了公园门首才觉着胸口有点悸动。幸得将近午了，公园里很少游耍的人了。她壮着胆走进公园向松卿约她的地点来。她觉得公园里的人都在注意她，她不敢抬起头来看公园中的景色。

只一刻工夫，她走到温室后的一个小小的八角茅亭边来了。她远远地就望见松卿一个人痴坐在亭子里的石桌上。他双手环抱着双膝，下颚承在膝上，拿着他的很厚的嘴唇痴望着茅亭对面的一丛桃林。

他像在这里等久了等得无聊起来了。她望见他的态度也觉得好笑。

十三

天气很好，太阳正在中天。她早晨出来时，里面穿了一件棉背心，上面加上一件夹外衣，又因走了许多路，她觉背部微微的出了点腻汗，身体也感着点困倦。

“啊！你来了。怎么这样迟！”松卿看见她，由石桌上跳下来。她走进亭子里来，先在一张石凳上坐下去，喘着气，好一会说不出话来。

“怎么样？身体不好么？”松卿就在她的旁边的一个石凳上坐下来，凑近前去问她，她只摇了摇首。她像准备着许多话要向松卿说，但此刻又想不出什么话来和他说，她的胸口更悸动得厉害。在茅亭前过来过去的人都很注意他俩。

隔着一个浅浅的池塘，那边就是在这公园中有名的桃林。深苍色的桃叶密密的把那边的草场遮住了。在桃叶丛中隐约望得见几颗桃实。去年秋尽冬初时，美瑛曾一个人到过这亭子边来看在池里游泳的一群红金鲤。其实她也不是真心喜欢看水中的游鱼，不过天气太好了，自己心里反为闷得难过，她一个人到这公园中来像有所求般的。但到头又感着轻微的失望。看见在公园里游玩的一对一对的夫妻并着肩走，甜蜜蜜的互相笑语；她又感着一种烦闷。她正在痴望着池中的游鱼，忽听见池塘那边的笑声。她忙抬起头来，视线透过有枝没叶的桃林，看见那草场上坐着一对的青年男女，他们俩坐得很接近的，男的手加在女的肩膀上了。她看见那种情形，胸口突突地跳跃不住，忙低下头去。她想，那个女的定是拒绝男的要求接吻，拒绝了后又在笑他情急。

美瑛坐在石凳上望见那边的桃林，禁不住想起去年在这亭边看见的情景来，她默默地在痴想。

“你还没有吃中饭吧？”松卿坐在她旁边问她。

“……”她只探探头，但视线还投射向池塘那边的桃林。

“我们到外面吃饭去吧。”

“那桃林后的草场在冬天很好玩的，草枯了，很燥爽的。不晓得这样时候怎么样，那边幽静得很。”

“现在草长了，又下了几天雨，很湿润的，坐不下去了。但是草场周围有铁梳化椅可以坐。”

“就是要坐在草地上才有趣。”

“我们到外面吃了中饭再转来游玩吧。”

美瑛杖着紫色的小洋伞站了起来。

“你来了多久了？”

“多时了！等了你半天。我当你背约不来了。”

美瑛只翻顾着松卿一笑。松卿等了半天不见她来的懊恼在她的一笑中完全溶化了。

两个人拣了一家比较清洁的幽静的馆子，进去吃中饭。馆子在公园的后面，美瑛给松卿强劝了三四杯酒，满脸红热起来。乘着酒意，松卿走过来握着她的手，她想躲——不可不躲——又不可了。

“听说你快要结婚了，是不是？”松卿随便捏造了一个问题来开始和她说话。

“我结婚？瞎造！我不结婚的！”

“哪有女子不结婚的！”

“你怎么样？你定了婚？”美瑛红着脸问他。

“你不结婚，我也不结婚。”

“我不结婚，你就不结婚？”

“至少也要看你结了婚后，我才情愿和……不，恐怕你和别的男人结了婚后我终身不结婚了。”

“那你不结婚，我也不结婚。”她说着笑了，但禁不住红脸。

“彼此把自由束缚住了怎么好呢？”他笑了。

“那没有方法。”

“我们同时结婚就好了。”

“哪里有这样凑巧的事。”

“我们不能结婚么？”松卿加紧的握着她的手，更凑近前去。她只脸红红的低下头去没有回答。

"你讨厌我？"

"……"她摇摇头。但她看见他的很厚的紫色的嘴唇不住地在颤动，实在有几分讨厌。

"那我们就订婚不好么？我相信我是深爱你的，"松卿说时不单嘴唇颤动，声音也颤动得厉害。

"请你去问我的母亲吧。"她只能这样的回答。

"我当然要征求你母亲的同意。不过先要问你的意思。你讨厌我，你的母亲就答应我也是假的。"

"……"她只红着脸抬起眼睛来看了看他。

"那你是没有问题的了，是么？"

他们俩出了馆子又回到公园里来了。他们真的走到那个草场边的铁梳化椅子上坐下来，并着肩坐下来。

他俩间话像说尽了，沉默了好一会。

"太晚了，我回去吧。改天再来看你。"她站了起来，但她的只手紧紧地给他握住了，她赧然的翻向他浅笑——带几分不好意思的浅笑。

"一起到了这里来，就这样的分手，我总有点不情愿。"他笑着说。

"那么，你想怎么样？"

"到什么地方去玩玩不好么？"

"什么地方？"

"你疲倦了么？"

"……"她凝视着他摇摇头。

"到什么地方去好不好？"他低声的问。

"太迟了，没有时候了。"

"你不回家去，不可以么？"

他到后来把最后的话说出来了。但她并不觉得什么可惊了，因为她早预料及他有这种要求的。

“怕母亲说话，也怕村里人说坏话。”美瑛终没有那种胆量。

“那你定要回去？”松卿的态度很不乐意的。

“你恼了？”她又有点觉得对不起松卿的热诚了。“松卿，我希望你像我的哥哥一样的爱我，这是我可以答应你，并且可以担保像兄妹般的和你永久亲近。至于刚才你所说的，我也不是不愿意，不过还是问准了我的母亲好些。”

美瑛岁数虽然大了，也常感着性的烦闷；但她到底还是个生长寒村的，可爱的真淑的女儿。并且她的性质很怯弱，尤其是对于秘密的性的行为当是件极重大的罪恶。她终坚决地拒绝了松卿的要求。她想，千辛万苦的在这几年的性的烦闷期中保留下来的处女之娉万不可无父母之命，媒妁之言就把它牺牲。“先奸后娶”，在这地方也视为一种极大的耻辱。

松卿送了她一程后。她别了他一个人回家里来。吃过了晚饭，坐在自己的冷冷静静的房子里又感着万分的寂寞，她又有点后悔不该错过了这个机会，恨自己太胆怯，太守本分了。

十四

等到松卿托媒到魏家来时，魏妈拒绝他说，美瑛早和凌家订了婚约了。

松卿托了他的堂兄嫂——美瑛的同学——来诘责美瑛时，美瑛只能把责任完全卸到母亲身上去。但她也未尝不感着一种内愧，自己有几分——不，其实是完全屈服于金钱的势力之下。只两对金手钏，四个金指环——其中一个是镶有红玉的，一个是镶有金刚石的——送到她面前来时，她就忘了士雄的一切缺点。她终于把这些灿灿发光的黄金尽数收下来了。

她的精神稍为镇静了后也觉得自己的心里的矛盾。只剩下一副残骸的表兄不能引起她的半点的爱慕。母亲固然希望自己到表兄那边去，但她并没有强迫的意思，错在哪一点呢？错在自己！自己听着母亲的劝告时只默默地无明白的表示。但自己如果真的不情愿时，母亲的劝告又何尝不可拒绝。

“你替我转告松哥，我自己何尝情愿。一切的事都由我母亲作主，我真无法可想，总之松哥日后看我的心吧。”美瑛对她的同学就这样的为自己辩护。

松卿虽然有几分承认她的婚事是全由她母亲心主持。但他还是怨恨本人美瑛对他变了心。他写了封信来，信里有这样的几句：“恨我无邓通的铜山，无吕洞宾的点金手指甲；所以你不愿意嫁我。”在松卿这是很有文采的一封信了。

在婚期前，松卿或托人或写信来要求她出城去会他一会，只要她去会他一面，他就死也情愿。

“不行哟！你要知道表兄的脾气。万一他碰见了你俩一路走时，怎么好呢？再等三个星期，你就要出阁的人！”当美瑛要求母亲允她到城里走一趟时，母亲就这样的警戒她。母亲又说，结婚前的女儿不该在人群中抛头露面的。美瑛觉得见了松卿实在不容易辩解，所以也认了母亲所说的理由了。

士雄和美瑛终于成了婚，举行了在他们乡里所罕见的盛大的结婚式。成婚的初夜使美瑛最难堪的就是在洞房里加设了一个鸦片烟炕。来洞房里凑热闹的都是士雄在缅甸的朋友，或坐或卧，在烟炕上挤成一堆。

他们轮着烧鸦片烟膏，各人都过了瘾后摆开两张台子玩麻雀。这时候做新妇的美瑛只能很寂寞的坐在室隅的暗影中望他们。看见这么一种情形，再望望猴子形象的新郎，她觉得自己的运命在今晚上完全决定了再无幸福可言了。

虽然是初秋，但气候还很热，穿着两件单衣还觉得热不过。只有副残骸的士雄宽了大褂子后，里面还有一件绒衬衣套一件西式紧身背心；但他还说冷不过。他的朋友们呼他做寒老鼠。美瑛听见他们把寒老鼠的名加在自己的丈夫身上，心里虽然有点不愿意；但同时也觉得这个绰号冠在她的丈夫身上是很确切的。

“寒老鼠，我们都料不到你竟有此种艳福。”

“寒老鼠，比兰贡（*Raugoon*）的小芙蓉如何？”

“怎么能够把他的新夫人比小芙蓉呢？”

“满足了吧！H市在莺娇也不差。你的确是艳福不浅。”

“听说新嘉坡的跑了，是不是，寒老鼠？你给她卷逃了多少？”

“你真是狡兔，有三窟四窟了。怪不得你的身子淘得像干姜般的。”

“莫瞎造！你们总爱败坏人家的名誉。你们总想离间我们新夫妇吧。”士雄口里唧着一根纸烟，笑哈哈地很得意般的说。

美瑛看丈夫的态度像并不以秘密的蓄妾为一种羞耻，他当它是有钱的男子所应行的一种义务。她在结婚的第一晚就受了这么的一个绝望的大打击。

允许和他订婚时有了觉悟的。作算他不蓄妾，自己跟了这样的人也不能算幸福。米已经煮熟成饭了，一切唯有委之运命了。

她回想到小时候的事来了，像是十一岁的那年秋，她费了绝大的心力制成了一个很好看的纸鸢，拿到屋后的草墩上去，想把它飞起来，她才拿出来，一个很凶悍的村童走来硬把那个纸鸢抢了去。她争不过他，她只能把新制的纸鸢撕破。她当时的心理是，不情愿把整整齐齐的纸鸢让给他，要把它撕烂一点才快意。她想。现在的自己的肉身——挨了几许艰辛保留下来的丰熟的肉身——就和新制的纸鸢一样，一点儿没有撕破，整整齐齐的让给表兄了。她想到这点，觉得为表兄牺牲的过大了。

那晚上，美瑛感着说不出来的痛苦。表兄的向外微露的两个门齿，时时触着她的红热的片颊，一股像腐败了的死鱼的臭气不断地流向她的鼻孔里来。她把脸歪过一边，忙取了条洒有香水的手帕盖在鼻梁上。士雄的黏滞的，但又缺少气力的行动陡然使她发生一种厌闷。快满十年间的渴望着的安慰，结果不过这个样子；美瑛不免大失所望，她虽然面着士雄，但她的心禁不住飞向松卿了。她后悔，后悔不该给松卿太失望了。

美瑛和士雄结婚才满月，她和她的大姨妈，姑媳间就生出龃龉来了。她至此才知道士雄的妒忌和吝啬的性质完全是一种遗传性。

“一天到晚，夫妻俩尽守在房里，差不多连饭都要送到房里去吃了。……哪有做媳妇不跟婆婆做事的？我吃了早饭到田里去时，她还在床上拿困呢，……像这样的家事一点不理，工夫一点不做，只管好穿好吃的；还成什么家呢？”大姨妈近来渐渐地向村里的人发出这类的话来了。

士雄若不出城里去时就不肯放美瑛离开他超过半个钟头。烧烟的时候也要她坐在炕沿上。有时候白天里也歪缠住她至几个钟头。对士雄的无节制的要求，和他的无气力的迟缓的举动，她虽然有点厌闷，但从来没有若何的异常的经验，并且生理上正在烂熟期中的她对士雄的无忌惮的挑拨也有些耽溺。

她和他的这种露骨的丑态引起了凌妈的不满和反感。并且士雄应美瑛的要求在她的首饰和衣裳方面花了不少的钱；对母亲的供给却锱铢的计较；这也是引起他的母亲的反感的一大原因。

士雄出城去了时，凌妈便向美瑛冷言冷语的。

“夫妻相好，也相好到有个分寸！整天整夜的相守在房里，成什么事体！岂不叫人家笑话！”

美瑛听得哭起来了。士雄回来了，那晚上她便哭着要求暂回娘家去住。士雄当然不能答应的，他正迷醉着她的肉。

美瑛在凌家住满了三个月了，姑媳间的沟渠愈挖愈深。到后来，无可奈何，士雄只好带了新妻到城里来另租了一所房子。村里的人都睁着惊奇的眼睛送他俩离开了这个小农村，他们都叹息着说，现在的新女学生娶不得。替儿子娶新女学生作媳妇会革掉自己的老命的。

十五

美瑛和士雄在城里租的一个小小的洋房，在吕真人庙后的幽寂的一条街上。在一般人看来，他俩的生活是在这小小的城市里算顶奢华的生活了。论美瑛的性质原不喜欢这种生活的，习惯于城市的生活，烟赌的生活的还是士雄。士雄早就不甘村间生活的寂寞，利用姑媳不和为口实就搬到城里来。

反日为夜的他们——士雄的一群烟友赌友——的生活，在美瑛最初觉得异常的痛苦，但过了个把月，她渐渐习惯了，她也学会了麻雀了。到后来天气不好的晚上，没有赌友到她家里来开麻雀台时，她反感着寂寞了。

她渐渐地和他们说笑起来了，露骨的说笑起来了。有时他们也很不客气地捏她的嘴角，最初她脸红红的骂他们，到后来她竟向他们报复了，他们也像得了机会就和她扭成一团。厌倦了士雄的微温的拥抱和不愉快的亲吻的美瑛由他们的玩笑领略到不少的安慰和快感。有时候她竟避开士雄和他们有更露骨的玩笑。

她也常常暗暗地吃惊，吃惊自己会变化得这样快。

衣食住，她都得了极度的满足，只有性的生活，——在由二十岁至四十岁的二十年间的女性所不可缺的一种生活——，她总觉得士雄无能力为她提供，她虽然没有别的男性的经验，但她深信士雄在生理上是有了缺陷的。结婚快满半年了，她还没有享受到她平日所渴望的强烈的性的安慰。正在盛年的女性不能得相当满足的性的生活，所谓生存是全无意义的了。

在他们农村里农民正在起床的时候，士雄才从烟炕上爬起来推醒在熟睡中的她。由微明的时候至太阳高出水平线时候止，其间是士雄和她纠缠不清的时期，有时忽然的中止，有时把时间延长；总之士雄的蠢动徒然地把她的欲焰煽动起来而无法扑灭。等到士雄疲倦了熟睡下去后，她的眼睛里燃烧着欲焰凝视天花板，再睡不下去。有时候，她常为这件事笑着向他说：

“你的身体该叫医生替你诊察诊察才好。尽是这个样子不呕死人么？”

“我自己也觉得不能满足。也向医生说过来。医生说是久吃烟酒的结果，要我禁烟禁酒。你看我离开烟酒能生活么？中西药也不知服了多少，但一点没有效力。太对不起你了。”他也笑着说。

美瑛起床是在上午九点十点钟前后，士雄却要睡到下午的三点多钟。美瑛因为吃了早饭后一个人无聊，天气好时，出来在附近的街路上游散。有时竟一个人独步到公园里来。

十一月中旬的一天微微地起了点风，但太阳高高地悬在没有片云的深蓝色的空中。美瑛一个人走到公园来时，觉得背部发了点细汗了。出来的时候有点儿冷，穿了旗袍，给太阳晒了半点多钟，感着郁热了。

她踏进公园门就联想到那个茅亭了——在她算是个纪念物的茅亭。

——半年久没有听见松卿的消息了。他早忘记了我吧。我虽然算是结了婚的人，但心情还是和在这个亭子里会他的时候一样的懊恼，心里也还一样的空虚。切切实实地反问一下自己，自己又不能爽爽直直地回答说，早嫁了松卿好些。自己虽有几分恋爱着松卿，但其间还有一种说不出来的隔膜。自己说不出这种隔膜是怎么一种东西。论在社会上的虚名，松卿和表兄一样的无名。论利呢，当然表兄方面靠得住些；不过自己并不十分注重，自己也曾唱过高调，只要真心爱自己的，自己就可以和他共甘苦；那么金钱是不成问题了。论人物，松卿就高出表兄十倍！不决意嫁松卿完全错了！但那又不见得。听说松卿在村里只有两间茅房，此外没有一角田一角地，他在××商店里月薪十元仅仅够养活他的老母亲。

嫁给无能力独立生活的男人的农妇的惨痛生活映在美瑛的网膜上时，想和松卿订婚的决心愈加迟钝起来，农村的工资近来增加了；由早七点钟起至晚上的六点钟止，除了正午一小时的休息外，共十时间的劳动；由五分钱增加至八分钱了。工资之外还有早午两餐的饱饭。春水来时正是插秧的时候，裤脚高卷至大腿部，雪白的一双有曲线美的腿、膝、胫等都毕露出来。走进田里时泥水高及膝部，或竟涨至大腿部，泥臭和水的污湿浸渗至她们的腰部和腹部来。黄昏时分放了工回来，腿上的泥巴还没有洗干又要为丈夫为儿子的事情忙个不了。喂乳、挑水、劈柴、洗衣裳准备明天一早拿出去晒。等到家庭的事清理好时已经十点十一点了。有时为小孩子缝补破烂了的衣裳，就要过了十二点后才得睡。睡下去后还有丈夫的歪缠。美瑛想。这完全是奴隶的生活，做无能力独立生活的丈夫的奴隶！

——嫁了松卿，迟早要过这样的奴隶生活吧。所以美瑛默认了表兄的婚约，对松卿绝无半点留恋。

现在她是有夫之妇了，嫁了表兄了，算幸免了那种农妇的奴隶生活了。但是她想，现在的生活，和表兄同栖后的生活能算幸福么？想到后来她只有苦笑——不，只有惨笑。

她现在思念起松卿来了。听说他听见了自己的婚事，异常的失望，×商店的职务也早辞掉了；这是她初次归宁时，她的同学告诉她的，到第二次看母亲去时，听说松卿跟了一个村中的水客往南洋去了。

她站在亭子里痴想了一会，也无心看公园里的景色，再走到桃林后的草场上来。今天天气太好了，一对对的年轻的夫妻，还是和去年所看的一个样子，在草场侧的路上走过来走过去。其中还有携着在热烈地欢呼的小孩子。去年冬一个人来看见这种情景，感着一种寂寞，同时也发生出一种羡慕。今年春伴松卿到这里来看见同样的情景，虽然说着几分寂寞，但同时也抱着几分希望，现在又轮到自己一个人来到这里看同样的情景了，感想当然和春间大不相同了，就和去年比较也不相同，虽然同样的一个人来，但是完全绝望了的一个人了，她只感着一种悲痛！她现在觉得从前的孤寂，倒是一种耐人怀想的孤寂，现在求那种孤寂都不可得了，现在在自己里面剩下来的只有疲劳、懊恼和悲痛。她想，自己的目前的生活才算是正式的奴隶的生活。和虽然受着压迫但尚有独立生活能力的村中的农妇比较起来，自己又惭愧万分了。

她在公园里转了一会，想出来散散郁闷的心情的，谁知反增了不少的懊恼。

——许久没有看母亲去了。看母亲去吧。到母亲家里时就请哪个同学过来谈谈。顺便探探松卿近来的状况。她走出公园买了点食品，就叫了一辆轿子坐到母亲家里来。

十六

轿到了母亲家里时。门前先摆着两辆轿子了。她想。母亲家的客是哪个呢？她从轿里下来时就看见老妈子提着菜篮走出来。

“啊啦！真凑巧！可惜你不和大姑爷一路来。来了时就好看了。”那个老妈子看见来的是美瑛像取笑般的向她说了后匆匆的提着菜篮走出去了。

母亲听见美瑛的声音，从房里走出来，跟在母亲后面的还有两个人，一个是穿西装的少年，一个是抱着个小婴儿的年轻女人。

“你来的真巧。”母亲说。

“啊！姊姊！若在路上碰见，我真认不出来。”妹妹说。

黄广勋只站在他的夫人的肩后笑吟吟地向美瑛点头。她看美琼的样子有点憔悴了！服饰也不像从前华丽了。美瑛想，这就是去年正月里出阁的妹妹吗？若在途中遇见，我也不敢认她是妹妹了。她再看广勋，觉得他比去年胖多了，虽然他的脸儿微微的变黑了，不及去年春时的白皙，但那种有男性美的一种姿态，就叫她生了一种羡慕，她想，妹妹才是个真幸福的人，有这么美壮的丈夫，又生了儿子。女人所希望的一切她都算达到了目的，她的前途满敷着幸福之花。她的家庭定是很和暖而且甜蜜蜜的。

那晚上只广勋一个人回他家里去，美琼看见姊姊来了，姊妹俩就留歇在母亲家里了。

美琼把她嫁后至现在的经过情形告诉了姊姊。

美琼去年春跟广勋到上海去后就在私立T大学的文科挂了一学籍。广勋就回到自己的学校里去。他俩原想共租一个房子同栖的，因为两人所进的学校相距太远了，并且广勋的学校有半膳费的供给，他有点舍不得；他俩就分开了，各住学校的寄宿舍。只有星期六的晚上他俩可以在廉价的旅馆里相会。星期日的下午又分手各回学校里去。

广勋是习政治经济的。美琼习的是纯文艺，在T大学里，认识了不少的研究纯文艺的青年，有比她的丈夫长得标致的，有比她的丈夫长得坏的，有比她的丈夫有钱的，有比她的丈夫穷的，她对文艺也渐渐地感着兴趣了。她不论好乖，耽读了近代作家的作品不少，她读了有趣的作品就想会那个作家，尤其是读了自叙传体的作品，越发想看这个作家是怎么样的人。

美琼说，她的丈夫对艺术一点没有理解。他只想如何的在政治场里活动，还没有毕业就喜欢和名人交游起来。他在上海三四年间花了的应酬费不下几千了。在美琼只看见他请名人总没有看见名人请过他一次，美琼对她的丈夫的无意识的拍名人的马屁，心里有点看不惯？因为她研究文艺研究了一年多，发见了一条原则是“名人做事愈不近人情，他的声名就愈高，常人愈诉其人生苦，他就愈受人的轻视”。

广勋的学费全由他的哥哥供给。虽说是由哥哥寄来给他们，但还是父亲的遗款。广勋的父亲在省城开有一家绸缎店。五年前父亲死后就由哥哥一手经营。据哥哥来信说，近两年来，店里负担的特别捐太重了，店员又全体增加了工资，挣的红利又给他们分去了百分之三十，生意仅仅能维持下去，挣钱的事是无希望了，本来是家小小的经纪，并不是个大资本家，所以不能支持。再有什么特别障碍发生时，生意就不能不收盘了。他的哥哥还来信希望广勋快点毕业出来谋个职业，可以减轻他的负担，但美琼却不信她伯伯的话。她说嫂嫂没有出省城去时，生意可以挣钱，去年嫂嫂出省去后，生意就不好起来了，这样看来定有别的理由，哥哥说的“小经纪”，“大资本家”等话完全是口实罢了。

今年七月初美琼做了母亲了。小孩子出生了后就废了学，她说，有了小孩子后才知道女人的最神圣的事业就是抚育子女。为抚育子女什么都可以牺牲，她为儿子牺牲了她的学业。

好容易挨到今冬，广勋在N大学草草的毕了业，他俩带个小孩子由上海回到家里来还没有几天呢。

美琼又对她的姊姊说，现在的社会只有一个吃饭问题不容易解决。因为争饭吃，父子也可以不成其为父子，朋友就更难靠了，广勋还没有毕业之前在朋友间的应酬，看来像个生活上很过得去的人，很多朋友也就和他交游，现在毕了业了，为吃饭问题想在社会上图个职业去求几个在政界上有点声望的友人援助他，可是他的友人们以为他的这种要求在他们的精神上会起一种纷扰，因此就置之不理。所以广勋落胆了，不敢再在不易居的上海留恋，想回故里来觅个中学教员的席位。

美瑛看妹妹说了后眼眶已经发红了。看她的服装虽然不算旧，但式样不是最新流行的了。

“但是妹妹总算幸福的。”美瑛听完了妹妹的话后说了这一句。

“幸福？什么幸福？！你那个妹婿又……”美琼说到这里不说下去了。

“妹婿怎么样？对你不好么？”美瑛问她。

美琼忽然的流下泪来了。

“我看你们俩是对理想的夫妻了。你还有什么不满足吗？至于贫富不能把它参加进夫妻爱情里面作一个条件的。”

“年青的读书人意志总是不坚定的。”美琼揩着泪说。“我羡慕姊姊呢。表兄是个给现代的人情世态洗练过来了的人，到了中年又得了姊姊这样好的人物。只要姊姊不嫌厌他，你们俩的家庭是顶幸福的了。太年轻了，意志不坚定，要人操心，真是辛苦的。”

“我幸福？妹妹还不知道呢。我近来过的生活差不多可以说不是人的生活。你的姊丈还是个一样不定性的人。听他的朋友们说，他在各地方都有家，不过没有证据，所以没有和他理论，我也不希罕他，管他对我专心不专心！”

她们姊妹都各有心思的沉默了好一会。

“妹妹，你瘦得多了。脸色也不似从前的好看，在上海不服水土么？”

“是的，自从生了这个小孩子后脸色就苍黄起来，也不知什么缘故，我的脸色原就不像姊姊的白皙，瘦了下来，怪难看的，现在无论叫谁看来都不承认你是我的姊姊吧。”美琼虽然笑着说但说了后叹了口气。

美瑛想，妹妹说的话或有几分道理，因为女人的年岁像会跟着服饰增减的。现在的自己，由自己看来，实在比妹妹好看些，也比妹妹年轻些了。

美瑛和妹妹在母亲家里一连歇了三夜，谈了不少的话，也讨论了许多关于“妇人与家庭”的问题。她知道了所谓幸福并没有绝对的，只看她的希望能否达目的，她的欲望能否满足。一部分的希望达了目的，一部分的欲望得了满足；但还有一部分的希望或欲望受了道德律的制限或受了夫妻的名义的束缚；那个女子就不能算幸福了。总之不受社会的惯例的支配，不受道德律的制限，不受任何种名义的束缚；各向其心之所安的方面进行，在彼此不相妨害的范围内男女各有充分的自由。要能达到这样的田地，各人才算有真正的幸福。受了一种名义的束缚，受了一种信条（*Doctrine*）的限制；事业固然可以成功，声名也可以成立；不过真的自由，真的幸福就完全被剥夺了。

美瑛想，自己的性质太怯懦了，对社会的制裁常怀恐怖，对道德律也绝对表示服从，对名义也绝对的忠守；想这样的去求幸福，结果唯有牺牲了自己的活气满满的青春——不，实在牺牲了自己的一生！以后不能相信运命了！自己非改革自己的运命不可了！

十七

一星期，美琼夫妻同到城里的美瑛家里来，由她们姊妹俩的介绍，士雄和广勋也认识了。广勋对酒和麻雀和士雄是同嗜好的，他俩就成了莫逆。

美瑛意识着自己十六岁那年的事——广勋是先向她求过婚的人——广勋在她的心上像持有一种似恨非恨，似爱非爱的印象。他不像中学时代那样的美了，但他的美少年的印象还很深刻的印在她的心坎里，同时受着士雄的蹂躏，不能得彻底的性的安慰的她望见体格魁伟，富有筋肉的广勋也垂着涎沫生出一种羡慕来。

——像这么一个魁伟的好男子，怎么妹妹还说不满足的话呢？她觉得人生就有许多矛盾，不经过一次的社会革命不能解除的矛盾。

寒冬的一天下午，士雄今天起床起得特别的早。一响十二点就从被窝里爬起来，吃过了饭就出去了。他说××公司今天开股东会，他是股东之一，一点钟就开会的，不能不早点去。

上午美瑛起床时，朝南的百叶窗扇上太阳光还晒得很强烈的。近午时分，太阳在灰白色的云中隐了形，房里地微微的暗淡下来。外面像起了西北风，在屋后的竹林里吹出一种凄惨之音，但这种凄惨之音里面又像含蓄着一点春意。美瑛在房里的暖炉前坐着还觉得有点冷，十根指头也微微地红肿起来。她由美琼那边借来的一本“艺术与恋爱”虽然摆在面前，但她觉得今天特别寂寞般的，也再无心读那部书了。

——他说今天定来的，怎么还不来呢？天气太冷了，他不出门了吧。他还是喜欢他的妻子，这样的冷天里，在家里拥抱着他的妻子向火吧。他们在冷笑我吧，丈夫对人说妻如何不好，妻也对人说丈夫如何不好，其实都是饰词，他们都在骗我，嘲笑我没有和暖的家庭，他是有了妻子的人怎么还有真心向我呢？她一个人在翻来覆去的想，愈想愈觉得广勋前几天的话靠不住了。

——是的，自己明知广勋所说的都是假话，称赞我美丽是假的，说他和妹妹已经无爱了也是假的。自己虽知道他的心不真诚，但总不能放弃自己对他的希望。

她前星期到他家里去，回来时，他送了她一程。

“出了村口就是官道，来往的人多，不要紧。只有由家里到村口的路太僻静了，单姊姊一个人不便走，你送姊姊出村口去吧。”美琼看见姊姊说要回城里去时就这样向丈夫说。广勋当然很情愿的，他在美瑛家里打过几晚的麻雀了。他和美瑛渐渐地混熟了。久和生育过来的美琼同栖，对她的有主妇臭的态度和做了人的母亲的沉着的态度早生了一种厌倦的他，看见美瑛的始终欢笑着的无忌惮的态度更感着一种兴味。

有一晚上广勋在她家里一连输了几圈，输得双颊发热起来。美瑛看见广勋在座，她就没有一刻不意识着他，她也知道他的经济状态不好，看见他输了，很替他抱同情。

“我看，我来看你的牌怎么样。我来做你的参谋。”她笑着凑近他的肩后来。她一面剥着瓜子一面说笑。广勋的左颊上感着她的有暧昧的气息，精神更摇招不定了，他又输了一圈。

“你起来，我替你打一两圈看看，看可能转过风来。”

广勋真的站了起来。她就坐下去。

“可是，你也走开不得，你还要在我旁边监督着。”她笑着牵他的手，她叫老妈子搬了一张椅子来，叫他坐在她的左肩后，广勋脸红红的望了望士雄，才坐下去。士雄坐在对面，虽然注意着他的牌，但时时注视她和他的态度，广勋坐在她肩后很局促不安的。但他看她的态度像对士雄一点都不理会。她只手摸着牌，摸到了好牌时，只手就伸出来捉广勋的手，好像叫他看牌。但到后来，她只手紧紧地握着他的手不放了。广勋也由她的这样的表示领略到几分快感。他想该输了，今晚上该输了。

平时美瑛等士雄，等得不耐烦时，就先就寝的。这晚上她一直等到他们散台。广勋起身告辞时已经是午前两点钟了。她忙取了他的外套替他披上，送他出来，双手抓住他的外套的口袋送他出门首来。

他真的送着她出村口来，一点钟时分，农民都吃了中饭回家里去歇息了。村头上除了三两个村童外没有行人。离他的家远了，看见他的妻背着小孩子进屋里去了，他忙走近她的身侧，两人都像预先准备好了的，他的左手和她的右手触着了，紧紧地互握着了。在他俩的身体内循环着的血液忽然地沸腾起来。她的髻上的黄澄澄的首饰也使他生了一种羡慕。他嗅着她的有刺激性的发香。

“那晚上真对不起。我本想送回来，又怕表兄晓得。”他想起那晚上输了钱回来在外套袋里发见的一束钞票来了。

“我看你输狠了。你有家务的人，输了这么多钱，怕你家中不方便。”她脸红红的翻回来向他说。“我家里虽不算有钱，不过我们吃的穿的尽够了，多了钱也没有一点意思。”

广勋这时候万分感激她了，不知道要如何的表示才可酬报她的厚意，他只加紧的握了她的手，一时说不出话来。他俩又默默地行了十多步。

“你在军部里办的什么事？”

“军务处的股员。”

“月薪呢？”

广勋给她这一问，脸红红的说不出话来。

“有一百元？”她不客气的追着问。

“有一百元倒好了！”他红着脸苦笑。

“有多少呢？”

“四十元！”

“仅四十元！”

“四十元还算位置好的。还有二三十元的，里面冗员太多了。外面说得好听，不荐用私人，但是有势力的军官荐来的还是下条子，下委任状。”

“处长的薪水多少呢？”

“不十分清楚。五百块吧。”

“你直接属处长管么？”

“不，还有科长。”

“科长的薪金呢？”

“看哪一科，有二百的，有二百五十的。”

“那你们的薪水太少了！”

“还不是！？薪水愈少的人办的事件也愈多也愈苦。死的是连排长，升官加薪水的是师长军长。这和劳工神圣的原则就不合了。我由一个认得军部里的当局的友人介绍进去的才有四十元的薪额。还有一两个股员跟着军队在各地转徙了一年多，但他们的薪水还没有增加，还是领初进部里时的薪额——三十元。你想公平不公平？像这样的赏罚不明，劳工的真价很难提高的。有后援时，大学校的以看显微镜为专职的生物学教授可以做警备司令官的秘书长呢！”广勋说了后笑起来了。

“我想，才力虽然有不同，位级也不免有高下之分，不过工作的辛苦是一样的不费脑力，也费体力。薪额太定得悬隔，团体的合作就难持久了。徒事牺牲有时或可做得到，不过人是堕落了的动物，只能一时，不能持久。牺牲是求解决阶级争斗的方法，但在这牺牲中不知不觉间又分出阶级来了。结果还是劳心的管劳力的，这是不合近代的潮流的。我想，最好只在职务上分级劳动的时间还是上下级一律八小时，薪水也平等，每人一百元或两百元。大学教授不能比小学教师高三四倍。公安局长的薪水不能比当巡警的高三四十倍。你想对不对？”

“你怎么发出这样的议论来了！？”广勋笑向她。“薪水平等，在现在一团糟的政局是难实行的。为奖励勤劳的人计，也得要分等级，不过不好太差远了。位置只差两级，薪水就多了一二十倍，这真太笑话了。处长的太太来往驾着汽车，股员的太太赤着双腿在秧田里插秧呢！”

他和她一边谈，一边走，不知不觉间他和她的肩膀贴在一块了，他俩的体内的热气交流起来。走到村口来时，她松了手向他告别。

“不忙，还早呢，我再送你到前面去。我叫你在我家里歇一晚，你又不。”他停了脚，她也止了步，同站在村口的一株大榕树下。

“等到新年的时候，我再来，那时候我真要到你家里来歇三两夜。”美瑛歪着首笑向他说。

“我们慢慢向前走吧。”他俩又开始走路。

“你就到我家里去不好么？”她再笑着说。

“今天有点不方便吧。”他也笑着说。

“那你就回去吧。”她推着他的肩膀。

“我舍不得你。”他大胆的故意试探她。

“我还不是一样。”她红了脸低下首去。

他俩手携手的再走了一会，空中忽然地阴暗下来。像天黑了，但时间并不对，还不到两点钟呢。

“像要下雨了，怕要下雪么。你快点回去吧。妹妹在家里等得不耐烦了。”她说了后狂笑。

“不要紧，让我再送你一程。”

美瑛把洋伞撑开来了，果然头上一滴一滴的下起雨来了。”

“真的下雨了。”他苦笑着说。

雨滴越发粗了，也愈下得急了。

“你快来，快进伞子下面来。”

伞小了，两个人紧紧地肩膀贴肩膀的挤着走。他的左手，她的右手共撑着伞柄，他俩互感着热热的呼吸。

“两个人撑着伞柄，不好走。让我一个人撑吧。”他叫她放了手，她的右手就搭在他的肩膀上来。

雨愈下得大了，路上没有一个行人，他俩走到一间破漏了的茶亭里来了。

“我们躲躲雨吧，”她提议。

“也好。”

他俩就走进茶亭里来。

“给人看见了时，不晓得他们猜我们是什么样人。”

“真的，不容易猜吧。”他倾着头笑。

"夫妻？不像吧。"

"兄妹？"

"更不像。"

"那，他们猜是什么样人呢？"

"定猜我们是幽会的。"

"我们本来是……"他的声音颤动得厉害。说不下去。

"是什么！"她也颤声的问。

"我俩是未成功的夫妻。"他红着脸紧握她的手。

"你还好意思说，提起这件事，我真恨你不过。"她说了后她的上下两列牙齿还紧紧的闭着表示对他的深恨。

"那是我家里人的意思，那时候我不能作主。"

她的双腕从他的颈部松解下来后，雨也晴了。

"我要快点回去了。"她对他说，他只点点头。

她才走出亭子外又回来说：

"望你常到我家里来。"

他点了点头。他望着她在前面站在转弯的路旁。只手撑着洋伞，只手高高的伸出向他挥动，像叫他快些回去，莫尽是站在亭子前痴望。

十八

美瑛从那天在茶亭里和广勋接了个吻后，自己像领受了洗礼般的，觉得前途有一种希望在等着她，她有生以来没有经验过这种能使她常常悸动的美感。她想这定是小说里所说的恋爱了。

——可怜我生了二十四年，今天才感知恋爱是怎么样的东西！

房里渐渐地暗下来，她叫老妈子把电灯开亮。她向火炉向久了后，双颊红热得厉害。她把那本“艺术与恋爱”丢在一边，双掌托着红热的双颊，靠着椅背凝视火炉。外面西北风像愈吹得厉害，窗扉在索索地作响。

老妈子端了茶壶进来。

“太太，像快要下雪。今天冷得奇怪。”

“没有客来么？”她懒懒地问老妈子。

“今天这样冷，怕要下雪，没有客来吧。”老妈子说了后回火厨里去了。

——他有妻子的。今天这样冷，他抱着小孩子和琼妹对拥着火盆在说笑吧。他俩的和暖的家庭真叫人羡慕。他俩才是真幸福。无邪的面貌所有者的琼妹从他的膝上抱了小孩子过来，解开衣扣露出膨大的乳房来喂乳给小孩子吃。他走过去从琼妹的身后拥抱她，她在笑骂他。他从后面捧着她的脸亲嘴。这样的一幕幕的景象不住地在美瑛脑里浮出来。她立即感着胸部起了一种焦躁和苦闷。她刚才对他的热望忽又随着今天的气温渐渐地降下来。

她正在痴想着，老妈子忽又走进来。

“太太，有客。”

“谁？”

“黄先生。”

美瑛听见是广勋来了忙站了起来。她忘了刚才的焦躁和苦闷，只觉得胸口不住的跃动，她还没有走出房门，广勋已经走近她的房门首来了。他把外套除下来，她忙接过来挂在近房门的衣架上，她禁不住用鼻尖触触他的外套，那件外套还是和在茶亭里的时候一样的发出一种特有的臭气——纸烟、毛织物、中年男子所特有的脂肪臭三种气味混合而成的臭气。在其他的女性闻到这种臭气定要掩鼻而去的，但在美瑛闻到这种臭气，自己的身体就麻痹起来，对她像有种诱惑性。她很不好意思的再把脸凑近这件外套加嗅了几嗅。在她，只认是一种强烈的男性的香气。她久渴望着的也是这种香气。单嗅了这件外套，她已经像喝醉了酒般的；他俩夹着火炉对坐下来。

“我想你不来了。”

“难得的机会，怎么不来。”

“妹妹答应你来么？”

“她晓得我到什么地方？”

老妈子端了两盅可可茶进来，他俩暂时沉默着。

她的左手撑搁在椅旁的茶几上。手掌托着她的鲜红的左颊在痴望着广勋。她的上唇也受着掌的挤压，微微的掀起来。长的睫毛，黑的瞳子。眼眶周围微微地带点紫晕；平日是很苍白的，今天脸色也特别的红润。他也觉得目前的美瑛是个人世少有的凄艳的美人。尤其是她的一对瞳子——不住地转动的纯黑的瞳子含有一个蛊惑性。

——像这样的美人嫁给士雄真糟塌了。他把她和流产过一次，生育了一次的她的妹妹比较，就有点不相信她们是姊妹了。年小的时候的团团的脸儿，并且始终微笑着的妹妹的确比姊姊好看些。但是现在赶不上美人格的姊姊了。

“你尽望着人做什么？”

“你呢？”

他俩都笑了。过了一会，她说。

“我想我的事情，不与你相干！”

“你就告诉我。看我可能替你想法子。”他笑着说。

“告诉你不得！”

“为什么。”

“有了妻子的人不能了解的。”

“你感着寂寞么？”

“是的，有点儿。”

“那么，你只差小孩子了。迟早你是要生小孩子的。生了小孩子就不是寂寞了。”

“不想！要小孩子做什么！？”她摇了摇头。

她自己承认恋着他达到狂热的程度了。她看见他来了时，早就想钻进他的怀里去，最好能够把他的衣裳撕成一片一片的，看得见他的胸口时，她就把他的胸口咬破，咬至流血，她的热烈的情焰才会冷息下来。当他进来时不即张开他的双腕把她搂抱到他的胸怀里去，她的心头已燃着愤愤的热焰。她就想及他是有了妻子的人，并且他的妻就是自己的妹子；她到后来知道向着这样的男性进攻未免太冒失了。她碰着劲敌了，但进了兵，一时收势不下来，想战胜这个敌人，自己实在全无把握。

迟早会失败时，那就早点收手的好！女性想掳有妻子的男性为己有，至少要先得了男性给她的可为她所有的证据——表示他能离开他的妻子，全属给她。若冒冒失失地为那个男性牺牲了一身，后来的结果就不堪想象，由恋爱之梦惊醒来后，恐怕唯有孤独，疲劳，哀愁和死灭吧。尤其是对手方的女性是自己的姊妹，这是叫自己更踌躇，更迟疑不敢向前进的原因。她早就想向他宣言，他如果没有和妹妹离开以前，她就不和他有更深远的交际。但一看见他时又说不出口了。她想，这是他应当先向自己表示的，自己固然想向他宣言，但有一种羞愧在阻碍着自己启口。

虽不和他有深远的交际，但不能说不和他看面。可是事实上见了他就会感着一种苦闷——不在他里面完全溶解下去就不能解脱的苦闷。已经进行了，向他进行了，和他亲了吻了，再收势不住了，能全始全终地使他属自己与否，现在也无暇计及了。现在只能一任情热的奔放。迟早非解决不可的事还是早点解决了的好。至有必要时就向社会承认妹妹是自己的敌亦所不惜。为求自己的胜利，非毙敌不可！不毙敌，敌将毙自己。不必再踌躇，不必再考虑，我还是大胆的进行自己的事吧。

“士雄今天回来么？”他问她。

“像这样的天气，不得回来吧。”

他俩又沉默了一会。炉火更炽烈地燃烧着，但他俩都忽然的发起寒抖来。

“下雪了哟。”她深深地呼了一口气站起来走到窗前，隔着玻璃窗扉望见外面下雪了。他也跟了来，站在她的肩后了。

“怎么你哭了呢？”他看见她向着窗外拿块雪白的手帕揩眼泪。他的右手加在她的肩背上了。他真想不到她竟会翻转身倒在他的胸膛上悲哭起来。他想不出什么方法来安慰她，他只抚摩着她的抽动着的肩膀。

十九

县城西郊的一家旅馆，昨天下午五点来了一对年轻的夫妇。他们俩冒雪走了来，说是由T市赴海口，经过这个地方的。旅馆的主人对他俩虽有几分怀疑，但这种幽会在他旅馆里是屡见不稀罕的，他就应了他俩的要求，开了一个最上等最幽静的房子给他们。

第二天早晨，阳光射进那间房的窗口来时，那个年轻女人先轻轻地从床上走下来，头髻蓬松，双颊苍白。一件毛织紧身背心的扣子还没有扣上，膨大的乳房的轮廓在背心下面的一件白绒衬衣上若隐若显的表现出来。裤脚高高的撩起至近膝的胫部，胖胖的弧状的胫肉白白地露出来。她跳下床来就走近衣架前，先把一件青素缎面的皮袄加上后走近梳化椅上坐下去，把袜子穿上。

她走近面南的窗口望外面的雪景，窗下一带是种甜薯的干田，都满满的高积着雪，远望那边是一面起伏不定的倾斜低缓的山岗。散植在山岗上的几株枯树都满长着银枝叶了，又像敷着满枝的棉花。一眼望去，完全是皑皑的银世界了。

她想，只一晚上，昨晚一晚上，自己的运命完全决定了。昨晚上到了这里来吃过晚饭后，自己还尽力和这种诱惑抵抗，试过最后的挣扎，向他提议不留宿就回家里去。但他死都不肯放手，一手把我抓住，我再无法，也无能力向他抵抗了。想及自己的妹子，虽有点后悔，但昨晚上由他得来的经验和自己的丈夫比较起来，就有天渊之别。她想，这种强烈的压迫决不能在无气力的士雄身上领略的。他的有活气的一种力可以说是恋爱的暴力吧。她禁不住羡慕起日夜在受这种暴力的压迫的妹妹来了。她想现在不单精神上，连生理上，自己是属给他的人了。

她在窗前站了一会，觉着额部和掌心微微地发热，背部也感着微寒，喉咙里辣刺刺地作痛，口里很干燥的带点苦臭，她想，定是昨晚上身体太疲倦了，并且没有充分的睡眠，就感冒了吧。她忙走回衣架前再把皮裘的旗袍穿上。

她开了房门，茶房送了洗漱的水进来。洗漱了后觉得头部很重赘的，身体也异常的疲倦。她懒懒地再走到床前来，揭开帐口，她看见他还把头深深地埋在被窝里呼呼的睡着。她略把被角撩开，他的团团的赤色的脸就给她一种的诱惑，她低下头去在他的热烘烘的颊上吻了吻，他的颊会灼人般的给了她一个刺激。

他微微地睁开了眼睛，看见她站在床前，微笑着伸出双腕向她，她立即扑倒在他的胸上了，她狂吻他的颈部。

“再睡一会吧。你不睡了么？”他再要求她。

“不，不早了。快起来吧，怕有十点钟了呢，我洗漱了哟。你快起来洗漱，让我梳个头。”她再吻着他的热颊说。

他起来穿好了衣服，洗漱完了时，她也梳好了头。她站在镜前把镜中的自己细细的观察了一会，待翻转身，她看见他站在自己的肩背后向着自己微笑。她也微笑着向镜里的他努嘴，表示要和他亲吻。只一瞬间她翻转身把头埋在他的胸怀里了——埋在他的宽阔的温暖的胸怀里了。她咬着他的领带，许久不抬起头来。有种从未经验过的激烈的情绪把她的眼泪催出来了。他看她的肩头在不住地耸动，忙捧起她的脸来热烈的接了一个吻后，又取了条手帕替她揩眼泪。

“你为什么伤心？我俩该欢喜的。”

他俩紧紧地搂抱着，她的首枕在他的左肩上。

“广勋，以后怎么好呢？”

“什么事？”

“我们不是犯了罪么？”

“恋爱的结合，是顶自然的，不见得是罪恶吧。”

“但是你是有妇之夫，我是有夫之妇。”

“那么，你觉得怎么样？”

“我觉得我太对不起妹妹了。”

“那我也对不起士雄了，是不是？”

“那又不同，因为他并不当我是真的妻室看待，我也不过机械的和他结合，一点爱情都没有的，我都不觉得对不住他。你当然更无所谓对不起他了。”

“啊！原来你的意思是说我不真心向你，还对你的妹妹抱愧，是不是？”

“我并不是怀疑你。不过我担心我俩以后不知有如何的结局。”

“让我俩走到我们能够走得到的地方去就好了。将来的事，担心不了的。”他说了后再吻她的颊。

“所谓结婚，现在想来的确是个公式——呆板的公式，夫妇也是个空虚的名义。用这个呆板的公式和空虚的名义，去解决变幻无穷的恋爱，的确是不可能的。但是，是这么样的社会，我俩没有这种名义，也没有用过这个公式，我俩的晚夜的行动就是犯罪了。”

“我俩不承认那种公式和名义就好了，莫管社会对我们怎么样。”

听见茶房敲门，他俩忙松了手，各站在一边。

“进来！”广勋说了后，门开了。茶房搬了菜饭进来。他看看时表，九点半了。

他俩对坐着吃饭。他一连吃了四碗。她因为有点伤风，不想吃，吃了半碗饭就放了筷子。

“我们该走了。”她先说。

“怕士雄回来么？”他嘲笑她。

“你总是这样嘲笑我！怕什么！？并且他不到下午一二点他总不能起床的。出来的时候不是对老妈子说到母亲那边去吗？我想我顺路到我母亲那边去，也可以解解嘲。”她也笑着说，他点了点首。

“你怕比我还急些呢。快想回去看你的老婆儿子吧！”她反笑他两句。

“我就要到军部里去的，你不信就请你跟来看。”

他俩约了下次相会的日期，同出了旅馆。他望着她乘了轿向他的岳母家里去后，他匆匆地走回家里去了。

二十

嗣后他俩利用了种种的机会在市外的几家旅馆里密会了好几次。每次相会，美瑛都尽情的享乐。广勋也应着她的希望，加以频繁的热烈的——热烈的程度几近于残虐的——拥抱，他所加的愈热烈，她愈感着不满。她自己也不明白对他的欲望何以会这样无厌足的。到后来她发见了她对他怀不满的暗影了。她几次想把他咬成一块一块的，又想把他裂成一片一片的，然后她的热烈的似恨非恨似爱非爱的情绪才能平复。

过了新年又近元宵佳节了。她和广勋有三星期不见面了。正月十七那晚，他俩又约了到去年最初相会的旅馆里来。茶房开了房子出去了后，美瑛看见广勋就像铁钉碰着大磁石般的投身向他胸部来。他也燃着情热把她紧紧地搂抱着，他的赤热的颊贴到她的颊上来。

“你的嘴角这样冷，冰般的。”

她没有答话，两行热泪即由眼眶里滚流到苍白的冷颊上。广勋莫名其妙的，不知道她一见面就会这样悲伤的缘故来。

“为什么？为什么这样伤感的？”他微笑着问她。她看见她的热泪能感动的他在微笑，心里越发伤感，越发悲愤。她把头更深深的埋在他的胸怀里去，双肩不住地抽动。

她暗哭了一会，才抬起头来。

“你莫不理我。你若不理我，你就要明明白白的对我说。你若对我没有爱，你就明白的对我说。我决不勉强你的。勉强装出来的爱即是罪恶。”

“美瑛，说些什么话？”

“望你恕我的唐突。只这一点，望你发个誓。敷衍的恋爱，在我是很难堪的。”

“我有什么敷衍的。”

“你这样的说法，我不愿意听，你要明白些说。”

广勋虽然热烈的抱着她，但她总觉得他不能像最初的二三回拥抱她时候的野兽般的热烈。她只承认他近来对她的举动完全是所适非人的女性的一种温柔的安慰和同情。她虽然不是不喜欢，但总觉得就这样的，她不能满足，她承认她和他的交游完全是种越轨的享乐。

——这次在供男性的牺牲时，……她想到这点，她的热泪重新流出来。

她早就想向他提议。提议今后对妹妹的方法，他虽然对她说了妹妹的坏话不少，但她只当是他的一种敷衍话。有妹妹在她和他的中间，他俩的恋爱就值不得赞美，结果只有诅咒，她也想向他悬崖勒马的宣告脱离，但自己苦于没有这种勇气。自己的肉身一经他施洗礼之后，若除却了他，她的生存就无意义了，一切都归幻灭！她又想，妹妹还算是个贞淑纯良的女性，把他从妹妹夺取过来，又觉得妹妹太可怜了。因此她好几次想向他提说都没有说出来，她只恨他不自动的把对付妹妹的方法提出来讨论。

"士雄说，他在这月内要到缅甸去走一趟，的确不的确？"

"因为那边橡树园的事还有点轇轕不清，要去结束一下。大概月底就动身吧。"

"那么我们可以自由些了。"

"恐怕更不自由呢。他走了，他们家里人就要留心我的行动了。所以我想等他走了后，回我母亲家里去住。"

"他怎么不带你一路去呢？"

"他有不能带我一路去的理由。"

那晚上她也想尽情的欢乐。但妹妹的幻影——喂乳给小孩吃的美琼的瘦弱的幻影，时隐时显的在她眼前浮出来。广勋疲倦了后熟睡下去了。但她反兴奋起来，她的头脑愈疲劳愈睡不着，她愈想愈替妹妹抱同情。

——妹妹只当她的丈夫有事不得回来。至多，也不过当他在我家里赌麻雀去了吧。他像告诉了妹妹，赌输了时，我常借钱给他。妹妹有好几次向我道谢，一面道谢，一面骂她的丈夫。她哪里知道她的丈夫已经卖身给我了呢。不错，一点不错，他是想我的钱来的。至少，他近来有点这样的形迹。但我怎么能说出口去责备他呢？我也不忍说出来叫他难堪。我实在爱他，盲目的爱他！明知他没有真心向我，但我无论如何舍不得他。我爱他的热烈的拥抱，受他的强有力的压迫。我的这种万不得已的苦衷唯有上天知道！妹妹，望你恕我！我并没有破坏你的小家庭，也没有掠夺你的幸福！你的家庭幸福依然存在的。我只一时的掠夺了你的丈夫的躯壳。并没有掠夺你的丈夫的心。他的心还倾向着你，永远倾向着你！我才是你的丈夫的牺牲者呢，你说你恨你的丈夫么？你不过是口说恨他，不是真心的恨他吧。他今晚上虽然睡在我的身旁，但我才真的恨他呢。他在这里熟睡着，你在那边熟睡着，他——刚才还搂抱着我的他，在梦中去看你了吧。只剩得我一个孤独者深夜里还醒眼坐在荒凉的郊外的旅馆中，没有人理会。她想到这里，禁不住把脸埋在双掌中悲哭起来。

室外的风呼呼的吹得愈强烈起来，但立了春许多日数了，房里的气温不十分冷。美瑛一个人走下床来。她站在床前翻转来看在床里熟睡着的广勋，她恨他太没有感觉，太没有神经了。

——像这样死人般的熟睡着，谁相信他是真心爱我的人！像他这样冷淡的对我，岂能为我牺牲妻子！

她恨恨的望了他的睡颜一会，走向衣架边来，她把外衣披上。他的外套，反领外衣都挂在一起，她禁不住把脸埋进他的衣服里去深深地嗅了几嗅，那种臭气还是和从前一样的给了她一种刺激使——她的感官上得着满足的刺激。

她嗅了后，无意中伸手向他的外套衣袋里去她摸着了两包东西，一个袋子里一个。她想这是什么呢，莫非是买的食品忘记了拿出来吃么。她忙把那两包东西拿到电灯卜一个个的拆卄来看，第一包拆开来是一个洋铁罐头的*Lactogen*代乳粉，第二包是一双女鞋和一只小金表，美瑛看见这些东西，胸头似酸非酸似辣非辣的异常难过。她想他近来赌赢了吧。他买只小金手表给他的老婆呢。

——输了的时候向我要钱。赢了的时候买东西给他的妻子。她愈想愈气不过，她真想把那个金表打破，那双鞋子撕破，那罐代乳粉丢到窗外的茅厕里去。但过了一会，愤恨稍为平息了，她想擒不住他的心，就把那些东西来泄气也是徒然。让他带回去给妹妹吧。平心说来，我实在对不起她了。

她把东西包好了后，放回他的衣袋里去。她仍回到床上来，看见他还在呼呼地熟睡着。在电光下看他的团团的赤色的无邪的脸儿，有一种健康美和筋肉美相混和的美在向她诱惑。她就在他的红热的颊上接了个吻。他睁开眼睛来向她微笑。只一瞬间，他在拥抱了她。在他抱中的她忘记了刚才看的金手表、女鞋和代乳粉了。

二十一

正月杪，士雄和几个水客动身往南洋去了。士雄去后广勋有几次在她家里歇夜过来。她家里的老妈子当然看出了他俩的关系，就是邻近住的人也对他俩怀疑。

美瑛家里自士雄走后，一班烟客和赌客就绝了迹。虽然有几个对她怀着奢望的年轻赌友曾来着过她两三回，但都经不住她的冷淡，绝望的不再访她了。

时雨时晴的仲春天气使她生理上有点变态——她近来像患了歇斯底里症，哭笑无常，时喜时怒的美瑛的心情倍加懊恼，每值阴昙的天气，房子里异常幽暗，美瑛一个人痴坐着只感着孤独和冷寂。她在这时候就恨广勋。恨他不常常来看她。其实他来了，自己所得的安慰也不难想象出来。尽情的享乐之后唯有疲倦和厌烦。他多来一回，自己就多增一重的懊恼罢了。

在广勋的意思，过于频繁到她家里来了，遇着附近住的人实在不好意思，所以这次约她同去看戏，看完了戏就到郊外的旅馆里去。

他俩由戏院出来时，由傍晚时分下起的细雨也晴了。夜深了，并且是雨后，戏院前的热闹的大街道上也没有几个行人。他俩站在戏院门首还听见里面锣鼓喧天的。锣鼓喧闹了一会后就听见弦管之音异常的嘹亮。他俩的兴奋极了的神经突然的受了冷空气的袭击，冷静了许多，戏院门首只有三五辆人力车，车夫蜷着身体蹲伏在车下打盹。

“车子！”广勋叫了一声。一个车夫惊醒了站起来。只一会，其他三四个也站起来，拖着车子走到他俩前头来争生意。

“到哪里，先生？”

“到哪里，太太？”

“西郊的W旅馆！”广勋对先头一个车夫说。

“好的，请坐，请坐！”

“多少钱？”

“四角钱！好不好？”

“瞎说！哪里要四角钱，只一点点路。”他笑着说了后翻转头向她，“幸得路不很湿，我们都穿了皮靴来了，走到×路口再叫车子吧。”他说着向街路里来，她也跟了来，撩起裙脚跟了来。

她抬起头来向上望。灰白色的云疏疏地一堆堆的浮在苍空里。新月之影朦胧的在薄云中现出来。上面的云不住地在移动。气压像再高起来了。饱和着湿气的风触着肌肤异常的冰冷。

“三角五分钱。要不要？”车夫们在后面叫他俩。

“二角钱！”广勋翻转头，伸出两根指头来。

争论了一会，因为美瑛急于要坐了，答应了车大三角钱拉到西郊W旅馆。价钱讲妥了后四个车夫争先恐后的拉着车子走前来。他俩上了车后，听见没有揽到生意的车夫说些女人不方便听的丑话骂他们的同业。

车门虽挂着一块厚油布，冷风还呼呼地吹进来。美瑛坐在车里闭着眼睛，她的左右手互摸着指头，她的指头很冰冷的，也很枯涩的。她想到旅馆里后的一幕虽有点兴奋，但再想到兴奋后的苦恼。她的炽烈的情热也循着吹进车里来的冷风冷息下去。她觉得他虽然睡在自己的身旁，但不过是一副躯壳，是一副肉的机械。他的心始终没有半点倾向着我。自己在这世界中是离隔了一切人类的孤魂。有何乐趣？有何希望？为谁而生存？为谁而强作欢笑？

到了旅馆的房子里，已经十一点半了。

“要吃什么点心不要？”茶房问他们。

“你觉得饿不饿？”他问她。

“不。不过我有点冷，叫他拿瓶葡萄酒来喝。”

“我有点饿了。弄点面来吃。”

茶房走了后，美瑛忙走到镜橱前，她看见自己的短发散乱着，脸颊边比平时特别的干枯。他也走过来站在她后面。她对着镜向他笑。只一会，她倒靠在他的胸上来，她的双手给他的两手捉着了，她感着他的手异常的灼热。她把自己的脸和他的红热的脸比较，自己的就像透明的那样苍白。

她觉得偷偷窃窃地向他求这种秘密的生活是无永久性的。和他多周旋一夜，自己的运命就多蒙一重的不幸，自己也更深深的沉进苦恼的海中去。她想到这层，立即敛了笑颜。

茶房送了一盘面一瓶酒和碗筷上来了。茶房下去后，他就拥抱着她同一个酒杯喝着。他咬着她的耳根低声地说了许多甜蜜蜜的话，美瑛的情热又忽然地炽烈起来，她给了他一个热烈的接吻。才松嘴，广勋不知不觉地打了半个呵欠，但立即忍下去了。这样的情景在她的网膜上没有半点遗漏的留下来了，她觉悟了，她觉悟到这种欢娱已经越过了曲线的最高点了，往后只有低降。但只能暗暗地叹息。她原希望筑一座欢娱的宫殿，但不幸的是这座宫殿像蜃气楼般的瞬间消灭了。

这晚上虽在广勋的怀抱中，但她没有一点欢意，也终夜没有一睡。

快要天亮的时候，广勋给她的哭音惊醒过来。

“你还没有睡么？你伤心什么事？”

“……”她不说话，还是哭。

“你说出来，我有什么不好？就算我有错，你也得说出来，我才明白。”他的说话里就带着不少厌倦她的分子。

过了一会，她止了哭。

“广勋，你要快点替我这身子想个方法！”她这一句把他吓了一跳。他对她本没有彻底的计划。他不过想从她贪图点异常的娱乐。现在他觉得姊姊也和妹妹一样的寻常了。

“什么事？”他装做不知道怎么一回事。

“我想，我们不能再站在这个地方了。你从前不是说能够和我到别的地方去么？”

“但是，……”他打了一个呵欠。

“但是什么？你怎么不正正经经的听我的话？”她捏着他的耳朵说。

“我没有什么不正经。你说就是。”他笑着说。他想当成一种顽笑混过去。

“你为什么……”她没有说下去又开始流泪了。

“你不把话说清白，总是哭，叫我有什么法子！”

“我们一路到H埠或到南洋去好么？你只向家里说到那边做生意去。真的我们到海外谋生活去。要在海外我们才能够得自由的新生活。”

“但是，……”

“但是什么？又说‘但是’了。”她恨恨的说。

“我走了后，你的妹妹带着一个小孩不容易谋生活。”

"那，你还爱她！你对我说不爱她的话是假的了。你说爱我的话也是假的了。"她又流泪了。

"不是这样说法。她们母子不要饭吃么？"

"你只记得饭碗问题！我不是答应你留五百元给她么？"

"但是，……"

"又'但是'了。"她到后来只有苦笑。

"让我考虑一下。过几天答覆你，好不好？"

"结局你还是舍不得你的妻子！"她觉悟了般的叹了口气。

"……"他很不好意思的沉默着。

天亮了，微明的晨曦射到窗上来了，窗外的小雀在啁啁啧啧地唱它们的歌曲。她翻身坐起来。

"各人走各的路吧。"她自语的说。

"什么话？"他也微笑着坐起来想搂抱她。她伸出只手来拦阻他了。

"我还是到缅甸去，至死都不回来了。我要向他忏悔。"

"你想把我们的秘密告知士雄？"

"有什么可守秘密的？迟早是要泄漏出来的！迟早会给人知道的！我们就把它守秘密也守不来。"

他给她吓得说不出话来了。他像给她宣告了死刑。至少，这件秘密泄漏出去了后，在这地方他再站不住足了的。她看见他的恐慌的样子，不禁暗笑起来。她想，他完全是个徒有外表的怯懦者！

二十二

上午十点前后他俩在公园里来了。他别她的时候对她说，他决不至于对不起她，望她再忍耐几天，他定有可以答覆她的回话。

在公园门首她一个人痴站了一会，想就回家里去，但心里总有点不愿意，也有点害怕因为家里实在幽暗，像坟穴一样的幽暗，也实在冷寂，像坟穴一样的冷寂。等他几天么？恐怕坐在家里一刻都难过呢。

她雇了一辆轿子到她母亲家里来。走进门来叫了一声，不见有人答应。她想运气不好的人到什么地方去都不凑巧，母亲像不在家里。她叫了一会，老妈子才从后院子里出来。问老妈子母亲到那里去了，老妈子说母亲出门时没有告诉她，于是她再乘轿子回城里来。

她回到自己房里来就微微地打了个寒抖。她忙叫老妈子生火炉。

“我出去后有客来了没有？”

“昨天没有客来。上午少爷来了。在房里坐了一刻就走了。他问老爷有信来了没有。”

她听见阿和来了。背部像给蝎虫咬了一口般的打了一个寒噤。她想士雄没有走时，阿和常常由村里出来。自他父亲走后。他很少出来了。虽然来过一两回，但都是十二点前后来的，由村里到城里来有相当的路程了。怎么他今天来得这样早呢。她想到他那怪丑的样子，心里就作恶。他那对黑白不明的眼睛时常在凝视着我，异常讨厌的。他的像猎犬般的东嗅西嗅爱探取人家的私事的性质，像他父亲一样的强烈的嫉妒心、猜疑心和蛇一般的固执的性质，她又很害怕。她想一定是他的祖母叫他来侦探我的行动的。

她想到他的固执的一个例来了。他始终不承认她是他的继母。他对她还是照小时候称呼，叫她瑛姑。曾经他的父亲多次的劝解，他都不听从。他对她没有叫过一回妈妈。

他十七岁了，但他的骨骼像他的生母一样的粗大，面貌也像他的生母般的丑恶。头脑又钝，在小学校勉勉强强地毕了业后不再升学了。他只在村里和一群顽童游戏，打架，赌钱，喝酒。他的身体粗壮，虽是十七岁，但看来有十八九岁了。他的祖母正热心的托媒找孙媳妇了。他近来竟跟着村里的不良少年到僻静的地方调戏妇女起来了。看见稍有姿色的采樵的女人就要唱几句山歌向她们调情，有时竟大胆的伸手到她们胸前去。

今年过新年的时候，美瑛因为要敷衍士雄，表示她并不讨厌阿和，阿和过来向她作揖时，她就牵了他的手拦阻他不要多礼了。但他看见他父亲转了背，竟趁势靠近她的胸前来，把她吓了一跳。她当时就猜他是有恶意的。但过后她又笑自己神经过于锐敏了，这种举动不过是他的小孩子脾气的表现罢了。但她对他总有点害怕。

她沉思了一会，老妈子把炉火生好了。

“你怎么对他说呢？”

“是的，他问你什么时候出去的，到什么地方去了。……”

“你怎么样回答他？”

“我说你昨天下午出去的。到魏家去了。照你所吩咐的说。”

她想，阿和总不至于到魏家去问我昨晚上来了没有吧。自己错了，今天一早就要到母亲家里去，不该和广勋到公园里去的。广勋早就想跑的，自己故意作难他，拉他到公园里去的。不会去吧，阿和定是到街上赌钱去了，或到什么地方喝酒去了。他说不定晚一点还要到这里来呢。

她想，他是达了年龄的，生理上起了变化的，说不定他在追寻异性。生理上初起变化的人的这种冲动是很强烈的。他定在热烈的追逐异性。但是像乌鸦一样的黑，牡牛一样的粗大，大猴子一样的丑的阿和，有哪个女人情愿看他呢。说不定这是他来看我的原因。她想到这里又好笑，又好气，同时双颊也忽然的发热，背部也感着一种恶寒。

那晚上她孤冷冷地一个人睡在一张铜床里凝视着电灯，直到深夜两点钟还睡不下去。她思念起广勋来了。她忙熄了电灯，但在黑暗里她的思虑更复杂了，她再把电灯开上。

她愈想愈气不过，自己虽然有点对不起妹妹，但广勋就十二分对不起自己了。莫说没有整个心儿向我，就连半个，四分之一的心都没有给我。他的心完全向着他的妻子。他只当我是件取乐的机械。但是自己明知他没有真心诚意，但还不能拒绝他，生理上完全受着他的支配了。自己的希望是每晚上能够和他接近。至少，也得和妹妹平分，隔晚他应当到我这里来。但这在事实上完全是不可能的。他每晚上都拥抱着妹妹吧，妹妹——体弱的妹妹讨厌了他吧。他以余剩之力来和我周旋吧，今晚上他定在拥抱着妹妹呢。妹妹为家里的琐事操作了一天，疲倦之后就喂着乳睡下去了吧。他的要求，给渴望着酣畅的睡眠的妹妹拒绝了吧。妹妹曾对自己说，虽带点浮夸，但也有八成的可信，她实在讨厌了他，她对性交感不到半点兴趣，结果只有可厌的疲倦。妹妹又说，他如果有能力养妻子，就让他娶妾，她也不干涉。所谓丈夫没有一个靠得住的，只有可靠的父亲，没有可靠的丈夫；她和他的感情全靠她的小孩子替他俩维系着的。

她想，昨晚上不该迫他的。要求他马上离开妻子，和自己一路到南洋去，这是她明知做不到的，又何必去试探他呢。不这样的迫他，他明后天或者可以来看我。现在他怕不容易来了吧，错了，错了，他不知要到什么时候才能来了，叫自己如何挨得过去呢。

快要到天亮时她才合眼，睡下去后直睡至正午时分才起来，她起来看挂钟已经十一点四十几分钟了，她洗漱了后回到房里来打算用早膳。待叫老妈子，老妈子已经走进来说，少爷来了。美瑛吓了一跳，一时说不出话来。她怕自己的惊惶的样子给老妈子看出来，不好看。忙定一定神，但她看见老妈子站在房门口望着她狡笑。她觉得老妈子的狡笑是含有毒意的。她想怎么会这样凑巧的，自己才起来他就来了。她觉得阿和是早来了的，又起来时仿佛听见老妈子在她房里和哪一个低声私语般的。莫非阿和和老妈子讲通了来共谋自己么。

美瑛实在有点怕阿和是他的祖母唆使来侦探自己的行动。士雄的财权大部分交给美瑛了，只有村里的田地和几间小店子的店租是由他母亲直接管理。在城里的几间大店子的店租和凑的生意的股息完全交美瑛收管。士雄的母亲对这件事是十二分的不欢喜。但士雄的折子和股票都给美瑛锁起了，也想不出方法来要美瑛交出。士雄还没有走时，阿和曾来过几次。士雄和她在房里说话时，阿和就在外边窃听，这是老妈子告诉她的，阿和有时又走进房里来，站在美瑛的箱子橱子旁边，像很注意箱口和橱门上的锁头，想偷什么东西般的。

——幸得我的箱子和橱子没有一时一刻不锁着的，不然，股票和各种折子会给他偷去了吧。他定是赌输了，想来偷什么东西的。我要更加留心提防他才好。这个讨厌鬼又来了，拿几块钱打发他算了。

她正在痴想，那个像牡牛一样的粗壮，像乌鸦一样的黑的阿和走进她面前来了。

二十三

美瑛看见阿和在她面前作一种奸笑，没有一点规矩，心里就有点生气。

“你昨天来了么？”她很正经地问他。

“来了。瑛姑不在家，到哪里去了？”阿和露出当门两颗黄牙望着她笑，口涎像要流出来般的，她看见他那狰狞的样子，心头就作恶。

“到什么地方去，要你管？！”她当然不能告诉他昨天到的地方，也不愿意说谎，只能这样反射的回答他。

“许久不见瑛姑了，我走了来，你又不在家，叫人心里不舒服。”他还是嘻笑着张开口向她。

“你来有什么事？”

“瑛姑穿着旗袍的样子怪好看，我是专来看你的。”他走近她的床前在床沿上坐下去了。

她想这个儿子有点像白痴。他穿着黑呢的学生服，上衣满盖着头垢和尘埃，裤脚也满染着泥垢。她看见他不客气的坐到床沿上去就紧蹙着眉头说：

“你的衣裳这样龌龊，快下来！那个椅子上不好坐么？”她说了后站起来拿了一把椅子放得离她远远的叫他坐。

阿和很柔顺的听她的话站了起来，坐到那把椅子上。

“你床上莫非有金狗子，怕我偷了去。”他还是嘻笑着说，一二滴涎沫真的由唇角流出来。他随即用他的满涂着黑垢的手去揩。

“我真的怕你会偷我的东西！”她沉着脸望了望他，就翻转去不情愿再看他了。

“你怕我偷你的什么东西？”他还是笑着说。

“我房里的东西都怕你偷了去，你还是少来这里好些。”

“我少来这里，你可以多到外头去，是不是？”他的笑声更响亮了。

“你多来了，我就不敢出去么？你说话真好笑。”

“父亲临走的时候和我说，要我常常来看你。”

“祖母叫你来的吧。”

“是的，她也要我来。”

美瑛听到这里，心里又不舒服起来，老妈子送了面包和牛奶进来。她和他不说话了。

老妈子出去后，他就过来抓了一片面包塞进口里去。

“你看，成什么个样子！？”她骂他。“没有一点家教！”

“我是吃你的？”他一面咬着面包一面说。

“管你吃哪一个的！在我这里，我就要说。”她觉得这样顽皮的人真无法处置，赶他，他是不走的。

“瑛姑家里人不知吃哪一个的。”他嘻嘻的笑起来，笑声更响亮了。说了后凝视着她，她望见那种样子就有点害怕。

“什么话？”她脸红红的说。她很担心的，因为他的说话里别有用意。定是那个老妈子爱瞎说，告诉了他什么话。等他走后，非开除她不可。

“我没有说什么，我问你昨夜上到什么地方去来。”他走过来拿美瑛喝过了的牛奶盅。

“你要喝，叫老妈子冲给你。你这个人真无礼！我看你发狂了！”她伸过手来夺那个牛奶盅。

“瑛姑喝过了的才好吃呢！”他已经把牛乳盅送到他口边去了。美瑛气得脸上红一阵青一阵。

“你真是个疯子！十七八岁还这样的不知羞耻，不懂规矩！只有你那个不长进的父亲才生出这样的儿子来！”

“我不知羞耻，我是疯子，一点不错！要黄广勋生的才不是疯子，才知羞耻。”他唇角流着涎沫似笑非笑的站了起来。

“……”美瑛知道自己的秘密完全给他嗅住了，气得说不出话来。虽然恨他恨到极点了，但不敢和他决裂，她的脸像硫黄般的青青的凝结起来了。她只睨视着阿和，她的眼、鼻、颊都一同微微地颤动起来。

她和他沉默着互相凝视了好一会。

这时候的美瑛的苍白的脸在阿和眼中是异常妖艳的。

“老妈子向你瞎造了些什么话？你莫信她！”美瑛勉强地抑着气愤低声地向他说。

“老妈子的话听不得，本人写来的信总靠得住吧。”他再流出口涎来笑着说。

美瑛的眼前起了一阵晕眩，像快要跌倒下去般的。她的脸埋在她的双掌里。但只一瞬间，她忙走向书案前去打开抽屉来。她检查了一会，她发见了她失了几封信，她的脸色更苍黄的，双脚不住地打抖。

"你这个贼！偷了些什么东西去了！快拿回来！"她声音辣辣地说，把阿和吓了一跳。他看见她快要流泪般的表现出一种悲哀的表情来，和刚才的气愤的表情完全不同了。

"我偷了你的什么东西？你时常怕我偷你的东西，箱子橱子都锁住了。我偷你的什么东西？"阿和还在奸笑，他想，他站在胜利的地点上了。

"快拿来还我！我抽斗里的几封信你拿到哪里去了呢？"她的说话中已经含有不能再抵抗的微弱之音了。

"我不知道！"他还在作残酷的狡笑。

"你到底要多少钱，你说出来，我可以给你。你快把那几封信还我。"美瑛感着自己的呼吸异常的急促，她的四肢也无气力了，她又倒在椅子上去了，她有点喘气不过来。她只双目直视着阿和。凶顽的阿和到这时候也不敢正视她了。他觉得她的凄怆的脸色很可怕。

"谁要你的钱？"阿和低着首不望她，颤声的说。

"你又不要钱，你拿那几封信去干什么？"她也颤声的说。

"我有我的想法。"他再仰起头来看她，他看见她的脸儿很凄艳，有些可怕也有些可爱。

"有什么想法？快说来！"她像要哭了。

"我找黄……"他说着站起来想向外跑，他的像蛇一样的怪性质实在使她害怕。她忙跑过来捉住他的臂膀。

"你要我怎么样？"

"瑛姑自己做过了的事不会忘记吧。问你自己，"阿和走近床边背过脸去。她望着他的后影——怪丑的后影，发生出一种好奇心来。

她红着脸凝视着他不说话。他又声音很低的说了些话，她差不多听不清楚。

“那些信件在你身上么？”她过来想伸手探进他袋里去。

“不行的！就这样的想拿回去是不行的！”他也伸手抵抗她。她骇了一惊，忙躲过一边。

“我看你要遭雷打！”她似笑非笑的颤声说。

他沉默着向她作奸笑。她感着自己周身在发一种恶寒。

“你决不把它给哪一个看么？你要发誓！”

“我把它烧掉就是。”

她觉得他像蝎虫般的在她身后蠕动，又像癞虾蟆般的在蠢动。她同时闻着一种臭气。

二十四

一连下了一星期的霪雨，美瑛在家里闷闷的不能出门。她觉得自己身体近来更不好了，最明显的症候就是腰酸头痛。有时候又发船晕般的呕吐起来，一天睡在床上不能吃饭。她在病中阿和来看了她几次，她很厌烦的赶他回去。她恨广勋太冷淡了。一别两星期还不来看她。她虽然恨他，但又很想见他，她念及他就垂泪。她像患歇斯底里症患得重，有时竟想自裁。她觉着她的不幸了，最初想求个理想的丈夫，真心爱护自己的丈夫，把婚期耽误了。到了后来为避社会的讪笑计，草草的嫁给仅存一副残骸的士雄。在士雄家里，不单度的非恋爱的生活，并且生理上也难得满足的安慰。她几年间蓄着的恋爱之力找不到可以作用的对象，一遇着广勋便一泄不能收拾。到现在她知道广勋不是她的理想的恋爱的对象了，但生理上却受着他的支配。她苦闷之余，差不多要发狂了。近又为保全广勋的名誉和避免社会与宗族的制裁，她不能不忍受阿和的揶揄。社会的毁誉她本可置之不理。只有宗族的制裁，她想起那种残酷的制裁，她就不寒而栗。

村里邻屋的一个女人，生了两个孩子了。她的丈夫赴南洋做生意，一去三年并不回来见她，她就和村里的一个少年发生了恋爱的关系，到后来给她丈夫的族人发见了，就按村中的习惯把她捆缚在一个石柱上。凡是族人在她面前走过去的都可以提起藤鞭子来抽她。平日恨她的人竟有用锥子去刺她的。妻有外遇，丈夫的族人是有这种特权的——得任意鞭挞那个女人的特权。美瑛曾目击过这样的情形，她看见邻屋的那个女人给残毒的几个老妇人——平日对她有仇恨的老妇人——用锥刺得周身鲜血淋漓。她想，如果照村中的习惯法，她已经犯了要受此种极刑的罪了。到秘密发泄出来的那天，第一个向她加侮辱的就是自己的婆婆和她的孙儿阿和吧。想到这种残酷的极刑，她终竟屈服于阿和的威吓之下了。

她想到自己的身体受男性的蹂躏复蹂躏，早失了生存的意义了。自己原想求安慰享乐的。所得的结果只有烦恼和悲哀。就继续生存下去，在人生上边没有什么价值的了。她想，欲从烦恼和悲哀中把自己救出来，只有自裁之一法。自裁是解决一切烦恼的最善的方法！爱惜为己为人全无意义的生命是种罪恶！

她的头痛，腰痛及晕眩等病征一天一天的明显起来了。有时下腹部也刺刺地作痛，她到教会医院去，叫一个女医生诊察了。医生说，她像有了孕，不过还不能十分确定。因为下腹部的作痛有点像子宫患了什么毛病。但神经衰弱症是很明白的。医生给了她两瓶药水，叫她下星期再来给她诊察。

她本来就有点怀疑自己是有了身孕，经医生的解说，虽说不能十分确定，她愈相信自己是有了小孩子。去年和广勋第三次相会时，她就直觉着自己已经受了孕，她想到这里，她不能不痛哭自己的运命的离奇了。

她尽在望着广勋来，想见了广勋后把一切告诉他，和他商议一个善后的方法。

她和广勋初次相会时，也曾预想到有这一天，她说笑般的征求过他的意思。广勋最初主张堕胎，但她反对。商议的结果只有把婴儿暂归士雄负责，她虽然不十分情愿，但舍此别无更好的办法。

到今日他们的预想终成了事实了。她想把这个婴儿归士雄负责也未尝混不过去，但太便宜了广勋，并且她总希望有可改革自己的运命的方法。她想来想去，也想不出什么好方法来。她的结论还是要求广勋和她一路潜逃，逃到旧社会的势力所不能及的地方去。明知广勋无答应她的可能，但她还循环着希望。

美瑛再等了几天还不见广勋来看她。不单人不来，连信都不给她了。她再挨不住了，打算自己到妹妹家里去看他了。她想立即去，但看见时候不早了，她准备明天一早去看他，向他作最后的谈判。

吃晚饭的时候，老妈子送了一封信进来。她望见那封信的信封是广勋所常用的，她的胸口不住地悸动起来，她想一定是他约我到那一个旅馆去相会的信了，她又感着一种抓着了痒的快感。

她没有把封面的字迹认清楚，就把封口撕了，里面掉来两张信笺来，但是不同式样的。她先拣了一张展开来读，信里面几句话是：

“黄太太，你家里的老爷没有一天不到凌公馆你的姊姊那边去。他俩时常到西郊旅馆里去歇夜。通县城人都知道了他俩的丑行为，只瞒着你一个人了。他俩也还不知道，人家都晓得了。他俩的大祸就要临头了。知者具。”

美瑛读了这几句虽然不甚得其要领，但也吓得眼睁口开，一时合拢不回去。周身发了一阵恶寒，不住地打抖起来，她再展开第二张信笺，信笺在她的两手中不住地震动，索索地作响。信里面写的几行字是：

“姊姊惠鉴：妹命薄，所适非人，自与彼人结缡以来，无日不处痛苦中。唯念呱呱者在抱，无人抚养，故忍恨吞声，暂为受罪。脱无此一块肉，妹早与彼人离异矣。近闻彼人对姊又有非礼行为，妹悲愤已极，曾向诘责多次，乃绝不承认。唯人言啧啧，恐非无因，妹不忍坐视姊再受彼人之累，故冒昧函告。即姊如爱自身或爱我亦当拒彼人，勿使近姊；则妹感激无涯也。附上匿名信一缄，以供参考，妹琼上言。二月五日。”

美瑛看完了妹子的信，像受了死刑的宣告后的囚徒，有了死的觉悟，心境反觉沉静起来，头脑也冷息了许多。

——一切罪恶都要归到我一个人的身上来了。我代你们负担吧，负担你们的一切罪恶吧。让你们都自由去。我的一身本不难自决，不过里面的小生命太可怜了。最可笑的就是妹妹。她说因为有小孩子，不能和他离异。那么我里面的小生命该谁负责呢？不如直直捷捷地骂我“不要引诱我的丈夫！”还爽快些。人类是带一副假面的残忍的动物！人类是自私自利的！人类都是伪善！为图自己的功利、虚名就牺牲他人的生命亦漠然无动于衷的。好了，我觉悟了，我领受了一番教训了！我做你们的牺牲者吧。我祝你们繁荣，我祝你们胜利！只要你们能够繁荣，能够胜利；就牺牲了我这个人，亦无足惜！我自甘于孤独，自甘于败亡，自甘于死灭！你们喜欢了吧！你们遂了心愿了吧！她冷静的想了一回后，禁不住自己发出一种冷笑。

她想，我狂了吧。至少我的精神状态起了变化了。她自己冷笑了一会后又流着热泪欷歔的哭起来。

——在这世上再没有适当的事业给我做了。我也无能力为社会服役了，半死的残躯，还有什么气！我承认我是枉生于世的人了。不过我还不情愿即死，不能这样轻易自裁！我还有一件重要的责任未了呢！我要把信赖着我，走到我怀中来的小生命保育成熟！这是我的唯一的责任！我不能因为牺牲自己就并牺牲了他——或她。

但是像这样冷酷无情的社会，小孩子就生育下来也要受他们的欺侮和压迫吧。结果还是他——或她的不幸。想维护他——或她，不是反害了他——或她么？美瑛想到这里，又觉得母子一同牺牲的好，使一切都得解脱。

二十五

美瑛觉悟到故乡无所用其留恋时，恰好接到士雄来信要她和阿和都到南洋去。士雄要她出缅甸去是因为他自己不能即刻回来。他要阿和到那边去是叫阿和去学习生意，不要再在村里游手好闲做不良少年。

她想到缅甸去走一趟也好。她本对士雄无爱，但一个人住在失恋过来的地方，触目的情景——都能使她伤心。多住一天就多受一天的痛苦。她想到南洋去游览一回，看能排除这种悲痛不能，故乡的地方，她再不能住了。

——已经负了重伤的自己的心再无恢复希望了吧。管它能恢复不能恢复，就是死，我也到国外去死，不再回来了。我死了后，我的遗骨也不许他们带回故里来。我恨故乡的一切了。最可笑的是广勋，自那天向他提出要求后就不敢再来见面了。她愈想愈觉得他可恨，同时对他的怯懦的态度也加以鄙视。她虽然恨他，鄙视他；但临行之前又有点想见他一面。他的面影像在自己心上烙了印般的留了个很深刻的印象，精神上时时刻刻都受着他的支配。她想着怀中的胎儿就推想到广勋来。

她终于没有会着广勋就动身了。

二月中旬天气晴和的一天，她和阿和跟了一个老水客由县城搭乘小汽轮赶到海口H市来了。轮船到H市时是下午三点半钟了。

他们到了H市就进了一家有名的T酒店。她开了一间面海的特等的房子。

阿和和水客的房子在她的房子的后面。他们就在T旅馆等开往新加坡的轮船。

老水客由轮船公司回来说，还要等三天才有开往新加坡的轮船。美瑛是初次来H市的，她觉得自己县城虽然繁华，终赶不上H市。因为H市的街道很整洁，商店也很宏丽。她想，离自己的故乡这样近，早要求士雄搬到这个地方来住就好了。她又想，广勋能够和自己在这H市租一个小小的洋楼共住，那就再幸福没有了。她原站在骑楼上，倚着铁栏眺望海面的大小不一的轮船和海岸马路上来往的行人及奔驰的电车。想到广勋，忽然的伤感起来，又无心眺望了。

吃过了晚饭，天还没有黑下去她要老水客带她到街路上看热闹去。阿和当然也跟了去。南地的H市在这二月中旬已经是很和暖了。她淡淡地化了妆后，换了一套轻松的春衣，她不住地注意她的腹部，她怕因此减少了她的美观，她想时期还浅吧，看不出什么变化来。

他们从三楼走下来，出了旅馆，就向旅馆左侧的横街进去，到里面的内层大马路上来。H市海岸的马路赶不上内层马路的热闹。

在商店前的通路上走时看见像广勋的人，她的胸口就悸动起来。她想，真的在这地方看见他时就硬不睬他。可惜这个水客老了一点，阿和又丑了一点，不然我就和他们中的任何一个并着肩，手拉手的走，叫广勋看见不好过，他看见我和别的男子手拉手的并着肩走会心里不好过。跑到旅馆里来看自己时，那我又可以恕他的一切了。她想来想去，想不出对他复仇的方法来。复仇的方法只有找一个比他更标致的男子一同去见他，同时可以对嘲笑过自己的妹妹复仇。不过和广勋的关系，必要先得那个男人的了解。到后来，她觉得这些都是空想。冷静地问问自己是不是真的这样的深恶痛恨广勋，自己又觉得自己的心理矛盾。假定广勋还在自己的身旁要求什么时，自己没有拒绝他的勇气吧。

她出来的目的是到在H市有名的S公司和W公司去购买衣饰和化妆用品，她走到服饰部来了。她站在大镜前望望镜中的自己，觉得近来憔悴了许多。她望着镜里的自己的脸就摸摸双颊，她看见双颊很瘦削，也有点苍黄——淡淡的粉色压不住的苍黄。她的头不住的向左右翻看自己的肩后外衣穿得服帖不服帖。随又侧立在镜前视察自己的侧影。她觉得自己的姿态还很轻盈窈窕的。自己的长身玉立的俏影还有惹起一群年轻的男性的追慕的魔力吧。但她总记挂着自己的脸色的苍黄，忙又走进镜前去，嘴唇感着玻璃的冷气了，镜中的自己的脸部陡然的给一种薄雾蒙住了。她忙拿手中的手帕要揩那种薄雾，但已经凝结成针口大的滴滴的珠了。她把露珠揩干，自己把嘴唇紧闭着，再细细的把自己的颜色观察，那种讨厌的苍黄的色泽还是衬在淡淡的粉膜下面很明显的看得出来。她想，以后不要叫爱我的人走近自己，也不许他仔细的看自己的脸，他看出了我这苍黄的颜色就会厌倦我吧。广勋离开我，恐怕就是这个原因。她在镜前痴站了一会，微微地叹了口气，到后来她觉得自己的窈窕的身材穿着天青色的上衣，纯黑的裙还是很可爱的，自己就向镜中的自己努嘴，很想搂着她接吻。

她翻转头来看见阿和站在喳喳地响的煤气大光灯下凝望着自己，老水客靠着店台也望着自己微笑。

“笑什么？讨厌的何老伯！”她感着自己的双颊发热。

“好看，好看！”何老伯摸着他的几根鼠须哈哈大笑。

“讨厌。”她斜睨了他一眼，脸红红的笑了。

她在S公司只买了一双高跟皮靴。出了S公司，再向W公司来。

“在S公司拣不到你中意的东西，到W公司去更难了。”

“去看看总可以的。”

“说到太白楼去看热闹，不去了么？”阿和跟在后面问。

“我还有点事，今晚上要到D湾找个朋友，明天去吧。”

“你不去，我可以和瑛姑去。搭往那边的电车是不是？”

“是的，是的。搭往W街的电车直坐到终点，下来一问就找得到，那边是

S砂洲，有名的热闹的场所。酒楼妓馆在那个地方的顶多。”

“我不到那个讨厌的地方去！”她早就听见S砂洲是狎邪的地方，她不愿意去。

阿和站在她身旁张开口望着她，像很失望的。

有几辆汽车在他们面前飞驶过去，她没有坐过汽车，羡慕起来。她看见辆辆汽车里面坐的主人翁都是碧眼红毛的西洋人。

“我们坐汽车玩玩好不好？”她笑着望何老伯。

“没有意思，没有意思！花这冤枉钱做什么事？到缅甸去不怕没有汽车坐呢。”何老伯忙摇手反对她的提议。

“真的，有电车坐，已经很好了。你看车里并不挤。”她指着正在他们面前驶过去的电车。

“你们妇人家还是坐黄包车好，你坐在电车里，没有座位时来了个西洋人，驶车的要叫你站起来让给西洋人坐呢。”

他们在W公司看了半点多钟，美瑛觉得腰部有点酸软起来，说要回去。何老伯送他们母子（？）到T酒店门首后，自己搭电车赴D湾去了。他说，要十一点多钟才得回来。

阿和跟着她由二楼上三楼时，阿和颤声的问她：

“怎么样？”

“不行！”她脸也不翻过来看他。阿和给她叱骂了后口里咕噜了几句。她虽然听不清楚，但她觉得他是在骂她想念黄广勋。她当做不听见。她不等到何老伯回来，先睡了。

二十六

这轮船是定夜间十一点钟拔锚的。吃了晚饭就清检行李，七点钟前后他们都上了船。

美瑛近来很喜欢睡，每到晚间八九点钟她的眼皮上部像受着一种重压睁不开，非就寝不可。她每早晨起来时眼睛也不容易打开，勉强睁开来对镜一照，眼膜上都络着无数的血丝。她看见她的绯红的眼膜，心里很不愉快，因为这会灭损她的美的。

等到她睡醒来时，天色已经微明了。她走近窗口向外一望，看得见的只是渺渺茫茫的深苍色的海面，波动着的海浪上面淌着许多白沫，但随即散灭了。她想，怎么就走得这样远了，看不见一片陆地了。

她因为要一个人占有一间房子，买了头等的船票，何老伯和阿和共住一间二等舱房，在何老伯看来已经很阔了。若要他自己搜荷包时，他定买大舱里的统舱票的。但阿和还是悒悒不乐，他想他该和她共住头等房。

美瑛梳洗好了后走出船楼面来。她望望对面的海面边，远远的像有苍苍的小岛屿，但不十分明了。太阳在海天界线上抬起头来了，阳光直射到船的左舷上来。她故意的睁开眼睛望船左的太阳，她觉得眼皮像受了针刺般的作痛，她忙闭了眼睛，感着一种晕眩。她闭了眼睛靠着船栏站了一会再睁开眼望船尾那边，黑烟水平的走向东北去，渐远渐展开，烟色也渐微淡，到后来在远远的灰白色的云中消失了。

二等舱房在船尾最后部，她沿着栏杆走向面尾舱的扶梯口来，她看见二等船楼上还没有人出来。她想他们还没有起来吧。

早膳的时候仆欧请她到餐堂里去。食堂里有两张食台，正中一张很长大的，围坐着几个西洋人。靠右窗下一张比较小的，满围着中国搭客，挤得紧紧的，女客只有美瑛一个人。她杂坐在这些男客里面很难为情的。她后悔不该一个人买头等票了。在二等客舱里不至于这样寂寞吧。

早膳后，回到自己房里来时，何老伯和阿和先在房里了。

“你们吃过了？”美瑛看见他们，像小孩子睡了一夜，第二天起来看见了母亲时一样的欢喜。只一晚上，她像有好几天没有见他们般的。

“吃过了。”何老伯坐在梳化椅上剥香蕉吃。

“我早和你们一同买二等舱票好了的。一个人在这边又寂寞，又不便。并且有许多规矩我还不很懂得。”

“我劝你住二等，你又不听话！和我们共一个房子有什么要紧。你自己说一个人要一间舱房，只好替你买头等了。二等舱里也有两间单房，但都给外国人占去了，一个法国人，一个日本人。”

“你们要常到这里来，我一个人闷不过。”

“你来二等舱里方便些。我们二等客到头等舱房里来，船上有许多啰嗦的，常来不得，扶梯口不是挂有一面铜牌，写着除头等客和船员之外，一概不准上来么？像我们这样随便的服装，说是二等客还没有得人家相信呢。我来往南洋二十几年了，只搭过两回二等，连这回，托你们的福，算三回了。我平素来往都是搭大舱的。”

美瑛跟了他俩到二等的舱楼上来了，苍空上疏疏的有几片浮云，缓缓地移动。太阳热烈的向甲板上辐射它的光线。坐在房里很郁热的，船客都走出舱面来，西南风虽强，但接近热带的海面，美瑛只穿一件单衣，一件夹衣就嫌过暖了。

二等舱楼果然赶不上头等的清洁。舱面上摆着几张帆布椅子。在吃烟室前走过时，她闻着一种海腥、漆臭和烟草臭的混合臭气；她快想吐了。她望见帆布椅子，急忙走前去，躺下来。她望对面头等船楼上有几个红毛鬼都把手插在衣袋里，口里咬着烟斗，沿着两舷，意气堂堂，左往右来的在散步。

含有盐分的冷空气向久笼在房里的美瑛脸上吹来，把她的肺叶扩张了，血液也特别的加增速度向肌肤急流，她像喝醉了酒般的，感着一种晕眩，她望见深苍色的海浪远远的涌向船边来，愈涌愈高的。

“这里是不是七洲洋？”她勉强的笑起来问何老伯。

“还差得远，开船还不到十二个钟头呢。”何老伯站在一边在吸纸卷烟。

“七洲洋的风浪更厉害么？”

“不，没有大风。不要紧，下午到琼州，安南附近的海面，风浪凶些，过了那一段就不要紧了。”

阿和也躺在一张帆布椅上，他不住地翻过头去望吃烟室那边。

“你尽望那边做什么？”她问阿和。

“那房子里有个人不住地伸出头来望我们，望你吧，认识你的吧。”

“瞎说！在哪里？哪一个？”她也翻过头来向吃烟室那边。这时候他们六只眼都向着那边了。

“那个人缩回去了。看见我们望他，不敢伸头出来了。”

“你这个人总爱说那些疑神疑鬼的话！”她叱骂他。

“看见年轻的漂亮的女人，谁都想看一看的。”何老伯笑着说。

“你老不正经！又在嘲笑人了。”她双颊微红的说。

“那个人的样子，格外不同的。我有点害怕，不是想谋害我们的么？那个人我好像在什么地方见过的，想不起来了。”

“瞎说？怎么样的人？老的？年轻的？”

“和琼姑丈的年纪差不多。”

她听见他提起广勋来，胸口突然的跳动起来，双颊绯红的。何老伯吃着烟眺望海面，像没有留意他们的谈话。他不住地在咳嗽，但她有时候抬起头来看他时，他那双迷离的老眼不转睛地在凝视着她。和他的视线碰着时，她忙低下头去。

海水渐渐地转成黑色了，船身的振动也渐次激烈了。高人云际的樯桅不住地向左右摆动。船身抵抗着海水的重压向南进驶，它的震动由甲板传达至美瑛的足部，再由足部达到她的全身。她有点支持不住了，说要回房里去睡。何老伯和阿和忙过来想扶她。

"不要紧。我自己慢慢的还可以走。"她站了起来，摸摸自己的额，和死人的一样的冰冷。

他们在吃烟室前面走过时，室里空无一人了。

她才由二等舱楼的扶梯走下，至甲板上时，她把才吃的牛油，面包，炸牛肉等等呕吐出来了。

何老伯和阿和扶着美瑛上头等舱楼的扶梯时，阿和忽然的向她说。

"你看，那个人又在那边望我们了。他不是站在那边扶梯口么，何老伯？"

她再无心，也没有气力翻过头来望船尾了。何老伯忙翻转头来看，果然有一个清瘦的少年穿着白褂子和黑绸裤，上面加一件银色的干纱背心，站在二等舱楼上的扶梯边。那个少年的长头发给海风吹得很零乱了。

二十七

她回到自己的船室里，就向寝床上躺下来。她觉得眼前只是一团黑暗，看不见什么东西，胸口像给一块大石填压着，喘气不过来。想睡总睡不下去。背部像微微地发了点冷汗，脸色一刻一刻的变化，到后来变成金黄色了。

"我闷得很。头部冷得像针刺般的。闷死了！"

何老伯忙去请了船医来。船医听说是头等船客，一刻工夫就跑来了。诊察的结果是，妊娠中遇晕船，惹起了点脑贫血症，不要服什么药。静卧一会也可以。最好能够起来慢慢的行动，使血液容易循环，就没有事了。

“喝些葡萄酒吧。”医生临走时说了这一句。

何老伯和阿和看医生去后也回二等舱里去。让她静睡。

美瑛醒来时，船室里的电灯亮了。但船身还不住地摆动。觉得自己不像上半天那样的晕得厉害了。听不见什么，只听见海浪冲击船身的沙沙的音和甲板下面的机器的轰轰的音响。

她总觉得还有种臭气，她嗅着了心头就发闷——催她要吐呕般的一种苦闷。她不知道那种臭气的来源。她想象这样清洁的头等舱房里不该有这种臭气的。她留意的嗅了嗅，又闻不着那种臭气。但忽然的那种臭气又接近鼻端来了。她从枕畔取出一瓶花露水来，洒滴在枕上，手帕上和胸部的衣上，她受了香水的刺激，再睡不下去了。她虽然不敢起来，但不像日间那样怕船晕了。她觉得喉头干苦得厉害，想喝点茶，但自己又懒得起来，她觉得自己一身是很肮脏的了。

外面有人敲门。

“进来！”她说了后，一个年轻的，头上分的发梳得光光的，穿着白色衣裳的年轻的侍仆走进来，她觉得这个侍仆侍她比别的客人更殷勤。她想，定是她先给了四块钱的小账的缘故。今早一起来，他就替我清理被褥，我换下来的袜子和裙裤，他都替我叠得好好的。

“晚餐准备好了，到食堂里去么？”他很恭敬的问。

“不想吃。”她躺着摇了摇头。

“我特别替你弄点稀饭好么？”他再问。

“等一会再看吧。”

侍仆走了后，她奇妙的兴奋起来。绮丽的寝台，海面的幽寂。船身的震动惹起她的一种好奇的情绪。她正在痴想，假想到那个年轻的侍仆是个不好的人，对自己怀恶意时，自己也觉奇异，会起一种自暴自弃的冲动。她思想散乱的胡想了一会，觉得头痛起来了。她合了眼睛想睡，但无论如何睡不着。

再听见外面有人敲门时，她又像从梦中惊醒来了般的。进来的还是那个侍仆。

“我刚才忘记了。今天下午有一个人——二等船室的船客来了两次，看见你睡了，回去了。他说等你醒来了时再来看你。”

“他说了他的名字没有？”

“没有说，他留了一封信在这里，说等你醒来时交给你，你要请他来时，就托我到那边去叫他。”仆欧从衣袋里摸了那封信出来，拿在手中捏捏说，“里面不像是信纸呢。”仆欧说了后向她微笑。

她把那封信接过来，看见封面怪丑的笔迹，她的胸口就跳动起来，上面的几个字是：“交魏女士手收。”等到仆欧出去后，她把封筒撕开，里面掉出一个白绒线织的表袋子来。她想，这是当年应他的要求，替他编的一个表袋子。

他也在这船里么？对了，阿和说的在吃烟室里望我的定是他了。他真的为我还没肯结婚时，那我真对不起他了。所认识的男人中还算他是顶纯粹，顶真心向我的吧。她最初看见他的字迹，还感着点悸动，现在倒很想见见他了。在这海上实在没有可以说话的人，太寂寞了。

推门进来的是阿和。

“你来做什么？”才思念那个绒织表袋的主人，看见阿和来就十分的讨厌。她想，阿和在这里，他来了时定坐不稳就跑的，阿和又是个讨厌鬼，性质和他的父亲一样的黏滞。

“我吃过了饭，来看你好了些没有。”阿和不客气的坐到她的寝台上来。

“……”她望着他，在凝想，不说话。阿和当她是有意思了。

“你这暴躁鬼！不懂一点规矩！”她躺在寝台上，头向左右摆动的躲避阿和。她拼命的抵抗。阿和伏在她的足部像受了致命伤的猛兽不住地呻吟。美瑛也感着他的双腕里面流着恶魔般的血。阿和待要再向她突击，忽然听见外面又有人敲门。阿和忙坐到寝床对面的梳化椅子上去。

年轻的仆欧只手按着门的把手，站在室外伸头进来说：

“刚才说的杨先生来了。”

她听见松卿来看她，才停息了的胸头的跳动重新跳动起来，她忙伸出两手的小指头略把两鬓上散乱的细发整理整理，勉强坐起来望对面磁盆台上的挂镜，照了一照，随又把嘴唇掀起，露出两列牙齿来。她看见牙齿倒没有什么不清洁，不过自己总觉得齿面滑滑的敷着一层膜，心里不舒服。

她对了一会镜，她觉得自己今天特别的丑陋，脸色这样的苍黄，双颊也瘦得生了一个浅浅的窝儿，并且睡了大半天，起来还没有梳洗；她实在有点不愿意见松卿。但又想，迟早会碰着他的，现在他来了，就会会他吧。

“请他进来。”她坐起来后对仆欧说。

松卿穿着蛋黄色的直领洋服走进来。那种南洋华侨风的装束在她是很刺目的。她不禁把他和广勋比较，觉得雅鄙的界线很明了的。没有和广勋交际以前，松卿在她眼中是个美男子。现在脑中深深的有了广勋的印象的她觉得松卿的嘴唇今天特别的厚，惹起了她的反感。

“啊！美瑛姊！想不到我会在这里碰见你！”松卿的脚还没有提起，头先伸进来了。他刚说定，才看见阿和坐在这边的梳化椅上。他忙敛了笑容，恢复了他的正经面孔，刚才笑得没了缝的闭着的眼睛也仍旧睁开，很厚的紫黑色的嘴唇仍旧把上列两个长长的微向外露的门齿紧紧地包着，她看见松卿那种惊惶失措的样子更觉得难看。

“请教？”松卿正襟危立的问阿和。

“是我家里人，同到兰贡去的。”美瑛抢先答了。

阿和认识在吃烟室里偷望他们的就是这位先生了。

“你们到兰贡去么？”松卿问他，但随即又想起来了般的说，“是的，是的，凌士雄兄早出去了。你到那边去一时不回家了吧？”

“你呢？你到哪个埠头去？”美瑛反问他。

“我么？我什么地方都要去，H市，新加坡，槟榔屿，大霹雳，兰贡，孟加拉，英属的南洋各地都到过来。”

“问你这回到什么地方去？”

“先到新加坡。下个月可以到兰贡来。”

“你做什么生意？”

“没有一定的生意。这埠有便宜的货物时就采办来到别埠卖。”

松卿到后来看见阿和蠢头蠢脑的样子，也就宽了心，不十分理会他了，他只恣意的偷看美瑛。他觉得美瑛不如从前未嫁时那样娟丽了。情人眼里出西施，美瑛是他的第一次的恋人，印象很深，现在面貌虽然变了，不及从前的好看，但在松卿的眼中还是很可爱的处女。

生性固执的阿和尽坐在梳化椅上守着他俩不肯走，但松卿也和他有同样的心理，想挨他先走，但到后来松卿终熬不过他。

外面的风浪又激烈起来了，船身簸荡得厉害。

“松卿，我有点头晕。明天再见吧，”她又向着阿和说，“你也好走了，我要睡了。”

松卿走了后，阿和恨恨地出去，口里不知咕噜些什么，她也无心听他。后只听见船钟响了七响。她想，十一点半钟了，不早了。

二十八

轮船在险恶的浪涛中颠倒了一夜，到了第二天早上美瑛醒来时，风浪平稳下去了。像航行至南中国海的中部来了，距赤道没有好远了，睡在船室里很郁热的，再躺不着了，她坐了起来。

她的第一件要事就是对镜，看见自己的颜色像死人般的呈灰黑色时，她就伤感起来。她后悔不该别了家乡，遥遥的走到这四望无涯的海面上来。

但是，留在故乡，又有谁能爱护自己！恐怕要度比现在的漂泊生活还要痛苦的孤独生活吧。自己的身心就像无所依系的蜘蛛只能无目的地在空际飞扬，漂泊到哪一块地方就在哪一块地方落着，一切只有委之运命了。女人的心像坚果（*nut*）之实，时时要坚壳掩护着才能发育长成。没有那个坚壳就会失其生存的价值。女人到了十六七岁正同结果的时期，需要能专心爱护她的男性。没有这个可依靠的男性的专爱，虽有金钱，名誉，权位，结果还是空虚。过了二十五岁以后还没有得到专爱自己的男性时就会发生一种伤感和烦闷，这时候是顶危险的时期，由性的苦闷而自暴自弃，终至堕落。堕落了后想求真挚的爱护自己的男性越发难了。自己就是个例子了。女性想求男性的真挚的纯洁的爱，男性又何尝不想求女性的真挚的纯洁的爱呢？

她梳洗完了，略施脂粉后再走到镜前一看，脸儿虽清灭了好些，但化妆之后自己觉得也有几分动人。

她走出船楼上来了。海面的空气很新鲜。她深深的呼吸了一会，精神清爽起来，她觉着有点饥了。太阳高出水平面上来了，在强烈地辐射她的光线。苍空高高的没有几片浮云。一望无涯的海面只起些和暖的波动。轮船像停止了航驶般的那样平稳。她早把昨夜的痛苦和忧郁忘记了，心情愉快起来。她只眺望着渺无涯际的黑色的波面，有一二只海鸥振起它们的羽翼低低的在轮船附近飞翔。

过了一刻何老伯和阿和也走出二等舱楼上来了。何老伯在那边向她招手。随后看见松卿也拖着拖鞋，穿着寝衣，吸着烟出来了。他望见她点了点头，她很不好意思的回了一个礼，她想过去的，看见松卿不敢过去了。

到了下午三点多钟，阿和走到头等船室里来看美瑛时，又发见松卿坐在她的寝台前，她却半坐半躺的靠着舱壁和他谈笑。松卿看见阿和表示出种轻蔑的颜色，向美瑛告辞，回二等船室里去了。

那晚上真是她一生都忘记不了的美丽的一夜，天上没有一片云，八分满的月亮高高的挂在东方的天角上。船客都不情愿留在郁热的船室中，各人都在舱楼上或坐或立的玩月。月在海波中反射出无数的银色的光线。船客中有坐着喝茶的，有走着谈话的。一个金发美人只手搭在她的丈夫的肩上倚着船栏望海中的碎成几块的月影，美瑛看见那对西洋夫妇的亲昵的情状，心里又羡又妒。她忙逃到二等舱楼上来。

经美瑛的介绍，松卿也和何老伯认识了。他们因为船室里酷热，在舱面坐到十二点钟才各回舱里去。

美瑛回到舱房里，一时不想睡，她把电风扇开了，迎着电风，坐在近窗的椅子上。八分满的月亮已经偏西了，她的船室是在右侧的一列，月亮恰好由窗口射到她的脸上来。她痴望着月亮又触起了一番心事。

——刚才在二等舱楼上，他有意的走近我的旁边来。夜渐深了，月渐高了，我们浴不着月光时，他就轻轻的捏了我的手，我没有理他，他就一连伸了几次手过来。我怕他们看见，回捏了他一下。万一他当我是种什么表示时，……她头脑兴奋着不能睡，也有几分意思希望他来。但登时又觉得这种心思太堕落了。

她坐了一会，觉得有点过凉了，她忙把电风扇息了，也把电灯息了。她再走近窗前，想望望月夜的海色，一个黑影在外面窗前闪过去，把她吓了一跳，吓得她战栗起来。她想是船员或仆欧吧，她翻转身想向寝台上躺下去时，听见有人在外面敲窗口，她忙开亮电灯。

“是哪一个？”

“是我，美瑛姊。请你声音小一点。我进来好么？”松卿站在窗侧高声的说。她看见浴在月光中的他的脸色惨白得像死人般的。

“你还没有睡么？有什么事？明天说好么？怕噪着隔壁房里的人。”她虽然想让他进来，但又有点害怕。

“美瑛姊，你莫叫我急死了。你才答应了我的。你当我好容易到这里来么？扶梯口的栏门下了锁，我翻栏杆进来的。又怕碰见他们——碰见红毛鬼时更讨厌，要出丑呢。我不敢在前面敲门就是这个缘故。”

她终敌不住他的苦求，让他进来了。

美瑛虽然让他进来，但还警备着，怕他有什么超出友情以外的要求。他进来后就在梳化椅上坐下去，他的很厚的上下嘴唇还不住地颤动。她看见他的惊恐的样子又抱了几分同情，她想，他还是和从前一样的怯弱。

看见他的惊怯的态度，高瘦的身体，双颊上泛着淡淡的红彩；她对他的旧情渐渐地苏醒起来，他的平稳的态度反使她生了一种反感。

“他们说你到南洋去了。怎么你还在H市呢？”

“……”他没有回答。

她看见他淌着眼泪了。她忙坐近他身旁，伸手握着他的手。

“你为什么哭起来了呢？你为什么伤心？”

松卿只手拿条手帕揩眼泪，只手握着她的手。

“我自己也不知道怎么会忽然地悲伤起来。大概是自己神经衰弱吧。总之，我自和你相别以来，不曾度过一天的快活日子，也没有一日不思念你。昨天看见你，我心里就悲楚起来——说不出缘故来的悲楚起来。但同时又很喜欢，看见你，我就不能不流泪了。我因为你受了不少的痛苦。现在我也有相当的积蓄了。但是你已经属了他人。我就有了这些东西也……”

“松卿，你莫说那些事了，过去的事，我的确对你不住。不过母亲作主，叫我又有什么方法！”

“我并不怨你。我只怨我自己，怨我自己的命运。”

据松卿对她说，他失恋之后就不愿意再看故乡的城市。临行时，虽然不免多少留恋，但有了腐蚀他的有活气的青春的悲剧的遗迹的故乡，他发誓终身不愿意看它了。他离了故乡在南洋群岛过了两个月的流浪生活。在这两个月的期中为排解自己的烦愁起见，就想更换他的生活。因为他觉得这样烦愁的无变化的生活不知在何时才能够终止。想到曾和她共游过的公园，共吃过饭的馆子，他又忽然的流着泪的思慕起故乡来。那时候在南洋各岛正是秋间受着炎炎的太阳直射的时节，天气异常的酷热，入夜之后就常在海岸咖啡店里迎着海风过沉醉的生活。绿的薄荷酒（*Peppermint*），黄的布兰地，紫的伟毛斯（*Vermouth*），还有眩迷人的眼睛的白热煤气灯和含有毒液的由爱尔兰，荷兰，巴黎等地方流落来的西洋女子的红唇。但这些都医不好他的心的重创——由她受来的重创，他在这时候，像理性麻痹了的半狂人般的沉溺在这种毒鸩的但是甜蜜蜜的生活中。友人们虽常劝戒他，但他总觉得紧迫着他的哀愁和孤寂若是一刻不去，他的这种沉溺的生活就一刻不能停止。但是能够排除他的这种哀愁和孤寂的，有谁呢？在这世上除了她还有谁呢？

有时因职务的关系，由新加坡渡马六甲海峡到苏玛杜拉和爪哇去，像今晚上一样的月夜，就一个人凭着船舷，静听海峡的怒涛向船身冲击的音响，含着眼泪，直至东方发白还不回船室里去。斜倚着给露水冷湿了的铁栏望远处的北方的故乡的天空；神魂就驰向她那边去了。总之，一句话，失了她的他在这世上再难觅安身立命的地点了。

她听了他的话也感动起来，跟着他流了点眼泪，再紧紧地握着他的手。

黎明时分她放他走出船室外来时，舱面还没有一个人影。

二十九

到了新加坡，何老伯原定住F客栈的，因为F客栈的房租伙食比较便宜些。但美瑛执意要住S酒店，因为松卿邀了她同住那家酒店。

她和松卿虽同住一家酒店，但他俩的态度是洁白的。至少，何老伯和阿和没有发见出他俩间有超出友情范围外的行动。至他俩间有何种特约，那就非何老伯和阿和所能知道。

到新加坡的第二天，有轮船开往兰贡，何老伯就想起程。美瑛的意思是，航行了六七天了，异常困顿，要在新加坡埠休息几天才动身。

他们不乘明天的轮船就要在新加坡多停留四天了。

第三天早上松卿起来不吃早膳就出去了，他说，在新加坡还有点事务未了。何老伯看见松卿走了后，他和阿和出去办理他所应办的杂务去了。

十二点钟松卿回来了。何老伯和阿和还没有回来。他就到美瑛房里来。

“没有出去么？”他笑着向她说。

“我又不认识路，一个人怎么出去？天气又热，一个人坐牢般的在这小房子里真闷得慌。”

“我伴你到市外近海的风景好的地方去散散心好吗？”

“想是想去，不过……”

“怕他们说话么？只一点钟工夫的火车，当天可以回来的，不要紧吧。”他红着脸笑。

“不是这样的意思，我相信你，也并不是怕你对我有什么。不过……”她也很愧赧的说，因为她有内疚没有向他表白。在未向他表白一切秘密以前，她不敢容许他的要求。因为这种无责任的恋爱的表示，她觉得太把自己贬抑至流娼阶级以下了。

——他虽然说不久会到兰贡来，但他先要到爪哇去，和他这一别，第二次的机会就无期了。运命到了改革期时就非快改革不可。自己还是趁早决断由他的手把自己的运命革新，再开始新生涯吧，对士雄，自己是完全无爱的，况且阿和就是自己的目前的大敌人，到兰贡士雄家里去后，迟早就有风波发生，这也是可断言的。最好还是，……她想到昨晚上在辉煌的电光下，自己浴在磁盆里所发见的一种恐怖——也是一种悲痛——来。

昨天吃了晚饭后，流汗过多了，她一个人到浴室里去洗澡。她解开衣服时就觉得到自己的身体一天一天的膨大。浸到磁盆里再审视自己的肌肉的色泽，连自己也感着冲动的刺激，她想只有“凝脂”这个恰切的形容词才可以比拟自己的肌色吧。到后来看见自己的两个小乳头带了点可厌的黑色时，她吓了一惊。她想，事实完全证明了。

到后来，她想这件事变叫士雄负责，迟早要败露出来；还是爽爽直直地叫松卿负责的好吧。我趁这个机会把我的运命改造吧。前途或有点光明在等候着我也说不定。

下午的一点多钟，松卿和美瑛都在由新加坡向北开驶的火车中了。

他俩在火车中并坐着，眺望沿海的景色。美瑛当火车一展轮时，心里就有点沉闷，坐在车里和松卿谈笑都是很勉强的。火车再走了半点多钟，她起了一阵晕眩，眼前的一切东西都带灰黑色的轮廓。胸口像给一块大石紧压着，沿脊柱发了点冷汗，脸色一刻一刻的转变成苍白色。

“我像有点不好。”她气喘喘地说。

松卿留意到她的脸色的变化，凝视着她说：

“怎么样？精神不很好么？”

“好像沉溺进黑暗里面去了般的。你那个箱里有什么药没有？”她像要哭了。

“那真没有法子，在火车里。恐怕是贫血症吧。你的脸色不很好。”

“我再支持不住了。”她倒在他的膝上了，他的胸口登时突突地跳动起来。

同车的一个马莱人从他身上挂着的暖壶里倒了一盅葡萄酒过来叫松卿给她喝，松卿只手端着那盅酒，低下头去，把嘴凑近她的耳边轻轻的叫了她一声。他感着她的耳朵和颊部冷得像冰般的，摸摸她的额也异常的冰冷。流着腻汗，看她的手也像白蜡般的，摸她的指也是冷冷的，指甲上也没有一点色泽。按她的搏脉，很微弱，他略提高他的左膝，把她头承起来用根指头揭开她的灰白色的嘴唇，一滴一滴的把葡萄酒灌进去。她像知道他在给她药吃，她的紧咬着的牙齿微微地打开来。

同车的搭客都默认她是他的妻子。他也紧紧地把她抱着细心的看护。他时时去摸她的手，也用唇去吻她的额，前者表示他是替她测脉搏后者是表示测体温，过了一会，她的手会伸动了，触着他的手了，她像无意识的伸手给他，又像精神恢复了后的表象。

再过一会，双颊起了点红影。

“瑛姊！”松卿凑近她的颊喊她，她微睁开眼来向他微笑。

“好了点么？”

“……”她点了头，像很不好意思的想坐起来，但她终于没有起来，像没有气力，又像有意不愿起来。

“你还是再休息一会吧。不要起来，不觉得冷么？”

她的头伏在他的怀里，摇了摇头。

三十

再过二十多分钟，火车在一个很小的车站前停住了。她也站了起来。

“好了些么？”他握着她的手问。她的手不像先前那样冰冷了，但脸色还没有恢复。

“没有什么了，不过身体有点疲劳。”她说话都缺乏精神般的，不像来时那样多话了。她觉得和松卿接触，和松卿谈话时，神经就受一种刺激，心头也忙乱起来。她走近车窗，眺望窗外的景色，一面苍色的高山耸立在这车站前，她觉得车里很郁闷，便伸出头在车外，深深的呼吸了一阵清新空气才跟松卿下到车站里的休息室来。

松卿说，近这车站是个有名的产锡的矿区，他有许多认识的朋友在这矿区里作工，地方虽然小，但商业是相当发达的。

他俩在休憩室略坐一会。她忽然地对他说：

“哪一点钟有车开回新加坡的？我们还是回去吧，到这样怪寂寞的地方来有什么意思？”

“要等到夜晚八点钟才有车了，还要等五六个钟头。我们到一家旅馆去歇歇吧。”

到近车站的一家的小小的客栈的楼上时，她还感着一种晕眩，很想睡下去。松卿说他要去找几个朋友，提着那个手提皮箱子出去了。她像睡了一会，醒来时看自己的手表还只三点半钟过几分，他还没有回来，她很寂寞，走出骑楼前来望海，看得见海滨的疏疏的一列人家。那些人家的屋顶，白壁和屋后的树木都浴在斜阳里面。再望远一点，就是像玻璃般的平坦的碧海面延扩到西南那边的低空之下。戎克船的白帆点点地浮在海湾里，礁岩附近有海鸟飞翔。她不相信自己真走到这样幽寂的地方来了。看见下面走的都是黑色的马来土人，她有点害怕。

她望了一会回到房里来，略整头发。正在对镜时，松卿回来了。

“精神好了些么？”

"睡了一会，没有什么了。你怎么回来得这样迟？"

"到那边时，恰好他们在吃饭。他们要我喝点酒，就过了好些时候了。你不觉得饿么？"

"一点不想吃。"她摇摇头。

"那边有海水浴场，我们去散散步好么？走走路，吸吸海岸的空气，于你的身体是有益的。"

"不远么？"

"就在那边，不要十分钟。"

她也想看看海岸的景色。两个人出了旅馆，慢慢的走出砂滨上来了。在这地方土人们像看惯了中国人般的不十分注意他们。

他俩走到海水浴场来了，她看见土人一个个赤条条地坐在沙岸上，不觉脸红红的不好意思起来，望了望松卿，低下头去。

"你看那边有人在跳舞呢！"松卿像看惯了这些景象。

她抵抗不住好奇心的引诱，忙抬起头来看，一对赤条条的男女在搂抱着跳舞。

——真野蛮的习惯！她感着自己的全身在发热，觉得土人的裸体跳舞虽然简单，但有种强烈的蛊惑性，"回去吧。"她背过脸去说，要求他离开海水浴场。

"那才是人生的真味。"松卿笑着跟了她来。

"讨厌！"她斜睨他一眼，红着脸笑了。

他俩为避炎热的斜阳，走近海岸的树林下来。他俩在归途中都觉着彼此的理解渐有进步了，心和心也有融洽的可能了。隐伏了的一年多的热烈的情深再在两人内部迸发出来。她想，他有要求，也不能拒绝了。

回到旅馆里来了。茶房送饭上来吃。吃过了饭时，约六点多钟了。他俩并坐在骑楼前望海，海风一阵阵的吹进来，她的精神很爽快了。她好几次想说回去的话，但又觉得机会很可惜的。她想，就在这里歇一宵也可以，不过自己要有一种觉悟——和士雄离婚的觉悟，并且要求松卿发誓替她负终生的责任。

“回去么？还是在这里歇一晚吧！”他望着她由浴室里回来就问她。浴后的化妆分外美丽的，给了他一种诱惑。

“还来得及么？”她笑问他。

“歇一晚吧。”

“……”她低着头脸红红的微笑。

“就回去，他们也要说话的。横竖都要受他们的猜疑了。”

松卿下浴室里去了。她一个人坐在骑楼的铁栏前远远的望见海面上渔船的几点灯火在月色中闪动，下面街道上有许多土人挤拥着往来，大概是晚饭后的游散，海上的轮船的汽笛和旅馆后的火车的汽笛彼此呼应的像在相应答。她回忆到自己竟会走到海外的乡间来和松卿相会，禁不住生了一种漂泊的哀愁，她起了一种自暴自弃的思想了，她想自己的一身只有一任运命之浪漂流，能流到那一块地方就到哪一块地方去吧。

她觉得后面有人来了般的，待翻过头来时，早给松卿搂抱起来了。她骇了一跳，想向他抵抗。但只一瞬间，她很柔顺的和他亲吻了。

这晚上终在这乡间的旅馆里歇了一宵。

早晨九点多钟松卿醒来时，美瑛已不在他身旁了。他想她逃回去了么。忙伸出头来向房里张望。他看见她了，看见她痴坐在靠窗的一张小圆台前。

“起来了么？”他笑着问她。她抬起含着眼泪的眼睛来。

“快起来吧。”她走近他，在床沿上坐下来。他伸手过来握她的手。

“你真的下个月能到兰贡来？”她淌着眼泪问他。

“现在还能挨到下个月么？到爪哇去一星期可以赶回来，两星期后我就到兰贡来。不过士雄那方面的事你要自己负责弄清楚。以后的事，你莫担心，我完全负责。”他说着再过来拥抱她，她也不能不机械的伸出细长的皓腕来给他一个反应的表示。

她对人生有点憎恶了，她想何以自己的运命特别的离奇，自己的生活也特别比普通女性不自由，上帝像有意同自己为难般的。使自己的生涯愈沉愈下的第一原因，就是和表兄的结婚。和他的婚约定了后，自己的悲苦的运命就完全决定了。幸福的生活也就完全剥夺得干干净净了，直到现在还没有找着安身立命的地点，在这两年间因为不自然的恋爱，受了不少的痛苦。今后的松卿的确诚心诚意爱护自己，士雄那边又能圆满的脱离时，以后或有度和平安定生活的希望。不然，自己的前途恐怕越走越发黑暗悲惨了。但仔细的思考一回，又觉得自己的沉溺的原因是一种不良的遗传性——性欲的发作过强烈的遗传性。

到了下午三点多钟，他俩还留恋着都不肯动身。到后来，才搭三点半的火车回到新加坡来。

三十一

美瑛到兰贡后，士雄家里起了一场险恶的风波，第一，她发见了士雄在兰贡还有一个妾，这使她向士雄宣告离异的决心更坚决了。第二是阿和的报仇，他在他的父亲面前把美瑛在故乡和途中的一切秘密行动通通发表出来。士雄和她终至决裂了。只把作调人的何老伯难倒了。

美瑛到兰贡满一个月又二十余天了。士雄患咯血症死了。士雄的死，把一切的纠纷解决了。等到松卿来时，她就跟他回H市来，松卿说，他在H市凑巧有生意，一年中住H市的时期多，所以要美瑛回H市去住。

他俩回到H市在凤凰台街租了一家小小的，但很精致的洋房子。他还替她买了一辆汽车。她渐渐的知道松卿的职业了。她初听见时，虽然骇了一惊，也有点替他担忧；但无可如何，只暗祝他在这几年中不遭失败，多挣几个钱后就劝他莫再冒险。

原来英国和荷兰的东洋方面的殖民地政府都是很腐败的，比我国的政府还要十二分的腐败。他们的税关上的用人和巡捕都可以用金钱去收买。有个日本的商人在H市大规模的私印南洋各地的流通钞票，松卿就替日本商人带假钞票到南洋各地去推销。他的来往的旅费全由日本商人供给，所获的红利又可分得百分之七。各殖民地税关上检货的人大部分给日本商人买通了，有了个秘密的凭证，松卿把那个凭证拿出来，大概不受检查的可以通过。松卿到印度地方去时又常把鸦片秘密输入H市来。

在凤凰台街住的大半是日本人，其余的中国人不是在日本人的银行或洋行里当买办的就是职业上和日本商业有关系的人。

松卿和美瑛搬到凤凰台街来时，快要到端阳节了。时节算是仲夏了，但海岛上的气温不比内陆炎酷。四月杪的一天，天气晴和，松卿要美瑛同到北园去游散。美瑛近来的身体不很好，下腹部时常隐隐地作痛，并且比初觉得有胎时痛得紧急，身体也常感着疲倦。但又不敢打落了松卿的高兴，勉强从床上爬起来换穿衣服。

“我实在懒得走路。北园在哪一块？远不远？”她懒懒的说着在对镜梳头。她才把腰伸起就觉着下腹部和腰部刺刺作痛。

“这么远的路，怎么能够走去？我们坐汽车去。”

松卿换了一身山东黄绸的反领西装，戴顶巴拿帽子，只手提根手杖，只手拿一根纸烟在吸。等了一会，美瑛把头梳好了，翻转身来看松卿，觉得他的衣冠虽然端整，但装束的样子就不很大方，他的样子就有点像伺候红毛人的仆欧，又有点像映画戏里的戏子。她看见他的反领的西洋服就联想到广勋的那件外套来了。广勋穿的西洋服，材料虽赶不上松卿的，但他装束起来就很大方也很自然，松卿和他同是穿西洋服，但雅俗之分，在她眼中总能立即辨别出来。

她也换穿了一套潇洒的服装，碧色的绮罗上衣套铁线丝裙。只手提的是黑皮钱夹，只手撑枝日本式的小洋伞。松卿看见美瑛装束好了后就按呼铃叫妈子进来。不一刻，一个胖胖的穿黑油绸衫裤的老妈子走进来问有什么事。

“你到车房里去叫阿根把汽车准备好。驶过来。”

“是的。”老妈子退出去了。

美瑛搬到凤凰台街来只四五天，今天才坐新购的汽车。

“阿根？是不是我们村里姓吕的？”她听见阿根的名，胸口突然的悸动起来。但不像性的烦闷期中的那种悸动了，现在的是多带惊恐的分子的悸动，她联想到阿根在屋后草墩上的恶作剧，脸上又微微地泛出红影来。

“我也不很清楚。是个同乡的商人荐来的，说是我们村里人。但我不认识他。你认识他么？”

“不晓得是他不是他？但我们村里是有一个名叫阿根的。”

他俩走出门首来了。站在门首望得见H市的湾港，湾港里面碇泊着大小不一的无数的轮船。湾面淡淡的给一重黑烟遮盖着，望不见隔湾的K市。

他俩沿着石阶一步一步的走下来，汽车在石砌的台下等着他俩，坐在车前头的汽车夫双手执着把手，戴着一套汽车夫常用的眼镜。她虽然留心看了看那个车夫，但只看见他的侧面的姿势，并且戴着掩了鼻额的大部分的眼镜，不十分认得清楚。车夫略一侧身，背过手来打开车门让他俩坐进去了后，再把门关上，就开始运转汽车的把手。

汽车驶出海岸上来了沿着电车路线疾驰。他俩坐在汽车里都沉默着。在性的生活中过劳了的她尤觉得索然，一启口说话都感着疲倦了。她有时偷望他的侧面，看见他的紫黑的厚唇和绯红的高鼻尖，心里就感着烦厌。尤其是他的脸上近来发了许多似面疱的红疹，更惹人讨厌。她近来觉得和他同栖的生活唯有痛苦了。

过了二十多分钟后，汽车停在北园门首了。车夫忙跳下来，除了眼镜，打开车门。先下来的是美瑛，松卿也跟着下来。美瑛和车夫的视线相碰着时，彼此都骇了一跳，你看我，我看你的痴站了一会。松卿看见他们的态度，心里有点不快活。

“你们都认识的么？”松卿勉强的笑着说。

“小时候就认识，他是我的邻舍呢。”她脸红红的笑着说了后向阿根点了点头。阿根也笑着向她很恭敬的鞠了鞠躬。她觉得阿根虽然瘦削了些，但比前年就英伟得多了。不过颜色黑了些，脸上的黑面疱倒消失了。

“想不到先生的新太太就是瑛姑娘！”阿根惊异的说。

“你就在这里等着。”松卿吩咐阿根后就向着美瑛，“我们进去！”用命令式的说。美瑛看透了他的心里在燃烧着嫉妒的火。

她想和松卿正了夫妇的名义后的生活比和士雄同栖时还要不自由了。她觉得自己的短短的恋爱史中还是和广勋一段最有意味，也得了相当的结果，除了这一段外，自己的生活都是悲惨的，痛苦的。

订婚是迟延不得的，误过了婚期的女子的运命最悲惨生活也最痛苦。自己在十六岁那年若没有拒绝广勋的求婚时，现在的生活是很幸福的。再退一步想，就答应了阿根的求婚，现在和他俩人在村中度清贫的农民生活也是很幸福的，最后，直截了当拒绝了表兄的求婚，和这个人正式结婚，就生活苦些也有贫苦的幸福，可以免得这回的漂泊和一年来的堕落。现在虽然和这个人成了夫妻。但是过了新正的水仙花没有什么价值了。

松卿和美瑛虽然对坐在一家茶楼上，都各有心事，没有半点乐趣，她犹恒悒寡欢的，因为她近来感着里面微微的胎动起来了。

到五点多钟他们才回到家里来。

三十二

美瑛在H市认识了不少的女朋友。她们都活活泼泼地跟着她们的丈夫或情人到处游散，或公园，或戏院，或跑马场，或旗山顶，有时互相邀请，在各人家里开茶话会或小小的跳舞会。美瑛看见她们兴高采烈的样子，心里就很羡慕，她也曾伸手进松卿的肩肋下并着肩赴过茶话会或跳舞会来，但一见松卿的装束和言动就鼓不起血气，愈到热闹场中去，愈觉得寂寞。

松卿是很诚挚的爱她，她也知道每遇着没有会过她的朋友，不论男女，松卿定替她介绍，他像唯恐朋友们不知道他已经结了婚。她对他的诚挚的爱未尝不感激。但他对她的猜疑和监视的态度又引起了她的反感。

一天松卿往永田洋行——店面的陈设是古董品和银器，里面地窖室里就有私印各种假钞票和私铸假银元的一家日本商店——去了。美瑛一个人坐在楼前翻读一本新进作家Y氏的创作集。她近来觉得这无聊的岁月实在难度，她常到书店去买小说来消遣了。但她不敢当着松卿面前读小说，因为他不喜欢书籍，他看见她读小说就说女人不该看小说的。她近来对现代作家的创作爱读起来了，把从前买的《红楼梦》、《儿女英雄》、《再生缘》、《天雨花》等小说或弹词都丢开了。她尤喜欢读Y氏的小说，因为Y氏是高唱殉情主义的，文章也流利。妊娠中的她神经越发衰弱，Y氏的创作常把她的眼泪引流出来。今天她读到Y氏的一篇“殇儿”，悲痛极了，想到腹内的小生命，不知不觉地痛哭起来。她把Y氏的创造集丢开了，不敢再读下去了。

——除了腹内的胎儿。我对世人可告无罪！对不起人的不是我，还是他们！广勋对不住我，士雄也对不住我，松卿也对不住我。我只对不起腹内的小生命！我之流离漂泊我自己虽有几分不对，但大部是想为这个胎儿谋一个庇护他安全生长的地方。现在说出来有谁能相信呢？生下来不知生身父为谁的婴儿是何等可怜的哟！我委曲求全的到士雄那边去，在海上漂流十几天完全是为这个婴儿！到后来要跟松卿回H市来，再在海上漂泊，也完全是为这个婴儿！但我这苦心又有谁能谅解呢？我的生命置之度外了，能够保全这个婴儿，只要有人庇护这个婴儿，我什么都可以牺牲。我不再受呆板的名义或习惯的支配了。过了长期间的国法，道德律，社会习惯该有改革的必要！我不能再受这些呆板的公式的束缚了，我要打破一切！打破了一切，我和腹内的婴儿才得生存！不，我要牺牲自己为婴儿图生存！我该把他交回他的父亲！

我要当着妹妹的面叫他承认腹中的胎儿是他的儿子！我要向社会声称他是我的爱人！我看见他承认了胎儿是他的儿子，承认我是他的爱人后，我就死也情愿！我的幸福——一生的幸福完全给你剥夺了！广勋！你是蹂躏我的人！你是压迫我的人！你是奴隶我的人！奴隶我的人！你还在怯懦的不敢向社会承认他是你的婴儿，承认我是你的爱人么？

昨晚上她和松卿睡在一起时，她对他说：

“我恐是有孕了。我觉得我的身体有点不寻常。我们快有小孩子了。”她说时也感着自己的双颊红热得厉害，她暗暗地自愧。

“恐怕不对吧，哪里有这样快？”

她望见他的紫黑色的厚唇上微微的震动，脸上也浮了一种浅笑。

她看见他不承认她有这样快怀孕，着慌起来。她想，妊娠的象征一天一天的显著了，到了日后掩不了的时候，怎么好呢？她愈想愈担心起来。她想将来定有难解决的纷争发生的一天。

她想，妹妹能够承认我这腹内的胎儿做她的儿子抚养他时，我把婴儿交回他的父亲后死也瞑目。她想到后来，真的想写封信寄给广勋，叫他出来H市。

“瑛姊！”有人在后面叫她，她骇了一跳，忙翻转头来看，阿根笑嘻嘻地站在楼的厅中心了。

她看见阿根，胸口就跳动起来有点害怕。她怕他对她有意外的不慎的举动。她对他保持着尊严的主妇态度，她靠在摇椅上不动。

“有什么事？”她望也不望他一眼，视线只注视着地面。

阿根看见她的这样的态度，有点不好意思，想再向她说话，固然不好，想就退下去也不好，他痴望着她站了一会。

她看见阿根不说话又不退下去，心里有点着急，略抬起头来望他，她吃了一惊。她看见阿根像电影戏里面的黑奴般的微倾着头向他的主人流泪，他的脸上也表现出一种诚恳的热情。她给他的热诚的态度感动了。但她还不能抛弃主仆的成见。她以为对他恢复了在村里小孩子时代的态度会伤害她的威严。

“老爷有什么事委曲了你么？我说得来的可以代你对老爷说说。你有什么事，快些说出来，简单的说出来。不要尽站在这里。”她说了后翻过脸去望海。

“瑛姊！——当杨先生的面前，我决不敢这样的称呼你——我并不是为我自己的事来和你说话，我是一心为你的事来和你说话。我看见瑛姊受苦，我心里不忍，所以来告诉我所知的一切。”阿根只手拿条半新不旧的手帕在揩眼泪。

“你所晓得的是什么事情？快说出来。”她有点惊异他说的话。

“我们瑛姊和他什么时候成婚的？”

“和他结婚不好么？”

“据我所晓得的，杨先生不该和女人结婚了的。他没有和女人结婚的资格了。”

"什么话？"她惊骇起来了。她两眼直视的望着他。

"他们——杨先生的朋友说，杨先生传染到癞病了。癞病不知道确不确。但病毒是有的，我有好几次送他到病院去打针过来。瑛姊，我看你的身子不好，恐怕由杨先生传染到了有点毛病。我望你快点到病院里去诊察诊察。不是我的心不好，我希望你能够和他离开，最要紧先把病治好。瑛姊，你可以相信我的心了吧。"

她想到自己近来的种种病征，她有点相信阿根的话了。她凝视着地面，一时说不出话来。只一瞬间，她的双行清泪扑扑簌簌地滴下地面来了。

"我错了，我错了。我不该多嘴，害瑛姊伤心。"他走近前来跪在她的裙下了。"但是，我希望瑛姊还是趁早叫医生看看的好。"

"阿根，我谢你了。你下去吧。让我歇息歇息。"她觉着下腹部和腰部更加痛得紧了。

三十三

她听见阿根下扶梯，她就走进房里向床上躺下。她才躺下来就听见下面松卿回来了。

"你到楼上去做什么事？"松卿厉声地问阿根的声音。

"许家的太太叫我来问太太今晚有空没有空，有空时和她们到戏院里去。"美瑛听见阿根撒谎回答松卿。

"太太怎么说？"松卿的声音。

"太太说要等你老爷回来后商量。"阿根的声音。

阿根像故意高声的说，好叫她听见。

松卿走上楼来了，她忙勉强的坐起来。他看见她坐在床沿上有点慌张的样子，心里越发狐疑。他的脸色很难看，把手杖和一个手提黑皮夹丢在一边，气愤愤的对她说：

“你叫阿根到楼上来干些什么事？”松卿的话很是刻毒的。

“有事情，叫老妈子不好么？”

“谁叫他上楼来？许奶奶差他来的。”

松卿看见她发气，又有点害怕，不敢再说什么了。过了一会，“你答应了她没有？”他问她。

“你答应我答应她么？”她反问他。

“单请你一个人去么？”松卿顶不愿意的就是自己不在被请之列。

“她说，今晚上光是女客。没有请男的。”她微笑着说。

“真的她们家里的男人不一路去么？”松卿从来就神经过敏地猜疑他的邻人们轻视他，排斥他；因为他知道自己不像他们般的开有大商店，自己的名誉在他们间也很坏。

“这有什么好说假的！”她说了后轻轻的鼻笑。

“你想去么？”

“我有点想去，不过怕你不答应，要问问你。”

“你自己想去，还要向我商量做什么？”他也鼻笑。

不愉快的沉默扩散在他俩间。“那我不去了！”她过了一会恨恨的说。说了后她就向床上躺下去。

看看五月快要满了，一转六月初，松卿又要带一批假钞票到南洋各埠去了。近这一星期来他很忙，差不多一早出去，不到夜间十二点不回来。她一个人坐在家里闷得忙，就命阿根驾着汽车到市内风景佳丽的地方去游散。阿根介绍她到一家医院里去看病。医生只说她有了四个月的身孕了，不说出她有没有病，给了她一瓶药水和一盒黑药丸。

“瑛姊，你有了小孩子？”他很惊异的说。因为他相信松卿是无生小孩子的能力了。她听见阿根的惊问。唯有惨笑。

一天，阿根伴她上旗山顶去乘凉。

“阿根，你还是我的弟弟呢。你真的像我的亲弟弟。我后悔从前太对不住你了。”

“瑛姊，我只恨我家计不好。我并不怨人。你看我现在还是个汽车夫呢，离家快两年了，还没挣到一个钱。”

据阿根说，他最初出来到新加坡就在一家汽车公司里习驶汽车。习了一年才始习会。他本可在新加坡图生活，那边的工价还高些。不过他很思念她，明知她早嫁了。但也想回去见见她——挣点钱，制套漂亮的衣服穿起去见她。他又说，他希望她能够马上变成一个穷人——和乞丐一样的穷人，他就把挣来的钱全数给她，使她感激到向自己流泪，他又说。他希望她一刻就成一个老丑的妇人，没有人想要她，自己就搂抱着她接吻。

她和他在山顶的路旁的一张铁梳化椅子上并坐着，听见他的无邪的告白，禁不住流下泪来。

“阿根，你该结婚了。你该回村里去度你的农民生活。你还是回村里去快点结婚好。”

“没有钱，空手回去，家里人看不起。还是在这里困守几年，多挣些钱后再回去。”

“你一个月的薪水多少呢？”

“十二块，除了五元的伙食，只七元。年中添制些衣着，没有什么存钱了。”

“我这个给你吧，”她笑着把左手中指上的一个大钻石金戒指除下来塞在他的手心里。

“瑛姊，莫说笑。我也不敢要，怕杨先生知道了，说我偷了来的。”他红着脸笑。

“真的给你。你拿去就把它变卖些钱回家去吧，这些繁华的都会不是我们村里人住的。我已经不幸了，不愿意再看你在这里受苦。”她说时把条雪白的手帕搁在眼上。

“姊的好意我很感激，不过这个戒指你且留着。真的要时再向你要。我暂时不回村里去，我要看护你，看护到你轻了身，病好了才离开你。”

她的眼泪更流得多了。她揩干了泪翻过脸来看阿根，这时候在她眼中的他，虽然穿着很粗朴的洋服，是世界上第一等的英伟的美男子。她觉得他的精神比她所认识的男性中任哪一个崇高。松卿当然赶不上他，就连大学毕了业的广勋也赶不上这个农民的伟大，赶不上这个汽车夫的崇高。

“我想着一件事了，可惜没有成功。你猜得着我想的是什么事么？”她握着他的只手，脸红红的笑向他说。

“我猜中了。可惜我们小的时候的玩意儿没有实现。”他也红着脸微笑着说。

八九岁时在她屋后草墩上，组织家庭的玩意儿一幕一幕的在他俩脑中重演一回。

他靠在她的胸上，她的双手揽围着他的身体，她微笑着凑近他的耳边。

——我们还是做两公婆。

他也微笑着点点首。

过了一会几个小孩子带着她到墩后拿了一条红手帕蒙着她的脸后再牵了过来。他在坟塘里微笑着等她。等到她到坟塘里时，就和她并着肩一齐向着墓碑拜了四拜。再过了一会，他俩就在坟塘的一隅互相搂抱着装睡。一群小孩们都站在旁边鼓着掌哄笑。他俩年纪虽然小，但也会脸红红的站起来骂他们。小孩子们还笑着叫她做新娘，叫她做阿根嫂。

他俩坐在铁椅子上沉默了一会，她的两行眼泪重新流下来。

“阿根，还是我们乡里的青山绿水的景色好呢！我很想和你一路回乡里去。”他们的农村的风景一幕一幕的又在她的脑里重演出来。“没有希望了吧！我今生再不敢发这样的梦了。再不敢发这样的幸福的梦了。”

她只手拿着手帕揩眼泪，只手紧握着他的手。他也紧紧地给她一个回握，他看见她的瞳子的周围像撒满了朱砂。

她的左肩靠着他的右肩了。他从后面伸手过去，也揽她的腰了。

“你的眼睛很红的，不觉得什么？”

“我原有点眼病，近来更凶了。夜晚上眼皮很重涩的异常想睡。早上起来，一时睁不开来。待睁开来时，眼睛绯红的，怪难看。”

“你还是叫医生看好。”

“你看我比在乡里时老丑得多了吧。”

阿根觉得坐在自己身旁的美瑛的确不是从前的美瑛了。但他怕她伤心，不便说什么。

“瑛姊在我眼中什么时候都是美丽的。”

“你哄我！你不说真话！”

她的右颊靠近他的左颊时，他的嘴忙躲向那边去。她的心头又起了一重黑暗，再流泪了。

——他是真心爱我的人。但他怕我的病毒！

三十四

松卿在南洋各埠流转了一个多月，回到H市来时又是七月初旬了。美瑛的健康也一天不如一天了。染了满身病毒的松卿对她的肉身还像狂兽一样的加以蹂躏。但他回来一星期后，她就完全拒绝了他的一切要求。

松卿在六月初旬还没有赴南洋之前，看见她对阿根的态度过于亲昵，并且发见她的钻石戒指不在她的指头上了，就断定是她给了阿根；他终于把阿根解雇了。并且还托隔壁住的日本人中村留心，不许阿根到她家里来。阿根因要求增加工资，曾运动附近日本人商店汽车夫，人力车夫和厨房罢工过来，所以日本人也很恨他，巴不得松卿拿他解雇。

松卿走后的一个月中，美瑛卧病在家里不出来，病中常思念阿根，但不见阿根来看她。她恨起阿根来了，恨他寡情。到后来，她接到阿根由A市来了一封信。信里说他到A市当汽车夫了。他的信里又说他所以不能再在H市站足的原因是松卿和几个日本人在H市的巡捕房诬控他是个常常运动工人罢工的危险人物，所以不能不到A市来求生活。他的信里又说由H市到A市只要两晚一天的海程，并不十分远，一有机会——H政府不再注意他时——他就回H市来看她。他在信后面把A市的通信住地告知她了。

松卿回来后，她愈觉得自己的身体不好，她就写了封信寄到A市要阿根速即回H市来看她。她花了半天工夫，很吃力的写了下面的一封信：

根弟如握：一别匝月，有若三秋。自君去后，我疾益危，每欲赴医院诊治，无奈无人伴我；言念及此，不禁涕泪沾襟。姊所适匪人，将复谁怨，唯有自恨命薄耳。前星期扶病到植物园一行，在喷水池边少憩；回忆月前我俩人曾在此休憩触景伤情，又不禁泫然。日前彼伧回来，对我益加蹂躏，我病益危，命恐在旦夕，甚望君来一面，死亦瞑目。须知我在病中无刻不思君，死亦忍死须臾以招君临也。姊瑛字。

松卿遭美瑛的拒绝已经恨不过了。近又发见了她给广勋和阿根的信稿，更觉愤恨。美瑛还在希望能够把腹中的婴儿产出来，所以写了封信给广勋，要他来H市把这个可怜的婴儿领回去，她知道她想安全的分娩已经不容易了。分娩之后当然再无能力抚育婴儿了。她像预知道分娩之后只有死在等着她。她希望是把婴儿交回给广勋，和自己死在阿根的腕上！

她写给广勋和阿根的信稿给松卿发见了后，遭了松卿的一顿毒打。她被毒打后胎动起来了。

七月六日阴雨的一天，她人事不省的被抬进H市的市立大病院里的产科病室中。

那晚上六点多钟，她流产了。她听见接生妇说流产的原因是妊娠中胎儿受了病毒，近因是腹部的受伤。接生妇又说胎儿还不满八个月呢。她听见她的唯一的希望的婴儿流产了，痛哭起来。在痛哭中有时呼广勋，有时又呼阿根。看护妇莫名其妙的只跟着她垂泪。在医院中人的眼中的她是完全发狂了。

流产后的她，精神很弱，体温高至四十一度。松卿来时，医生禁止他进去，怕她见了他兴奋起来，病更加重，由那晚上至第二天十点多钟，她完全在昏睡状态中。

十点钟她醒来了，又哭起来要求看护妇把她的殇儿给她看。过了一会又哭着呼阿根。哭了二十多分钟，她稍得清醒了。检她的体温也低降了些。三十八度半了。医生很喜欢，觉得她的生命有挽回的希望了。

下午三点钟，医生再来检体温时，听见病室外有人敲门。看护妇忙走出去看，但一刻就回来低声的向医生说了些话。

“不要紧请他进来。病人像在想见他，或者见了他后病容易治些。”

看护妇再出去，不一刻引了一位青年进来。

“啊！阿根！”她想坐起来，幸得看护妇把她按住了，她只叫了他一声，眼泪又像泉水般的涌出来。

阿根差不多认不出她了，他有点不相信床上的病人就是美瑛，头发散乱着披在肩上，一双绯红的眼睛，脸色像黄纸般的，双颊瘦得像穿了两个窟窿，阿根看见她的怪丑的和不洁的样子，不相信她还是个生存着的人。

她望着阿根流了一会泪，医生和看护妇怕他俩有什么私话要说的，退到外面去。医生和看护妇出去后，她慢慢的把一切经过告诉了阿根，她说了后又哭起来。

"阿根，是他杀了我的！你要替我报仇！"

"是的。瑛姊！我在A市总希望你轻了身后，把病调治好了，和他离开！我俩就一路回村里去享清贫的幸福。这是我唯一的希望！没有你时我就失了我的存在了。"

"你还要保重你的身体！"

"我是不中用了的！"她叹了口气。

阿根在病室坐了一会，听医生的忠告暂时出去，让她一个人静静的休息。他临走时对她说到外面吃饭去，一刻就回来伴她。

她等至四点，五点，六点，七点还不见阿根回来。她又开始痛哭了，要求看护妇去请阿根回去。

"我晓得他到哪里去了呢。一刻就会回来吧。"看护妇这样的哄她。

到了八点多钟阿根仓仓皇皇的回到她的病室里来时，她又在昏睡中了。等到她醒来看见阿根坐在她面前，她就向他惨笑。

"阎王那边派了人来拉我去呢，你不要再走出去了，要保护我！"她要他坐到床沿上来。他坐上去，她就紧拉着他的手。在这世上，他是她的唯一的亲人了。

医生和看护妇检得病人的体温又增至四十度了。他们像预先知道她受病太深，没有什么希望，不很来看她了。

到了九点多钟，看护妇很惊惶的走到病室里来问他是不是叫做吕阿根。

"是的，我是吕阿根，有巡捕来找我，是不是？"

"是的，有个西洋侦探带两个印度巡捕来找你，要你出去问话。"

阿根站起来想出去。但她抵死的拉住他的手不肯放，她又哭起来了。

"阿根，他们来捉你的，捉你去坐牢的，你去不得！"

阿根翻向看护妇：

"你去对侦探说，有话请进来说。我现在看护着临死的病人。等病人死了时，我自己会投案的。"

看护妇不明不白的只好出去照他所说的回复侦探。

不一会，一个西洋人带了一个翻译跟着看护妇走进来。

"你们快出去，不准你们到这里来！谁敢捕他去的，我和那个人拼命！"

侦探看见病人的态度，脚步放轻了些，侦探叫他的翻译问他：

"你是不是吕阿根？"

"是的！"

"凤凰台第三号洋房的杨松卿是不是被你用手枪杀死的？"

"是的！"

她听到这里忙坐起来，绯红的双眼怒视着那个西洋侦探——专嗅中国人的血的猎犬。

"不是他杀的，是我杀的！我是凶手！你们捉我去就是了！不干他的事！"她说了后狂哭。阿根把她抱着，叫她睡回去。

"那么，请你跟我们到警察署里去。"侦探再叫他的翻译对阿根说。

"你看不见临死的人么，等她死了后我自己会到案的！"阿根流着泪厉声的说。

翻译把阿根说的话告诉了侦探，侦探就出去了，叫带来的两个印度巡捕守在房门首。

“阿根，我们一起到牢里去吧。”她流着泪声音轻微的说。

“你不要替我担心，你静一会吧。”他也流着泪说。

“阿根，我对不住你了！”

“你莫再说这些话了，说了叫人伤心。”

“但是你还没有……我所希望的，你还没有给我呢！这个证据——你爱我的证据。该给我看了。”

阿根忙凑近前去和她亲吻。

她枕在他的腕上微睡了一会，响十点钟了。

看护妇忽然又走进来说有客来看病人。

“是谁？”她声音微弱的问。

“这里有名片。”看护妇把名片交给阿根。

“阿根，是哪一个？”

“黄广勋。”阿根照着名片上的字念。

“嘲，广勋来了，请他进来，阿根，他也是我的仇人，你认得他么？我还要……”她说到这里气喘喘地说不下去了。

就休息了一会，一个穿西装的少年进来了。

“啊！广勋！你来迟了，你的婴儿不及见你死了呢。”她的眼泪再流个不住。广勋看见她靠在一个少年的胸上，有点惊异，看见她的凄惨的病状，又感着一种悲伤，也流下泪来了。

“阿根，我有件事在未死之前要向你忏悔的。他是我的妹婿。但是我的殇儿是他的儿子！”阿根听见她的话只凝望着广勋。

“广勋，我恕你了，我恕你了。不过你要把我的殇儿和我的遗骨带回乡里去！”广勋只伏在床沿上流泪。

“阿根，别了。我临死之前，你该表示你对我的爱吧！”

阿根再凑前去和她亲吻。他的精神也昏乱了，头脑像铅一般的沉重，他听不见什么。听得见的只是外面电车轮的轰轰的音响和海面轮船的汽笛的悲鸣。

他把她的冰冷的身体放下来时，两个缠红头的印度巡捕把他带出去了。

他走出病院来时什么都不看见。他的眼前只有“死”和“牺牲”几个血书的红字！

一九二七年

红雾

一

丽君刚才打发搬运夫把行李运走了后，就发见还有一个网篮留在亭子间的一隅，给搬运夫漏搬了。她看见了后，半是无意识地轻轻地顿了顿足。

糟了！怎么处置呢？

她想网篮里的东西本来不是怎样重要的。两个锡制的茶叶罐，一副今年由汉口出来，过九江时才购置的茶具，一个磁盘，一把磁壶，十个茶杯。还有几套半新不旧的衣服，只能留作家常服穿的，想全数送给娘姨，又觉得有些可惜，所以索性用几张旧报纸包好装进网篮里，打算带着走。此外有两双皮鞋，一双是高跟的，一双拖鞋和一个打汽炉。此外再没有什么了。

她想，因为这个网蓝，特别叫汽车装着走，有些不合算，但是像这样一个重赘的东西，怎么好提着搭电车呢，当然只有叫黄包车之一法了。于是她从窗口伸出头来，望了望街路，但不见有一辆黄包车。站在亭子间中，她又歪了一歪头，只一瞬间，她带着几分夸张的神气，表示她很有决断而且活泼。提起双脚，当当地一直跑下厨房门首来：

“娘姨！快到马路口上……”

她又歪了一歪头。

“做什么事？”

那个年约四十多岁的娘姨正在替她的小孩子们洗几件小衣裳，听见少奶奶有事差遣，便撩起衣角，先揩干她的双手。

“你赶快去叫一辆黄包车来！……马上要！……”

“好的。”

娘姨不像她那样紧张，很从容地踏出后门，站在街路当中了。

“娘姨！”

丽君又叫了一声。

“……”

娘姨顿着足望了望她。

“到北四川路去的黄包车要多少钱？”

“我从乡里出来上海，由码头上到亲戚家里坐过一次的黄包车，以后就没有坐过车子，也是中国街上的。租界上的要比中国街上的贵些，大概至少要四五角钱吧。”

看着娘姨去后，她又走上前楼房里来。虽然这次的出奔是下了很大的决心，但望着熟睡在床上的两个小孩子，也不免有几分心痛，无端地掉下了几滴眼泪。

自己还够不上做女丈夫啊！已经下了这大的决心，还这样酸酸楚楚的演出许多难看的丑态来做什么呢？丈夫对自己完全无爱了。他之还在敷衍自己，不过是为小孩子，想来利用我替他把小孩子养成长大罢了。谁还会这样当傻呢！

她虽然是这样地想着，但又禁不住在阿二和阿三的嫩颊上吻了一吻。阿三熟睡着了，不知道母亲在和她作最后的接吻。阿二到底比阿三大些，并且是男的，给母亲最后地一吻，便在梦中伸出小手来在他的小颊上拂了拂，他好像是当有苍蝇停在他的小颊上。他向里面一翻身，又呼呼地熟睡回去了。

你俩醒来时，找不着姆妈，别哭啊！

她再叹了一口气，又走到亭子间里来了。

最初听了父亲的忠告，何至于和这个男人结婚。近六七年来真是忍气吞声，受了不少的罪。现在可不能忍耐了。自己只恨当时岁数太轻，又麻醉于自由恋爱的思想，没有深思，只顾外观，看见他西装穿得漂亮，用钱用得阔绰，便给他骗上了。他只为自己做了一套平常的衣服，便对他浃髓沦肌般地感激起来，终于失身了。现在想来真觉可笑，也觉可怜。……也不能单归咎于他。自己也有错处的。像自己和他哪里说得上是恋爱，完全是起因于自己的性闷烦。在那时候饥不择食便和他勾搭上了。由是和父母决绝了。一生中，单只生我一个女儿的父母，现在怎么样了呢？也还是和七年前一样，在乡里过平和的生活么？

丽君思念到父母，又有些伤感起来。但是在她眼前幻现着的父母的影儿，真地是一瞬间。她的思索仍然转向到丈夫身上来了。

二三年来，也不是不知道他的品行不端。第一因为自己在这社会上是孤立的人了——譬如有一次把自己的苦情向堂姊姊申诉，姊姊便叹了一口气说："你们是自由结婚的，还有什么话好说呢？"——无所归依。第二是因为小孩子的关系，尽去敷衍他，宽谅他，不和他计较。到了今日，真是不能再敷衍了。他的轻笑的态度，明明像是在向自己说："你这女人有甚能干？能够把小孩子抚养长成，就算是你的最大本领了！除此外，只乖乖地坐在家里吃饭过日子就好了。丈夫在社会上做的事，也用得着你来管么？"他是完全不把自己当做一个人只当自己是一副机械了，那我还能忍受么？不向他反抗一下，他更会看不起自己了。

她正在沉思，娘姨带着车夫走来了。她听见娘姨在下面叫她，才觉着此刻真地非走不可了，不禁又怆然地快要流泪了。

"叫车夫上来，把这件行李搬下去。"

她才说了这一句，便有些悲咽起来了。

车夫把那个网篮安置上车里去后，便请丽君上车。

“大哥儿回来，你告诉他，妈妈过几天就回来。你要好好地看着他们啊！”

丽君的喉头早有些辣辣的，不能再多说什么话了。

“少奶奶旅行去，几天才得回来？”

“说不定，少则三天五天，多则一星期。……身体太坏了，不能不去休养几天。”

她的后一句话又像是对她自己说的。

她坐进车子上去了，车辆开动了，她还听见娘姨在后面说：

“只几天工夫的旅行，带这些行李去干什么呢？”

接着还听见她在后面呶呶地说了些话，但听不清楚了。

车子走到街口转了弯，丽君第四次翻转头来看时，已经看不见自己的房子了。她忙把一方小手巾搁在眼鼻之间，有几次她真想叫车夫把车子拉回头了。

还是那几个小孩子害我苦了几年啊！

当她坐的黄包车走到四川路桥上时，有两名红毛兵指挥着二三个中国巡捕要她下车来，检查她的网篮。她恨极了，也后悔不该省几角钱，不叫汽车。但到了这时候，也无办法了，只好听在异种的白人指挥下的同胞们的检查和侮辱了！

二

八年前的暑假，丽君才十八岁，跟着父母到牯岭租了一家西洋人的房子，在那里度夏。丽君的父亲姓朱名伯年，是柏林大学出身的化学博士，伯年的性质非常顽固。因为他的专门是化学，每遇着友人和学生，都高唱他的化学救国论。后来有一个学物理的友人忠告他说：

“单靠化学如何能救国呢？”

“那就改为理化救国论吧。”

“单提倡物理化学两门还是不行的。”

“那，自然科学救国论是千真万确的了。”

像伯年一类的理化学者是这样顽固的。所以他对于他的女儿的教育，也是一样地顽固。

一天在山顶起了蒙雾，相距五尺，便看不见人了。朱博士一家人，当然不敢出去散步了。朱太太在她的房里清理丈夫和女儿的衣裳。朱博士在他的书房里准备下学期的讲义。朱太太把衣服清理了后，便走到丈夫房里来。

“又在编讲义了么？使人看见都头痛啊！每年由春到冬，总是这样东抄抄西抄抄，抄了十多年了，还抄不完么？何不拿去出版呢？永久可以用作教科。”

“你姑娘婆婆们懂得什么！每年都要添加些新材料才算是好的讲义。并且我这部讲义是秘本，发表了后，我们靠什么吃饭呢？”

“丽儿呢？没有到这里来过么？”

朱太太不再谈化学讲义的事，想向丈夫提出女儿的事来讨论。

“不在她房里么？”

“我去望了望来，没有在她房里……”

朱太太说了后，又叹了口气。

“外面这样大雾，也出去散步了么？”

“又出去了吧……”

朱太太想把自己的猜疑——在昨天有几分证实了的怀疑——对丈夫说出来，又怕丈夫生气，搅乱了神经，不能安心继续编讲义。

"她十八岁了，看她也无心读书了，还是早点替她拣一个相当人家，结了婚了事。"

过了一会，朱太太这样说着叹气。因为丽君近三四晚都托辞到外面去乘凉，一直到更深后才回来。这只有朱夫人知道。博士只热心于翻化学书和编化学讲义，全没有心事理及女儿的事。

"陈鸿康最好，岁数虽然比丽君儿长十二三岁，但这在外国是很平常的事。他的有机化学真学得好，毕了业叫丽君儿和他结婚吧。明年冬毕业，还要等一年半，我也打算留这个学生在教室里当一名助手……"

朱博士含着雪茄微笑着说。他以为在这世界中最重要的一件事就是研究化学。至于男女婚姻，不过是在社会上发生的一件偶然现象，也是可以随便配置的，最大目的也不过是维持种族而已，没有什么大不了的事。但朱太太则以为不然，她觉得在他俩间的最重要事件就是丽君的婚事了。

第二天的下午三点半钟时分，丽君居然伴着一位穿潇洒的西装，看去和丽君一样年轻的青年走了来。朱太太看见女儿这样大胆地伴着一个男友嘻嘻哈哈地回来，心里有点不高兴。她原来站在正门的阶段上的，看见他们从屋前的石路上转进围墙外门里来时，便退回里面去了，表示她是不高兴看他俩的怪样子。

他俩居然走进屋里来了。

"妈妈！"

丽君一跳进门廊里，就叫了她母亲一声。朱太太在里面房里虽然听见了，但不高兴回答。只当没听见。

"妈妈！"

丽君又叫了一声，走近她的母亲房门首来了。原来牯岭的石构的屋子，面积都很小，只要行两步脚，就走够了全屋的。同在一家小石屋里。当然没有听不见声音的，朱太太到此刻只好回答了。

“什么事？”

“啊！我妈在房里！”

丽君活泼地笑着拍了一拍掌，便伸出白嫩的左掌向外头招一招。

“来！快过来！我替你介绍。”

她说了后，又向着她的母亲说：

“妈妈，那就是李梅苓先生，在南京时我和妈说过的，现在他也到牯岭来了。他说要拜候爹爹妈妈呢。”

朱太太便想起在南京时，丽君从上海女校回来，说认识了一个同学的哥哥姓李的，如何有学问，如何有见识，家事如何好。看丽君的样子和意思，是十二分中意那个小白脸。她老人家正在沉想，那个小白脸李梅苓也居然大大方方地走到朱太太的房门首来了。

“朱伯母，好！”

他的音调非常之自在，脸上也一点不会红，面貌又清清秀秀。这些又给了朱太太一个好感。她不能不略起一起身，回答他一个点头礼。

“坐吧。……请进来。”

丽君和梅苓便同在一张沙发上坐下来。

“爹爹在用功么？他想拜候爹爹去，可以么？”

朱太太知道丈夫的情性顽固，便说，“你爹此刻不得空吧。写得正起劲的时候，搅嘈了他，又怕他生气呢。”

梅苓听见，很伶俐地便说：

“那么改天有机会时再拜候吧。”

朱太太和梅苓谈了一会后，觉得他还不错，知道他的父亲是个上海相当的殷商，不过有七八兄弟，稍微差了一点。最后又听见他在上海一家私立大学专门政治学。她想，这在博士是最难通过的一件事了。否，不得父母之许可，先和年轻的男性结交起来，已经是博士所最厌恶的。何况他老人的心目中又有一个陈鸿康呢。

在东京时，陈鸿康常来他们家里，又瘦又黑，穿一件竹布长褂子也脏得不堪。丽君每看见他来，都不十分理睬。当鸿康坐在博士的书房里时，博士便会叫女儿过来说："像她们自由女学生那样轻浮，交结男朋友是不可以的。但是也不可太拘谨了，该正大光明地出来交际交际，应酬应酬。陈先生在这里，和你妈进来坐坐吧。"

"好的。"

丽君应了一声，但在书房门首跑步般地走过去了。等了许久，也不见进来。

"年轻女子总是这样害羞的。"

博士笑着对那个高足说。

"*Ei*，*Ei*。"

鸿康虽在表面上肯定老师的说话，但心里却不以为然。因为他早听见过人说，朱小姐丽君是再活泼不过的女学生，在上海交结了不少的男友。

现在梅苓走了。朱太太把他和鸿康比较起来，学问程度之差如何姑且不说，问问自己的心，还是替女儿表同情呢。

三

次年晚春的一天。

朱博士由学校回来，精神十分疲倦，脸色也非常之不高兴。当然，第一原因是近数天来丽君违反了他老人的意思，执意要嫁李梅苓，第二是学校的校长，因为化学教室的经费问题，和他发生了意见上的冲突。

前星期，朱太太替女儿提出李家的婚事来说时，博士真可以说是达到了勃然大怒的程度了。

“你看那个纨绔子弟究竟有甚好处！贪他家里有两个臭铜钱吗？”

“贪他年轻相貌好有学问呗。”

这是丽君的回答，虽然不是当着父亲的面说。但她的父亲间接地听见了。

“无聊的东西！她如要嫁那个纨绔子弟，我就不认她是我女儿！听她怎样做去吧！”博士气愤愤地拍了几次桌面这样说。

朱太太看见今晚上丈夫那样的不高兴，不敢把女儿逃往天津去了的事告诉他，也不敢把女儿留下来的信给他看。只她一个人苦在心头，暗暗地洒泪而已。

丽君差人送来的给她的父母的信里虽说和梅苓到天津在这时候因为生意的关系，梅苓的父母都到天津去了，要过二三个月后才回来上海结婚去，其实他们还是在上海，在法租界源桃村分租了一家人家的三楼前房，一同住下来。虽未曾举行正式的婚礼，但他俩早行了夫妻之实，整日整夜在享乐。知道他俩的住所的，只有梅苓的妹妹梅英。

朱太太到后来也听见女儿并没有到天津去，还在上海，不过生米已经煮成熟饭，无可奈何，很想将错就错，成全他俩，要求他俩补行一个结婚礼。

但看见丈夫为女儿的事气得差不多要发疯了，神经有点错乱，还是不敢把意见向丈夫提出。她一面要安慰丈夫，一面又思念女儿。朱太太的眼泪也只好向肚里吞了。

自丽君走后，朱博士的夫妻生活真可以用“晚景凄凉”四个字来形容了。

丽君和梅苓的所谓新生活过了两个多月了。在未同栖之前，以为将来的共同生活定有不少的幸福和快感。但过了一个月之后，彼此都觉得所谓性爱生活也不过如是如是，平凡得没有一点奇趣。他们都在想：世间的盐米夫妻所过的生活也是这样的吧。怎么我们的热烈的恋爱不能发生一点影响，不见得比平凡人有更高的幸福和快感呢？过了两个月后，他俩不单感着日夜无停歇的性生活平常，也实在有几分嫌厌了。

还有一件事最使丽君伤心的就是催梅苓快举行正式婚礼，向社会承认她为妻。但他尽是推延，理由是还没有毕业，父亲不同意，只好暂时守秘密，并且他更进而笑丽君迂腐。

梅苓和丽君同栖半年了，她有时候感到寂寞，便会思念父母，思念母亲更切。因为有身孕了，梅苓又上学去了时，她更感着高度的寂寞。即令梅苓在家里，但也不像初同栖时那样热烈地拥抱她了。女子一失身于哪个男人之后，她在那个男人，便不值钱了。

还有一件事使丽君失望的，是共住之后，梅苓的经济状态虽不算顶拮据，但也不能像她所预期的那样阔绰。关于她一身的装饰，从不曾有一次使她满足地遂意过。有时候想直接地向他要求，但又担心他会嫌恶自己，说自己只顾奢侈，失了一家主妇的资格。到后来她才知道梅苓的父亲是异常吝啬的，除供给他的儿子在学校中应需者外，是不多给一文的。他只能私私地向母亲讨点补助。

自有身孕之后，每天早晨对镜时，丽君觉得自己的脸色一天一天地苍黄起来了。她想，自己本来是发育过早的，现在和梅苓出去，已经有朋友说，自己比梅苓苍老一点。这是何等伤心的事啊！一想到生育之后，万一因为色衰不能维系梅苓之心时……于是她在暗中又无端地悲楚起来。

凉秋九月的一天晚上，梅苓陪着丽君赴K剧场去看有名的“白杨剧团”上演《茶花女》。据梅苓说“白杨剧团”的明星有几个是他认识的。

他们持有优待券，在离演台面前第五行的正中占了两个座位，K剧场虽然朽旧了一点，但舞台的装饰和照明，因有导演者的指挥，算极适宜，不会像一般不熟练的新剧团那样会促起观众的反感。

观众虽不算挤，但也不算少。丽君和丈夫在剧场里约坐了半点多钟工夫，幕里面响铃了。舞台前的乐队也开始奏乐了——绣有埃田乐园图亚当夏娃的裸体像——的缎幕面前，乐队的*Condutor*在不住地挥动他手中的一根小竹棒。顷刻间，座席中观众的动摇静止了。那面缎幕也渐渐地升卷起来。

幕开了，第一场面是茶花女的应接室，女仆配唐拿着一枝鸡毛扫在洒扫台椅。

“这就是有名明星潘梨花么？怪难看的！”

“不，不是潘梨花。那是不重要的角色，扮茶花女的女仆的。”

梅苓笑着回答他的 *mistress*。

第二个登场的是某伯爵，坐火炉前和女仆谈了些话，就下去了。过了一忽，主角明星登场了。全观客不期而然地都拍起掌来。她从舞台的右侧门上，观客全体都凝神静气地把视线集中到那个茶花女身上去了。这种状况不知道是何道理，却引起了丽君的反感。她当时便注意丈夫的态度。梅苓像给舞台上的茶花女施了催眠术，微张着嘴，双眼直视着那个明星潘梨花。丽君看见丈夫的那个呆样子，不禁起了一种似嫉妒的感情。

由头至脚浴在彩色电光中的茶花女，戴着孔雀色的帽子，蔷薇色的夜会服（*dress*），肉色的长统丝袜，同色的高跟皮鞋，胸部挂着一朵鲜红的茶花。

“啊！真美丽！”

观众中的一阵赞美声。

“果然名不虚传！”

又是一阵赞美声。

丽君再偷望丈夫的态度，他一声不响，还是像刚才那样凝神静气地注视着台上的茶花女，灵魂像给台上明星吸引去了。

“发昏了么？”

丽君轻轻地推了推他的手臂。

“*um*，*um*！”

从梅苓的口角流下几滴涎沫来了。大概是因为开张口太久了的缘故。他忙拿袖口去揩了揩嘴角。

台上的茶花女把帽子除下来，搁在正中的圆桌上，像十二分疲倦地，投身到一张沙发上，半躺半靠地坐下去。脸颊上不搽白粉，嘴唇上也不点胭脂，真是天生丽质。五官配置得十分匀整。不是西施再世，在现代哪里还找得着这样典型的美人呢。

“的确是个美人！”

过了一会，梅苓才说了这么一句。

“这就是潘梨花么？”

“是的！”

“‘梨花’，怪俗的名字。”

“她的原名不叫梨花。因为她的肌色最白——从没有看见过有女性的肌色像她那样白的——所以叫她做梨花……肌色之白，是美人的第一特征啊！”

“知道了！知道了！我的肌色赤，够不上给你赏识！你找梨花去吧！”丽君酸酸地怨怼着说。

“潘梨花！潘梨花！”

丽君还听见许多观众在低声地念她的名字。她想台上的女性，真是十二分的光荣了，比南面王还要光荣了，怪不得现代的摩登女子都喜欢进剧团当明星呢。当了明星，有许多逐臭的男性来巴结！物质的享受虽穷奢极侈，也不怕无人供给。丽君在这时候，只恨自己缺少一副艺术的天才了。不然，可以把这些蠢男子玩弄于股掌之上呢。

她望望丈夫，他还在目不转瞬地望着台上的茶花女。她再推了推他的手臂。

“*um*，*um*，*um*！真好！”

涎沫又快要从口角流出来，他忙用袖口止着它。

四

那年冬，阿大出生了。因为有了小孩子，丽君更罕得陪着梅苓出来社交和游乐了。梅苓也在私立法科大学毕了业，在交涉署里，借父亲的后援，获得了一个挂名秘书领干薪的位置。于是他每日借名办公，朝出暮回，十分忙碌。就连星期日，也说有许多应酬，上午虽然在家，但下午以后一直到夜间十二点前后，决不会回家里来的。这常使丽君独坐家中，暗自洒泪。

有一次的夜间，梅苓在临天亮的四点多钟才回来。丽君因为担心着他，并且小孩子啼啼哭哭，也终夜没有睡。等到梅苓回来，她略诘问了一二句，不提防梅苓竟作色起来了。

“那才笑话！堂堂一个男子是单为妻子做奴隶的么？你要这样地禁锢着我，那就彼此离开好些。社会上还有许多事情等着我去干呢！和外国人打交涉，也要拖着妻子一同去么？”

丽君给丈夫这么一叱骂，便语塞了。她只有用她的最后的武器，呜呜咽咽地哭起来了。梅苓不理她，他倒在床上，便呼呼地睡着了，只留丽君独自抱着婴儿，眼睁睁地到天亮。

恋爱结婚的结果是这样的么？

她常叹息着这样地想。

过了新年在丽君还是过一样平板的酸苦的生活，而在梅苓则一天甚一天地在外面过他的耽溺的生活。他俩的家庭中，虽在盛夏时节，也像水晶宫般，冷冰冰的。

到八月初旬，气候最炎热的时期，梅苓的父亲染了霍乱症，一病身亡了。梅苓是相续人，便继承了一切财产。故父亲之死，在他并不感到半分的悲痛。

老实说，他还有几分希望父亲能早日死呢。现在居然达到了目的了。

梅苓现在承续了父亲的财产，有挥霍自由的资金了。由金之力，一月之后，他便升任为交涉署的科长了。在丽君对于丈夫的升官，本该欢喜的，不过看见丈夫近来的放浪的生活，她只觉得这是可吊而非可贺的事情。

凉秋九月的一天，法国领事馆为该国的一个纪念日，举行园游跳舞会。梅苓夫妻当然也在被招待之列。

现在梅苓需要他的夫人同伴了。

"法国领事招待我们，你去么？"

社会都知道丽君是梅苓的夫人，他当然不敢伴别的女性同赴法国领事的游园会，怕惹起人家的恶评。

"我不想去。谁还有这样的高兴！"

但经梅苓再三的要求，丽君还是跟着丈夫出席了。

法国领事署的跳舞厅里挤着不少的来客。丽君虽然遇着不少的熟人，但只是点点首招呼，鼓不起兴气来。

"尽是这样愁眉不展是不对的。做外交官的夫人，要活泼些，要多交际。"梅苓低声地在教训他的夫人。

"我的性质是这样的，不善交际，有甚办法呢？"

丽君坐在广厅的一隅，心里只思念着家里的小孩子，虽然交托了乳母，但总是有点挂虑。

音乐队开始奏乐了，跳舞会开始了，一刻间电灯变成紫绿色。二三流的来客便一对对地在跳舞起来了。

丽君在无意识地看他们跳舞，心里总是不高兴。正在沉思间，翻转头来一看，原坐在自己旁边的丈夫梅苓，不知跑往哪里去了。当然，这是给她一个很大的打击，她几乎想流泪，但忙极力地忍住了。

这真正是岂有此理！要到什么地方去，也得告诉我一声！……大概是自己今晚上过于冷淡了他吧。……算了，算了，不必理他了！他已经对自己有些变心了的，还顾得这些形式上的事体吗？

于是她望了望全厅里的来客，也不见有丈夫的影儿。她想，或许是上司来了，他走去伺候去了吧。听说财政当局，外交当局，几个大人物今晚上都会到会呢。

她又看见许多穿着礼服，手里拿着高帽子的来客，聚在一张桌子的周围，在谈论前方的战事消息。

丽君坐了一会，见丈夫还不回来。就想一个人先叫汽车回去，索性不理他了。她站了起来，从广厅的一个侧门走出，便望得见一个大花园。丽君给晚风一吹，虽有几分怯寒，但想吸吸新清空气，醒醒头脑。她在一丛矮木林旁边走过去时，忽然听见那一边的沙发椅子上有人在坐着谈话。

“你说那个小白脸么？”一个女子的声音。

“是的。你认识他？”一个男子的声音。

“交涉署的秘书长，是不是？他姓李，至于名字，我记不清爽了。”

“不错，他是个美男子。但是他的品行顶坏，真是个逐臭之夫，到处偷鸡吊狗。”

“管他品行坏不坏，我又不是想和他结婚。”

“他对你说是秘书长是骗你的话，他不过是个不重要的科长。”

丽君听到这里，知道他们是在评论她的丈夫，很想看看，到底那一对男女是谁。她便在路口的一株大树后躲着，专等他们出来时，偷看看是哪一个。

“我要到跳舞厅里去了，有话改天谈吧。”

那个女人又在对那个男子说，听得出她是有些讨厌那个男人。

“我跟着你去。今晚上至少你要和我跳舞一次，这是你前天和我约好了的。”

“你这个人何以总是这样讨人厌！又不会跳舞，拉拉扯扯的，扯得人难为情。你还是回你们队里去拿枪杆子吧。”

他们走出路口来了。那个女子先走，丽君认得她是潘梨花。至于跟在她后面的是个又高又胖的黑脸大汉，虽然穿着西装，但是可以看出他是个武家伙。丽君不认识他是哪一个。看他们的情形，并参考他们的会话，她不难推知丈夫已经和那个潘梨花有了相当的关系，而这位武家伙是在和丈夫争风的一个。丽君在这时候的心理，一面恨梨花，一面又对那个黑脸大汉表同情。

丽君懒懒地回到跳舞厅里来时，来客在鱼贯着走向食堂那边去。她因为找不着丈夫，不知道跟着大家进去好呢，还是不进去好。

“你跑往哪里去了！”

丽君听见梅苓在后面喊她，忙翻转头来看。梅苓气喘喘地赶到她面前来，拉着她的手，并着肩走到食堂里来。

“我要问你，跑到什么地方去了！”

丽君不服输地反驳她的丈夫。

“总长来了，不该去伺候吗？中国有一句俗谚，‘要肉吃，俎边企。’如果想图功名利禄，非竞争着和上司接近不可。”

“你们做事！专为一身的功名利禄吗？不是为革命，为社会，为国家么？”

“现代的中国知识分子，哪一个不是这样想呢？”

“为个人生活，我们好好地经营生意不是够了么？何必出去做官呢？希望你出去做外交官，是想你能够为国家尽点力。你只问你有无能力，你不必去演那种丑态，在上司面前和同僚争宠！纵令你能争宠于一时，但你的能力和你的权贵阶级的思想还是限制了你的事业，结果只是当一个技术人材而已。中国的政客尽是近视眼的，没有一个能看到十年以上的将来，而只汲汲于自己的虚荣权力！此即中国之所以二十年来的内乱不息的大原因！”

“算了吧！你这个姑娘，懂得什么！也在瞎谈起政治来！”

“那，你们从事政治，是专为个人的功名利禄了？”

“当然！位置只是一个的，不互相倾轧，互相竞争，怎么能得到手呢？

谁多接近上司，谁就多得机会上进。干政治工作，第一要黑良心，你稍讲一点良心，便会给人暗算的。”

“那你时时刻刻都要拼命地钻营了？”

“当然啊！还要时时刻刻向多方面讨好，使多方面都能信任自己，不受任何人的反对，就容易出身了。”

“我竟没有想到你是一个这样卑鄙可怜的人！八面美人或许是处世秘诀之一，但是不受人排挤，不受人攻击的人，能做伟大的人物么？我到今日才知道你这样不长进，这样无耻！”

梅苓给老婆骂得不会辩驳了，最后只说了一句。

“不要多嘴了，宴会的时候。”

他俩在指定的席次坐下去了，就看见法国领事站了起来致欢迎词。来客尽都鼓掌起来。法国领事讲完了后，有一个中国人起来译成英国话，后来又有一个中国人再把它译成中国话。其次是某总长和英国领事的英文答词，却没有人把它译成中国话。最后是日本领事站了起来，叽咕叽咕地说了一大篇话。有许多西洋来客和中国来客都在打呵欠。在日本领事附近坐着的一个矮胖子，便睁着圆眼恨恨地注视那几个打呵欠的中国人，对于西洋人他却不敢。日本人的爱国心到处都是这样地表现出来的。日本领事蹙着眉头，把谢词念完了后，坐下去了。一个日本人便站起来，也把它翻成英国话，居然博得了大家的鼓掌，但不像最初几次的那样起劲了。

宴会完了后，大家又涌到跳舞厅里来。有些男客分散到吸烟室里去，或花园里去。他们不是为逐艳，便是为钻营。大多数的男女还是在热心地跳舞。

五

丽君坐在一隅，真猜不出潘梨花以什么资格也在被招待之列。她想问问丈夫，因她深信他是能够熟悉梨花的事情。但在这时候，梅苓说总长要走了，须得去伺候送行。丽君知道了丈夫的做官主义后，也就不再去干涉他了。

“等我当公使时，就带你到外国去，你也该把跳舞学好一点。”

这虽是梅苓从前对她说的笑话，但丽君当时也真地抱了几分希望。但由今晚上的情形看来，自己是无望的了，也觉得是不希罕的。

她坐了许久，仍不见丈夫回来。她正在沉想，忽然给一阵激烈的鼓掌惊醒了，忙抬头来看，同时听见左侧右面的人在喊：

“潘梨花来了！”

“梨花的跳舞最好！”

“看她和那个美少年跳得多好，多熟练！”

丽君跟着他们的视线望去，果然看见潘梨花，因为她的半裸体的装束，容易认出。但是一看到她的*Partner*，丽君差不多要失神地倒在地面了。

梨花的一双雪白的臂膀全露出来了。除了左腕上两个痘痕之外，真可说是白璧无瑕。一双腕上带着几副金钏和珍珠钏。胸部和背部的上半节也全露出着，尤其是高高地耸着的双乳，隐约可以窥见。青春的热血就在这雪白的胸脯里面在奔涌，她真是有魅人之力！像她那样的蛊惑性，哪个男性不会陷进去呢！丽君看见梅苓的白绸衬衫紧紧地触着梨花的乳峰，他的只膝也时时抵着她的脐下的部分。丽君再不能忍耐了。

——这是一种莫大的侮辱！走吧！走吧！非和他离婚不可了！

丽君这样想着，同时希望来客们不认识自己是梅苓之妻就好了。但是事实上刚才已经遇着了三五位女友，都是认识她和梅苓的。于是她希望不要再会着那些人。

*Orchestra*演奏得愈热烈，同时跳舞的人们也跳得愈热烈。青年的男女们都是周身环流着热血，精神也十分的兴奋，许多没有*Partner*的男女都站起来物色对手。丽君只有独孤地坐在一隅悲叹自己的无能及可怜。

他们跳*Blues*了。女性的高跟皮鞋和地板相击触的声音更加夸张的响亮。这更加引起了丽君的反感。那些在跳舞中的女性，个个都一面跳一面哈哈地笑。但在丽君总猜不出她们好笑的理由来。有些卑野的男子，乘对手的女性张开口笑时，便伸嘴前去要求接吻。这使丽君看见，更觉难堪。

丽君想不看梅苓和梨花，同时又禁不住要偷望他们。她的视线和梨花碰着了。梨花像知道她是梅苓的妻，故意表示出一种不庄重的笑容。丽君忙背过脸，歪了一歪嘴唇，也表示对她的轻蔑。但她自己还是这样地想：

“她虽然卑鄙，但今夜里的胜利确是归她了。”

丽君的胸中像燃烧着一般的焦燥，也感着侮辱。她有几次都昂奋起来，想取自由的行动，找一个年轻的男性作*Partner*。

在暗绿色的电光之下，不住地在摆动的男女之群，裸露着的丰满雪白的臂膀，装饰着金刚石和珍珠的颈项，由颔下达到乳房边裸袒出来了的桃色的胸脯，五光十色闪烁着的衣裙，腕和腕互相揽络着，膝和膝互相摩擦着，嘴和嘴也互相接近着，彼此互闻得着呼吸，互感得着胸里的鼓动，受着音乐的*Rhythm*的翻弄，青年男女们的肉以敏捷的感觉在颤动，同时他们的血也以急激的速度在奔流。

一个刚从某私立大学出来的漂亮的文艺青年耿至中今晚上也在被招待之列。他的父亲是银行界的巨子，因为年老了，法国领事知道他不能来，所以加招待了他的儿子耿至中。

丽君在学校念书的时候是常常和耿至中在各种集会上见过面的，两人间的交情早达到有说有笑的程度了。丽君原来很爱他的，无奈耿至中的性情豪放，不耐心于追逐专一的女性，和她讲爱情。他对女性是主张合则来，不合则罢的主义，而丽君是有几分顽固，主张男女间之交际是要先经过一定的期间，察看相互间性情能吻合否，然后进行第二步的工作。

“算了吧。你不中意我，算了吧。我只问你，你每天定要跑到我的寓里来坐半天不走，不算是有爱情了么？若你只想叫我花花钱，你可以享享乐，那你这个女人就不堪了……”

因为至中和丽君的情性在这一点不能相一致，所以她另找着了梅苓。自梅苓进了交涉署当职员，她便觉得梅苓确是比至中能干，遇着至中时还把梅苓进交涉署的事提出来说。至中只嗤之以鼻。因为至中知道他俩都是虚荣心重，而说话行动又多是不由衷的。

今晚上她又看见了他。她此刻才相信至中比梅苓率直，也比梅苓诚恳。从前思慕至中的感情又不禁悠然地抬头起来。她看见至中比暑假前清瘦了些。

“啊！你一个人坐在这样暗幂幂的地方做什么？梅苓和那个女优跳得正热烈呢。”他在丽君的面前走过时，很恭敬地向她鞠了一鞠躬，带嘲讽的口调说。说了后便和她隔一张小圆桌对坐下来。

"……"

她不禁双颊绯红，半晌没有话说。等过了一会，她略抬了抬眼睛，恰和他的视线碰着了。她才知道他在热心地不转睛地注视她呢。他笑了，她也笑了。

"你想跳舞么？"

"怕跳得不好。……你呢？"

"我想跳，但是找不着适当的*Partner*。"

"那边不是坐着许多小姐们，你可以随便去找一个。"

"不容易。"

"为什么？"

"有的不会跳，有的不愿意和我作伴，有的太丑了……"

她笑起来了，听见他也在夸张地高笑起来。一大部分的来客的视线都集中到他俩这边来。她感着不好意思，但同时又希望能够给梅苓看见，也算是复了仇。他还在继续说：

"小姐们少有大方的，跳舞起来总是忸忸怩怩。我最喜欢找一个有了丈夫的年轻的漂亮的*Mistress*作伴……"

"啊呀！"

丽君有点神经过敏，忙敛了笑容，叫起来。在这瞬间，她才感着自己爱丈夫之心还是不可侮的。同时她总怀疑，至中之心是对她不正。

音乐和跳舞可以说热烈到白热的程度了。青年男女们互相拥抱着，或喘着气息，或低声细语在回旋。尤其是女的都像是完全失了神，一任男的拥抱着狂奔。

*Foxtrot*是挑拨的淫猥的。但是大多数的青年男女们都欢迎这种跳舞。看着他们的狂热的态度，丽君更加兴奋起来。丈夫尽留恋着梨花，并不回到自己这边来，挑引了她不少的反感，同时音乐和色彩对她也是莫大的诱惑。

隔着一张小圆桌，她的手腕不知在什么时候给至中握住了。

“我们也去跳一个*Foxtrot*吧，赶快！”

“我跳得不好。”她脸红红地微笑着说。

“不要紧，我搂着你跳，你跟着我的脚步走就可以了。”她斜睨了他一眼，但是无力拒绝了。

——也好，给梅苓看看，复一个仇，消消气。他俩互相拥抱着像一个涡卷般流进大队的跳舞群中去了。丽君觉着四肢软瘫得动弹不得，只手攀着至中的肩膀，只手握着他的腕，一任他紧搂着，像在半空中回旋。他给了她不少的刺激，热烈的气息，有刺激性的香气，胸部的压抑，腰部的抚摩，膝部的抵触。

“讨人厌！”

丽君高声地骂他，但给音乐压着了，没有人听得见。纵令有人听见，这在跳舞场中也算是很平常的一件事。

“有什么要紧。梅苓对梨花怕还要更热烈呢。”至中只是傻笑。过了一会，他再抽脱他的只手，摸了摸她的胸部。

“讨厌鬼！”她再苦笑着骂他。

“我们为什么要跳舞？”

“不知道！”她装出恼恨的神气。

“告诉你吧，跳舞是促进我们间这类的感情的。”

跳了一会，他俩回到座边来休息。大概梅苓还没有注意到他俩的跳舞，不见回来这边看她一看。

大概是夜深了的关系，在跳舞中的青年男女们的动作更加激烈，更加露骨了。第二次丽君和至中再跳了一个*Waltz*。这趟，丽君的动作比较能自主了。因为她的*Waltz*跳得最熟练。但是至中像吃醉了酒般地，对她的动作比刚才更加不客气，更加露骨了。他不时伸嘴到她的颊边来，但每次她都躲开了。

“大家都说，你专做这类的工作，进行不负责任的恋爱，有这事么？”她红着脸笑问他。

“谁说的？这些有闲阶级的青年吃父亲的饭，穿父亲的衣，专爱造别人家的谣言。”

“不管是不是他们造你的谣，你自己谨慎一点好了。”

他俩又回到座边来休息，喝着汽水谈恋爱问题。

“你还没有找着对象么？”

她喝着汽水问他。

“失掉了你之后，就没有比你更理想的女性了。”至中笑着尽注视她的脸。她不好意思，忙低下首去。

“不要太客气了。高帽子戴不起！”她苦笑着回答他。

“你不要怀疑我此刻对你有什么野心。我也不是奉承你。我的话是由衷的。在你未结婚之前，不觉得你是怎样好，但到现在，又觉得你是个相当的女性了。”

“……”

她此刻再抬起双眼来注视他了，她起了一个怀疑。

——他说不是对我有野心，怎么刚才的动作又那样露骨那样激烈呢？对了，他不是真心地在精神上恋爱我，他只想诱惑我，一时利用我的肉。一般的朋友都这样地批评他，专逞面貌漂亮，零零碎碎地去追求许多女性的肉。他是有名的色魔！

她这样想着，忽然又对他警戒起来。但是刚才受了他的肉体的接触，她的精神上和生理上都起了动摇，又觉有几分舍不得他了。

“再去跳一个*Foxtrot*吧。”至中拉着她的手掌，要求她起身。

“不行了，我疲倦极了，让我休息一会吧。”

她的只腕按在小圆桌上，她的脸伏在臂腕上了。

在这瞬间，梅苓走回来了。他脸色苍白地没有半点笑容，望着至中点了一点首后，便声音辣辣地质问他的妻。

“伏在桌子上做什么？”

“有些头痛。”

丽君不抬头，只回答了这一句。

“头痛怎么又跳舞得这样高兴？”

“你一个人太高兴了，我便该寂寞的么？”

她仍然是伏着不抬起头来。他听见他的妻的泣音了。他再回首来望望至中是怎样的神气，看见至中一个人在狞笑，他心里更加冒火，很想痛骂至中几句。但因自己先有了弱点，同时也怕在大庭广众之中失了体统，忙忍住了。

“头痛得厉害时，我先叫汽车送你回去怎么样？”

“你呢？”她仍然伏在桌子上说。

“……”

他再望了望至中，至中又在狞笑。

“我们一路回去吧。”

梅苓像下了决心。他待想叫丽君再等一忽，好让他去向梨花告辞，忽然听见有一个女人在后面叫他，他听见就战栗起来了，像触着了电气，忙翻转身来。

“*Mr.*李，和我再跳一回*Foxtrot*吧。就想回公馆去了么？”

丽君听见丈夫能够和她一路回去，稍为转了一转心，有些欢喜了。但刚抬起头来，忽然看见梨花，身体又不住地战抖起来了。

六

梨花这奇突的态度不单使梅苓夫妻发生了惊异，就连至中也有些意外。

于是他再次狞笑起来，走过去和梨花握了握手。

“*Miss*梨花，我们可以跳一个*Foxtrot*么？”

至中说了后又笑着看了梅苓一眼，不等梨花的回答，只手便搭在她的肩上了。梨花忙躲开身。

“有什么要紧呢，跳一回吧。”

他仍不肯离开她的身旁，他看见梅苓脸上再表示出一种嫉妒的神气。

“不和你作*Partner*！我要和*Mr.*李跳！”

梨花尽望着梅苓的脸。丽君看见这样的情形，才觉着自己的丈夫比至中漂亮。她真担心丈夫再给梨花争了去。

“不早了，要回家去时，赶快一点。不然，我一个人先走了。”丽君怨怼着对梅苓说。

“怎样就想回家去了么？再跳一回*Foxtrot*吧！”梨花嘻笑着对梅苓说。

梅苓的脸上红了一阵，但一刻间又转成苍白。丽君的眼睛里燃着嫉愤之焰，同时双唇不住地颤动。只有至中一个人站在一边狞笑。

“不跳舞么？”

梨花捉着梅苓的手不放。梅苓的脸色像死人般地苍白了。

“你……你……你是……哪……哪……哪一个？”丽君气得说不出话来了。

“啊*Mrs.*李，你不认识我么？我却认识你呢。我是潘梨花，*Mr.*李的好朋友。我们只做好朋友——没有什么不可告诉人的事哟！你可以和*Mr.*耿跳*Waltz*——你的*Waltz*真跳得好。我也可以和*Mr.*李跳个*Foxtrot*吧。”

丽君给梨花这么一说，气得脸色由红转紫，由紫转黄了。

“*Mr.*李要陪他的太太回公馆去了，还是让我和你跳一回吧。”至中故意这样说，说了后，又看看梅苓的脸色。

“你也和尊夫人跳一回*Waltz*，再回公馆不迟的。”至中再以冷讽的调子说。

梅苓待想说什么话，但颈项给梨花揽住了。他想挣，怕失了梨花的欢心，以后便无从问津了。答应和她再跳一回，又觉得对丽君不住。

*Orchestra*愈奏愈热烈了。跳舞的青年男女们一对对地像走马灯般在回旋。

“再等十五分钟回去吧。”

梅苓翻转头来苦笑着对丽君说。他的话还没有说完，已经给梨花拉进人群中去了。

“……”

丽君气得一句话不会说，喘着气走出跳舞厅外来。

“我们再跳一回*Foxtrot*不好么？”

至中跟着她走出来，但她不理他了。

领事馆的招待员和看门的看见他们出来，很恭敬地行了敬礼。

“真地要回去么？”至中再诚恳地问她。

“不走干什么？”她怒斥他。

“那我送你回去。”

他说着叫他的汽车夫，把一辆精致的小汽车驶了过来。她也不管是谁的汽车了，车夫把车门打开时，她就走进去了。

他俩坐进汽车里后，汽车开动了。

“马上要回你家里去么？”

“不回去干什么？”她冷冷地回答他。

“我们到什么地方去玩玩好么？”

他并不知道她有满肚子的气没有发泄，他真是不识时务。

“到什么地方去？”

“*Mr.*李今夜里决不会回家的。我们到旅馆里去……”他摸着了她的手掌，把它紧握着，低声地说。

丽君在这时候胸里的血潮正在以最大波幅在激振。一群跳舞的男女们还在她的眼前旋转。梅苓和梨花相拥抱着跳舞的姿态也十二分明了地在她眼前跳跃着。他俩的腕和腕，脚和脚，胸和胸的接触也是活现的。

——丈夫早给她占领了！

她正在烦恼着这样想时，不提防至中露骨地握了她的掌后又来摸她的腿部。她正恼恨得没有泄气的地方，听见至中要求她到旅馆里去，便借题发挥了。

“放屁！快停车！我走路回去！”她摔开了他的手。

“不去就算了，何必发气。”至中屈了屈腰，像跪着哀求她不要生气。

“你真是全无廉耻！”她再骂了他一句。

“不要骂了，我送你回家去就是了。不过，丽君，你要记着，假如日后梅苓和你不能相容时，你要来找我，我可以替你想办法啊！”

“放屁！我个人的事我自会处理，我决不求人。”

至中再没有话说，只一直送丽君回到她家里去了。

丽君回到家里，望着睡在小床里的阿大，流了好一会泪。她深信丈夫是给那个婊子梨花占领去了。想他今夜里回家来是绝望了的。

由梨花便联想到至中曾告诉她在法国领事馆里看见的，追求着梨花的军人是怎样的人。

梨花所要的不是金钱么？怎么堂堂的一个师长都不能打动她的心，反死咬着一个小小的交涉署科长不放呢？

于是丽君又联想到那个师长一个人坐在一张小桌子前，没有人理会他。大概他是不会跳舞，不然就是没有女性愿意做他的*Partner*。他只坐着运用他的鼻孔去呼吸，呼空气时鼻孔便扩张起来，吸空气时鼻孔再收缩下来。

据至中说，他姓杨。前方正打大仗，怎么他还有这样的空闲呢？他也是醉心于梨花的一个，并且很嫉恨梅苓。至中还说，怕梅苓将来要吃他的大亏，因为在现代的中国军人是占有绝对的权威，谁也不敢抵抗他们的。谁和军人争风，就是在老虎头上捉虱子，不知死活。

丽君想到这层，又有几分替丈夫担心。

——他心里早没有我了。怎么我还是这样地思念他呢？丽君再伤心起来流泪了。

她听见屋外的汽车音，知道是丈夫回来了。她想，自己原不希罕他回来的，怎么听见他的汽车音，胸头又会有几分松解下来呢？

梅苓走进房里来了，丽君自己也莫明其妙，一接着丈夫，更伤心地哭起来了。

“算了，算了。我不是回来了么？不过在交际上逢场作戏罢了。你千万不要多心。……”

但是丽君不理他。

“她是有名的交际明星，认识的要人很多，不能不和她敷衍敷衍。你当真我是爱她，那是你错了的。”

经了丈夫多方的劝慰，她才止了哭。其实在这样的状态中，除和丈夫妥协外，实在也没有别的办法。

做个*Nora*吧……不，不，不，还不是个时机。

女性到底是女性，终于屈服了。她不能不信丈夫是和梨花没有特别的关系，纵令不能信，她也要强迫着自己去信。但她所怀疑的，在她胸里，还是作一种疑点存在着。

七

因为阿大有乳母看护，到了次年秋，阿二出生了。同样，到了第三年冬，阿三也出生了。荏苒光阴，到了今日，阿三也满二周年了。

在这四五年间政局变化了几次，梅苓的钻营术也日见日进步。现在居然在京里外交部做什么司长了。当然，他在政治上的地位是由金钱造成的。他的官运虽然日见亨通，但在上海的他的生意，因无人监督，却一天一天地不振，到后来，都歇了业。梅苓终于成了一个*Salaryman*了。他的收入虽然不少，但是他的放浪，还是和从前一样，所以入不敷出。丽君抱着三个小孩子在上海的生活，仅靠所管业的一家店子的租金百余元维持了。故丽君在最近的生活是非常痛苦的。

像这样的夫妻问题，在现社会是再平凡不过的。不过在丽君，却是件很重大的问题了。她又曾间接地听见梅苓对旁人说："哪里！说不上离婚不离婚的问题。我最初就没有和她举行婚礼。在法律上还不能算是正式的夫妻。在那时候是情人制最盛行的时代，我和她只是一对情人罢了。打倒夫妻制，拥护情人制，是当时青年间不分男女的口号。她自己也是赞成的。现在我和她之间的爱情，经过了性的接触之后，早冷息了。我们不算是夫妻，也不算是情人了。各人都有随便行动的自由。"

丽君自听见丈夫有这样一番的议论，便悔恨误听了当日浪漫的废颓的青年男女的邪说，没有和梅苓正式行个婚礼。现在想从法律上向他要求点生活保障费都不可能了。抱着三个小孩子，今后怎样处置呢？小孩子一天天地长大起来，所需的教育费也就增加起来，丽君真是在受难期中了。

“岂无父母在高堂……今日悲羞归不得……”

丽君想，白乐天这段诗，大部分是为自己写照了。于是她垂着泪把那段诗反复吟哦了一会。

妾凭短墙弄青梅，
君骑白马傍垂杨，
墙头马上遥相望，
一见知君即断肠。
知君肠断共君语，
君指南山松柏树，
感君松柏化为心，
暗合双环逐君去。
到君家舍六七年，
君家大人频有言，
聘则为妻奔是妾，
不堪主祀奉频繁，
终知君家不可住，
无奈出门无去路。
岂无父母在高堂，
亦有亲朋远故乡，
潜来久未通消息。
今日悲羞归不得，
为君一日恩，

误妄百年身！

寄言痴小人家女，

慎勿将身轻许人！

丽君愈念愈悲伤，忽然听见老妈子来报有客来了。

“是谁？男的？女的？”

她这样问娘姨。因为至中约了她，今天会来看她。她虽然不能十分赞许至中对自己的行动，但自己近来确实是太寂寞了。梅苓差不多半年来没有回来上海。新年回来时也只住了两晚，但只有一晚上和她敷衍过来。在她本不希罕的，但又不能拒绝。两人间的情感还赶不上三四十度的水温。近来至中较常来看她了。她断定他是抱着野心来的。但看他又不是怎样有热烈的表示。

所以丽君最近对至中的感情是有些希望他有热烈的表示，同时又有些害怕他会有热烈的表示。总之，她近来是心烦意乱，焦躁不堪，的确有些像热釜上的蚂蚁了。

“是朱太太，杨太太，马太太三位。”

这是娘姨的回答，说得丽君也笑了。

“还有牛太太，嵇太太没有呢？”

“真是这样地凑巧，她们一同来了。”

“请她们上来吧。”

丽君一面说一面把睡着了的阿三安置到摇床里去。

三位夫人高声响气的跑上楼来。她们都竞争着向丽君说客气话，像礼拜堂里的合唱混淆起来，丽君反一点听不清楚了。

最胖的朱太太在铁丝床上坐下来，铁丝床登时起了振动，一瞬间凹陷下去。朱太太的屁股就像坐进一个窟窿里了，她每到人家里，都喜欢坐到人家的床上去。大概是因为一般的椅子太小了。承不住她的胖体。一般人对于这个矮胖者的批评是女作男权，有须眉气概，身体强健。她对于前者虽然接受，但对于后者她却不承认。她说，她每月不服当归北芪熟老鸡，她便不能行动做事。

其次是杨夫人，身体瘦小，每说起话来便像要哭般的，这是她的特征。譬如，“啊不得了”“啊要命死了，”就是她的口头禅。又如有朋友问她：“是新制的衣裳么？满漂亮呀。”

“你不晓得，真的是没奈何的，一件衣裳都没有了，所以借了十多块钱来制了这一套。”

这是杨太太的回答，因此她便得了悲观论者的绰号。

最后的马夫人是短小精干，口才最好。她原是性情率直，爱做抱不平的人，常常不惜牺牲自己去代人努力。但因多嘴的关系，反有许多人不喜欢她。因为她肌色微黑，一般人替她起了一个绰名，叫做黑鹦鹉。

她们三人的岁数和丽君差不多，只是朱夫人岁数大一点，今年三十一了。其余都是由二十五至二十七岁前后的。她们和丽君是旧日的同学，她们今天来访丽君，完全是为开同级恳亲会的问题。

她们才坐下来，马夫人便开始演说了。其实她不是演说，只是对一般友人下批评及报告最近在妇女界发生的新事件而已。所以她又有上海妇女界时论家的绰名。

马夫人虽然在痛快淋漓地讲，但丽君不像平日那样高兴听了。她担心至中会失约，同时又怕他此刻就闯进来，给她们看见了不妥当，最少也会给这位黑鹦鹉做材料。朱夫人也像不愿意听，伸出一只白胖的手来掩着口打呵欠，一连打了三次呵欠，那位上海妇女界时论家都没有注意。到了第四次，朱夫人再不客气地发出音响在打呵欠了。马夫人才渐次停止了她的多辩的口才。于是杨夫人也有一个简单的报告。

也是从前的同学，嫁给一个私立大学的文学教授，最初和丈夫感情至笃，可说是幸福的夫妻。但到近来，那位大学教授忽然和一个友人的妻子发生了关系，便虐待起那个同学来了。每日在他们间，波澜不绝。那个同学姓章名秋霞，因为再挨不过丈夫的迫逼，逃到杨夫人家中来躲了几天。杨夫人两夫妻劝她回去，并且答应她愿做调停人，说服她的丈夫。但秋霞无论如何不肯回去，只托杨夫人的丈夫代她找独立的职业。

“那位大学教授是知书识礼的，怎么也这样欺侮我们女性哟？我们要在妇女界唤起舆论来对他下攻击。他是侮蔑我们女性的蟊贼！你们的意见怎样？”

马夫人又在出风头了。

“晓得秋霞愿意不愿意你们这样干呢。万一弄得不好，不是使他们夫妻的感情更加分裂么？”朱夫人说了后又打了一个呵欠。

“我们是为我们全妇女界对妇女之敌下攻击。不能为秋霞个人枉屈了我们的主张，牺牲了我们的主义！怎么你们不拿出半点革命精神来干呢？”

“关于这个问题，扯不到革命问题上去吧。不要小题大做，破坏了人家的家庭幸福。”

杨夫人也和朱夫人抱同一的意见，主张调停。她还主张调停人要多几个，力量大些，并劝丽君也加入来。但丽君只坐在一边默默地听，一想到自己的家庭，真是自扫檐前雪都无暇了，还能管人家的瓦上霜么。

“你们都是妥协论者，没有半点斗争的精神。只要于个人有利，就投身敌人的怀抱中也在所不惜！还有资格谈妇女革命么？”

丽君平素是颇得她们间的爱重的，所以朱杨两夫人要她加入她们的群中，以后再多拉几位同学去会那位大学教授。马夫人是主张先开同学会讨论这个问题，对那个大学教授取鸣鼓而攻的办法，如开会结果良好，再扩大宣传，开全上海的新妇女界大会，最少要达到最低限的目的，即是把他的大学教授位置弄掉。

“这于秋霞有什么利益呢？”杨夫人问上海妇女界时论家。

“你真是个悲观论者！我们要为妇女界争气！要打倒这班臭男子！专欺骗妇女的臭男子！至于秋霞姊可以自找职业，独立地生活下去，何必再和那个臭男子妥协呢？就是我们女子太好了，太无勇气斗争，所以男子们才敢得寸进尺地欺侮我们女性。”

马夫人又在气愤愤地发议论了。丽君也觉得这个黑鹦鹉的话句句成理。的确，女人太过于敷衍男性了。今后的女性该自己振作起来，以叛逆的精神对付男性。丈夫如找一个情人，做妻的便要以叛逆的精神去找两个情人。……

丽君想到这点，真是十二分恨她的丈夫了。

“做女人的真是可怜！因为经济不能独立处处受尽男子的气。何以所有男子都是这样薄情，没有专爱呢？在自己所知的范围内，能够和睦地幸福地百年偕老的夫妻，真是罕见，真是百中无一啊！”

朱夫人的家庭在她们间算是最幸福的。她在这时候的态度真有些像吃饱了饭买馒头。她之出任调停，也只是因为坐在家里闲着无事，当做一个慈善事业干干而已。

八

关于夫妇间不睦的问题，丽君尽想也想不出好的方法来应付。有了小孩子尤难应付。最后只有骂丈夫无良之一法而已。

“总之是男子不好。”马夫人再这样说。

“秋霞也有错处的。”朱夫人又打了一个呵欠在说。

“何解呢？”杨夫人的湖南口调。

"她找丈夫找错了。当日她选择丈夫，只注意面貌和年轻两条件，其他的条件都没有深加研究。当她找着了这位大学教授时，欢喜到不得了，走来向我说，男的比她小三岁，又是个小白脸。丈夫比自己年轻，自己将来定吃苦的。所以我找的对手是个伯爷公。"

朱夫人操的是广东腔的正音。

"丈夫因为年轻，就该放荡么？"杨夫人说了后，又说明女性所受的最大痛苦是嫉妒中的痛苦。

"看着自己的丈夫和旁的女子发生关系，哪有不恨的呢！"马夫人又发挥了一大段恋爱专一论。

"这也的确是痛苦。想马上和男子离婚，一时又做不到。有了小孩子，更难离婚了，只有一个人受苦。纵令你提出离婚的问题来说，在男人方面是求之不得的，结果反成全了他和那个女子的结合。……"

朱夫人说了后望了望丽君。丽君忙低下头去。

"把丈夫让给旁的女性么？那不如杀了干净！南无阿弥陀佛，你没我也没。秋霞太没有勇气了，不把丈夫杀死，也该把那个敌人杀死，横竖丈夫是不爱自己了的！"

马太太的议论是主张拼命。

"那又可以不必。如果不愿和丈夫同栖，再慎重地找一个候补者也是正当的道理。"

杨太太说了后，无意中又看了丽君一眼。

"那我不能表示同意！那是示弱于男人了！我们女性该放弃旧日的无抵抗的精神。我们对男性要取斗争的态度。最少要使男人不能立足于社会。"

"哪里！现在社会的当权者是男性，他们男性是互相拥护的。法律和社会习惯都是他们男性造出来的，对于男性的性爱犯罪差不多不加制裁，只制裁女性。所以欲以和另一个女性发生关系的罪名使那个男人在社会上失足，那是不可能的事。”

“女人能够不嫉妒就好了。因为有了嫉妒，才有苦闷。”

丽君到这时候才叹着气说了这一句。大家都笑了。丽君也跟着苦笑了一会。

“夫妻不睦，本来是寻常的事情。要不到旁人来调停的。他们应该自己起来和好的。”朱夫人说了后又一个呵欠。

“那也不尽然，如果男的另有了情人时。”杨夫人低声地带着哭音说。

“我看这件事还是拜托妇女解放家傅女士，让她去和秋霞的丈夫闹一场最痛快。”马夫人始终不愿意妥协。

“你说那个雌老虎么？”朱夫人一说到雌老虎，大家一齐笑起来了。

“如果和那个雌老虎商量，她一定说，快快离婚，快快离婚，不管谁是谁非，离了婚再说，对于男性一点不用客气，一点不能留情。这是雌老虎的平日的论调。……”

杨夫人说了后再把雌老虎的近状告诉她们。

“前星期我在公共体育场走过身时，看见挤着许多男男女女，我走前去一望，那个丑妇人正在热烈地讲演，宣传妇女解放。她总爱把动物来比拟人类的。那天她又把蚂蚁来比拟人类了。她说，男人是工蚁，女人是蚁的女王。

工蚁要群集到女王蚁的面前来听命令。我站在这里，所以你们都群集到我面前来。说得听众的男子们都哄笑起来了。”

于是她们又笑了一阵，朱夫人把眼泪都笑出来了。过后，她才揩了揩眼睛说，“她那个雌老虎不知破坏了多少人的家庭，离间了多少人家夫妻间的感情！她总是叫女性要脱离丈夫，团结起来，向男性反抗。这个办法怎么能够实行呢？作算舍得开丈夫，也舍不得儿女哟。”

“这是因为她太丑了，不能嫁人，所以发出这样的议论来。现代的人，无论判断什么事象，都是这样主观的。”

杨夫人的说话，不论在什么时候都是悲观的，消极的。

“女性如离开了男性，那一生都是过寂寞的黑幂幂的生活。谁能够绝对地反抗男性呢？”

朱夫人的话在马夫人听来，完全是一种哀音了。

“你们都是喝了丈夫的迷魂汤，处处替男人辩护，长了男性的威风，太不该了。像我们受了教育的女性都还这样地无自觉，在男性面前屈服，那么女性要到什么时代才能解放呢。你们对男性太示弱了。”马夫人很愤慨地说。

“*Mrs.*马，假定*Mr.*马一有外遇，你便马上和他离婚么？”朱夫人问马夫人。

“不单和他脱离，还要控他，加以法律的制裁。凡是侮辱女子人格的男性，我们都要极力加以攻击。现在我要问你，假如Mr.朱有外遇时，你怎样对付他？”

“我家里的决不会干出这些名堂出来的。因为丈夫有外遇没有外遇，完全是由做妻的对待丈夫的方法而决定。丈夫之有外遇，妻该当负一半责任。”

“那你是以三从四德去向丈夫讨好，是不是？这样的女性，太不长进了。”马夫人说了后在冷笑。

“把家庭整理好，使丈夫从外面回来能够得到安慰，是妻的责任。不愿意组织家庭，又是一番话。既然组织了家庭，做妻的就要负责任使家庭圆满，使家庭和暖。”

“你的意见怎样？”丽君忽然征求杨夫人的意见。

“我没有意见。丈夫有外遇时，我真的不知要怎样对付才好。我想最好是像*Mrs.*朱那样，先有把握，不使丈夫陷入迷途。万一陷入去了，就要赶快劝丈夫回心转意。……”

“他仍然不回心转意时，你怎样呢？”马夫人以嘲讽的口气质问杨夫人。

“那只有一哭了，只有听天由命了。”杨夫人真是个宿命论者。

丽君觉得她们的对付丈夫的办法都不是彻底的平等的。*Idsen*已经指示了一个最好的办法给我们了，何以一般的女性都没有留意到呢？最后和丈夫对抗只有这个方法了，于是她又希望快点会见至中了。

九

愚园路的尽头处，近兆丰公园有一所新筑的高爽的洋房，站在这洋房的露台上，梵王渡一带的野景可以尽收入视角里面。近这一带地方，在春晴的时期，不消说是游人如鲫，即在残冬时候的景色，也可以说是在上海绝无仅有的。

在天气晴明的日子，每天下午三点时分，在兆丰公园左近散步的人们，便看得见那家洋房的晒台上有一个穿淡色西装的女子，坐在一张沙发上在眺望野景。

“不知道是哪一个党国要人的洋房子？”

“不是总长以上的人住不起那样阔的房子吧。”

“恐怕是东洋人的住宅啊。”

那一班借名读书浪费父亲以血汗挣来的钱，害得他们的父亲天天叫头痛的逐艳的青年们，你一言我一语地，在猜度那家特别引人注目的洋房子的主人。

“这一带的洋房子的住客都是有钱的人啊。恐怕那家洋房的住客是个有钱的宁波商人吧。那个漂亮的女人，像是个当小妾的。”

青年们在一家小烟纸店里买纸烟，无意识地问了问卖烟纸的人，卖烟纸的人也不过把他的臆测告诉了那些好事的青年们。青年们吸着纸烟，各拿着一把网球拍，悠扬地走进公园里去了。他们的样子，的确是布尔乔亚公子化了的。

那家洋房子的主人才搬来一星期又两天，所以邻近的人们还不知道到底是怎样的有钱人。搬进来的当日家具行李之多却惊动了左侧右边的人们。

过了半个月之后，他们才知道新洋房的住客是上海有名的明星潘梨花。

她自今年春起，在一家最大的影片公司当明星了，以扮悲剧的女角得名，上海的人差不多没有不知道她的名字的。

左侧右边的商人自知道住那家洋房子的并不是什么党国要人，又不是宁波的布尔乔亚，而只是一个女优，就觉得日前过于浪费了他们的注意和尊敬。

“单靠电影公司的薪水不能过这样奢侈的生活吧。恐怕她还兼当了某要人的小妾呢。”

因为每天有许多汽车载着老少肥瘦不一的男客来看她，便引起了邻近的人们的猜疑。

他们虽然望得见梨花常走出晒台上来眺望，但还没有一个人认真看见过梨花的真面目。无知的人们便发出许多奇怪的谣言。有的说梨花每天早晨起来要用几十个鸡蛋白去摩擦她的全体，摩擦了后才入浴，浴后便披上法国制的薄纱衣走出来，她的雪白身体任何部分都能窥见，真像一幅美人图。听见过这种谣言的青年们的心便振荡起来了，常走到那家洋房子的门首徘徊，有时候竟从铁栅的门隙窥视里面的客堂。

梨花有一个女仆，比她大两岁，名叫阿珠，面貌很不错，不过脸色微黑一点。她可以说是梨花的心腹。但梨花过这样豪奢的生活，连阿珠也不知她的钱从何而来。阿珠最初以为是由李梅苓供给的，但看梅苓近来的生活决没有这样大的经济能力。最常到这家里来的还是梅苓，其次最常来的是杨师长。

不过杨师长不像梅苓般常常在梨花房里歇夜。他只常常是上半天很高兴地走了来，到下半天或吃过晚饭后便很颓唐地出去。

阿珠又常常听见梨花和杨师长争论钱的数目，使她感着一种惭愧。她有点不满意于梨花之冷淡了杨师长。她常看见杨师长忧郁地走了后，梨花便一个人睡在床上流泪，但不满一点钟之后，她又恢复了欢快的状态，步出房门首来问，李先生来了没有。

梨花近来大概每日都很欢乐，半个月间可以说完全足不出户，只专心于室内的装饰。她的关于装饰的知识真能使装饰美术专家惊倒。色泽和光线及陈列的形式都十分调和。假如在调和上缺少一件东西，她可以牺牲高价去买了来。关于这点，她常和杨师长冲突。阿珠到后来才知道一切的用费是由杨师长供给的了。

梨花所喜欢的房子有两间，一是她的寝室，面南，和露台相毗联，东西双方有长方形的窗口，室内装饰虽不算华丽，但无论谁进来都发生一种清楚之感。

第二间房便是相邻的*Salon*了。在这间大客堂里，装饰极其华丽。她没有注意到她们的娱乐费完全是平民阶级的血汗。她以为她是特殊阶级的人物，这样的穷奢极侈，是分所应享的。她搜集有种种形式不同的台椅，把台椅收拾在一边，可以容二三十人的跳舞。

她因为看多了电影，无日不在发痴梦想做女王，要一切男性都环跪在她的面前，要他们以她的颦笑为颦笑。

她坐在电炉前的安乐椅子上，正在回嚼昨夜里和梅苓的拥抱，同时又感着一种寂寞。她只感着一种疲倦，亦是一种空虚。她无事可做，便想睡了。但她又觉得自己是在等着谁般的。

“今天天气这样冷，谁也不会来吧。自己想留梅苓再住一天的，但是又觉得有点烦厌。结局还是让他走了。他大概回他的老婆那边去了吧。”

她正在想，有客来固然是很厌烦的，但是她又在希望有谁会来和她谈谈，好解解她的寂寞。像这样的心情在她每天都会发生一二次。她想有这样通情的来客就好了，不会使她厌烦的，当她寂寞的时候走了来，向她谈谈开心的好笑的话解解闷，在她未打呵欠以前，能够知趣告辞的。

她听见有人上楼梯的足音。在*Salon*门口站着的是个黑脸大汉杨师长。

"是你么？"

她说着打了一个呵欠。杨师长原来是满脸笑容的，看见她打着呵欠问这么的一句，便敛了笑容。

"你还约了有谁来这里么？"

"你又多心了。"她忙站起来笑着迎他。

"站在那儿冷，进来向火炉吧。"

她说着拉了另一张安乐椅来，安置在她的对面，在电炉的那一边。杨师长在这瞬间才有点欢意。

她一方面可怜这个武家伙蠢笨，为自己花了这样多的钱，一方面想着梅苓昨夜里对她说的话，又可怜自己之无耻。

"你把生活节约一下吧。不然就搬到南京去。"

"我在南京住不惯。"

"那你另找一所小的房子来住，每月二三百元的生活我可以为你设法。只不要超过三百之数就好了。"

"每月没有千元之数，我哪能过活呢。"

"那以后怎么得了？"

"所以我说还是暂时敷衍他，等到我们有了钱时再搬家，到那时候再和他决绝不迟。"

"那太无耻了。你固然可以忍受，但我实在难忍受。我觉得一个人，尤其是女人，要在物质的生活上能熬苦，才算是有志气，才能说强话。你既然不喜欢他，那就不该再要他的钱，不该受他的津贴……”

梅苓的话，理直气壮，说得她双颊发赧。但是梨花再三仔细地思寻，仍然难放弃这样舒服的奢华的生活。她只答应梅苓到下一个月再来决定主意。

十

“*Salon*里面太热了一点。”

杨师长除了外套，再解外衣。他当了军阀几年，忘记了在乡间因为风雪载途，不知冻死了多少人的事实了。

他把外套和外衣挂在椅背上，他的那种举动便引起了梨花的烦厌。因为椅背上挂着衣服，室内的装饰美便失了调和。

“门首不是有衣架么？”

她苦笑着要他把衣服挂到衣架上去。

“马马虎虎，马马虎虎。”

“有什么可以马虎的。挂在那椅背上，多难看。”

梨花作色起来向他说。他才把衣服送到衣架上去了。他回到电炉面前来时，不禁要拿出一方手巾来揩额上的汗。

梨花所等的好像不是这个人，但她也不惊异这个人之来访。老实说，她希望他来，尤其是希望他带款来。但在一方面，她又有几分怕见他。

她刚才坐下来，视线便和杨师长的碰着了。或许是她的神经过敏，他的眼色比平常有点不同，她的胸里也登时起了一阵暗云。

“他今天恐怕要提出什么难题来呢。”

她当下这样想。他替她租了这样宏伟的邸宅，每月还支出不下千元的用费给她，他的最后目的是什么，当然她早知道了的。

“可怜他追求了自己几年啊。也为自己用出三万多块钱了。不再满足他的要求，他定会断绝自己的生活费了。到那时候，梅苓和其他的朋友合凑起来，或许有五百多元的供给。但仍不能过从前那样舒服的生活。怎么样好呢？”

今天她又向他要求加雇一个西菜的厨子。

“啊，啊。”

他只是微笑着，不像往时那样作彻底的肯定的答复了。但在从前一有要求，他就“可以，可以，没有问题，没有问题”的回答。

他还在继续着微笑。梨花忽然感着一种苦闷，沉默下去了。在他俩间便起了一种不纯的空气。梨花又像有了觉悟，她也不能不有这种觉悟。她虽然有了觉悟，但仍然感着一种不安。

梨花最害怕沉默的。于是勉强地说了些关于中外的电影的话来给杨师长听。杨师长也故意装出津津有味的样子，一面尽注视她的有双峰微突的胸部。

她说了许多话，感着疲倦了，忽然又沉默下去。她只等杨的发言或动作了。但杨还是沉默着，只在注视她。他觉得无论在她的肉体上，说话上，或在性格上，都有一种新鲜味，是他在从来所接近过的女性身上所不能发见的。他相信自己的经济之力是不难征服她的。在不久的将来，她的身体定归自己之所有。于是他又感着一种快慰，同时也增强了他对她的固着力。

他俩仍然沉默着。她知道杨师长是尽在注视她的脸。她真不知要装出如何的表情来才好。她不能恼怒，也不能忧郁。若装出过于温柔的表情，则更加危险。她只装出一种平凡的表情，略加以微笑而已。

“梨花，你搬过来后，一切都齐备了吧。”杨师长开口了。

“大体好了，不过，……”

“不过什么？”

给杨师长一问，她又羞得双颊发红，低下头去。

“有什么，尽管说来。客气什么呢？”

“……”

她仍然低着头。

“不过什么？快点说来。”

“不过手里又没有了。”

她此刻才抬起头来，向他作了一回媚笑。

“就用完了？那才吓人啊！”

“多买了些用具和装饰品。”

“五千元就完了？”

“五千元有多少呢？什么物事都贵了。金价高了，洋货涨了价。”

“我近来也拮据得很。”

“那我向他们借去吧。”梨花趁势沉下脸来说。

“笑话笑话。你要用，就当衣服也要筹措出来给你。你此刻要多少？”他忙赔着笑说。

“随你的便吧。”

“五百元够么？”

“可以的。”

杨师长又走到衣架前去，从外衣的内袋里取出一本支票簿来，再从后裤袋里捡出一个小方形的水晶图章，就在一张麻雀台上写了一张五百元的支票交给梨花。梨花接过来，撩起衣角，把支票塞进大腿部的长筒丝袜的伸缩带底下了。在这瞬间，杨师长趁势搂住了她的颈项，要亲吻。她忙一翻脸，他便在她的脸上狂吻。

“可以了吧。”

梨花笑着推开他，同时感着一种羞耻。

“自己和卖笑妇有何区别呢？”

他像不肯就这样地甘休，待想进行第二步，忽然听见楼梯上又有人上来的足音。

*Salon*的门屏给外面的人推开了，站在门首的正是李梅苓。

杨师长恨极了，登时沉下脸孔，不和梅苓招呼。幸得梅苓是外交家。

“杨师长，几时来的？”

他笑着解除了外套，向杨说。

“唔，唔。”

杨取出一个烟斗来，插上淡巴菰，呼呼地在吸起来，把脸翻过一边，不理梅苓。

最欢喜的是梨花，她正在无法抵抗杨的时候，梅苓会跑了来解围，真是喜出望外。

“你又走了来做什么？”

她说了后才后悔，于是看了看杨的脸色。

“我们想开一个跳舞会，在明天晚上，多请几位青年们来乐一乐。Mr.李是帮忙我办这件事的。*Mr.*杨，明天晚上你也来参加吧。”

“谁和你们这些无耻之徒一起闹！”杨气愤愤地说。

“啊呀！是什么意思，你说的话？”她惊异地问。

“我的话是不求别人理解的。”

“你这个人才可笑。”她笑着说。

“我是可笑的人。但我不要骗人家的钱！”

当着梅苓的面，梨花给杨这样地一说，十分难过，她的脸色登时红了一阵又白一阵。

“谁希罕你的钱！”

“不希罕时，把那张支票还我！”

她气极了，忙再撩起衣角，从丝袜底下抽出那张五百元的支票来，丢到地毡上面了。杨师长把支票拾起来，沙地一响撕成两段，再折着一撕，成四片了。

“再会！”

杨师长走近衣架前去取衣服，梅苓不便看着他们闹，忙走进她的寝室里去了。杨看见更加气恼。

“我出钱给你养姘头么？”

杨师长临出*Salon*时，这样骂了一句。“……”

梅苓当时感着一种难堪的侮辱。但是到了这个局面，也只好笑骂由他了。

杨师长走后他再走出*Salon*里来。

“迟早有这么的一天，叫你早和他断交，你又不相信我的话。”

“不要睬他，不久他又会来的。”梨花嘻笑着说。

“……”

梅苓觉得梨花太无耻了。但不便有什么话说。

十一

“你上半天才回去，怎么又走回来？”她的全身埋在安乐椅里面，懒懒地问他。

“天气太冷了，不想回南京去，索性过了这个礼拜日再走了。”

“没有回家去么？”

“……”

梅苓一时没有话回答。

“没有看你的丽君去？”

“看见了。”

“她怎么又肯放你出来呢？”

“她有她的爱人。”

于是他告诉了她，当他回到家里去时，看见丽君和耿至中正相对着喝酒。

他气不过，所以走到她这里来。

“是吗，我早叫你不要回去的！……”

她才说了这半句话，阿珠走进来告诉她，有电话来了。要她到电话房里去接电话。

她跟着阿珠出了*Salon*，便觉有点冷。到了电话室，把受话器拿在手里。

“你是哪个地方？……大东旅社？……啊，杨师长么？”

她说到这里，又好笑起来了。

“我吗？我是，……你所喜欢的梨花哟！”她听那边也在哈哈地大笑。

“你问他……刚才走了，Mr.李，……那个像女人般的小白脸，谁爱他呢？你不要多心……真的，没有一个客在我这里。……到你那边去？……二楼十二号房？……让我想想……你刚才太对不住我了！……谁要你谢罪！……但是支票还是要的哟……五百元的不要了……多少？……至少也要一千！……可以？……那请你等半个钟头……一定来的，不要心急。哈，哈，哈！……一些些会！”

“什么爱情都是假的，结局唯有金钱。金钱是恋爱的培养料。”

她才把受话器丢开，就叹了口气。杨师长虽然答应给她一千元，但交换条件是要到大东旅社去。冬至前后的日子，近四点多钟就像黄昏时分了。他是张着罗网在等着自己，伸着他的一双铁腕在等着自己投身到他的怀里去吧。

她刚回到*Salon*里来，梅苓便问她。

“谁打来的电话？”

“公司里打来的。”

“有什么事情？”

“今夜里的月色好，‘恨海’的那段夜景，想在今晚上摄映。”

“那你今夜里不能回来的了？”梅苓失望地说。

“说不定。就能回来，也在半夜以后吧。”

“我跟你去好么？”

“不好的，你是有身份的人。我不愿意你到那些地方去。”

“……”他忧郁着，一时没有话说。

“你好好地等着吧。不到天亮，我定规回来的。”

她笑着安慰他。当然他一点也不怀疑。

梨花走了后，梅苓一个人闷闷地坐在电炉前翻看《三国演义》，但一个字都输不进脑里去。他闷坐了一会，阿珠端了一盅咖啡来给他。

“你知道梨花姑娘到什么地方去么？”

“不知道。好像是大东旅社有客打电话来要她去。”

“大东旅社？她常常有客叫她到旅馆里去么？”他惊异地问。

“这有什么希奇呢，只要她喜欢时。”

梅苓听见，心里十分难过。他想，原来她从前所说的话都是骗自己的啊。从前自己为她牺牲了一切的家产，最近为她牺牲了妻子家庭及名誉，以为总博得到她的一个真挚的爱字了。真地没有了金钱，恋爱也就跟着消灭么？梅苓对梨花一怀疑，跟着便有几分气愤，于是不免思念到丽君的好处来。

“还是回家里去吧。”

他忽然发生了这样的念头。但他同时又想到大东旅社去看看梨花到底是会哪一个男人。

他下了决心，便走出来叫了一辆汽车，赶到大东旅社来。他想，她不知在哪一号房间。他揩着额上的汗水，先在三楼的酒楼部转了一转看不见有像梨花的影儿，也听不见像她的声音。他在跳舞场面前走过时，听见里面的音乐已经悠扬地奏起来了。他想她或许在里面吧。他便推门进去。但才踏进跳舞厅里，又后悔起来。因为他才想及她从前曾告诉他她是十分讨厌这些无聊的小跳舞场，决不愿意进去的。她如要跳舞，定到各家帝国主义者所经营的跳舞场去。

他坐在跳舞场的一隅，丢了六角钱，真地没有坐足三分钟，就出来了。

他再到楼下查了查各房客的姓名，看见有杨君字样，便猜疑是杨师长叫她出来的。不过看见刚才他们那样决裂的情形，在生性好胜的梨花，决做不出来的。并且住客中就有十几个姓杨的，怎么能够到间间房里去察看呢。他再在酒楼部徘徊了一会，才决意走了。

电梯停住时，隔着铁栅，他看见梨花只手抱着一大包东西，只手插在杨师长的肩胁下，正在那里等电梯。

“呃！”

他差不多要跌倒在电梯里了。

“啊！*Mr.*李！”

杨师长站在电梯外，很得意地叫了起来。但是梨花一句话不会说了，脸上苍白得没人色了。

电梯的铁栅门开了。梅苓急急地跳了出来，飞奔地向外跑。

“梅苓！”

梨花带哭音的叫了一声。但梅苓头也不回转来一看，跑出旅社外去了。亡魂失魄般地从大东旅社跑出来的梅苓，一时不知要到什么地方去好。他叫了汽车，坐进去了后，听见汽车夫问他到什么地方时，才说到法界的K路去。丽君的住家是在K路。他回来家里看见三个小孩子都睡着了。满屋静悄悄的，只不见丽君的影儿。

“少奶奶呢？”他问娘姨。

“和耿先生一路出去的，好像是说看电影去。”

“……”

他再没有话说，娘姨便退下去了。房子里虽然很暖和，但他的心是十二分荒凉的了。他看着呼呼地睡在床上的三个小孩儿，不禁凄然地流下泪来。

他觉得在这家屋子里一刻也坐不稳。杨师长和梨花相互拥抱着的猥亵的想象，及丽君和耿至中互相携着手的亲密的想象，交互地在他的眼前幻现出来。

“还是到哪一家旅社里去歇一宵吧。明天赶回南京去，不再理她们了。”

他待要站起身来，忽然听见娘姨在下面招呼客人的声音。

“少奶奶不在家？”

梅苓听清楚了那是上海妇女界时论家马夫人的声音。

“下半天出去的。少爷倒在楼上。”

“李先生在家？”

梅苓听见马夫人步上楼梯的音响了。

十二

“*Mr.*李，你不替我想个办法，我非打你不可了。你们男人家都是没良心的。”

马夫人看见梅苓劈头就是这么一句，弄得他摸不着头绪，只得坐下来和她敷衍一下。

“*Mrs.*马，有什么事？”

“你还不知道么？我家里的也公然敢找着姘头了。你想该死不该死？你们这班男子都是没良心的！”

“你骂你的老公，不要株连及我，*Mrs.*马。”

“你还不是一样的赤佬。”

“*Mrs.*马，你如果再这样说，我可要失陪了。”

梅苓说时，立起身来。马夫人忙走过去扯着他的衣角，不让他走。

据马夫人的叙述，当她和朱杨两夫人为同学章秋霞的事来看丽君的时候，她已经约略知道她的丈夫有了外遇，不过程度还不是怎样深。她是爱强的人，怕给同学们晓得了讥诮她，所以忍耐着以待丈夫的反省和改过。她并不想以对付章秋霞的丈夫的严厉方法对付自己的丈夫。但是马先生并不知道老婆的苦心，他的放荡还是一天甚一天。

“我已经没有方法对付他了。你是他的好友，平时他是很听你的话的。”马太太说了后竟长叹起来。

“你何不和雌老虎商量去？看她能替你想出一个好的办法来吗？”

“旁人的事可以和她商酌。我自己的事怎么可以告诉她呢？一告诉了她，她便要迫着我决裂地和我的丈夫硬干了。那不是愈搅愈丢丑么。”

马夫人之嫁马先生是再婚的了。因为她的性情太激烈，和先一个丈夫只同栖了半年，就离婚了。马先生贪她有几分姿色，便和她合上了。但一同栖之后，互相发见的缺点一天一天地多起来，而当日所谓恋爱也超过了山顶，只朝这面的山麓下降了。

“我看你如不愿和他同居，还是分手了的好。”

梅苓无意中说了这一句。但是这句话正是当日丽君向她诉苦时，她向丽君的忠告。

“但是你替我试劝劝他，或许会回心转意过来也说不定。”

“你还舍不得他么？”

“轻易地离婚，在女人是再痛苦不过的事哟！”

“你俩本来就没有举行过结婚式，有甚要紧呢？”

“但是社会上谁不知道我们是夫妻呢？”

“两人间已经有了芥蒂，就同住着也是不快活的。”

据马夫人说，马先生近来一连几晚不回来家里歇。在她有一晚不见他的面，是再苦闷不过的。并且按常例，丈夫一回来，第一件事是要捧着她的脸接吻。这是他们的日课。这样的接吻就像一种补品，能给她一种活气。但是近来丈夫虽然有时回来，也不给她这样的安慰的接吻了。

马先生的姘头是一个女招待，一个贫苦的女学生流落到咖啡店里的女招待。现在他居然津贴了她一千多块钱在霞飞路中段一条小弄堂里开了一家小咖啡店。马先生每天由公司出来，便到那家小咖啡店里去，不常回家里来了。有时回来，也是在夜半响了一点钟之后。每星期六夜里，还要和那个女子开一回旅馆，尽情的享乐，对不十分认识他们的人，居然自称夫妇。

“最可恶的是在旅馆里，那个小婊子也竟冒充我的姓，称妻王氏。你想是不是岂有此理！让我的姓给那个淫贱的女招待偷了去。……”

马夫人渐渐又昂奋起来了。在她的脸上，梅苓平日觉得是有一种美的。现在也完全消失了。她的眼睛里只闪耀着因嫉妒而起的险恶的凶光。两个颞颥也像呈一种暗色深陷进去了。两边突起的额角也呈暗褐色。大概是因为她忘记了周到的化妆。

“真可怜！”梅苓当下这样想。

马夫人尽是继续着骂她的丈夫。梅苓想，丈夫的放荡在妻是这样难堪的痛苦么？据马夫人的口述，最使她难堪的是前星期六晚上伴朱杨两位夫人和雌老虎到E戏院去看电影时，发见丈夫和那个女招待也在那里。

在赴电影戏院的途中，她们在汽车里还在讨论夫妻间的问题。

“像马太太就是幸福啊。绝对地管得着丈夫。在我们女性中，要马太太才配称是女丈夫。”

“真的，我如果发见了丈夫有错脚时，决不妥协的。”

马夫人在那时已经知道丈夫有点靠不住了，但爱强的她，仍然在夸张地主张她的女权绝对论。

E戏院除电影外，还添上演从美国来的*Comicopera*。构成派的舞台装置和外国女优的跳舞博得了一般布尔乔亚的喝彩。

马夫人和女友们在同一列的席位坐下来后，便听见丈夫的声音从薄暗的前列吹送过来。

那是日常听惯了的丈夫的声音。马夫人骇了一跳，伸一伸颈项，向声音的发源处望去，果然看见前面并坐着的一男一女，一个是马先生，一个是他的姘头女招待刘小琏。

今朝晨一起床就跳出门去了的丈夫谁梦想得到他会陪着那个贱人来这里看电影。马夫人的脊髓像冻结成冰了，周身打抖起来了。

“可惜了。开了幕。”雌老虎翻转头来望着马夫人说。

“是的。”

马夫人完全失掉了意识。她像在梦中般地坐下来。她免不得望了望丈夫那一边，她的丈夫和那个女招待的坐席是距她们前五列偏左的位置。刚才以为是眼花看错了。现在看来一点不错，还是她丈夫的侧影。越看越迫真，越迫真越不想望他们，越不想偷望，就越想偷看他。当时的马夫人真地感着万种的矛盾。

她们都称赞自己是最有力量支配丈夫的。像这样的场面给她们发见了时，怎么好呢。

马夫人再无心看电影了。望了望丈夫那边，又偷望望雌老虎的神气。她恨丈夫，同时又怕她们看见了丈夫和那个姘头。她全无心看，也全无心听了。

她只伸出双手按着胸中的激烈的鼓动。有时候只低着首沉思。

“像这样的场面真深刻！”雌老虎半笑半叹地说。

“呃？”

马夫人只当雌老虎看见了她的丈夫，故意嘲讽她。她此刻才知道章秋霞所处境遇之苦了。

“不论世间里有整千百万个做丈夫的如何地放荡，但自己的丈夫是受着自己的约束绝对靠得住的。自己是盲信了丈夫，同时也盲信了自己的力。”

马夫人这样想着望了望女友们，很担心她们注意着她的丈夫。丈夫和那个女招待那样亲密的样子，给她们看见了时，自己就要剥面皮了。

银幕上的场面正是爱欲达到了最紧张的场面，用简单的一句话来表示时，便是“有情人都成眷属”。

*Orchestra*在热烈地奏出恋爱之曲，坐席中的恋爱之侣大体尽都紧张起来，互相紧握着手。

“那边的不是*Mr.*马么？”

到后来，朱夫人终发见了马夫人的丈夫。

这时候的马夫人再无力嫉妒了。她只担心女友们会提起她的丈夫的话来说。她想最好的办法只有一个人先回家去了。

“我有点不好，头痛得厉害，我先走吧。”马夫人向她们告辞。

“何必呢。看完了再走吧。”

电影演完了一段落，暂休息十五分钟。全场内忽然明亮起来。马夫人真担心丈夫会翻过头来看这边，忙站了起来，决绝地向她们告别。她自己也莫明其妙，何以在这时候这样地害怕看见丈夫起来了。她站了起来，但仍然免不得又要向丈夫那边偷望一下。她看见丈夫和那个女招待也携着手站起来了。她更加恨了。

“快点走出戏院外去，不要碰着他。”她急急地向外走。

“雌老虎不知要怎样地笑我了，说我只会干涉人家的家庭，不会管束自己的丈夫呢。”

“啊！*Mr.*马和一个女朋友牵着手呢！”马夫人走到石阶段口，还听见朱夫人在这样说。

十三

梅苓和马夫人敷衍了一会，还不得要领。看看近十一点钟了。那个上海妇女界时论家只好走了。

马夫人走后，梅苓一个人寂寞地坐了一忽，但是梨花的影儿还在他的心头上一起一落，到后来，他下了决心，仍然乘汽车赶回梨花的家里去，专待她回来，质问她一切。

“或许她只是为经济问题去和那个无聊的武人敷衍敷衍吧。她从来没有对我失过信，她说今晚上一定会回来，大概不会骗我的。”梅苓于是决意回到愚园路梨花的家中，专等她回来欢聚。他在弄堂口下了车就听见丽君正由弄堂里出来，在和一个男人说话的声音。“你说他没有回南京去，一定在那个婊子的家里。怎样又黑幕幕地不见一个人影，也听不见人声呢？”

梅苓听见丽君这样地对一个男人说。他躲在一株街路树后面，偷听他们的说话，并且知道那个男人一定是耿至中。

“或许他们到跳舞场或旅馆里享乐去了。我看你这个女子完全有奴隶性根。”至中的声音。

"但是我不能这样简单地就和他脱离。你的提议，让我回去多考虑一下吧。"

梅苓听见丽君这样说，不禁凄然起来，同时联想到梨花和杨师长还在旅社里，便觉得十分对不住妻子了。

"今晚上还不能回答我么？"

"*Mr.*耿，我是有了三个小孩子的母亲了。你还能真挚地爱我么？"

"你比我的生命还要重要啊！"

"梅苓最初也向我说过这样动人的话啊。"

他还听见他的妻苦笑了后又长叹息。

梅苓望着至中和丽君并着肩在马路那一头的黑暗中消失了。因为夜深了，他精神颓丧地叫了门，走进梨花家里了。

丽君因为在梨花家里没有发见梅苓，刚才趋向至中的情热便减杀了些。两个人走了一会，在一家汽车行前止了步。下过了雪的马路，给北风一吹，路道便铺上了一重厚厚的冰层，很难走动。丽君觉着自己的趾节，冰痛得完全失去了感觉，快要掉下来了般的。丽君让至中叫了一辆轿式汽车，一同坐进去了。

丽君和至中虽然并坐着，但各耽着各的空想。彼此也异常神经过敏的。有好一会的沉默，他俩不约而同地都凝视着车前的汽车夫。丽君固然希望能够看见丈夫，至中也极希望把梅苓在梨花家里的情形给丽君看。不过他俩的用心不同，丽君是想促丈夫作最后的反省，至中却欲促丽君因此对她的丈夫绝望。

因为街路的凹凸不平，汽车有两三次跳了起来。他俩的身体常常碰在一块。于是他俩互相退缩到一边，各表示各人的矜持。但有时候因为汽车的狂奔，他俩无暇整理他们的席位和姿态，臂和臂的接触，有时竟继续至数分钟之久。有一个瞬间，丽君自暴自弃地这样想，"就让它这样地继续下去吧。"因为她当时感着一种似甘非甘，似苦非苦的快感。

丽君感着藉交流作用从至中的强健的身体传流过来的热气了。她愈觉得自己的末日快要来临，她像是被抛出世界外去了的一个孤独人，一种孤寂和悲哀便从黑暗的心底涌了上来，像在刻刻地迫她和至中接近。她又听见坐在她身旁的至中在微微地叹息。

“真地和这个男人逃到日本去么？”

至中曾向她挑动过，要她和他一路到日本留学去，所以丽君此刻忽然会发生出这个想象，以非常的势力诱起了她的情热。

“这也算是一种复仇？”

她又这样地一想，同时一种爱欲之力便以不可防御之势发展起来，促着她和至中接近，或许因为是时间太晚了，神经疲麻了，无力振作了的缘故吧。汽车仍然在奔驰，车体摇动得比以前更厉害，他俩的膝部索性紧接起来了。体温的交流越发厉害了。

“像这样的苦闷的一夜，若不和他任情地耽溺下去，要我一个人孤守过去，是再痛苦不过的了。单我一个人，嫉妒和爱欲之火会把我烧成焦黑的骷髅吧。否则我一个人定会自杀吧。”

她像受着一种恐怖的威吓。她正在思索着图脱离这个恐怖和烦闷的瞬间，忽然发见了一线的生路，就是今晚上唯有和至中相搂抱着任情地耽享一夜糜烂的享乐。

不知从哪一个瞬间起，她的臂被夹在他的肩胁下了。他的双掌也按在她的双膝之上了。

“让他吧。我就堕落下去也是没有罪的。梅苓先对不住我啊。”不纯的自暴自弃的念头继续在她脑里发生出来。

“我自动地向至中要求，他决不会拒绝吧。不单不拒绝，还要跪在我的膝头下吧。”丽君的热烈的好奇心全注意到至中的身上去了。

至中仍然在沉默着，丽君此刻倒有些恨他了。汽车驶出大马路上来了。

“到哪个地方？”汽车夫到这里再问了问他们的行方。

“到*Astor House*去。”至中向车夫说了后，又翻转头来问丽君。

“可以吧？”

“……”

她没有回答，只是双睛直视着车前的两道的光影。

“丽君，你不知道我是如何地爱你哟！”

突如其来地，至中紧搂住了她的颈项，要求接吻。丽君也像失了神般地，一任他了。她虽没有表示强烈的反应，但也不能总是全无感觉。

狂吻之后，至中更大胆地尽搂着她不放手。丽君虽时时稍事抵抗，但结果还是一任至中的轻薄。

在*Astor House*的一间客房里，他俩的情感是不顾前后，变为盲目的了。

“你不后悔？”当他搂着她问她时。

“一点儿不会。他还不是常常和梨花……”她打算为自己的罪戾辩护，但还是不能大胆地往下说。

“真的？……”

他喘着气欢笑得话都说不下去了。的确，今晚上的胜利者不是杨师长，也不是梨花，不是梅苓，也不是丽君，而是这个耿至中。

丽君给他搂抱着，看见他在痴笑，心里又感着一点不快和后悔。但是深陷到这样的程度了，还能脱身走吗？

“他虽说深爱自己，但在他一方面，或许他也看不起自己呢。自己是做了三个小孩儿的母亲的人了。怎么这样容易就允许了他接近呢。……以后要自己去追求他，不是他来追求自己了。在这一点，女性便失了权威和价值了。”

在这瞬间，她又冷了半截。他虽有极热烈的动作和表示，在她却无气力去表示反应了。但是因为梅苓许久没有回家来，她到底还感着相当的快感。

事过之后，在她眼中的至中好像比刚才骄傲得讨人厌了。他像死人般地躺在床上不起来，只是微笑着看丽君起身来清理一切。丽君在这瞬间感着一种莫大的侮辱，同时回忆到刚才自己迎合他的种种猥亵的举动，她便感着满脸热了一阵又一阵。

在汽车里所有的热情完全冷息了。她忽然思念及家里的三个小孩子了。于是她后悔今晚上之过于轻身了。

“不早了，上床来睡吧。”

“……”

丽君刚从厕所出来，听见至中叫她，一时不知要怎样回答才好。她有点想回家去了。

“来！快点！我有话告诉你。”

“有什么话？”

丽君心里实在有点厌烦至中，不过今晚上已经和他深陷进于不可挽回的境地了，又觉得非维系着他的心不可了。她强作欢笑，走近他，坐在床沿上。

“我十二分的爱你哟！”他捧着她的脸说。

“我不相信！你一定还有很漂亮的爱人。你只借我的身体，来……”她说到这里，便沉下头去，不能向下说了。

“没有这样的话。我可以赌咒。我对丽君如有欺心，天诛地灭！”

“要这样我才欢喜。”

但是她自己也莫明其妙地竟滴下泪来了。他忙坐起来，再次拥抱着她，一面极力地安慰她，一面和她亲吻。

她看见他轻轻地咳嗽了一二次，再炽热起来。这真是她所预想不及的。她想，这一点，他确比梅苓有趣。

在平时，至中是像处女一样的温柔，十二分可以博取女性的信用，言语行动完全表示出他是一个典型的青年绅士。但到情欲发作的时候，就把女性当成一个奴隶，尽情地加以蹂躏了，狞恶得像夜叉般的色魔。

丽君虽然尽偎在至中的怀里，但觉得他还是和梅苓一样的恶心。他所演的丑状比梅苓所演给她看的，还要丑劣难看。她想，他的举动大概和原始时代的野蛮人没有两样吧。

至中等到力竭气尽后，便呼呼地睡着了。他不管丽君愿意不愿意，一翻转头就睡下去了。剩得丽君一个人躺在床的一隅，眼睁睁地望着吊在天花板上的斗大的电灯。她看了一看手表，只是一点又过了三分。她决意走了，忙把短裤结好，衬衣穿好，走下床来，再把外衣穿上。她并没有什么留恋，只觉得今晚上自己太潦草了，便宜了至中。

她走出旅馆叫了汽车赶回家里来。使她起了一个极大的惊异的，是她看见梅苓一个人很孤寂可怜地拥着棉被卷睡在一张沙发椅上。在青色的电灯罩下映出来的他的脸孔，完全没有半点血色，苍白得可怕。丽君看见这样的情形，胸头像给刀刺了般的，尤其是回想到刚才自己赤条条地和至中相拥抱着的情况，更感着一种片刻不能耐的羞辱和苦楚。

“虽不会对不住丈夫，但对不住儿女是的确的了。”

她看着丈夫梅苓，觉得他不像从前那样可恨了。她只承认今夜里和至中的那种行动，是十二分对不住梅苓了。

“你此刻才回来么？”梅苓的怨叹的口气。

“你怎么也回来了？我当你是在梨花家里歇夜了。”

“不要尽说那些酸话了。我问你，到底到什么地方去来？怎么此刻时候才回来？不怕小孩子找不着你，哭起来么？”

“我自己一身都不能管了，还能管小孩子么？”她心里虽然觉得对不住丈夫，但是还尽装出强硬的态度。

“你到什么地方去来？”梅苓还尽在追问。

“说出来，你不要生气哟。”

“我生什么气呢？”

“我昨夜里找我的情人去来。”

“你的情人是谁？”

“数不尽！高兴找哪一个就找哪一个！”

“丽君，不要尽说那些气话了。我还是十分爱你的哟！”

他站起身来，扑到丽君身上去，把她搂抱住了，在她的脸颊上，嘴唇上，狂吻起来。在这瞬间，丽君也莫明其妙，她虽然觉得至中比丈夫新鲜，但是人唯求旧，丈夫还是比其他的男子可爱，比其他的男性有重厚的压力啊。她一任丈夫的狂吻，好像这样的洗礼可以减却她刚才的许多罪孽。她流着泪一句话不说。临天亮了，她疲倦极了。

十四

丽君不明白丈夫今夜里是何意思，对自己特别地爱抚。但她十分疲倦了，流着泪，因为觉着今晚上的人生的矛盾和滑稽而流泪，和丈夫敷衍了十多分钟后，便睡着了。

“丈夫如能洗心革面，从今日起不再有放荡行为时，那么自己也可以和他恢复和好的。”

她临睡时这样想。

“……但是我的身体上已经受了致命的伤了。至中那个人能够再放过我么？”她想到这点，又感着一种重大的痛苦。

“就这样地马虎下去，对丈夫为不忠，对至中又不信了。丈夫怎么不早一天来向自己忏悔呢？”

等到她一梦醒来时，已经红日满窗了。她看见梅苓还呼呼地睡着，只脚架在她的肚皮上，和平日一样的无邪而可爱。于是她更后悔昨夜里的孟浪。她轻轻地坐起来，但还是把丈夫惊醒了。

“还早呢。再睡一忽吧。”

“小孩子早起了身，出去玩了。我要看看他们去。”

“外边有娘姨看着，怕甚么？”他尽揽住她的颈项不放手。

“怎么你今天这样的讨人厌？”

“丽君，从前我恋着梨花，那是我错了。现在我后悔了。不爱她了。我们恢复从前一样的圆满的家庭吧。我以后只专为你一个女人而生活了。望你不要再出去和那些无聊的男子交游，也望你恢复从前对我的笑容吧。”

“……”

她坐在他的怀里，不转瞬地注视着地板，好一会没有话回答。她这样想，“自己虽然不一定是想和丈夫妥协，但是有了在昨夜里和至中演的那一幕，反转使她脱离丈夫的决心变钝了。”

过了一会，她觉得只有使丈夫对她取反抗的态度才能够使她对得住丈夫般的。于是她故意去激动她的丈夫，说：“我不愿再受你的怜爱，也并不是想受任何一个男子的怜爱。我深知道所有的男人都是靠不住的。你还是回到梨花那边去尽情地享乐吧。”

“梨花不要我了！”梅苓哭丧脸地说。她看见这个样子又觉得丈夫可怜。

“怎么梨花不要你了呢？”

“她爱上了杨师长的金钱。不爱我了。”

“她那样深爱你的，也居然和杨师长发生关系了？”

“是的。我昨夜里在她家里守候了三点多钟，还不见她回来，所以我回到家里来。”

梅苓再把在大东旅社看见杨师长和梨花的情形告诉了丽君。

“梨花和别一个男人发生了关系，你就不要她了？”

“是的。她没有真心对我了，还爱她什么？”他正经地说。

“……”

她沉吟着，像在思索什么事情。在精神上说，她对于丈夫仍然是恋恋不舍的。但是有了昨夜里失身于至中的一幕，她非离开丈夫不可了。

“假如我也和别一个男性发生了肉体的关系，你还能够和从前一样地爱我么？”

“丽君，*My Dearest*，不要说笑话了。你决不是这样的女人。你对社会是有相当的认识。我是深相信你的。”

“不管我是怎样的人，我只问你假如我真地和别的男性发生了暧昧的关系时……”

“那我更加恨你哟！比恨梨花还要更加恨你哟！”

“……”

她的圆圆的脸儿不禁红涨起来。不一会，几颗泪珠挂在她的双腮上了。

“阿三仔要妈妈呢。”

听见娘姨抱着最小的女儿从下面上来。丽君忙离开了丈夫的怀抱。丽君把阿三仔接抱过来时，又洒了几滴眼泪。

“阿大，阿二呢？”她问娘姨。

“到法国公园玩去了。”

“阿桂看着他们去的么？”

“是的。”

阿三仔给母亲抱着，便止了哭。

“过来给爹爹抱一抱看。”

梅苓坐在一边，看见阿三仔满可爱，忙伸出双掌来向着小女儿拍了一拍。

但是阿三仔，呀地一声，忙躲到一边了。

“三个小孩子也全不认识你。你哪里有资格配做父亲呢？”

丽君以怨怼的口气对丈夫说。她说了后，抱着小女儿走向洗面间里去了。

梅苓想，不能再睡了，也走下床来，把外衣服穿上。这时候忽然听见娘姨又在下面叫起来了。

“少奶奶！”

“啥事体？”

丽君口里还衔着牙刷，从洗面间里走出来，向楼下问。

“有客来了。”娘姨的回答。

梅苓听见有客，很担心是从梨花那边打发来的人。同时丽君的胸口也在拍拍地跳动，她猜一定是耿至中无疑了。

果然，耿至中不客气从下面跑上楼来了。他也完全没有预想到梅苓竟在家里。

“啊！*Mr.*李，没有出去么？”

至中有点不好意思，好容易才问了这一句。因为有昨夜里的经过，他的脸上表示出一种胜利之色。

“我们才起身，还没有洗刷。请到楼下坐一坐吧。”

梅苓知道至中是为他的妻而来的，但也不便怎样，只叫他到楼下去坐坐冷板凳。

“……”

至中不回答什么话，他只以有意思的眼色看了看立在旁边的丽君。丽君脸红了，忙向他做了一个媚笑。

“耿先生不是别的朋友，同自己家里人一样了，请到我们房里去坐吧。不过还没收拾，凌乱得很……”

丽君却要至中到他们寝室里去坐。他也不客气地持着手杖摇摇摆摆地走进他们寝室里来了。他看见丽君才起身来没有修饰的姿态，更加动人。若不是梅苓也在房里，他真要扑到她身上去了。

当梅苓走向镜台那一边去时，丽君便伸出左手来捏了捏至中的右腕。他也乘势捏了她一把。但不一刻她看见镜里面的丈夫的脸苍苍地沉下来了。他俩忙敛了笑容。

梅苓板起脸孔走向洗面间里去了。丽君把阿三仔安置在沙发椅上后，便走过来搂住了至中，拼命地亲吻。连她自己也捉摸不住自己是什么心理了。

昨夜里和丈夫接触时，便后悔和至中草率地结了关系。但是今早晨一看见至中，又觉有无限的情热没有宣泄般的，比新婚的夫妻还更有意味。在学问上，人格上及外貌上，至中不见得高于梅苓，但是在性的一点，她像做了他的奴隶了。因为至中对她的蹂躏，实在比梅苓刻薄，比梅苓残酷，这反转使她不能离开至中了。梅苓只以至中对丽君的手段对梨花，不敢以之对妻子，这更使丽君对梅苓失望。因为梅苓常两三个月来不回家来，有时回来，她仍不能获得强烈的性爱的刺激。所以丽君的心也就渐次地远离她的丈夫了。

他俩相拥抱着热烈地接了一阵吻后，至中问她，“下半天能出来么？最好今天我们到新新酒楼吃中饭。”

“让我想想看。”

“要快点决意。等下他回房里来了，不好说话。”他催促她。

“可以吧。”

她微笑着说。她骑在他的膝上，再和他接了一个吻，便站起身来过去抱阿三仔。因为那个小女孩儿等她的母亲等得不耐烦，哭起来了。

听见梅苓在室外的脚步声，至中再在丽君的苍白颊上吻了一吻后，对她叮嘱了一句，“十二点，至迟十二点半，一定要来哟！”

“……”

她抱着阿三仔只点了点头，报了他以一阵有深意的媚笑。

梅苓一进来，还是目光四射地在侦伺他们的举动。至中看见这个情形，便站起身来告辞。这正合梅苓的意思。

“那个痰火鬼，真不自重，时常走来。不要把肺痨病传染到我们家里来了！”梅苓看见至中走后，故意这样说。

“他的身体这样白胖胖的，也有肺痨病么？”

“那是遗传病。他的父亲是患肺痨病死了的。他也患初期的肺病，哪一个不晓得。”

“……”

她听见了后，一时又无话了。尽站着发痴。

“今天有太阳了，天色好些。丽君，我们到公园去走走好么？”

他拼命地想去挽回妻的心。但丽君仍然像没有听见他的说话。

“怎么样？”

她虽然抱着阿三仔，但给他拉到沙发床边来了。他再要求亲吻。

“可以么？”

“不是你的老婆么？谁拒绝过你来？”她说着又掉眼泪了。

“怎么？我看你心里定有不快意的事，快点说出来，我可以替你排解。”

“……”她只摇摇头。

梅苓捧着妻的脸热烈地接吻。

“你不要把至中的肺痨病菌传染给我了。”

梅苓故意和丽君取笑。这可把丽君激恼了。

“放屁！你莫要把梨花的病菌传染给我了。”

她说着站了起来，急得梅苓也跟着站了起来赔礼。

“我是说笑的。何必这样认真起来生气。”

“好了。你不要尽在家里麻烦我了。你看你的梨花去吧。”

“我看你多喝了那个肺病鬼的口涎，便发疯起来，不顾丈夫儿女了！”梅苓恨起来了，骂了妻一句。

“你先不要妻子，此刻也有资格骂人么？你会找你的情人，怎么禁得我去找情人呢？”

“你真地和耿至中有了关系么？”

“你一点丈夫气都没有！你管我和他有关系没有关系怎的？有了关系又怎样？没有关系又怎样？”

“有了关系，我就和你离婚！……”丽君不等梅苓说完话，便哈哈地笑起来了。

“求之不得！”

梅苓看见丽君的态度这样倔强，知道硬说下去就要决裂了。

“过去的事彼此都莫责问了。丽君，我们恢复从前的和暖的家庭吧。”

梅苓坐在沙发上，低下头用左手的三根指头支着额，发出哀音来了。丽君看见丈夫这样可怜，一时不知道要如何回答的好。过了好一会，她唏嘘地流泪了。

“我想我和你到了这样的状态，还是分手的好。”她说了后，拿了一方小手巾来揉鼻孔。

“什么？丽君，你说的是什么话？”梅苓颤声地说。

“一切话也不必说了。我也不责备你了。你也莫来干涉我。总之，你离开了我，可以做个自由人。我离开了你，也可以做个自由人。彼此恢复了自由，才是幸福的。”

“那你想错了，以后要后悔的。”

“或许是想错了。但这是应各人的主观而不同的。在我不觉得是怎样错的。我忍耐着等了你六七年。但是到了今天，是无法追救了。”

“怎么到了今天，便没有方法追救了呢？我可以不问你的过去，只要你今后做我的贤夫人就好了。”

“所以我要和你离开。因为你从来只是自己打算，只知利己，以为女子是完全应当为丈夫牺牲的。”

“但我不想离开你，丽君！”

“那是我一个人想离开你了。”

“不是双方同意，所以希望你能反省一下。”

“老实说，在两天前我还是不想离开你的。经近两天内的反省，才知道要离开了你，彼此才有幸福。因为这件事我苦想了几天，连头脑都想痛了。”

丽君的声调含蓄着有无限的愤恨和悲哀，颤动得很厉害。

“为什么要这样苦想呢？”

“社会上谁都知道我是你的妻。但是数年来，我不是只担个虚名么？我想连这个虚名都不要了。我本来不想这样快就离开他们兄妹三个，到了今日，为我个人的前途计，我不能再等了，不能不离开他们小兄妹三个了。所以我苦想了几天……”

丽君呜呜咽咽地哭起来了。

“那是你的误解。我在过去虽然有些地方对不住你，但照现社会的习惯说来，我觉得决不是会引起你和我脱离的一件大罪。所以我希望你要把度量放宽大一些，我以后也多多留神些就好了……”

“你的话听来也是一篇道理。不过那是你的主义。你是看重现社会的习惯的。至于我是想打破现社会的习惯的。我要信从我自己的主义。你不能使我屈从你的主义。所以一刀两断，决决绝绝地两不相涉最好……”

“丽君，你还得再深想一番。不要潦草地干了，到后来翻悔。我因为在外面做事，当然不能专为一个家庭，还要为国家，为社会，所以有些应酬和交际。譬如我和梨花的事，也不过是想从她多认识几个党国要人而已，何尝是真心爱她。因为她手段高明，交结有不少的名流和要人，有时候要利用利用她而已。丽君，我还是真心爱你哟！”

“……”梅苓的辩解，对于丽君的燃烧着的愤恨的心火，还赶不上半滴雨水的效力。她只当丈夫的话不过是一种空虚的音响。

梅苓看见丽君不回答，以为她是有些转意了。忙拉着她的左腕，再要求和她接吻。

“快不要做这样的丑态！”

丽君像忽然地想着了什么事，十分嫌厌她的丈夫了。

“不情愿么？这是爱的表示哟！昨夜里好好地亲热过来，怎么至中一来过后，又变态度了？”

“不是真挚的爱，假亲热，多么难看呢？”

但是梅苓仍然过来想搂抱她。丽君抽身站了起来，一阵热泪又扑扑簌簌地掉下来了。为什么会落泪，丽君自己也莫明其妙。她也恨眼泪流得太唐突无理由了。若梅苓当自己还是为在恋留着他而流泪，岂不是大笑话么。

梅苓看见丽君在流泪，以为有转机，更加柔声下气地劝慰她。她看见丈夫那样柔声下气的丑态，心里更厌烦。

“你无庸对我谢过。我对你也没有什么过失。不过我的感情早离开你了。”

丽君说到这里，免不得想到昨夜里和至中在*Astor House*里的狂热的情景。于是又觉得自己的内心未免太丑恶了。

十五

到了十二点钟时分，娘姨来报告愚园路那边差人送有信来。梅苓听见忙跑下楼去，不一会走上来，就拿帽子，穿外套，说要出去一趟。这更给了丽君以一个口实，使她理直气壮地到新新酒楼看至中去了。

她和至中居然成为恋爱同志了。她觉得和至中的关系决不是丑劣的，而是宿命的，必然的，自然的。在新新酒楼算是第二次的拥抱。但他俩都感到像是有数年来的旧交了。他俩互相搂着亲吻，并不感着半点脸热。他俩在这样的新境遇中，也不会失掉他们平素的镇静，总之，他俩对于这样的密会的态度，是极安闲的，大胆的。

最后至中对她说，常常要到旅馆去是不很方便，也不甚经济的。他希望她至少能隔天到他的寓里来。他在蒲柏路的一个白俄的家里租有一间*Boaardingroom*，是个适当的幽会的场所。当然丽君答应了。

“每天坐黄包车来好了。要车费我先给你几块钱吧。”他笑着对她说。

“谁要你的钱！……车费要得了多少钱呢？”

她虽然镇静地说，但不免感着多少耻辱。

到了夜间十点多钟，他们都气疲力竭了。至中才叫了汽车送她回家里来。她看见阿大一个人还没有睡，在垂着泪等她。她便起了一阵心痛，登时流泪下来。

他们的计划就这样地决定了。差不多是她天天到他寓里去。半个月之后，他的卑猥的态度，狞笑着在期待她的态度，虽然会引起她的一种肉的刺激，但同时也给她以一种精神上的痛苦。

到后来，她不得不由他接受他的五十元的津贴了。名义是给她祝寿，买衣服和皮鞋赠给她。接到了他的津贴，使她的精神上更感着痛苦，而他对她的态度也更猥亵，更倨傲了。

“自己完全是一个青楼中人了。”

她暗暗地叹息。她想最后的方法唯有向社会和他正名义了。

至中像没有什么诚意和她过永久的同栖生活。他像依恃他的强烈的野性和坚韧的腕力，可以征服她。的确，睡在他的腕中的她，真是丝毫动弹不得。他的这些深刻的态度，也促起了她的自暴自弃的反作用。

她每当从黄包车跳下来，一踏进那家弄堂时，胸口便突突地跳跃，下腹部里面也像有个涡流在不住地回转，周身都给一种情热包围住了，敲了敲他的房门。

“是哪一个？”至中在里面一定不忙开门，先要这样地问。

“是我！”她当然要颤声地回答这一句。

门便开了。看见他的那样猥鄙的状况，她自然地要急急地把房门闭上。

他像死尸般地躺在床上，她只能向着他苦笑，禁不住走前去搂着他的颈项。满房里登时飘散着微温的粉香，和反射着的雪白的肌色。

经过了半个多月的接触，至中才发见这个做了三个小孩子的母亲的丽君还有这般的美丽，也不曾预料到她会这样的*Active*。她以同样强烈的反作用伸出双腕来搂抱他，她的脸上也同时发出有光艳的微笑。有时她像狂人般的紧紧地抓住他，她的态度愈狂热，愈使他觉得她可爱。柔润的红唇，闪光的星眸，富有曲线的胴体，像蚯蚓般地转动，更促动了他的凶焰，同时也可以说从她的肉体内迸出火焰来迎合。在她只有燃烧着般的血潮，紧迫着的神经，腾沸蒸发着般的气息。她的狂热，真是他所预想不到的。

她早现出了她的娼妇的本性。他的肉身只是做了她的情热的导火线。他常常在逸乐中满足了后，才开始受她的袭击。在数年间潜伏着的她的情热因他的撩拨，像火山般地爆发出来了。

至中当然只当她是一个情妇。但这种态度使她感到他的双腕比梅苓的更有气力。他的动作比梅苓的更为强烈。他的举动虽比梅苓的猥鄙，但更有深味。总之，和这个情欲强烈的男性接触之后，她的心理和生理上也起了激烈的变动。神经锐敏的女子的一切本能性，以从来未曾有的威势激发出来了。

在她的纤瘦的苍白的身体中，常常涌着狂热的波浪。有时候她是像十二分无耻的，先暴露出她的全体来，由她的头部至足部都发生一阵神秘的战栗。连他看见，也有时会替她脸热起来。

他终于感着疲倦了。但他怎敢对她直说呢。他仍然要和她敷衍。他觉得从前的几个情妇并不像她那样露骨，那样*Active*，他渐次觉着接吻之无味了。不过对她仍然保存着几分的享乐的好奇心，所以他还没有辞退她。他也曾自动地向她请求过三五天的休息，他确有些厌倦她的素体了。但是寂寞地过了二三天后，又会像醉人般地思慕她的热烈的亲吻。

结局他战败了。他的战败使她回忆到她的丈夫所说的话，他是患初期的肺痨病者。但他病了十多天后，又继续他们的幽会了。她在赴他的寓所的途中，坐在车子上这样想：

“我们的关系虽然达到相当的程度了。但彼此还没有接受对方的全部。这恐怕不能持久的。今天还是要向他提出最后的商议才可。”

但是到了他寓里，幽会还是和日前一样在暗默中举行了，不知是什么理由，她今天对他总是怀着一种恐怖。她只默从了他的要求，没有日前那样的兴趣了。

事后她还伏在他的胸膛上喘着气说：

“至中，我们往后怎么样？不是要想一个办法么？”

“是的，该想一个办法的。你的意思怎样？”

“你呢？我是个女人，有什么办法呢？只有跟着你去。”

“我不是早说过了，我们到日本去暂住一两年么？不然，就到香港去。”

“你是真心为我的，是不是？我为你牺牲了梅苓，牺牲了……”她吻着至中流泪了。

“此刻才来说那些傻话么？只怪你舍不得小孩子。不然，我们早到日本去了。”

“我只想带阿三一个小孩儿和我们一块儿走。”

“那不能够。我顶讨厌小孩子的。有了小孩子，我们还希望什么幸福，快乐？为小孩子牺牲了自己，是再蠢不过的事。”

丽君低垂了颈项，没有话回答了。阿大，阿二，阿三三个小孩子的不住地转动的巨黑的瞳子立即在她的眼前幻现出来。她忽然地悲伤起来，快要流泪了，忙极力忍住。

“我此刻是世界上最可怜的人了。假如你又丢了我时，梅苓虽然没有和我决绝，但是我已经和你结上了这样深的关系了，还能够回到梅苓的怀里去么？”

接着她又告诉他自半个月前以来，她完全拒绝了梅苓，不准他侵犯她了。这完全是为他啊。

“你们不是夫妻么？我不相信！”至中以说笑的口气说。

“啊！你这个没良心的人！”

她伸出右掌向他的左颊上批了两下。过了一会，她再问他：

“怎么样？我们要快点决定主意。”

“有什么怎么样？走就是了！我们还是先到日本去逛逛吧。等我明天到书店里去叫他们往后把我的稿费版税寄到日本来。我还要和书店订一个特约。我们以后的生活费才有着落。"

"我只是佩服你，单靠一枝笔，能够有这许多收入啊。"

"那是靠不住的。"

"比做官的靠得住吧。"

"最好是做官，一点不费力的，可以挣大宗的款。在中国最好当军阀，其次当官僚。无可奈何的知识分子才靠笔吃饭。哪能长久靠得住呢？"

给至中这样一说，丽君又悲观起来了。在从前，她只听见一般人的批评，至中是中国的戏剧大家，替影片公司编一部剧本，便有二三千元的报酬。每年写二三部剧本，就可以过极舒服的生活了。现在听他说来，又好像极困难的样子。

"听人家说，你的剧本很值钱，至少每部也有两千元的稿费。"

"话是不错。但要有人向你买。近三年来，我只卖了两部剧本。的确，有一部是三千元的，但是那一部只卖得一千二百元。三年间仅靠四千二百元，哪里够用呢？所以我近来的生活，还是靠零星稿费，和从前所写的一二部书的版税。"

丽君想，尽谈论这样无聊的经济问题是没有意思的，反转减少了两人间的热度。她只要求他早日带她离开上海，不论到日本去亦好，到香港去亦好，她实在不愿意再和梅苓见面，也实在不好意思再和梅苓见面了。

在临走的前晚，为三个小孩儿整整地哭了一全夜。她写好了一封信，在乘船东渡的一天，投邮寄给在南京的梅苓，说明她跟至中东渡的理由和经过。

十六

至中和丽君自东渡以来，倏忽又三四个月了。至中从前来过日本一趟，在东京住有一年之久，知道东京烦杂，不便读书，所以带着丽君在京都近郊租了一家小平房，度同栖的生活。

三四个月来，每天过的都是热烈的拥抱的生活。丽君改穿了日本式的衣服，又另具一种风致，把至中的次渐颓丧的热情挽回了好些。

京阪神一带的名胜都游览尽了。吉野山和岚山的樱花也散落了。季节已经入了乍阴乍晴的初夏期。丽君也渐渐觉得两人的生活一天一天地平凡，每日只是烦闷多而欢乐少了。她的日常正经生活，除替至中抄誊稿件之外，便是烧饭和洗衣服。最初是以一种好奇心从事的，过了二三个月之后，就感着疲劳和痛苦了。

“我们雇用一个下女吧。”

有一天丽君告诉至中，她的腰部有点酸痛，大概是因为烧饭洗衣服，多蹲了时候。

“经济上不容许我们啊。”

给至中这么一说，丽君便想起两星期前，他把译的一篇二十余万字的稿件寄往上海书店去，昨天由邮局退回来了。这可给至中一个大大的打击，在邮局里的存款只有七八十元，是她所知道的。她也曾为这件事担心，因略提出来向至中说过。但听他的口气又像一点不忧虑，很有把握般的。她又想，自己的私蓄三百多元，也为两人的生活，早用完了。最初同逃出来时，决了心什么都可以为他牺牲。但是到了今日，觉得她自己的三百多元，只是奢侈地花了，一点不切实际，实在可惜。这些本该由至中负责的。

还有一件事足以使丽君抱悲观的，是由近来和至中的接触，知道他是患了什么毛病，已经传染到她身上来了。天气渐渐地热起来了，她也愈觉得身体不如从前了。不单腰部常常会酸痛，近来下腹部也时时隐隐地作痛了，多行了几步，便像会掉下来般的。至于头脑，差不多是每天都在发晕，晕得什么事都不能做。她早想到大学病院去叫医生诊一诊，因为她有一个同乡在京都帝国大学医科研究，劝过她要早点治疗，等到日后病势重了时，反为麻烦。

她便和至中说了。但因为一时经济的拮据，至中不说可以，也不说不可以。

她的提议就在暗默里打消了。当然，她心里头是十分不愿意的，觉得至中对她的健康太不经意了。同时，每天又还要操作，烧饭，洗碗筷，抹台席，洗内衣服，劳作得不堪时，她便不免有几句牢骚。

“像你这样不能同甘苦时，就请你回上海去吧。每天总是这样嗟声叹气的，妨碍了我的研究工作。我堂堂一个男子汉，怎能够单给一个女人歪缠着，每天说婆婆妈妈的话呢？”

“……”

她给他这么痛骂了一番，伤心极了，一句话也不能回答，只低着头一面流泪，一面洗他的内衣裤。她的头脑内部，便像给铰剪刺着般地激痛。

吃过了午饭，至中穿得十二分漂亮，说要到图书馆去查查参考书。但她不相信，她知道他又是和他的一个朋友，在大学文学部选科念书的姓郭的一同到什么歌剧场去看歌舞女优。至中近一个月来，每从外面回来，高兴时便会搂着丽君对她说他今天看见了如何美丽的日本女优，又在浴堂里看见了如何漂亮的裸体美人。丽君听见，心里便没有好气，因为他在形骸上虽然是拥抱着她，但他的精神却飞向到那个美丽的女优和那个裸体美人身上去了。她想到这层，真想一手把至中推开。不过一想到这定会引起两人间的风波，结果徒增长自己的懊恼罢了。于是又忍耐住了。

她一声不响地望着至中出门去了。从前他一个人出去时，定要和她亲一个嘴的。近两个多月来，他俩不再行这种仪式了。她把小矮桌上的碗筷收拾到厨房里去后，只堆在一隅，也懒得下手洗了。在矮书桌前痴坐了一会，阿大，阿二，阿三的可爱的脸儿一个个像走马灯般地轮着在她眼前幻现得十分明显。她禁不住伸出双手来想去抱阿三，却搂了一个空，她便呜咽地哭出声来了。

自跟至中出来，从没有思念过那三个可爱的无邪的儿女。在夜里因为有至中睡在身旁，也不曾有一次梦见过他们三个小生命。不知为什么缘故，今天竟深刻地思念起他们来了。

“啊！放荡的爹爹先害了你们！残忍的妈妈又丢了你们走了！你们此刻在啼哭着想你们的妈妈吗？你们乖乖地长大起来吧！残忍的不中用的妈妈，你们莫去想她了啊！阿大，阿二，阿三哟！你们知道你们的妈妈在什么地方么？你们的妈妈走后，爹爹还是一样地不理你们么？……”

也是两个月以前的事了，他俩的性生活早过得厌倦了。有一天她看见他和她接了一个吻后，就是一个呵欠。她看见这个情况，便感着无限的悲哀和寂寞。

“如果你可以答应我时，我真想设法托人向梅苓交涉，把阿三要了来，我们也热闹一点。”

她苦笑着说了后，便感着一种惭愧，同时希望至中有个回答，不能作肯定的回答，就给她一个否定的回答也好。但当她望见他的脸色时，她便感着一种极大的侮辱和绝望。因为他听见她的说话后，登时沉下脸来，等了好一会，才略抽动一抽动他的鼻孔，嗤了一嗤，一句话不回答，脸色像将枯的荷叶般的苍黄。

她又觉得梅苓说的话也并不是造他的谣言了。她近来常看见他一面写字一面干咳，也时常闻着后他的气息发出一种恶臭来。

“和梅苓同栖，尚且难全始全终。和这个病人同栖，还希望白头偕老么？”

她坐着痴想了好一会，下腹部忽然抽动了一下，便起了一阵腹痛。她忙跑进厕所里来，在厕所里蹲了一会，淅淅沥沥地下了一阵液体。她忙低下头去检视一下，是一种黄白色的粘液，还混有些像蛋壳蛋白间的皮膜一样的白膜片，同时发散出一种奇臭。她看见后，又起了一阵昏晕。她快要昏倒在厕所里了。

好容易才收拾干净了，企起身来，就听见门首有客来了在叫门。她忙伸手支在墙壁上，慢慢地从厕所里走出玄关里来。

十七

来客不是别人，正是她的同乡严子璋，在医学部附属病院研究的留学生。她勉强支持着，请他到里面房里坐下来。又忙到厨房里去，说要烧开水。幸得严子璋拼命地止住了她。

她觉得在这世界中，对她最亲切最关怀的只有这个同乡了。异域飘零，已经有无限的伤感，兼之所遇非人，一误再误，终至精神和肉体双方都受了极度的痛苦，在这样悲惨的境遇中，忽然得到这个驯谨质朴的青年的慰藉，她就有些像久旅沙漠中的队商，忽然发见了清泉般的。

她当然把她近来的苦况告诉了他。同时因为他是医生，也把她的不堪告人的病状告诉了他。

“女人的血液循环不良，常常会引起这样的毛病。或许是你身体太弱了。我替你诊察看看好么？”

严子璋虽然断定她是从至中染到了不良的性病，但不便唐突地就说出来。第一是怕把她吓倒了，陷于绝望，会引起难预料的悲剧。第二怕给至中知道了，怀疑他是离间他俩的感情。

“那谢你了。”

“请你躺着，让我诊察你的胸部，看肺部有没有障碍。”

她是穿着日本服，要解开胸部来虽然不算麻烦，但觉得单和一个青年相对，要袒露出胸部来，未免伤了她的尊严。她红着脸，踌躇了一会。

“如你不愿意，我也不敢相强。最好你和至中一同到我们病院里来诊察……”

严子璋一面说，一面把才取出来的听诊器再纳回衣袋里去了。她想，好几次对至中说了，要他带她到病院去诊察一回，但都给他不置可否的态度打消了。她的身体确是一天不如一天了。有了健全的身体才能够谈其他的事项。还是信赖这个青年医生，把身体调治好了，再说吧。

“不是不愿意，不过怪难为情的。”她红着脸向着他笑。

“我们当医生的是看惯了的，一点不觉得什么。有病怎么可以秘密不给医生诊治呢？”

他苦笑着说。

“是的，只要病能够好。”

她说着，躺在土席上了，也自动地解开了作Y字形的襟口，雪白的胸脯和双乳便露出来了。严子璋以严肃的态度，听诊了一会，又在胸坎处按了几按，敲了几敲胸骨后，她便把胸脯掩起来了。

“肺部没有问题……”

他才说了一句。她便坐起来接着说：

“我想定是生殖器官患了什么毛病吧。”

她这时候的态度却一点不会害羞了。

“但是，你们不会患这些毛病的吧。你们结了婚几年了？”

她和严是在故乡小学校时同过学来，自她跟着父亲出来上海后，和他一别二十年，没有会过面，此次在京都，还是先由他认识至中，以后才会见她，互谈到过去的事，才知道两人是幼小时代的同学。但他还不知道她是有前夫李梅苓，做过三个小孩子的母亲的女性呢。

“有四五年了。”她含含糊糊地回答了这么一句。

“你们结婚后生育过来么？”

“……”

她沉吟了好一会后，才摇了一摇头。

“那你们间，一定有一方面身体上有障碍的。”

“什么道理？一定要能够生育才算是健全的身体么？”

“男女双方，如果是常态的身体，应当生育的。不能生育，当然是身体上有障碍了。”

丽君想，自和至中同栖后，身体便一天不如一天。据严子璋的说话，一定是从至中身上传染着什么病毒了。

“一念之差，铸成大错了。都是那个鼎鼎大名的戏剧家易卜生害了我了。没有念他的《傀儡家庭》，自己决不会丢了丈夫，丢了小孩子和他逃出来的。”

她这样地想了一会。忽然流出眼泪来了。

“怎么忽然伤心起来了？”

严子璋看见她双腮上垂着泪珠，惊异着问她。

“没有什么。”她摇了摇头，不便告诉他，她是在思念小孩子呢。

“你定有什么心事，何妨告知我呢。”他以诚恳的怜惜的口气问她。

“我想回上海去，我住在这里，寂寞得不耐烦了。又不懂话，一点意思也没有。天天坐在这间小房子里，像坐牢般的。”

“的确，你们回上海住，还便宜些。至中又不是进了正式的学校。他只想在这里抄抄书罢了。其实回上海去还是一样可以抄的。金价又高了，要由中国汇钱到这里来，真不容易啊。”

“他天天只是迷恋着日本的女优，款也不打算筹，书也不打算抄了。”

“你还是在这里把病治好了后再回上海去吧。有了病，什么事都做不来了。”

“我近来对于什么事情都是悲观的。大概也是因为身体有病吧。”

他们便商量定了，明天他来伴她到大学医院妇人科去诊察，看患的是什么病症。

第二天，在医院诊断的结果，是子宫内膜炎。病源是由于感染了淋菌。这是在显微镜下检查她所下的黄白色的粘浆证明出来的。

严子璋站在一边，帮忙一个医生替她检验局部，她已经十分不好意思了，忙翻过脸去，不敢望他的脸。及听见他讷讷地告诉她，她是患性病时，她更难堪了。当时的感情，有点像听见裁判官对她作死刑的宣告。

医院方面告诉她，最好是住院才容易治疗。因为这种病，要多多洗涤。每天来一次总不大方便。并且多走动，多坐车，也于病症不利。严子璋便把这个意思翻译给她听了。

“让我回去和至中商量了后再决定吧。严先生不是别人，对你说也不要紧，我们近来的经济状况实在太困难了。”她说着眼泪便从眼眶里滚下来了。

“每天到病院去诊察和住院费用，所差无几的。如果至中的手头上不便时，我替你先垫些出去吧。”她听见忙向他鞠了鞠躬，表示感激他。

“你主张我住院？”她再微笑着对他说了这么一句。

他送她回到家里来时，至中又不知到什么地方去了，不在家里。他坐了一会，把关于这种性病的注意及调养向她说明了。她只脸红红的低垂着透明的颈项听。听到有些不好意思的地方，便不得已望着严子璋笑了一笑，骂他讨人厌。

严子璋临走时，还向她叮嘱了一句。

“医生至嘱我要告诉你，患了这种病症，再和至中亲热不得，要节制一下才好。”

她听见又脸红起来，再骂了他一句讨人厌。严子璋走后，她便一个人在沉想。

“莫非他也对我有什么分外的怀想？”

她想象到那一点，便感着半分得意，半分羞愧。

“不。决不会有这件事的。他是个医生，又明明知道我是患了这样的传染病，他还会思念我么？”

她一想到这层，又像受了一个大打击，十二分地失望了。

但是她自从那天以后，每日都会思念严子璋这个人了。又相隔天数太久不能和他会面时，便感着一种寂寞和焦躁了。

“这样的心理状态莫非就是恋爱的表现？”

她一个人在思疑。于是她觉得严子璋的诚恳的质朴的女性般的温柔的性格，真是十二分的可爱。

到了夜里，当至中向她要求时，她便恨恨地斥骂了他一番，并要求他要负责送她进病院去疗养，否则她唯有自杀了。望着丽君在不住地啜泣，同时回想到去年春他自己在上海每天到一家专门花柳病的病院去治疗性病的情况。他还不是个中国今日最新的军阀官僚全无心肝的人，也承认害了丽君的实在是他自己，故他再无勇气为他自己辩解了。他承认了她的要求，赞成她第二天就搬进病院里去。

“离开了她，自己也可以更自由地尝尝日本女子的风味啊！”

他当时又发生了这样的欲念。于是他说笑般地问她：“你进了病院后，容许我和日本女子交际交际么？”

“我再没有心绪管那些闲事了。我是在半死状态中的人了！”

她再流泪了。大概又是思念着在国内的阿大，阿二和阿三吧。

第二天上午，她进了病院。在病院中住了三四天后，就听见至中把住家解散了，改住在一家下宿屋里去了。

十八

丽君在病院里住了两个多星期了，子宫病的经过颇良好。子璋每天或在上午，或在下午，一定会来看她一次，安慰安慰她。至中最初一连五天，每天下午都来看她一次，过后便是隔天来一次了。到近来，一连四五天都不见来看她了。

有一天下午，子璋走了来。在丽君的病室有两张病床，她初进来时，只她一个人。但在前天，又来了一个病人，于是她有个病室的同伴者了。子璋和她说话时，也感着几分拘束了。

“今天他来了么？”子璋在她的病榻前坐下来时，便这样地问她。

“还不见他来。”丽君回答了后，微微地叹了口气。

“一连四天不来了。”

子璋的心理半是希望至中永久不会来看她，半是担心至中是因为看见他和她接近得太密了，恼恨起来，索性不理她了。

“连今天是五天了。……他不来也算了！”

她最后以愤慨的口气说。但说了后，还是流泪。

他真想不出什么话来安慰她了。

前天才搬进来和丽君同病室的是一个十六七岁的日本女子，她的眼睛巨深，脸色红润，完全不像一个病人。但是双颊部异常瘦削，表示出一种哀伤的面影。

“她也是患性病的么？”丽君低声地问子璋。

“不。她患心脏病。”

子璋略翻过脸去望了望睡在对面病床上的日本少女，看见她也在睁着巨眼不转瞬地望着他俩。

“这么年轻，就患了心脏病，真可怜！”他叹了口气。

“你对女性真是多情啊！”丽君笑着对他说，子璋忽然脸红起来了。

“有病的人是应该对她同情的。”

“做你的老婆的人，一定是很幸福的。”

丽君说着注视了他的脸一会，等到他的视线转向到她脸上来时，她又低垂了颈项。病室里沉寂得像荒山中的古寺了。连低微的咳嗽都听不见。

“你有工夫要多来看我啊，严先生。我一个人在这里，真是寂寞得会害怕起来。”

过了好一会，她又这样地破了沉寂。

“好的。你如不讨厌我时，我定来的。”他微笑着说。

“……”

她只恨恨地看了他一眼，接着又垂下泪来了。他忙握着她的只手道歉。

“如果我的话唐突了你，请你恕宥我，不要生气。”

她给他握着手，一句话不说。其实她是无话可说了。她对子璋只是满腔的感激和爱慕。但这样的心情怎么能够对他说出口呢。她只恨自己是多经了风尘，不是个健全的纯粹的女性了。还有什么资格去爱像子璋一样的纯朴的学生呢。

他俩还紧握着手，忽然听见有人在病室外敲门。子璋听见敲门的音响，胸口比丽君的更跳动得厉害。他想，这个来客一定是至中了。他忙离开了座位，跑到门边去，把门扉打开。站在他对面的，果然是耿至中。

“恰恰好，严先生也在这里，给我猜中了……”

至中一看见子璋，便高声地这样说。子璋只觉得他的话中是有刺的，自然地脸红起来了。

“像我患了这样讨厌的病症的女人，你还怀疑我有什么吗？”

丽君沉下脸来向至中发牢骚。她一面流泪，一面继续着说：

“我不会说日本话，严先生不来招呼，不来当个翻译，叫我像哑巴般的住在这里，怎么样呢？”

“不要发牢骚了。谁会怀疑你什么呢。你近来总是这样多心的。”至中忙苦笑着安慰她。

“我不知要如何地报答严先生才好呢。”

丽君揩了揩眼泪后，半像对子璋说，又半像对她自己说。

“应当报答的，应当报答的。由你的意思去怎样报答吧。”

至中的这句话，在丽君和子璋听来，又有些刺耳。

过了一会，至中才告诉他们，他明天即赴神户搭“上海丸”回国。因为有一家大学聘他去当文学教授。他回上海去后，自然把丽君的住院费寄来，并且托子璋要多费心些替他照料照料。当然，子璋也不能推辞。

“我的病好了，退了院时，怎样呢？”丽君的态度还是很不高兴的，这样地质问至中。

“回上海来就是了。动身前，打一个电报来给我，我会到码头上来接你的。”

丽君因为近来日见倾心于子璋，更觉得至中是满身俗气，满身病毒，也打算把疾病治疗好了后，不再和他亲近了。

“你一到上海后，就至少要汇百元的日金来给我哟。”

当至中临走时，她再叮嘱了他这一句。子璋当他们夫妻有什么秘密话要说，忙退出病室外去。他站在室外的廊下，便起了一种想象，即他俩最少在相搂着亲吻吧。于是子璋凭空地起了一种无名的嫉妒。

“糟了，糟了！我陷入情网里去了！”子璋在暗暗地叹息。

至中走后，又过了两个多星期，果然不失约地寄了百元日金来。丽君便把全数交托子璋了。

“你替我保管着吧。我住在这里不要什么钱用。住院的用费，还是要拜托你替我清算呢。”

子璋想，她说的话也合道理，于是无形地便替丽君负上了经济的责任了。

丽君住院快要满两个月了。据主管的医生说，不久便可以退院了，最多只要两个礼拜丽君也觉得身体精神比从前好得多了，不会天天头晕了，也不会天天腰痛了，当然也不会再下那些黄白色的肮脏的粘液了。她的身体一恢复了健康的状态，对于世事又有几分抱乐观了。她每天所抱的希望就是和子璋间的恋爱的成熟。她也明知子璋是在思慕她，不过她又担心日后子璋察觉了她是一嫁再嫁之身，兼之患过了性病，不知能否和她结婚。所以她近来只为这件事焦心了。

“严先生，我什么时候可以退院？”

“你的病已经算完全恢复了。要退院马上也可以退院。不过医生说，多洗涤一两个星期稳当些。”

“真地完全好了，我的病？”她喜欢得流下眼泪来了。

“我天天看着你的，怎么不晓得。”

丽君想到子璋天天在看着她的局部的治疗，便羞得满脸绯红了。

“做医生的人，都是坏透了的！”她仍然红着脸笑向他说。

“怎么说？”

“当我治疗的时候，你们不是在笑着说许多话么？真是岂有此理！”她装出恼恨的样子看了他一眼，她的视线像会钩人般的。子璋便坐到她的床沿上来了。幸喜那个患心脏病的少女出去了，不在病室里。

他再抚摸着她的曾经他抚摸过几次的皓腕。

“你退了院，就要回上海去么？”子璋问她。

“不。没有伴，我要等你一路回去。”

“我要考完了毕业试，再等一二星期，领得文凭后，才动身哟。”

“就等到明年，我也情愿。”

她说了后，斜睨着他一笑。他俩都不约而同的脸热起来了。他待对她有所表示，那个患心脏病的日本少女已经推门进来了。

十九

子璋因为要领毕业文凭，在京都尚有一月的勾留，不能就送丽君回上海去。而至中自从那回寄了一百元的日金和写了一封微温的信来后，便无消息了。在丽君则以为她的前途只有包围子璋才有结果，所以至中那边没有信来，她也不去追究。不单不追究，有时候子璋向她提及至中。她反为发烦起来，不愿意听。

丽君退院后，气色比从前好多了。看去比进院时至少年轻了七八岁。

“你现在像一个女学生了。”子璋笑着对她说。

“你总是这样刻薄的，爱取笑人！”她大胆地伸手向他的右颊上轻轻地拍了一下。她的手腕便给他捉着了。

“替你找一间贷间好么？”

“不。我不懂话，我要和你住在一块。”

“我住的地方也是人家的贷间。不方便请你去一同住的。”他苦笑着说。

“不会找一家贷家么，恰恰够两个人住的。”

“只个把月工夫就要回国了，还去租贷家么？”

“租了贷家，在这里多住几个月，等秋凉时再回去不好么？上海热得可怕。人家都想在这暑期内来日本海岸避暑。你反向热的地方跑，不是傻子？”

子璋也觉得丽君的话有道理。但是住京都还是一样地炎热。他想那不如索性在近海岸找一家小房子来住下，等领得了文凭后，便和丽君日夜相守，共度过这个炎夏吧。经了几番商量的结果，决定了在琵琶湖畔租了一家小贷家，两个人便搬过去同住。距大学虽然远了一点，但子璋只有实习，不要上课了。每天预早搭火车到市里来，也没有什么不方便。

最初搬来时，双方都很矜持。但丽君服伺他，却比服伺至中周到。每天吃过了早饭，她定送他到车站边来。傍晚时分，她也定出来门首张望，或竟走向车站，望望他回来了没有。

他俩很欢快地吃过晚饭后，便争着要洗碗筷。

“你去用你的功吧。这是女人家做的事。”

“但是你太劳苦了哟！”

“没有事的。你还不是一样劳苦么？”

“丽君，你对待我这样好，我不知要如何地报答你才好啊！”他颤声地说。

“……”

她只望了望他，就翻转身走向厨房里去揩眼泪了。

她洗了碗筷，又提着开水壶来到他的房里，替他泡茶。于是相对地喝着热茶谈了些关于日本的风俗人情的话。看看快响九点了，丽君便替子璋把被褥铺好。

“我不再妨碍你的用功了。我也要去睡了。明天才得早起床。”她微笑着向他告辞，退回隔壁的四叠半的小房里去。

“不要紧，再谈一会吧。”子璋隔着一套纸屏风叫她。

“不。我要睡了。”

“丽君，你真的日本化了。”

“什么意思？”她在隔壁房里笑着问。

“你像日本女人般地会体贴男人服伺男人啊。”

“让我一辈子当你的下女吧。”这不是她笑着时的声音了。

“不敢当，不敢当。”

但是从隔壁房里，不见她有回话了。他倾耳细听了一下，她好像在四叠半的小房里啜泣。他觉得她真是个可怜的女子了。于是推开了屏风走过来看见丽君伏在枕畔在呜咽。子璋明知她是为他而哭的，但他是正踌躇着，不敢仓猝地就对她有什么表示。看见她这样地伤心，他便跪在她的侧边，攀了攀她的肩膀。

“丽君，怎么好好的又伤心起来？”她揩眼泪了，只摇摇头。

“至中许久没有信来，你是思念他，想回上海去么？”

他实在是爱她了，所以残忍地再试探了她一次。她更呜咽起来了。这次却伏在他的怀里流泪了。他也不能自禁地只手加在她的肩背上了。他真想搂着她亲嘴，但一想到今后的社会的批判，又失掉了勇气。

“自己才从大学毕业，前途像旭日之初升。万一因为她妨碍了自己前程的进展时……”他这样想着，便无情地站了起来。

“丽君，我的话说差了时，请你恕我啊！”

但是他的这种态度，反使她大大地失望了。她再伏在枕上，竟痛哭起来了。

“子璋……”她颤声地叫他。这是她第一次呼他的名字。

“什么事？”他再蹲身下去问她。

“如果我在这里有什么会妨碍你时，那就让我先回上海去吧。我一个人会走的。但我不是回到耿家去，我是自己会……”

“你说什么话？我们约好了的，等我领得了文凭后，就一路回国去。”

“我以什么名义要求你同伴回国去呢？”子璋给她这样一问，真地无话可答了。过了好一会，他才说：

“我打算在上海开一家医院，你可以帮忙我么？”

“我又不是学医的，能够帮助你什么事？”

“但也有许多事要人打理的。”

“……”

她仰起头来，双眼绯红地看了他一下，便想：

“这个人不会爱我的了。他说的尽是敷衍的空话。的确，我是没有资格配他的了。想和他结婚，实在太过分了，他还像个小孩子呢。”

第二天，丽君不能起床了。子璋走过来检查她的体温，近摄氏四十度了。

她看见子璋，便高声骂起来：

“梅苓！是你害了我的！是你这个放荡鬼害了我的！”

子璋也莫明其妙，不知梅苓到底是哪一个。他打算再替她诊察肺部。当他想解开她的胸部时，她又忙拦阻住他的手。

“你这个无耻的家伙！不准你再来亲近我！我的病都是由你传染给我的！”她睁着一双绯红的眼睛，怒视他。他有点害怕了。摸摸她的额部和腕，都会灼人一样的。他打算到市里去备些药，便站了起来，想向外走。

“子璋！你丢了我一个人走么？也好，也好！你走吧！留我一个人在这里吧！我一点不害怕的。你当我是没有路可走了？哈，哈，哈！我可走的路还多着呢！我有阿大，阿二和阿三！作算他们不理我，也还有琵琶湖，黄海，和黄浦江！那些地方是我安身的地方。你不要担心我会拖累你哟！”她一边说，一边狂哭，哭得子璋也伤心起来，流泪了。

“她完全疯了。要快些替她退热。”他想着更决心地走了出来。他还听见她在房里呼喊。

“好了，你走吧！你一个人走吧！你不睬我也不要紧！琵琶湖在等着我啊！不过，子璋，我不会对不住你哟！我死了后，你还是我的人啊！”

丽君病了一个多星期才起来，面部清减了许多，面色也转苍白了。但在子璋，反觉得她的姿态比从前动人了。

丽君的病才好，接着就是子璋考试忙的时期，但也只有三四天。丽君还是起来和从前一样地服伺他，不过比以前少说话了，也不常看见她的笑容。

她真有些像新雇进来的下女，有时候竟默默地蹙着眉头。

“你太辛苦了，我对不住你啊！”有时候他俩相对着吃饭时，子璋这样地安慰她。

“在经济上我多累你了，就做你的奴隶，我也……”她呜咽起来，话说不下去了。

“丽君，快不要这样说！……”

他也有些悲楚了，忙搁下碗筷走近她身边来，摸着她的肩背说。但她仍然是低着头流泪。从前他对她是称*Mrs.*耿的，叫了二三次后，她便不准他这样称呼她。于是在一个期间内，他不叫她*Mrs.*耿，也不敢叫她的名字。及进病院后，有一天，他竟叫她的名字了。在那瞬间，她感着有无穷的快感。

但是一直到现在，每天他虽在叫她的名字，他的态度总是这样微温的。于是她又不觉得他之呼她的名字有如何的可贵了。她近来只是感着一种失望。又过了两个多星期，子璋领到了毕业文凭，在收拾行李，准备回国了。

“我们一礼拜后就可以到上海了。”他笑着向她说。

“我不想回上海去。”她很冷漠地说。

“为什么？”他惊疑地问。

“我是无家可归的人了！到了上海，你叫我回什么地方去呢？”

她又悲哭起来了。他也觉得这确是件不容易解决的问题。好一会，他无话可答。

二十

他俩终于回到上海来了。在G旅社开了一间房间，略把行李安置好了后，子璋就说要出去找耿至中。

“今天不准你一个人出去！”

她恼着对他说。他感着她的威力，便不敢动身了。但是他想，驮着这么一个女性，又不能和她正式同栖，在国外还不要紧，现在回到国里来了，在上海会遇着不少的朋友，万一因此做了他们茶前饭后所谈的对象时，如何好呢？这是对自己前途有很大关系的。他感着一种不能言喻的痛苦了。他想送她回至中那边去，但同时又舍不得她，怕离开了她后寂寞。

那天晚上，他和她还是和在神户旅馆时一样地欢乐。由京都出来神户时，在海岸旅馆里住了一宵。他坚持了数月之久的节操终给她毁坏了。他恨她，同时一样地爱她了。当旅馆的下女来请他们入浴时。

“你先洗去吧。”他让她先去洗澡。

“你先去吧。”她也微笑着让他先去。

“我这里的浴室满宽敞，你们夫妻俩怕什么，一同进去吧。今天客人多，不要一个个地入浴，多花了时间。”给下女从旁这么一说，他俩都脸红红地互看了一下。

“那么，我们一路去吧。”她操日本话，笑着诱惑他。

大概是运命规定了的。他只沉吟了一忽，怕跪在一边的下女怀疑他俩是不正常的情侣，不得不说了两个字去回答她了。

“好的！”

那个下女便送了他俩进浴室里去了。他到底是个医生，在浴室里还挣扎了一会，但终给她降服了。

在上海，她恢复了在琵琶湖畔未病以前的欢悦的状态。他虽然感着幸福，但一思念到前途又觉得有一个不容易解决的隐忧。在她则以为是获得最后的锦标了。

“你在日本住了十余年，有了不少的日本女朋友吧。”她获得了胜利之后，这样地问他。

“说没有，你也不相信吧。交结过一二个女学生，但都脱离了。程度稍为高一点的日本女人都看不起中国人。纵令和中国人发生了关系，还是要脱离的。像一般中国留学生娶回来的日本妇人，在日本是属中下流的了。我就没有看见过有留学生带过一个学问好的日本美人回来。”

“你有了日本女人做朋友，怪不得许久对我都那样冷淡的。”

“怎么说我是冷淡？”

“你许久都不睬我啊！”她红着脸打了他一掌。

“丽君，这是正经话。我俩已经有了这样深的关系了，看见至中，怎样对付好呢？”

“怕什么？和他脱离就完了！我不追究他，他还能追究我什么吗？我真要向他要求赔偿损失呢。”她红着脸说。

“他是你的丈夫啊！”

“他不是我的丈夫！”

“在你，对他虽然有气。但社会上的事情不是这样简单地一句话可了的。”

“他真的不是我的丈夫。我从来就没有和他结过婚呢。”

“你不是有了小孩子么？”

他和她同住这么久了，但到神户海岸旅馆里他才知道她是生育过来的人。因为她的腹部的像征告知他了。

她在这晚上，才把她和至中的经过告诉了子璋。子璋听见后，也才觉得自己的负担实太重大了。他虽然在贪恋着她，同时觉得实在难和丽君成为夫妇，因为她的过去太复杂了。

“你不思念你的小孩子们么？”他这样地质问她。在他以为丽君是不该丢了小孩子跟至中到日本去的。和至中发生关系虽然可恕，但不必因此便离开了小孩子们。他并不知道她有她的苦衷。

“思念和不思念，结果还不是一样么？”她说了后，低下头去。不一刻，眼泪流出来了。他也不便再问了。

子璋和丽君搬过了几家的旅馆。他日间忙于奔走开设小医院的事，夜里便回来和丽君过糜烂的生活。连他自己也没有预料到会堕落到这步田地的。他奔走了一个月余，还没有头绪。他想放弃这个计划了，原因是他的父亲，虽然有些积蓄，最初答应他拿出钱来开医院，但到后来又吝惜不肯了。他的父母要他先回乡里去一趟，然后商量开医院的费用。但他执意要先把招牌挂起来，然后请父母出上海来共住。当然，他的第一个原因就是给丽君拖累住了。

炎酷的暑期渐次地过了。朝夕都感着秋风沁人肌肤了。大概是季节变迁的关系吧，丽君常常一个人悲戚起来，偷弹泪珠。她觉得和子璋的同栖生活也渐渐地转变为平凡，一点不神奇了。虽然平凡，她还是不能不死抓着这个人。这个心理更时常促动她的悲情。

他因为事业不能发展，近来也不像从前那样活泼，面上常带着几分忧郁的色彩。他俩的情况，有时候在一间小房子里，从白俄人家分租来的*Boardingroom*，竟像楚囚相对，好半天都沉默无言。她近来也发见了子璋的性格上的些微的缺点了。当然，她不敢因此便说讨厌他。子璋因为从小时就到日本去，少受了本国的教育，习染着日本学生的古怪脾气甚深。这是有时候会引起她的反感的。

子璋回到上海来后，也像日本人一样地看不起他的整千整万的同胞。他以为除了受过日本教育十五六年的他之外，在支那是没有一个要得的人了。他的意气好像在说，中国的一切事情要他一个人来包办才有办法，此外的任何人都是靠不住的。至于他每次和日本人说话时便谦恭得卑躬屈节，而遇着初认识的中国人，却板起脸孔，装出大学者的态度来。他的那样不自然的行动，实在会使丽君看见后替他肉麻。

据他的意见，以为中国之受着帝国主义的压迫，完全是中国人，除了他一个人以外的全部中国人，本身的不长进。他痛骂革命前后的政治是完全一样，实质上没有一些改变。

“假如你做了国民政府主席，能够把中国统一，弄好么？”

“有什么难处。日本维新后的政治就是我们的圭臬。”这是他的回答。

子璋因为奔走了一个多月，认识了几位先进的同学。因为家里的父亲不肯寄款来，医院当然开不成功了。他原想回故乡去一趟，但丽君又苦留着他。到了九月初旬，有一个先进同学姓吕的，才推荐他到一家野鸡医科大学里去当教授。他才算有职业了，他想与其在上海闲处，就不若尝尝大学教授的滋味，混混饭吃。聘书接到了后，他便趾高气扬地走来对丽君说：

“我当大学教授了。在日本，教授不是这样容易当的。”她听见后，想对他说破那家医科大学是野鸡大学，也不敢了，因为怕减杀了他的高兴。

“有多少薪金？”

“月额一百元！”

“谁不知道是月额呢？你说起话来总是这样多日本腔调。”

“在文法上没有什么错吧。”他笑着说了后，便走到装书的木箱面前，把几部医学用书和医科大词典翻了出来。

“你担任的是哪一门科学？”

“解剖学和病理学。”

“听说那家学校的学生嚣张得很，常常会驱逐教员。你去上课时得留心些。”

“不要紧。我提供出最新最详细的材料给他们，就不怕他们不拥护我了。”

“要编讲义怎么样？”

丽君知道子璋从小到日本留学去，没有把中国文学弄好，写了三句文章，就有两句不通的。近来和几个友人的通信，还是由丽君代笔。

“我先把它编好，文字上还是请你代我改削一番，然后拿出去付印，你看好不好？”丽君只点了点头。

九月十日，子璋接到了那家医科大学教务处的通知，请他于十四日那天出席，行开学礼并讲演。他接到了那封通知后，真是乐不可支，把那张通知高高地贴在床头的壁上。

到了十四那一天，他很早就起身来，洗漱刮须，他有一套*Swallow tail*是领毕业文凭时做的。他曾穿着这件燕尾服到各教授处去辞行过来。今天因为是行开学典礼的日子，并且他是初次当大学教授，所以要丽君拿出来给他穿上。

“穿平服去吧。那套像古董般的礼服，穿着不要给人家笑了。今天天气又热……”

“不。一定要穿那套*Swallow tail*，不穿*Swallow*不尊严。在日本，*Swallow tail*是通常礼服，你不知道么？”他终把日本式的*Swallow tail*穿上了，样子倒还不错。临走时，捧着丽君的脸亲了一个嘴。

“你是个大学教授夫人了！”他笑着对她说。

“谁希罕！”她笑着推开他。但等他走了后，她又觉得他的这句话是很可贵的。

二十一

子璋穿着*Swallow tail*坐在电车里时，就有不少他所深恶痛恨的支那人注视他，或望着他傻笑。于是他更恨支那人的不知礼仪了。大概是背心扣得太紧了，他觉得周身在发热，额上和鼻梁上也渗出好些汗水来了。

下了电车，再叫黄包车赶到医科大学来时，虽然看见有三三五五的学生在校园中踯躅，但不像是举行开学典礼的景象。他才踏进校门，胸口忽然跳动得很厉害，双腿也有些软瘫得提不起来。他略略偷望了一下在校园中踯躅着的学生，他们的脸色不是苍便是黑，脸上也没有半点青年人的快活的表情。个个都像龙华寺里的罗汉天尊，神色可怖。子璋偷看了后，胸口更加跳跃得厉害了，他忙低下头去，提起八分软瘫了的双腿，急急地走向事务所来。他一面走，一面想，那些便是支那大学生了。怎么个个都像天罡地煞般地这样可怕呢。大概驱逐教员的就是这些人了。

他的额上和鼻梁上的汗水愈渗愈多了。走到事务所里来时，精神才安定了些。他一面取出手巾来揩脸额上的汗水，一面向一个事务员问是不是今天举行开学式。

“还早呢。说是十点钟，其实要十一点才来得齐吧。此刻还没有到九点，严先生来早了一刻。”子璋给事务员这么一说，有点不好意思了。

“这里有图书馆没有？”他问事务员。

“没有什么图书馆。只在教员休息室里备有两本字典，一是德文的，一是英文的。从前有一部医学词书，给一个教员借了去，没有送回来，也是因为欠了他的薪水。”

子璋和事务员谈了半个多钟头，不像初来时那样的拘束了。事务员告诉他知道，这间医科大学的经费全靠学生薪水来维持。子璋听见大大地失望了。到了十点半钟，才看见有二三个教员走了来，或穿中国长衫，或穿很旧的西服，他们对于今天的开学式，好像不觉得怎样郑重。又过了半个多钟头，才看见校长乘着汽车走来，同乘的有一个教员，据事务员说，是本校的教务长。他们两个也是穿着平常的西装。子璋便觉得自己身上的*Swallow tail*有千钧之重了。尤其是看见有许多学生注意着他时，更加局促不安。

那个教务长的样子很清瘦，才从汽车里跳下来，便连打了几个呵欠。校长是个大胖子，身材不高，脸色很黑，但始终是微笑着，看去是个和气蔼蔼的君子人也。子璋由吕君的介绍拜候过校长一次，所以校长和几位重要教授握了握手后，便走到子璋面前来，向着那套*Swallow tail*打量了一下，很亲热地微笑着和子璋握了握手。

“不该穿燕尾服来的。”子璋跟在教职员群中走向礼堂里来时，便有所感触般地微叹了口气。

礼堂里都坐满了学生，约有一百几十个。子璋看见他们，胸口又跳跃起来了。他想，他们何以个个都是这样可怕的。

经校长宣布开会后，大家都站起来跟着校长读总理遗嘱。可怜他当了几年的校长，还没有把遗嘱念熟，他把“凡四十年”改为“凡四五十年”了，又把“务须依照余所著……”改成“务必要照我所著的……”了。有些学生在下面，便咕咕地笑起来了。

遗嘱念完了后，校长又作了一场的讲演。第一段略述本校的沿革，第二段夸赞本校的精神和特点，第三段恭维教职员的热诚和学生的努力，第四段希望学生要拥护母校，向外多多宣传，才能够多吸收学生而使本校发展。

其次是教务长的讲演，这却把子璋骇倒了。他最初把在昨夜里多玩了两圈麻雀牌的话公开了出来，其次说他今早一直睡到十点钟仍然不能起床，等到校长来拉他时，才勉强地爬起来。他又说，不单没有半点准备，不能说什么话，连早点都没有吃，只是洗漱了就跑了来的。他就这样地用滑稽的调子说下去，已经引起了神经脆弱的学生们的一阵哄笑。最后他又引了许多疾病之例，牵强附会地来说明求学。这简直是胡拉胡扯，但居然也博得了学生们的哄笑和鼓掌。

还有二三位教授也讲演过了，都说得声调铿然，娓娓动听。有的很自然地扯到时局问题和社会问题上去，听得久住日本二十多年的子璋眉飞色舞了。他想，日本人常常批评中国人说，尽是郑子产式的人物。现在看来，果然不错，真是个个都善于说词。

最后校长向学生介绍这位穿燕尾服的日本京都大学出身的新医科学士了。在这瞬间，子璋胸里便像有几个吊桶此上彼落地搅得他周身发抖了。又经学生们一阵的拍掌，真是把他拍得魂飞魄散。但是迟早要登台的，他想还是趁这个机会练习一练习好些。于是他挣扎着提起软瘫的腿，走上讲坛上来了。才踏上讲坛，他才觉着他的手足都在颤动得十分厉害，他忙伸出双掌紧抓着桌沿，低下头去。他的姿势差不多匍匐在案上面了。

“鄙人……兄弟……是……那么……昭和三年……不……那么是1928年……京都……日本京都帝大出身的医学士！……又，临床实习了一年多……专门皮肤花柳和产科妇人科……不过，我平日喜欢研究精神分析学和生理学。……那么，丁度（日本话是“恰恰”的意思）……对不起，说了日本话出来了……恰恰我是担任本校的生理解剖……那么，是我的最大荣幸了……皆样，（诸君之意）是习医学的……”

学生里面有笑了起来的。子璋的头额上，汗水更渗透得多了。

“……也听过*Freud*的名字吧……*Sigmund Freud*他对于精神分析学割合的（“比较的”之意）有组织的研究和主张。不过在他没有深研究之前，也偶然地发见过……即于1880年，他在奥国京城维也纳当学生的时候，有一个医生名叫*Breuer*的治疗一个年二十一岁的患歇斯底里症的女子，她的病状是右腕痹麻，眼球运动不灵，又不能喝水，到后来，精神错乱，常常陷于昏迷的状态，这样的病症是很珍奇的（又用日本话说）……是很古怪的……她，……这个女子有一个她极亲爱的父亲，患了大病，她是在看护她的父亲时得了这样的病症。她发了病，就不能看护她的父亲了。她的父亲就死了。

实在是脚气之毒啊！（“可怜”之意）……”

子璋讲到这里，听见校长和教务长也在笑了。但他仍不能中止他的讲演，他再往下说。学生诸君也像听入神了般的，礼堂里比刚才沉静了些。

“……*Breuer*对于这个女子施行催眠术，想由催眠术减轻她的病状。*Freud*对于这件事情，是抱有很大兴趣的。最初，观察女子的病状的发展，后来考查她在昏迷状态中的谵语和她的思想有没有怎样的关系，他使那个女子陷于催眠状态了，即是暗示思想之自由解放。果然，她说出了她的优美的，可哀的空想来了。那是她看护她的父亲时候的事情。她把空想说出来后，果然她的病状也就减轻了。于是聪明的*Freud*，便这样想，若使病人回想起病发现当时的情状及和它关联着的事情，及把由这些情状和事情所生的情绪解放了时，可以减轻病状，除去心中的暗影吧。于是他更继续着探究，果然发见了许多事情。即那个女子，在未病之前，有一日走进她平时所不喜欢的女教师的房里去，她看见她讨厌的小狗正在吸玻璃盅里的水，于是她心里觉得非常的不舒服。因为是教师，不敢说什么话，只是忍耐着。*Freud*使她把在那时候所隐忍着的怒气发挥出来了，她有六星期之久不喝一滴水，现在她喝了很多量的水了。她的苦恼的恐水病的发作也完全消失了……又当她的父亲睡在病床上时，曾问她是什么时刻了，那时候她眼眶里满蓄着泪，看不清楚时钟的针，又不敢把眼泪给她的父亲看见，她把时钟移到前面来，她看见时钟面比平日看的大了几倍。这就是她视力发生障碍的原因……又有一晚，她的父亲发热得非常厉害，她正在担心着从维也纳市里所请的手术医师之能否到来。她坐在病床边的一把椅子上，右腕垂在椅子后面，陷于梦幻的状态中了。她看见从壁里面走出一条黑蛇来，想咬她的父亲。她惊骇起来要追逐那条蛇，右腕便痹麻起来，没有感觉了。她看着自己的手指，渐渐地化为蛇了。因为这个幻觉，她就发生了右腕痹麻和感觉昏迷的病症……像这样地在消失了的记忆中探究病源，促起病人的回忆可以完全把病症治好。*Freud*称这样的新治疗法为*Talking cure*就是谈话治疗的意思，或称烟囱的扫除*Chimney sweeping*……这是在医学上的一种新的进步，新的发明。以后凡是学医学的人，都不能不参考这种精神分析学，尤其是在精神病科和生理学上要特别采用这门新学问……这是我一点点的贡献……完了。”

子璋因为穿了*Swallow tail*，从初进礼堂时起一直到现在，汗水不曾停歇过。因为怕示弱于人，才拼命地把昨晚上从大思想百科辞书中看来的精神分析学项下的冒头背念了出来。他虽然费了这么大的气力，但学生的鼓掌还是零零落落地不十分起劲。他又觉得学生们太可恶了。

散会之后，那个教务长靠近他身边来问他：“严先生，你那篇讲演，是不是从日本的通俗百科辞书里抄来的？”

子璋给他这样一问，满脸通红了。他便向那教务长顶撞了一句。

“中国的科学哪一件不是从外国书上抄来的？你有你自己独创的发明么？”

“哈，哈，哈！严先生真痛快。的确，他们一般日本留学生所谓普罗文艺理论，所谓社会科学，抄了二三年已经抄得可以了，到了饱和的状态了。”

子璋在那家医科大学上了两个多星期的课，听讲的学生一天一天地减少。子璋看见这个情形，心里便起了一种忧郁。子璋虽然受了多数学生的误解，但也还有二三个知己，即有二三个明理的学生，知道子璋的教授态度的诚恳及教材的丰富，要算是校中第一人。不过教授法差些和不时说了些日本话出来，是他的缺点。

有一天，子璋由上午至下午，一连有三个钟头的课。十二点钟下了课后，他在校中吃了便饭后，无意中再步进刚才上课那个教室里来，他看见黑板上歪歪斜斜地写着几个碗口粗的字：

“打倒日本人化了的饭桶教授。”

看见了这几个字，子璋的狼狈的态度真有些像给敌人掴了一个嘴腮，气得满脸发青，周身打抖起来了。虽然他早料到有这么的一天到来，但是他没有预料到学生这样快就叛变了，竟向他下哀的美敦书了。他忍着眼泪，回到教员休息室里，装出镇静的样子，提了皮包，轻轻地走出校门外来。

“中国的大学生这样地嚣张，这样地不讲理，像自己这样的无抵抗主义者，想在中国教育界谋口饭的，是没有希望的了。何况教育界也和军人官僚一样，是有阀的，不问人材可否，只要能当他们的走狗。我还是回乡里去向老子弄些钱来开一家小小的病院吧。”

于是丽君在上海住着等他，让他一个人回乡里去了。

二十二

开往长江上游的轮船大都黎明时分展轮的，子璋要在前晚上的十点时分落船。他的行李很简单，只带一个小皮箱和一件小被包，在吃晚饭前，丽君已经替他收拾好了。他所有的重赘的行李和书籍，都交给丽君看管，所以她也就相信他一定会回来，不再儿女情长地抓住他不放了。虽然算不得是生离死别，但在丽君仍觉得有万分的凄酸。那天两顿饭她都没有吃。在起程前的子璋，因为满腹思虑，也不能吃饭。但到了八点多钟的时分，他俩都觉得有些饿了。

“天天吃白俄餐馆的饭吃得讨厌了。我们到S茶楼去吃点广东菜好吗？”

由他们的*Boarding room*到S茶楼只有百多步路，行过一条马路就到了。他俩在*Salon*的一隅，拣了一个僻静的座位相对着坐下来，他们才喝了几口茶，子璋便笑着对她说，“丽君，假如我回去不再回来上海时，你怎么样？”

“我只相信你。我没有怎么样。”

她惨笑着说。他在电光下，看见她今晚上的脸色特别的苍白。

“丽君，假如我死了时，你又怎样呢？”他再苦笑着问她。

“你的最后也是我的最后了！”她竟泫然地流下泪来了。

“对不住你了。我是和你说笑话的。何必就这样伤心呢？”

“……”

她摸着小茶壶盖只是默默的。

他虽点了许多菜，但是她不能举箸了。他也因她的寡欢而无心吃了。

他俩正在相对默默的时候，忽然看见一个人满脸通红地狞笑着走前来，同时闻着一阵酒臭。这却把他俩吓了一大跳。

“想不到你俩这样舒服地在这里相对饮茶！”

“呃！”

子璋骇得跳起来了。虽然没有喝酒，但是满脸通红了。至于丽君的头部，像戴有千钧之重的东西，抬不起来。她只觉着自己的周身在发热。

“你们住在什么地方？”至中再狞笑着说。

“坐吗，请坐。吃点东西好吗？”子璋客气地站起来招呼他。

“我吃过了。我在那边吃过了。”

至中指着站在那一隅的正在散席的三四个友人，对子璋说。“我们也要走了的。”

“那一路走吧，你们住什么地方？丽君，怎么一句话都不说，近来身体好吗？”

“我高兴说时就说，不高兴说时就不说，我身体好不好，也与你不相干了。”她冷冷地不向着他的脸说。

“啊呀！啊呀！哈，哈，哈！”

“我们走吧。”

她向着子璋说。子璋也因为急于要乘船，便叫了堂倌来给他算账。

“你摆什么架子？我又没得罪你！”

至中更进前一步，走向她的身边来了。他的这样的流氓态度，真把子璋吓倒了。

原来子璋这个人性质是很柔懦的，又因久住了日本，完全不懂中国的人情世故，所以无情的友人们都欺他柔懦无能，用了他血汗挣来的钱，还要在背后骂他。一般朋友看透了他的弱点，即是高声地向他吵，定是可以屈服他的。

子璋走了后，丽君更加寂寞，有半个多月足不出户。除午晚两顿到隔壁俄国餐室去吃饭之外，都是一个人闭着房门，看看小说或睡觉。子璋走后的第十八天，她接到了一封挂号信，扯开信封来一看，在信笺里夹着一张邮政汇票五十元。她更十二分感激子璋了。

“这个纯朴的青年才有信用啊！”她流着泪感叹。

那天下午，她便出来搭电车到邮政总局去兑款。把款兑到手后，由邮局里走出四川路桥口来时，看见至中涎笑着站在那里，像有意识地在等候她。

"丽君！"

但她装作没有看见他，急急地横过了马路，站在分站下等电车。她担心他会跟了来，但终现为事实了。她当时觉得此刻的至中比一年前的梅苓还要可恨了。

"你住在什么地方？"他又走前来究问她。

"我不能告诉你！"她脸也不翻过来看一看他。

"你不告诉我，我就尽跟着你走，跟到明天天亮。"

"……"

她有点害怕了，不知要怎样回答他才好。

"丽君，你要明白我，我是你的同情者。我们能够再做好朋友固然好。你若不答应我也不难为你。我们单做普通的朋友也未尝不可以吧。"

"我们彼此都没有关系了。各人走各人的路不好吗？何必再这样牵牵缠缠的？"

"……"

至中一时没有回答，好像在思索什么事情。这时候来了一辆公共汽车。

她便走上去，打算到H公园玩一回再回家去，免得他跟了来，给他知道了她的住所。当然，至中跟上车来，他走近来和她并着肩坐。她觉得他真讨厌了，但不能拒绝他。

"你到上海来后看见过梅苓么？"

他忽然问了这么一句，她听见像着了电般的。她想这真是蔗滓未了柿核又来。这些垃圾尽扫也扫不干净了。但同时又有点希望至中能够告诉她以梅苓的消息。

"……"

她只摇了摇头。因为思念及那三个小孩子，心中又起了无限的悲楚，忙忍住眼泪低下头去。

“自你走了后的梅苓的生活实在可惨啊！”

“他没有在南京做官了么？”

她到这时候，免不得要问一问了。

“早撤差了。带着这么多的小孩子，生活真不容易啊。”

“……”

丽君听见至中说及她的小孩子，心上便像受了利刃的一刺。同时在*Astor House*一夜的情况又在网膜上重演出来。随后又联想到梨花来了。

“他不和梨花来往了么？”

她又想从至中听听梨花的消息。

“他是穷光蛋了。梨花还要他么？梨花早跟那个师长到香港去了。”

“梅苓现在干什么生活？”

“我没有看见过他，听说住在塘山路那边，在一家中学校里当英文教员……”

因为要详细地知道梅苓的消息，她想住的地方告诉至中也不要紧吧。如果他太啰嗦了时，再搬家不迟。于是在R路口下了电车，引着至中到她寄住的白俄人家里来。

二十三

丽君自听见梅苓和小孩子的消息后，久积郁着的心房像喷火山般地爆裂了，十二分地想见见小孩子们一面。她托至中去打听打听梅苓的确实住址，但过了二三个礼拜，仍然是不得要领。

“你知道他的住址，不告诉我吧。”

“你还想回到他那边去么？不行了的！听说他已经续娶了。”

“我不思念他，我只想见小孩子。”

她自然地流泪了。

据至中说，梅苓自丽君逃走了后，不久，南京的职务便被撤差了。他因此病了一场，经一个多月之久才愈。在这样惨痛的期间中，三个小孩子又日夜啼啼哭哭，尤其是阿大阿二日夜呼喊着“妈妈”，觅他们的母亲。梅苓听见，一面恨骂丽君，一面可怜小孩子。幸得忠诚的娘姨，早晚替他照料小孩子的事，让他在外面为生活而奔走。

病后的梅苓的生活一天一天地穷迫。因为他过去的放荡，友人们对他完全失了信用，所以求职和告贷都是失败了。到后来好容易才找着了昔日在教会附设小学校念书时的一个外国授业师，以信仰宗教为条件，在教会附设的初中部谋得了一个英文教员的席位，每星期担任二十四小时的功课，月薪六十元，但一年只发十个月的薪水。梅苓便率着三个小孩子在这家教会里跟着牧师们唱赞美歌和念祈祷文了。阿大进了教会的初等小学一年级，阿二也进了幼稚园。阿三交给娘姨看护，生活虽然不像从前那样舒适，但总算安定了。

“我此刻才知道教会的必要了。原来可以安插我这样失业的人。”

但他无论如何不能真心地信仰，他只为生活而信仰。那个主管牧师也像知道他不是真心的信仰，所有中学部的中学教员都轮流着在主日说过教，只没有叫他去登坛。于是他心里便郁郁不乐，以为主管牧师对他有什么不满，担心初中的教席会占据不住。其实完全是梅苓的神经过敏。初中部有一个女音乐教员，面貌平常，不过肌肤倒很白皙，是个信仰基督的女教徒。但她巨眼情深，一看见梅苓便知他是个卓卓不凡的人物，决不是那些饭桶教员碌碌无能之辈所能赶得上的。这个女教员姓谭名玛丽，也在小学部兼课，因为阿大的面目清秀，聪颖过人，十分爱他，知道他是梅苓的儿子，于是常常和梅苓谈论到小孩子教育的事。经久之后，她才详悉了梅苓的不幸，由同情而恋爱，他俩终得了主管牧师的承认，在教会里简单地举行了结婚式。结婚后的他们生活虽然是平稳无事，但是呆板的易厌倦的宗教生活。梅苓和玛丽间，可以说彼此什么秘密都可以公开了，只有“信仰上帝”在他们间是种秘密，都不敢把它抉穿。有一次，梅苓对于教会的行政略加以批评，玛丽脸上便表示出不然的颜色，梅苓也就不敢多说了。他并不是怕老婆，他只怕自己的话说错了，间接地给主管牧师听见了时，自己的地位要发生动摇。丽君听见了这些消息后，当然对于梅苓更无所用其情，无所用其恨了。

不过思念小孩子的热情，却未尝一刻消失。

“世间所谓爱情，除掉了父母对儿女的外，没有真挚的爱情了吧。”她这样想着，一连一个多星期都到塘山路，保定路，昆明路一带去走过来，想碰一碰能否看见自己的小孩们。但结果只是失望。

子璋有三个多月没有信来了。她有些担心起来。她怀疑，莫非他真的在乡里和另一个女子结了婚么。因为从前她曾看见过他的父亲寄给他的信说，他在大学毕业后的第一重大问题是要快些订婚同时结婚了，她知道他是个尚未订婚的人之后，包围他的心的念头愈急，同时也以同程度的心忧虑两人的将来终难免分离。

她的生活渐次窘迫起来了。至中常常来看她，但没有半个钱板资助过她的生活。她也没有向他告贷过。

一天，北风吹得异常的凛冽。丽君连欠了三个月房金了。再不付房金，房主人就要下逐客令了。她因为每天的房钱，所有衣服一件一件地当完了。天气这样寒冷，但她的住室里还没有生火炉。她正在愁闷得不堪的时候，至中忽然跑了来。

“看电影去么？*Isis*戏院演*Singing Fool*是有名的影片，译名可歌可泣。我怕你看了要哭呢。”

“怎么我看了就会哭呢？”

“情节是哭小孩子之死的影片。我看你每天总有一次在为思念小孩子而流泪，所以我劝你去看这个影片。看了后尽情地一哭，以后可以不要再为他们哭了。”

“的确，我也莫明其妙。我自己愈穷困愈寂寞，我便愈思念我的小孩子……”她说着又挥泪了。

“我介绍一个职业给你好吗？又可赚钱，又舒服的，也免得天天坐在家里伤心。”

“什么职业？”

“当电影明星。”

“我从来没有这样经验的，怎么能够就当明星呢？”

她说了后笑起来了。

“中国的女明星第一要面貌好，其他条件是不要紧的。”

“……”

她沉吟着一时不回答他。

“子璋不会再来上海了的。你尽等他是不中用。两个星期可以往复的，怎么一去三个多月还不见来。他定在乡里组织他的新家庭了。”

至中的调子虽然是挑唆的，但到了生活这样困穷的今日，她也不免疑恨起子璋来了。至中近二三个月来，虽常常来看她，但对她没有表示过一次下作的举动，所以近来丽君觉得他又是个满诚实的友人了。她终于听从了他的劝告，由他的介绍，加入N社当电影明星了。进社之后，她才知道至中之所以这样热心地介绍她进N社当明星，完全是因为他可获得相当的介绍手续费。

入N社后的第三日，她接到了子璋寄来一封向她道歉的信，即是他在乡里受了父母的压迫，和一个同乡女学生结了婚。他信里又说，这完全不是他愿意的，并且他和那个女子从不认识，当然没有爱情。最后他还说，他是无时无刻不思念她的，一有机会，他定赶到上海来就她。这在丽君是早料及了的，她从来未曾希冀过想完全占领子璋。这次他虽然附了一张百元的汇票来，但她并不觉怎样感激他了，反转促进了她去当电影明星的决心。

她到这时候否认恋爱了。她只肯定这世间只要有金钱。有了金钱，不单可以造成恋爱，并且可以毁坏恋爱。她的不禁刺激的，对于恋情的感受至强的柔嫩的心脏，到了进N社之后，转化为钢铁般那样坚硬了。她卑视一切的男性。她认一切男子是女性的敌人。她看见向男性撒娇的，趋媚男性的女子，便十分鄙视，当她是女性的叛逆者，是女性阵营中的最大的内奸。

你们何必装出这样卑鄙的态度去讨男子的欢心？你们的目的不外是要他们的几个铜钱罢了。

她想最好是把女性组织起来，联合起来，向男性复仇。但她总想不出良好组织的方法来，这完全是因为女性太不长进了。

为了经济，便假借恋爱的名义向男性投降，当了特殊形式的娼妇。这是丽君进了N社当女明星后，所取的对男性的态度及对女性的批评。

二十四

仅仅三个月间的练习，丽君的美貌和技艺同样博得了社会的最高的评判。无论哪一家的报章都赏赞丽君是N社明星中的第一人。但丽君知道这些赞词都是男性的虚伪的捧场，完全置之不理，她只尽情地研究她的艺术。

至中居然以保护人自任，丽君每次出演，他都跟着来。丽君的同事都猜至中是丽君的丈夫，最少是个情人。

“他和我是没有什么关系的人。”

她当他的面，向她的许多同事否认和他有何等的关系。

“有一二个情人又有什么要紧呢？”

“世间还有这样笨的女人么？拼命地巴结男人，但终给男人遗弃了。我最看不起那样的女子，我是最不喜欢把自己的身体归某一男子的所有。要女子私有几个男性才对的……”

“你的思想变得这样快，真没有办法。”

过后至中苦笑着这样地对她说。

至中知道丽君在那一天领薪水，他便走了来，二十三十元的向她借。

“你怎么近来这样的不长进？”

她说着向他的左颊上掴了一掌。

“那你非借钱给我不可了。”

他摸着微红的左颊苦笑着说。

“没有！”

因为在这三四个月间，她借了不少的钱给他了，同时她也想贮蓄点钱了，所以不情愿再多借钱给他。

丽君愈觉得金钱的可贵，便愈决心实行她的私有几个男性的主张了。经验了几个男性的结果，她认识了一个姓陈的，比至中更有名的编剧家了。她从这个姓陈的，才知道至中所编的剧早过了时代，决没有人肯替他上演。现在的他的生活是等于无业的流氓了。

丽君虽然在主张女性不该降格去趋媚男性，但是自结识了这个姓陈的文学家后，又陷于恋爱中了。陈因为和N社的当事人不睦，另组织了海棠社，当然丽君也就转到海棠社来了。

海棠社因为是新挂起来的招牌，每次公演都是收入不偿支出。但陈仍在作将来发达之后可以像N社般地赚利的好梦。经费不足的时候，便要丽君拿出私蓄来帮助他。丽君心里虽然不情愿，但终是不能拒绝。陈每天都是给许多像花般的女明星包围着，在导演他所编的新剧，这不免引起了丽君的嫉妒。

丽君从一个女同事听见陈的秘密了。陈是某教会大学的毕业生，到美国去了半年，得了硕士的学位回来。有人批评他的硕士制造得太快了，但到后来看见梅兰芳到美国住了二三个月，也居然得了博士的头衔回来，并且有诸名士替他捧场，于是一般便不非难陈硕士了。他们想，陈文学硕士总该比梅兰芳强些。陈硕士在某教会大学肄业时，和一个女同学发生了恋爱，后来因为陈硕士不信仰宗教，他们便不能结成夫妇了。听说那个女学生嫁了一个中学教员，生活不算怎样好，而陈硕士对于她却时时还在思念不置。

陈硕士近来都是和丽君同起居。天气渐热了，丽君和陈硕士另租了一所宽大的房子，楼下作海棠社的事务所，楼上便归他们居住。同住的还有三个女明星和两个男明星。

“陈先生，我们结婚吧。”

她们都称导演的做先生。丽君连自己也莫明其妙，何以一定要要求和陈硕士结婚。

“我们的海棠社渐渐地有发展的希望了。若和你一宣布结婚，海棠社的声名会马上倒下来。我们事实上已经和结了婚一样了，何必要那些形式呢。她们看见了也会不热心。这与社的发展大有关系的。你再忍耐一年半年吧。”

“我想社不能发展也算了，只要我们的生活能够安定，我们能够幸福。”

她知道了陈硕士的心不是完全归属于她。

“那不行，海棠社是我们的社会事业，怎么可以让它倒闭呢？我的意思是，宁可牺牲个人，不能牺牲我们的团体。你无论何时总是这样个人主义，自己打算。不行哟！”

“那你不能和我结婚？”

“这件事还要多考虑一下才好。我们已经组织了剧团，就要对社负责。马上结婚恐怕于社不利，所以要作缓一些。”

“我们不组织海棠社也不会没有饭吃吧。我只想和你过落着的生活，过幽静的生活，两个人种种花草，养养小鸟儿。”

陈硕士愈冷淡，丽君便愈热烈地追求。陈硕士用了她不少的钱，也是她对他不能放手的理由。

她再次迫他要和她举行婚礼。陈硕士便说，“我们是献身于艺术的人了，不能再有家庭之累。结婚是一种形式。我们要实质，不要重形式……”

丽君有一个同事姓王名文贞的，她住在三楼。平日谁都知道她是不佩服陈硕士的人。

“他是硕士哟，学问总比我们高些吧。”

“我知道他是硕士，一点人情都不懂的。他对我们只是卖弄策略和技巧。”

“但是，有了恋爱有什么办法呢？”丽君苦笑着说。

“他恋爱你？我不相信！从那个人身上能够分析出半点恋爱的成分来吗？他满头脑的金钱，哪有闲心事和女性谈恋爱！至于你们喜欢他时，他是来者不拒。哪一个不受了他的油嘴滑舌的欺骗？”丽君给文贞说了后，半信半疑的。

“但他向我表示了许多的话。关于我们将来的话。”

“那都是一幕的演剧。外表看去像是个热情家，但是虚伪的热情哟。外表看去很像个艺术家，但他的卖艺术像是个拦街卖膏药的商人。”

但是迷恋着陈硕士的丽君，无论如何不能相信文贞对他的批评。她便驳文贞说：

“陈硕士近来编通俗的剧本完全是为维持海棠社，为维持大家的生活，他如果生活稍为安定一点。不难成为一个最伟大的艺术家的。”

“最伟大的艺术家又值得什么呢？”

丽君和文贞因为此次的争辩，有好几天彼此不开口了。

一天晚上，陈硕士和一位年约三十余岁的绅士走了来邀她同到沙利文去吃晚餐。丽君当然很喜欢，巴不得想在今晚上做个东道，并且硕士对她表示出十二分的热爱，当着那个绅士的面和她亲了个嘴，她更乐不可支了。

“这位先生姓骆，广东人，他比我的身份高一级，是哥仑比亚的博士！”

陈硕士替骆博士介绍，“这位是上海第一明星，也是我的爱人。哈，哈，哈！”

陈硕士又替丽君介绍。

“久仰，久仰。”

骆博士忙向丽君鞠躬。

“当不起。”

丽君笑着走开了。

“胡博士可以为梅博士捧场，那么我向你鞠躬算得什么呢？以你之声名，以你之艺术，到美国去也是立即可以得博士的，一定比梅博士更快。”

他们在沙利文店里吃得最高兴的时候，陈硕士忽然正襟危坐起来。

“我想和你商量一件事，为图海棠社的发展，须得办一种杂志，想借重骆博士主编。”

“骆先生是专门哪一方面的博士？”

丽君不专指着那一个人问。“总之，是博士就是了。”

她看见陈硕士在狡猾地微笑着，知道他又有什么要求了。果然，他又向丽君借款了。

“办杂志缺少一点经费，想向你借一笔款。”

“要多少？”

“有千元就可以了。”

这时候的丽君真有些恨极陈硕士了。

“我哪有这许多钱？”

“千把块钱，你总筹得出来吧。”

“我的存款折不是给你看过了么？只存一百二三十元了。”

“你还有些别的积蓄吧。”

“有什么积蓄？”

“金器和外国金货。”

“啊呀！”

她真恨极了。她想他如何知道自己有这些私蓄呢。她因为积集这一点点的金货，对几个有钱的客人，不知提供了多少次的可耻的牺牲。

“我只有三个戒指，一只手钏。你如要时，就给你吧。”她恨恨地说了后，伏在食桌上了。

“那只好到别的地方去另想方法了……帽子，帽子，拿帽子来！”

他在叫仆欧。一位博士一位硕士站了起来要走。

“你们到什么地方去？”

“筹款去。”陈硕士冷冷地说。

今晚上果然是她作东道了。他们走了后，只留她一个人在那边清账。

二十五

丽君从沙利文出来时，还是九点多钟。她恨极了，同时仍然舍不得那个陈硕士。她知道他在极司非而路另租有一个僻静的房子，在那边专做文字工作的。

她在静安寺路下了车，急急地走向那家房子来。她从后门走进去，把门扉一推。房子就开了。里面是黑幕幕的，静悄悄的，她知道陈硕士是住二楼的前楼，房面前有骑楼，两侧有游廊。丽君摸着墙壁，上至半扶梯的时候，听见楼上有女子的声音，这不单把丽君骇了一跳，并且同时也引起了她的一种嫉妒。她忍耐着一时的冲动，放轻脚步，走上二楼上来了。她想看看那个女人到底是谁，便绕着游廊，走到骑楼上来。她站在黑暗的一隅，可以看见他房里的全景。最初丽君以为在陈硕士房里的女子是她的同事，但到此刻一看，才知道猜错了。坐在陈硕士写字台边的女人，原来是她所不认识的，虽然不算美丽，但是肌色很白，富有肉感，态度很高雅的女人，丽君想那样的女性的态度，自己也曾有过来，即是和梅苓共同生活的时候。于是丽君又伤感起来了。

她听见那个女人开口对陈硕士说话了。

“那宗款子筹不到手，怎么好呢？我还能够回他那边去么？自他的小女儿死了后，他像个半疯人了，时时咒骂他的前妻，动不动又来打骂我。我早就不能忍耐了的，但是我的当过牧师的老父亲，死禁住我，不许我和那个半疯子离婚。他说结婚时当上帝面前发过誓来的，无论他有何疾病，都要生死相从……”

“那些空话都不要说啊。我们只差一笔款。没有一千，有六七百也可以了，和你先到广州去走一趟。”

“你的海棠社怎样呢，你走了后？”

“不是对你说过了？交给阿骆去办。管它能发展不能发展。”

“阿骆那个人能够办什么事呢？他到檀香山去教了一年多的中国文，回来就自称博士了。他还对人说是由美国大学得来的中国文学博士。因为美国人的中国文程度总不能赶上他的，犹之胡博士在哥仑比亚大学得了中国哲学的博士一样。”

“的确，只要把中国的东西搬到外国去给外人看一看，由外国人封他一个博士衔头，就有无限的光荣了。你看梅兰芳，在美国演了一场天女散花，就得了博士回来。一般名流和教育家们都争着欢迎他了。”

“闲话不要说了。我们以后要怎么样？都是你害了我的。恋爱的能力比上帝伟大啊！自和你在东亚酒楼过了一晚上后，我便不能和他共住了。他不发疯，我都不能和他共同生活了。可怜的是他的两个小孩子，天天挨他的打骂。”

“真难为你做了两年多的三个小孩的继母……”

“他们小孩子很爱我。不愿意亲近他的父亲。近来当我是他们的亲生的母亲了。寂寞的时候，或给外面的小孩子欺侮的时候，都是哭着回来找我啊！怪可怜的！”

丽君听到这里，很凄楚地流泪了。她直觉着那个女人所说的一定是她的三个小孩。她的心房也不禁震动起来。

“那你暂时回去看看他的两个小孩子吧。等我把款筹到手了，再通知你……”

“我怕回去了，我们的职务也掉了。他近来又监视我监视得很厉害。今天一早就和阿骆走出来，此刻才回去，那他又要闹了。我不是怕他，不过不愿意再去自寻烦恼……”

“小孩子们怎么样？”

“小的女儿因为营养不良，受了感冒，不满三天就送了性命。大的两个身体强健些，但此刻也是每天得不到一顿稀饭，已经是形销骨瘦了。仁慈的上帝和慈爱的牧师也不为他们想个办法。所以我从前的迷信，到这时候，也觉醒了。我对于那两个小孩子，虽抱有满腔的同情，但是爱莫能助了。他们的生母尚且不能为他们小生命牺牲，我是当继母的，当然不能为他们牺牲我的一生啊。”

丽君流着泪，看见那个女人也在流泪。她觉得那个女人的话一点不错，对她所下的批判也一点不过分。

“那两个小孩真可怜！给他的父亲打骂了后，常常不敢回去睡觉，就在弄堂口睡觉。我也怕他发疯，躲到友人家里去了。那两个小孩子比无家可归的饿狗还要可怜啊！”

丽君听见这些话，断定那个女人是梅苓的后妻了。她决意去问问她那两个小孩子的下落。她当下就这样想：

“自己已经杀了一个小孩子了。抚育这两个小孩子成人，是我毕生的任务了！”

她待要出去，忽然看见从游廊那边推门进来一个像僵尸般的衣服褴褛的男子。丽君看见那个男人的样子，吓得胸口突突地跳动起来，差不多快要叫出声来了。

她看见那个男子从裤袋里拔出一枝手枪来时，忙奔进房里去叫了一声：

“梅苓！我在这里！”

但已经迟了。同时她听见梅苓对那个女子说，“玛丽！你在这里舒服啊！”

他的话还没有说完，枪声便响了。等到丽君走到梅苓的面前抱着他的身体时，那个玛丽已经倒在椅子脚下了。

“梅苓！”丽君痛哭着叫他。

“你不认识我了么？”

她看见梅苓双睛不转瞬地注视她，她反转有点害怕起来了，“你……你是……哪一个？”

他颤声地字句断续不定地问。

“我是丽君！我对不住你了！我更对不住我的小孩子！”

她在痛哭。他们都没有注意到陈硕士的存在了。其实陈硕士看见梅苓拔出手枪来时，早吓得魂飞魄散，躲到楼下去了。

“你是丽……君……么！的确，你害了我，也害了可爱的小孩子们啊！

你此刻出来已经迟了！你不知道我们父子四人是如何地思念你啊！此刻已经迟了！阿三死了！阿大阿二也快要死了，我也变成一个杀人的凶手了！”

“我也一样地思念你们。不过，我自己也不明白，好像有什么鬼神在驱着我离开你们，不离开你们，就不能消气般的。此刻我后悔了！我们可以恢复从前的家庭么？”

她仍在痛哭。

“丽君！已经迟了！”

又是一响的枪声。梅苓也倒在地面上了。

“梅苓！梅苓！”

她伏在梅苓的身上，痛哭着喊他。

“梅苓！你为什么要死哟？”

她紧搂着他，在他的唇上吻了几吻，感着他的体温还没有完全冷息。她想赶快去叫医生来。忽然看见梅苓的苍白的双唇在微动，她忙把耳朵凑近他的唇边。

“阿大，阿二，患了伤寒，在赤十字……”

以后便听不清楚了。几个巡捕走上来了，他们在检查伤口和多端地盘问丽君。丽君恨极了。

“你们且慢问闲事，先要救人！快送他们到病院里去吧！”

这时候陈硕士给一个巡捕拉着走上楼上来了。他看见丽君虽然流着泪，但还是威风凛凛地在和帝国主义的走狗们辩驳。

“丽君，这些事和我没有关系的，不要连累及我啊。”

陈硕士在哭丧着脸对她说。

“你这一班博士硕士们真是全无廉耻，只顾利用贫苦的平民图你们自身的享乐，平民的痛苦是一点不管的。社会上要你这班人来干啥的！”

丽君在叱骂陈硕士了。

“丽君，何必这样生气来骂我。他俩死了，我们恰恰好，可以结婚哟。”

“你们就是这样地风来随风雨来随雨的投机的博士硕士啊！”

丽君到第二天下午由巡捕房出来后，忙赶到赤十字会病院来。一间窗口朝西的小病室里，有两张小小的铁床。铁床上敷的也是极粗陋的毡褥。一张床上睡着一个小孩子。他们兄弟已经昏迷不省人事了。

“啊！阿大！啊！阿二！你们不认得你的母亲了么？”丽君虽然哭着喊，但是他们兄弟只微微地睁了睁眼睛，又睡回去了。她想去抱他们，但给医生阻着了。她看见两个小孩子的嘴唇都枯干得转变黑色了。

据医生说，小孩子患伤寒本来容易医治的。阿大，阿二因为患病之后，还在外面露天睡觉，兼之多吃了不消化的东西，所以把病势增重了，恐怕没有希望了。

丽君因为这间小病室太热了，主张搬到楼上的头等房去。

“头等房一天要十元的住院费。”

看护妇从旁告诉她。

“不管多少钱，一定要搬！”

她说着从手提夹里取出一束钞票来，交给那个看护妇。他们看见丽君的服饰，便也不敢轻视了。忙准备为两个小孩子换凉爽些的宽敞的病室。

“妈！”

丽君听见阿大声音低微地在叫“妈”，她想，这一定是指那个名叫玛丽的女子了。丽君忙走到阿大床前，把脸凑近他。“阿大，你的妈妈在这里哟！在你的枕头边哟！你在痛恨你的妈妈吧。无情的硬心的妈妈害了你们了！一别两年余，你还认得你的妈妈么？这两年余来，妈妈虽然不在你们身边，但是妈妈的心是常常跟着你们哟！阿大！你……去不……得，……你……如要去，让……妈妈……跟……你……一路……去……吧！”

她哀哭着诉说。她像不管阿大听得见听不见，只想藉这样的哀诉，减少她心头的痛苦。她的眼泪滴在阿大的眼睑上了。他睁开了眼睛，又叫了一声，“妈妈！”

她看见他的眼底全部都起满了赤泡。

“你认得你的亲妈妈么？”

她再呜咽着问阿大。

“你不是我的妈妈，走开去！”

阿大发躁地怒号。

经两年余之久，他们的小小的脑中早没有他们的生母的印象了。假如有时，也只是恨的印象吧。

她此刻才知道人生的最大痛苦就是对儿女没有尽抚育的责任，害儿女早殇，临死时仍得不到儿女恕他们的罪过啊。

“阿大，我是你的妈妈哟！”

但是阿大仍然闭上了眼睛，再不理她了。

夜深了，病室里除了丽君的呜咽之音外，像死一样的沉寂。她望着两个气息奄奄的幼儿，忽然想起*Singing Fool*的 *Sonnyboy* 的歌儿来了。她低念了一会，唱着：

……*Let me hold you nearer*，

One thing makes you dearer:

You're your mother's eyes, ……

……You're sent from Heaven,

And I know Your worth……

The angels grew lonely,

Took you' cause they're lonly,

Now I'm lonely too!

虽在午夜时分，她也痛哭起来了。

阿大阿二的病终于无法挽回了。看着他们小兄弟死了后，她像被宣告了死刑的囚犯，反转不像他们小兄弟未死前那样悲痛了。八月八日的立秋日，她痛哭着送了两口小棺木到西郊埋葬了后，她也准备结束她的生命了。她有一封遗书，在一家报端上发表了，是在距阿大阿二死后的六天。

关心我的朋友们，你们要承认我是一个穷凶极恶的女性！不过我的穷凶极恶，并不是我对父母之不孝，对丈夫之不贞，而是对儿女们没有充分尽为母亲的责任，结果杀害了他们。简单地说，我是害了三条小生命的杀人犯！他们终不能恕宥我的罪恶而弃我死了。现在我以为可以赎我的罪过的，只是从他们于地下！我有些积蓄，希望你们替我分赠给处境和我的儿女相同的小朋友们，在中国实在不少如丧家小犬，不得父母的抚养，这本是他们应要求的权利——受饥寒病疾的苦缠而淹没的小孩子们。最后叮嘱你们一句，我死之后，要把我的尸体葬在我的小孩儿的坟墓旁边……

一九三〇年八月一日早脱稿于上海

张资平生平创作年表

1893年

农历四月初九出生在一个日渐没落的大家族。高祖，以在广州开设绸缎庄发财致富，号称百万。曾祖，兄弟举人， 曾署陕西富平、永寿、韩城、紫阳等县。祖父、父亲则一生青衿。

1901年

入村中私塾。

1903年

在家中随父亲念《左传》。

1904年

入父亲在廖屋岗的蒙塾。

1906年

入美国浸信会所办的广益中西学堂,开始学习英文、数学、地理、物理、化学等现代科目。

1909年

春，到广州投考测绘学堂，落榜。

同年，毕业于广益学堂。

1910年

春，再赴广州，投考清华学校中学班，名列备取第二名。

夏，投考两广高等巡警学堂，以第三名被录取。

1912年

年初，参加广东省政府组织的留日考试，以最后一名入选。

8月28日，乘坐法国邮船从香港出发去日本。

9月6日，入横滨一桥通高等日语学校。

1913年

1月，插入文学院二年级。

6月，报考东京第一高等学校特别预科，落选。

1914年

7月，考取东京第一高等学校特别预科。开始与郁达夫、郭沫若交往。

1915年

特别预科毕业，被分配到九州熊本县第五高等学校。

1916年

参加丙辰社，认识成仿吾。

1918年

夏，为抗议段祺瑞政府的西原借款，与其他中国留日学生一起离开日本回到上海，参加过一些集会。

在郭沫若的介绍下，阅读《稻草田文学》、《文章世界》等作品。

此年，开始写作《冲积期化石》。

1919年

考入东京帝国大学理学院地质系。

同年开始与郭沫若、郁达夫等讨论创办同人杂志。

1920年

本年在日本东京帝国大学理学院地质系读书。

11月30日，在《学艺》（第二卷第八号）上发表小说《约檀河之水》。

12月30日，在《学艺》（第二卷第九号）上发表论文《所挣者矿也》。

1921年

本年度与郭沫若、郁达夫商量成立创造社事宜。

4月1日，在《学艺》（第二卷第十号）上发表《火山形态上之分类》、《石油问题》、《通讯》。

7月30日，在《学艺》（第三卷第三号）上发表《地球之年龄》。

10月30日，在《学艺》（第三卷第五号）上发表《地球剖面图上之倾斜角及层厚之计算》。

12月21日，在《学艺》（第三卷第七号）上发表《矿床之五代》、《铁卫生菌》。

1922年

2月，长篇小说《冲积期化石》由泰东书局出版。为“创造社丛书”第四种，书前有序（以诗代序），末附《篇后致读者》。

3月15日，在《创造》（季刊，第一卷第一期）上发表《她怅望着祖国的天野》。

4月，本年度毕业于东京帝国大学。

5月，离开日本，回上海。

夏天，与熊淑琴结婚。经岳父熊素村介绍，就任中美合办的蕉岭铅矿厂经理。

9月，在《创造》（第一卷第二期）上发表《木马》。

10月上旬，在《创造》（第一卷第三期）上发表《一班冗员的生活》。

1923年

本年度在蕉岭铅矿厂任职。

2月上旬，在《创造》（第一卷第四期）上发表《爱之焦点》（原名《雁来红》）。

5月上旬，在《创造》（第二卷第一期）上发表《双曲线与渐进线》。

11月，小说集《爱之焦点》出版。

1924年

本年秋因蕉岭铅矿厂经营失败，应武昌师范大学之聘，在生物系讲授《地质学》等课程。后又兼任国文系教授，讲授《文学概论》、《英国文学史》。

2月，在《创造》（第二卷第二期）上发表《回归线上》。

1925年

武昌师范大学改为武昌大学，郁达夫担任文科教授。开始与郁达夫、成仿吾着手成立创造社出版部。

2月，在《东方杂志》（第二十二卷第三号）上发表《末日的受审判者》。出版小说集《雪的除夕》。

3月，在《晨报副刊》（3月17日—18日）上发表小说《三七晚上》。

7月，《人类进化论》出版。

8月，在《晨报副刊》（8月27日）上发表《小教员之悲哀》。

12月，《文艺史概要》出版。

1926年

本年秋，经郭沫若的推荐，被时任国民革命军总政治部主任的邓演达任命为北伐军政治部国际编译局编译委员，军衔为少校，后晋升为中校。

2月5日，在《洪水》（半月刊，第一卷第十、十一合刊）上发表小说《不平衡的偶力》。

2月25日，在《东方杂志》（第二十三卷第四号）上发表小说《约伯之泪》。

3月6日，在《现代评论》（第三卷第六十五期）上发表《寒风之夜》。

3月16日，在《创造月刊》（第一卷第一期）上发表小说《蔻拉梭》、《密约》。

5月16日，在《创造月刊》（第一卷第三期）上发表小说《植树节》。

6月初，长篇小说《飞絮》出版。

7月1日，在《创造月刊》（第一卷第五、六期）上发表小说《苔莉》。

1927年

本年武汉发生“分共”事件，避居牯岭。此后一直蛰伏家中。

3月，长篇小说《苔莉》出版。

7月，长篇小说《最后的幸福》出版。

1928年

本年3月， 应成仿吾之邀，来到上海参与创造社出版部的日常工作。4 、5月间经朋友介绍到新宇宙出版社任编辑。9 月与王开化、董维之、余慕陶、周毓英等集股成立乐群书店， 出版《乐群》（半月刊，后改成月刊）。

1月1日，在《创造月刊》（第一卷第八期）上发表《青春》。

2月25日，在《东方杂志》（第二十五卷第四号）上发表小说《绿毒火腿》。

3月1日，在《创造月刊》（第一卷第十期）上发表《兵荒》。

3月10日、3月25日、4月10日在《东方杂志》（第二十五卷第五、六、七号）上连载小说《冰河时代》。

6月，小说集《梅岭之春》出版。

7月，小说集《植树节》出版、发行。

10月，长篇小说《石榴花》出版、发行。

12月，短篇小说集《素描种种》出版。

1929年

年初，小说集《某女人的犯罪》出版。

3月，《露草》在《乐群》（月刊，第一卷第三期）上发表。长篇小说《青春》出版。

7月，长篇小说《长途》出版。

8月1日、9月1日、10月1日、12月1日，在《乐群》（月刊，第二卷第八、九、十、十二期）上发表小说《明珠与黑炭》。

11月，长篇小说《爱力圈外》出版。《欧洲文艺史纲》（为《文艺史纲要》修订版）出版。

1930年

本年度，在中国公学、暨南大学、大厦大学讲授文学概论、现代文学、地理学等课程。同年在朱蕴山的介绍下加入“第三党”，任中央委员兼宣传委员。

1月、3月、5月、7月、11月分别出版长篇小说《糜烂》、《跳跃着的人们》、《爱之漩涡》、《天孙之女》、《红雾》。

1931年

1月、2月分别出版长篇小说《明珠与黑炭》、《紫云》。

3月，乐群书店遭受国民党查封。

4月，小说集《恋爱花》出版。长篇小说《双喜陀与马桶》出版。

4月15日、5月15日、6月15日分别在《当代文艺》（第一卷第四、五、六期）上发表小说《无涯之路》。

4月10日、5月10日、6月10日、8月10日、10月20日在《现代文学评论》上发表自传《脱了轨的星球》。

6月，《青春》被国民政府冠以“言论荒谬”而查封。

7月，长篇小说《群星乱飞》、《上帝的女儿》出版。

12月，长篇小说《北极圈里的王国》出版。

1932年

本年度与丁丁、曹雪松等组织絮茜社，出版《絮茜》杂志。同年12月1日开始在《申报·自由谈》上连载长篇小说《时代与爱的歧路》，1933年4月2

日编辑黎烈文以“时接读者来信，表示倦意”停刊。这就是影响颇大的“腰斩”事件。此外， 本年度发表《青春的悲哀》、《黑恋》、《无灵魂的人们》、《恋爱错综》、《时代与爱的歧路》等长篇小说。

1933年

2月，《无灵魂的人们》出版。

3月，《张资平小说集》（1—3集）出版。

4月，发表论文《“词的解放”之我见》。

6月，与曾今可、黎锦明、傅彦厂等人发起“文艺座谈会”，出版《文艺座谈》。

7月1日，发表《望岁小农居日记》。

7月，《资平译品集》出版。收《另一种被压迫者》（山田清三郎）、《马车》（藤森成吉）、《女人》（金子洋文）、《难堪的苦闷》（山田清三郎）、《矿坑姑娘》（松田解子）、《草丛中》（藏原伸二）、《暴风雪》（小川未明）、《某女人的犯罪》（江口涣）、《士敏土坛里的一封信》（叶山嘉树）、《地主》（藤森成吉）、《压迫》（田村俊子）、《不幸的男子》（武者小路实笃）、《街路里》（小川未明）、《别宴》（谷崎精二）、《梦醒了》（华田一郎）、《最后列车》（加藤武雄）、《无产阶级者》（小川未明）。

11月，《时代与爱的歧路》由合众书店出版。

1934年

9 月，长篇小说《爱的交流》由合众书店出版。《赫克尔》由开明书店出版（开明“中学生丛书”第六种）。《资平自传》（从黄龙到五色）由上海第一出版社出版。

10月， 任《国民月刊》主编。

10月10日，《地质学鸟瞰》出版。

1935年

一度任教于唐山交通大学。后回上海，任商务印书馆编辑。

1月1日，《重补官费》（回忆录）发表于《东方杂志》第三十二卷第一号。

3月，《盖基传》由商务印书馆出版。

12月，《地图学及地图绘制法》由商务印书馆出版。

1936年

3月，译作《人兽之间》、《民族生物学》、《世界地体构造》由商务印书馆出版。

12月，长篇小说《青年的爱》出版。

1937年

抗战爆发后，蜗居“望岁小农居”。

1月1日，在《东方杂志》（第三十四卷第一号）上发表《中日问题》。

3月，《地质学名人传》由商务印书馆出版。

4月，《地质学》由开明书店出版。

1938年

为逃避伪政府的劝诱，潜往香港。后到广西大学任教。

1939年

5月，在上海创办有日伪背景的《新科学》月刊，主编《文学研究》。

秋，化名张星海，参加“兴亚建国社”，任文化委员会主席。

同年，秘密访日。

1940年

加入汪伪政府，在农矿部工作。

10月，短篇小说集《初恋》由三通书局出版，署名鹏音。

1941年

担任（伪）“中日文化协会”出版组主任，并任该会会刊《中日文化》主编。

3月，在《中日文化》发表长篇小说《折柳》。

1942年

被聘为（伪）文物保管委员会研究员，不再担任“中日文化协会”出版组主任。

11月，长篇小说《母爱》由大连启东书社出版。

1943年

被选为“中日文化协会第二届全国代表大会”候补理事。

8月1日—9月9日，长篇小说《青磷屑》在《民国日报》连载，因其主人公汪兆麟被汪精卫认为故意映射他而被“腰斩”。

1945年

5月，在《文帖》发表《谈革命》。

7月，长篇小说《新红A字》出版。在《文帖》发表《民族的烦闷》。

1946年

本年，《胎动期的创造社》（回忆录）连载于《大众夜报副刊》。《创造季刊时代》（回忆录）连载于《大众夜报副刊》。长篇历史小说《绕弦风雨》连载于《大众夜报副刊》，署名秉声。

1948年

3月，被上海市人民法院以汉奸罪判处一年零三个月的徒刑。

小说《隔叶黄鹂》在《立报》上连载。

1950年

出版《追忆马克思》、《列宁给高尔基的信》、《性科学》等翻译作品。

1951年

以张声的假名任教于上海私立光实中学。

1953年

9月，在上海振民补习学校任地理教员。

1955年

被上海市人民检察院以反革命罪批准逮捕。

1958年

被上海市中级人民法院刑事审判庭以汉奸叛国罪判处20年徒刑。

1959年

在安徽白茅岭劳改农场服刑。

12月2日，病死于该农场。

（根据徐仲佳研究资料整理成）

图书在版编目（CIP）数据
张资平经典必读：梅岭之春 / 吴义勤主编. —北京：文化艺术出版社，2012.9
（中国现代文学经典必读）
ISBN 978-7-5039-5460-3
Ⅰ. ①张… Ⅱ.①吴… Ⅲ. ①小说集—中国—当代 Ⅳ. ①I247
中国版本图书馆CIP数据核字（2012）第207085号

中国现代文学经典必读·张资平经典必读
梅岭之春

主 编 吴义勤
丛书策划 斯 日
责任编辑 程晓红
装帧设计 李 鹏
出版发行 文化艺术出版社
地 址 北京市东城区东四八条52号 100700
网 址 www.whyscbs.com
电子邮箱 whysbooks@263.net
电 话 （010）84057666（总编室） 84057667（办公室）
（010）84057691—84057699（发行部）
传 真 （010）84057660（总编室） 84057670（办公室）
（010）84057690（发行部）
经 销 新华书店
印 刷 国英印务有限公司
版 次 2012年10月第1版
印 次 2012年10月第1次印刷
开 本 880毫米×1230毫米 1/32
印 张 14.75
字 数 373千字
印 数 1—5000册
书 号 ISBN 978-7-5039-5460-3
定 价 29.80元